Os cadernos de don Rigoberto

 Mario Vargas Llosa

Os cadernos de dom Rigoberto

Tradução
Joana Angélica d'Avila Melo

3ª reimpressão

ALFAGUARA

Copyright© 1997 by Mario Vargas Llosa

Título original
Los cuadernos de don Rigoberto

Capa
Raul Fernandes

Imagem de capa
Barnaby Hall/Getty Images

Ilustrações
Egon Schiele

Preparação de originais
Elisabeth Xavier de Araújo

Revisão
Tamara Sender
Rodrigo Rosa
Héllen Corrêa

CIP-Brasil. Catalogação na fonte
Sindicato Nacional dos Editores de Livros, RJ

V426c
    Vargas Llosa, Mario
        Os cadernos de dom Rigoberto / Mario Vargas Llosa; tradução de Joana Angélica d'Avila Melo. – 1ª ed. – Rio de Janeiro : Objetiva, 2009.
        296p.

    Título original: *Los cuadernos de don Rigoberto*

    ISBN 978-85-60281-12-1

1. Romance peruano. I. Melo, Joana Angélica d'Avila. II. Título.

09-2786   CDD: 868.99353
                      CDU: 821.134.2(85)-3

[2017]
Todos os direitos desta edição reservados à
EDITORA SCHWARCZ S.A.
Praça Floriano, 19 — Sala 3001
20031-050 — Rio de Janeiro — RJ
Telefone: (21) 3993-7510
www.objetiva.com.br

*O homem, um deus quando sonha,
e apenas um mendigo quando pensa.*

HÖLDERLIN, Hipérion

*Não posso manter um registro de minha vida por minhas
ações; o acaso as situou demasiado baixo: mantenho-o por
minhas fantasias.*

MONTAIGNE

I. O retorno de Fonchito

Chamaram à porta, dona Lucrecia foi abrir e viu emoldurada no vão, sobre o fundo das árvores retorcidas e grisalhas do Olivar de San Isidro, a cabeça de cachos dourados e os olhos azuis de Fonchito. Tudo começou a girar.

— Estava com muita saudade, madrasta — entoou a voz que ela recordava tão bem. — Continua aborrecida comigo? Vim pedir perdão. Me perdoa?

— Você, você? — Agarrada à maçaneta, dona Lucrecia buscava apoio na parede. — Não tem vergonha de se apresentar aqui?

— Escapuli da academia — insistiu o menino, mostrando seu caderno de desenho e seus lápis de cor. — Estava com muita saudade, sério. Por que você ficou tão pálida?

— Meu Deus, meu Deus — cambaleou dona Lucrecia, deixando-se cair no banco imitação de colonial, contíguo à porta. Cobria os olhos, branca como um papel.

— Não morra! — gritou o menino, assustado.

E dona Lucrecia, sentindo-se desfalecer, viu a figurinha infantil transpor o umbral, fechar a porta, cair de joelhos aos seus pés, pegar suas mãos e massageá-las, com expressão aturdida: "Não morra, não desmaie, por favor." Fez um esforço para se dominar e recuperar o controle. Respirou fundo, antes de falar. E o fez devagar, sentindo que a qualquer momento sua voz se embargaria:

— Não foi nada, já estou bem. Ver você aqui era a última coisa que eu esperava. Como se atreve? Não tem remorso?

Sempre de joelhos, Fonchito tentava lhe beijar a mão.

— Diga que me perdoa, madrasta — implorou. — Diga, diga. A casa não é mais a mesma desde que você foi embora. Vim espiá-la um monte de vezes, na saída da aula. Queria tocar, mas não me atrevia. Nunca vai me perdoar?

— Nunca — respondeu ela, com firmeza. — Nunca perdoarei o que você fez, malvado.

Mas, contradizendo as próprias palavras, seus grandes olhos escuros reconheciam com curiosidade e certa complacência, talvez até com ternura, a encaracolada desordem daquela cabeleira, as veiazinhas azuis do pescoço, as bordas das orelhas assomando entre as mechas louras, o corpinho gracioso, embutido no paletó azul e na calça cinza do uniforme. Suas narinas aspiravam aquele odor adolescente de partidas de futebol, de caramelos frutados e sorvetes d'Onofrio, e seus ouvidos reconheciam aqueles guinchos agudos e as mudanças de voz, que ressoavam também na sua memória. As mãos de dona Lucrecia se resignaram aos molhados beijos de passarinho daquela boquinha:

— Gosto muito de você, madrasta — disse Fonchito, fazendo beicinho. — E, mesmo que você não acredite, o papai também.

Nisto apareceu Justiniana, ágil silhueta cor de canela envolta em um avental florido, lenço na cabeça e espanador na mão. Ficou petrificada no corredor que levava à cozinha.

— Menino Alfonso — murmurou, incrédula. — Fonchito! Não posso acreditar!

— Imagine, imagine! — exclamou dona Lucrecia, empenhada em mostrar uma indignação superior à que sentia. — Atreve-se a vir a esta casa. Depois de arruinar minha vida, de dar aquela punhalada em Rigoberto. Pedindo que eu o perdoe, derramando lágrimas de crocodilo. Já viu desfaçatez igual, Justiniana?

Mas nem sequer agora arrebatou a Fonchito os afilados dedos que ele, estremecido pelos soluços, continuava beijando.

— O senhor tem de ir embora, menino Alfonso — disse a empregada, tão confusa que, sem perceber, mudou o tratamento habitual: — Você não vê como deixou a patroa amofinada? Saia, vá, Fonchito.

— Eu vou se ela disser que me perdoa — rogou o menino, entre suspiros, a cara nas mãos de dona Lucrecia. — Nem sequer me cumprimenta e já começa me insultando, Justita? O que eu lhe fiz? Pois se eu também gosto muito de você, se chorei a noite inteira no dia em que você foi embora lá de casa!

9

— Cale a boca, mentiroso, não acredito nem um tiquinho. — Justiniana alisava os cabelos de dona Lucrecia. — Trago um lencinho com álcool, patroa?

— Prefiro um copo d'água. Não se preocupe, já estou melhor. Ver este melequento aqui me transtornou toda.

E por fim, sem brusquidão, retirou suas mãos das de Fonchito. O menino continuava aos seus pés, já sem chorar, contendo a duras penas novos beicinhos. Tinha os olhos vermelhos e as lágrimas lhe haviam marcado sulcos nas bochechas. Um fio de saliva pendia de sua boca. Através da neblina que lhe velava os olhos, dona Lucrecia espiou o nariz de linhas finas, os lábios bem desenhados, o queixinho altivo e sua covinha, os dentes tão brancos. Teve vontade de esbofetear, de agadanhar aquela carinha de Menino Jesus. Hipócrita! Judas! E até de mordê-lo no pescoço e de lhe chupar o sangue, como um vampiro.

— Seu pai sabe que você veio aqui?

— Que ideia, madrasta — respondeu no ato o menino, em um tonzinho confidencial. — Sabe lá o que ele me faria? Nunca fala de você, mas eu sei muito bem que tem saudade. Não pensa em outra coisa, dia e noite, juro. Vim escondido, escapuli da academia. Vou três vezes por semana, depois do colégio. Quer que eu lhe mostre meus desenhos? Diga que me perdoa, madrasta.

— Não diga, e mande esse garoto embora, patroa. — Justiniana retornava com um copo d'água; dona Lucrecia bebeu vários goles. — Não se deixe enrolar por essa cara bonita. Ele é Lúcifer em pessoa, a senhora sabe. Vai lhe fazer outra maldade, pior do que a primeira.

— Não diga isso, Justita. — Fonchito pareceu prestes a cair de novo no choro. — Juro que estou arrependido, madrasta. Não me dei conta do que fazia, por todos os santos. Não quis que acontecesse nada. Eu ia querer que você saísse lá de casa? Que eu e o papai ficássemos sozinhos?

— Eu não saí de casa — repreendeu-o dona Lucrecia, entre dentes. — Rigoberto me expulsou como se eu fosse uma puta. Por culpa sua!

— Não diga nome feio, madrasta. — O menino ergueu as mãos, escandalizado. — Não diga, não lhe fica bem.

Apesar da dor e da raiva, dona Lucrecia esteve a ponto de sorrir. Não lhe ficava bem dizer palavrões! Garotinho perspicaz, sensível? Justiniana tinha razão: uma víbora com cara de anjo, um Belzebu.

O menino teve uma explosão de júbilo:

— Está rindo, madrasta? Então, me perdoou? Diga que sim, diga, madrasta.

Batia palmas, e em seus olhos azuis a tristeza se dissipara e relampeava uma luzinha selvagem. Dona Lucrecia notou que nos dedos dele havia manchas de tinta, e se emocionou a contragosto. Iria desmaiar de novo? Que coisa. Viu-se no espelho da entrada: havia composto sua expressão, um leve rubor lhe coloria as faces, seu peito agitado subia e descia. Em um movimento maquinal, fechou o decote do robe. Como podia Fonchito ser tão descarado, tão cínico, tão retorcido, sendo tão criança? Justiniana lia seus pensamentos. Olhava para ela como se dissesse: "Não seja fraca, patroa, não vá perdoar este moleque. Não seja tão boba!" Disfarçando seu embaraço, dona Lucrecia bebeu mais uns golinhos de água; estava fria e lhe fez bem. O menino se apressou a pegar a mão dela que estava livre e a beijá-la de novo, loquaz:

— Obrigado, madrasta. Você é muito boa, eu já sabia, por isso me atrevi a tocar. Quero lhe mostrar meus desenhos. E conversar sobre Egon Schiele, a vida e as pinturas dele. Contar o que vou ser quando crescer, e mil coisas. Já adivinhou? Pintor, madrasta! É o que eu quero ser.

Justiniana balançava a cabeça, alarmada. Lá fora, motores e buzinas aturdiam o entardecer de San Isidro. Através das cortininhas fixadas às vidraças da sala de jantar, dona Lucrecia divisava os ramos desnudos e os troncos nodosos das oliveiras, uma presença que se tornara amiga. Já chegava de debilidades, era hora de reagir.

— Bom, Fonchito — disse, com uma severidade que seu coração já não lhe exigia. — Agora, faça o que estou pedindo. Vá embora, por favor.

— Sim, madrasta. — O menino saltou de pé. — O que você mandar. Sempre vou fazer sua vontade, sempre vou lhe obedecer em tudo. Você vai ver só como vou me comportar bem.

Tinha a voz e a expressão de quem se livrou de um peso e fez as pazes com a própria consciência. Uma mecha de ouro lhe varria a testa, e seus olhos faiscavam de alegria. Dona Lucrecia o viu meter a mão no bolso traseiro, puxar um lenço, assoar o nariz; e, depois, recolher do chão a mochila, a pasta de desenhos e o estojo de lápis. Com tudo isso às costas, ele recuou sorridente até a porta, sem tirar os olhos de dona Lucrecia e Justiniana.

— Assim que puder, fujo de novo para vir visitá-la, madrasta — trinou, já do umbral. — E você também, Justita, claro.

Quando a porta da rua se fechou, as duas permaneceram imóveis e sem falar. Dali a pouco, dobraram ao longe os sinos da Virgen del Pilar. Um cachorro latiu.

— É incrível — murmurou dona Lucrecia. — Ele ter tido a audácia de se apresentar nesta casa.

— Incrível é sua bondade — retrucou a empregada, indignada. — Já o perdoou, não foi? Depois da tramoia que ele lhe preparou para armar aquela sua briga com o patrão. A senhora vai direto para o céu, patroa!

— Nem sequer é certo que tenha sido uma tramoia, que aquela cabecinha tenha planejado o que aconteceu.

Ia andando para o banheiro, falando sozinha, mas ouviu que Justiniana a corrigia:

— Claro que ele planejou tudo. Fonchito é capaz das piores coisas, a senhora ainda não se deu conta?

"Pode ser", pensou dona Lucrecia. Mas era um menino, um menino. Não era? Sim, pelo menos disso não havia dúvida. No banheiro, molhou a testa com água fria e se examinou ao espelho. A perturbação lhe afilara o nariz, que palpitava ansioso, e umas olheiras azuladas rodeavam seus olhos. Pela boca entreaberta, via a pontinha da lixa em que se transformara sua língua. Recordou as lagartixas e os iguanas de Piúra; tinham sempre a língua ressecada, igual à dela agora. O aparecimento de Fonchito em sua casa a levara a se sentir petrificada e antiga como essas reminiscências pré-históricas dos desertos do Norte. Sem pensar, em um ato mecânico, desatou o cinto e, ajudando-se com um movimento dos ombros, livrou-se do robe; a seda deslizou pelo seu corpo até o chão, em uma carícia sibilante. Achatado e redondo, o tecido lhe cobria o peito dos pés, como uma flor gigante. Sem que ela soubesse o que fazia nem o que ia fazer, respirando ansiosa, seus pés transpuseram a fronteira de roupa que os circundava e a levaram ao bidê, onde se sentou, depois de baixar a calcinha de renda. O que estava fazendo? O que ia fazer, Lucrecia? Não sorria. Tentava inspirar e expelir o ar com mais calma, enquanto suas mãos, independentes, abriam as torneiras, a quente, a fria, e as mediam, misturavam, graduavam, subiam ou baixavam o repuxo morno, ardente, frio, fresco, débil, impetuoso, saltitante. A parte inferior do seu corpo se adiantava, retrocedia, inclinava-se à direita, à esquerda, até encontrar a posição devida. Aí. Um estremecimento percorreu sua espinha dorsal. "Talvez ele nem percebesse, talvez fizesse aquilo sem motivo", repetiu a si mesma, compadecida daquele menino a quem tanto maldissera nos últimos seis meses. Talvez ele não fosse mau, talvez não. Travesso, malicioso, metido, irresponsável, mil coisas mais. Malvado, porém, não. "Talvez não." Os pensamentos rebentavam em sua cabeça como as borbulhas de uma panela fervente. Recordou o dia em que conhecera Rigoberto, o viúvo de grandes orelhas budistas e nariz desavergonhado com quem se casaria pouco depois; a primeira vez em que vira seu enteado, querubim vestido de marinheirinho — conjunto azul, botões dourados, gorrinho com âncora —; as coisas que fora descobrindo e aprendendo, a vida inesperada, imaginativa, noturna, intensa, na casinha de Barranco que Rigoberto mandara construir para iniciarem nela sua vida juntos; as brigas entre o arquiteto e seu marido balizando a edificação daquele que seria seu lar. Tantas coisas tinham acontecido! As imagens iam e vinham, se diluíam, se alteravam, se entremeavam, se sucediam, e era como se a carícia líquida do ágil repuxo lhe chegasse à alma.

INSTRUÇÕES PARA O ARQUITETO

Nosso mal-entendido é de caráter conceitual. O senhor fez este bonito desenho de minha casa e de minha biblioteca partindo da suposição — muito difundida, lamentavelmente — de que em um lar o importante são as pessoas, em vez dos objetos. Não o critico por fazer seu esse critério, indispensável para um homem de sua profissão que não se resigne a prescindir dos clientes. Mas minha concepção de meu futuro lar é a oposta. A saber: nesse pequeno espaço construído que chamarei de meu mundo e que meus caprichos governarão, a prioridade básica caberá aos meus livros, quadros e gravuras; nós, as pessoas, seremos cidadãos de segunda. São esses quatro milhares de volumes e a centena de telas e estampas que devem constituir a razão primordial do desenho que lhe encomendei. O senhor subordinará a comodidade, a segurança e a conveniência dos humanos às daqueles objetos.

É imprescindível o detalhe da lareira, que deve poder transformar-se em forno crematório de livros e gravuras excedentes, a meu critério. Por isso, ela terá de situar-se bem perto das estantes e ao alcance do meu assento, pois eu gosto de bancar o inquisidor de calamidades literárias e artísticas sentado, e não de pé. Explico-me. Os quatro mil volumes e as cem gravuras que possuo são números inflexíveis. Nunca terei mais, para evitar a superabundância e a desordem, mas nunca serão os mesmos, pois irão se renovando sem cessar, até minha morte. Isso significa que, para cada livro que acrescento à minha biblioteca, elimino outro, e cada imagem — litografia, madeira, xilografia, desenho, ponta-seca, mixografia, óleo, aquarela etc. — que se incorpora à minha coleção desloca a menos favorecida entre as demais. Não lhe escondo que escolher a vítima é árduo e, às vezes, lancinante, um dilema hamletiano que me angustia durante dias, semanas, e que depois meus pesadelos reconstroem. No início, eu doava a bibliotecas e museus públicos os livros e gravuras sacrificados. Agora os queimo, daí a importância da lareira. Optei por essa fórmula drástica, que elimina o desassossego de ter de escolher uma vítima com a espinhosa sensação de estar cometendo um sacrilégio cultural, uma transgressão ética, no dia, ou melhor, na noite em que, tendo decidido substituir por um formoso Szyszlo inspirado no mar de Paracas uma reprodução da multicolorida lata de sopa Campbell's de Andy Warhol, compreendi que era uma estupidez infligir a outros olhos uma obra que eu passara a considerar indigna dos meus. Então, joguei-a no fogo. Ao ver aquela cartolina virar torresmo, experimentei um vago remorso, admito. Agora, isso já não me acontece. Enviei às chamas dezenas de poetas românticos e indigenistas, assim como outros tantos artistas plásticos conceituais, abstratos, informalistas, paisagistas, retratistas e sacros, para conservar o *numerus clausus* de minha biblioteca e pinacoteca, sem dor, e até mesmo com a estimulante sensação de estar exercendo a crítica literária e de arte como deveria ser feita: de maneira radical, irreversível e combustível. Acrescento, para encerrar este aparte, que tal passatempo me diverte, mas não funciona em absoluto como afrodisíaco, e por isso o tenho como limitado e menor, meramente espiritual, sem repercussões sobre o corpo.

Confio em que o senhor não tome o que acaba de ler — a preponderância que concedo a quadros e livros sobre bípedes de carne e osso — por tirada de humor ou pose de cínico. Não é isso, mas sim uma convicção arraigada, consequência de experiências difíceis, mas, também, muito prazerosas. Não me foi fácil chegar a uma postura que contradizia velhas tradições — vamos chamá-las humanísticas, com um sorriso nos lábios — de filosofias e religiões antropocêntricas, para as quais é inconcebível que o ser humano real, estrutura de carne e ossos perecíveis, seja considerado menos digno de interesse e de respeito do que o inventado, o que aparece (se lhe for mais cômodo, digamos refletido) nas imagens da arte e na literatura. Poupo-o dos detalhes desta história e o transfiro à conclusão a que cheguei e que agora proclamo sem rubor. O mundo de velhacos semoventes do qual o senhor e eu fazemos parte não é o que me interessa, o que me dá prazer e sofrimento, mas sim essa miríade de seres animados pela imaginação, pelos desejos e pela destreza artística, presentes nesses quadros, livros e nessas gravuras que consegui reunir com paciência e amor de muitos anos. A casa que vou construir em Barranco, aquela que o senhor deverá desenhar refazendo o projeto do princípio ao fim, é para eles, mais do que para mim ou para minha novíssima esposa, ou meu filhinho. A trindade formada pela minha família, digo-o sem blasfêmia, está a serviço desses objetos e o senhor também deverá estar, quando, depois de ler estas linhas, se debruçar sobre a prancheta a fim de retificar aquilo que fez tão mal.

O que acabo de escrever é uma verdade literal, e não uma enigmática metáfora. Construo esta casa para padecer e me divertir com *eles*, por *eles* e para *eles*. Faça um esforço por me imitar durante o limitado período em que trabalhará para mim.

Agora, desenhe.

A NOITE DOS GATOS

Fiel ao encontro marcado, Lucrecia entrou com as sombras, falando de gatos. Ela mesma parecia uma linda gata angorá sob o rumoroso arminho que lhe chegava aos pés e dissimulava seus movimentos. Estava nua dentro de seu invólucro prateado?

— Gatos, você disse?

— Gatinhos, mais exatamente — miou ela, dando uns passos resolutos ao redor de don Rigoberto, que pensou em um hastado adentrando a arena e medindo o toureiro. — Nenéns, filhotes, bichaninhos. Uma dúzia, talvez mais.

Rebolavam sobre a colcha de veludo vermelho. Encolhiam e esticavam as patinhas sob o cone de luz crua que, poeira de estrelas, partia do forro invisível e caía sobre o leito. Um cheiro de almíscar banhava a atmosfera, e a música barroca, de bruscos diapasões, vinha do mesmo canto de onde saiu a voz dominante e seca:

— Tire a roupa.

— De jeito nenhum — protestou dona Lucrecia. — Eu aí, com esse bichos? Nem morta, tenho ódio deles.

— Queria que você fizesse amor com ele no meio dos gatinhos? — Don Rigoberto não perdia uma só das evoluções de dona Lucrecia pelo tapete macio. Seu coração começava a despertar e a noite barranquina, a sair da névoa e a viver.

— Imagine — murmurou ela, detendo-se um segundo e retomando seu passeio circular. — Queria me ver nua no meio daqueles gatos. Com o nojo que me dão! Fico toda arrepiada só de me lembrar.

Don Rigoberto começou a perceber as silhuetas felinas, e seus ouvidos a escutar os débeis miados da miúda gataria. Secretadas pelas sombras, elas iam assomando, corporificando-se, e na colcha incendiada, sob a chuva de luz, os brilhos, os reflexos, as pardas contorções o deixaram tonto. Intuiu que no limite daquelas extremidades movediças se insinuavam, aquosas, curvas, recém-saídas, as garrinhas.

— Venha, venha cá — ordenou o homem lá do canto, suavemente. Ao mesmo tempo, deve ter aumentado o volume, porque clavicórdios e violinos cresceram, golpeando seus ouvidos. Pergolesi!, reconheceu don Rigoberto. Entendeu a escolha da sonata; o século XVIII não era somente o do disfarce e da confusão de sexos; era também, por excelência, o dos gatos. E afinal Veneza não tinha sido, desde sempre, uma república gateira?

— Você já estava nua? — Escutando-se, compreendeu que a ansiedade se apoderava rapidamente do seu corpo.

— Ainda não. Ele me despiu, como sempre. Por que você pergunta, se já sabe que é disso que ele mais gosta?

— E você também? — interrompeu-a, meloso.

Dona Lucrecia riu, com uma risadinha forçada.

— É sempre cômodo ter um criado de quarto — sussurrou, inventando-se um risonho recato. — Embora, desta vez, fosse diferente.

— Pelos gatinhos?

— E por quem mais? Me deixavam nervosíssima. Virei uma pilha de nervos, Rigoberto.

No entanto, havia obedecido à ordem do amante escondido no canto. De pé ao lado dele, dócil, curiosa e ansiosa, esperava, sem esquecer por um segundo o punhado de felinos que se exibiam, embolados, dengosos, entre revoluteios e lambidas, no obsceno círculo amarelo que os aprisionava no centro da colcha flamejante. Quando ela sentiu as duas mãos em seus tornozelos, descendo-lhe até os pés e descalçando-os, seus seios se tensionaram como dois arcos. Os mamilos endureceram. Meticuloso, o homem agora lhe tirava as meias, beijando sem pressa, com minúcia, cada pedacinho de pele descoberta. Murmurava coisas que dona Lucrecia, no princípio, havia entendido como palavras ternas ou vulgares ditadas pela excitação.

— Mas não, não era uma declaração de amor, não eram as porcarias que às vezes ocorrem a ele — riu-se de novo, com a mesma risadinha incrédula, detendo-se ao alcance das mãos de don Rigoberto. Este não procurou tocá-la.

— O quê, então? — balbuciou, lutando contra a resistência de sua língua.

— Explicações, toda uma conferência felina — voltou ela a rir, entre gritinhos sufocados. — Sabia que o mel é a coisa que os bichanos mais apreciam no mundo? E que eles têm no traseiro uma bolsa da qual se extrai um perfume?

Don Rigoberto farejou a noite com suas narinas dilatadas.

— É esse o seu cheiro? Não é almíscar, então?

— É algália. Perfume de gato. Estou impregnada. Isso o incomoda?

A história lhe escapava, deixava-o extraviado, ele acreditava estar dentro e se via fora. Não sabia o que pensar.

— E levou os frascos de mel para quê? — perguntou, temendo um jogo, uma brincadeira, que viessem subtrair formalidade àquela cerimônia.

— Para untar você — disse o homem, parando de beijá-la. Continuou a despi-la; havia terminado com as meias, o casaco, a blusa. Agora, desabotoava sua saia. — Eu o trouxe da Grécia, de abelhas do monte Himeto. O mel de que fala Aristóteles. Guardei-o para você, pensando nesta noite.

"Ele a ama", pensou don Rigoberto, enciumado e enternecido.

— De jeito nenhum — protestou dona Lucrecia. — Não e não. Porcaria não é comigo.

Falava sem autoridade, com as defesas abaladas pela contagiosa vontade do amante, no tom de quem se sabe vencida. Seu corpo havia começado a distraí-la dos guinchos da cama, a vibrar, a concentrá-la, à medida que o homem a livrava das últimas peças e, prostrado aos seus pés, continuava a acariciá-la. Ela o deixava agir, procurando abandonar-se ao prazer assim provocado. Os lábios e mãos dele espalhavam chamas por onde passavam. Os gatinhos continuavam ali, pardos e verdosos, letárgicos ou animados, franzindo a colcha. Miavam, brincando. Pergolesi havia amainado, era uma brisa longínqua, um desmaio sonoro.

— Untar seu corpo com mel de abelhas do monte Himeto? — repetiu don Rigoberto, escandindo cada palavra.

— Para os gatos me lamberem, já pensou? Com o asco que essas coisas me provocam, com minha alergia a gatos, com o nojo que me dá ser lambuzada com algo pegajoso ("Nunca mascou um chicletes", pensou don Rigoberto, agradecido), mesmo que seja a ponta de um dedo. Já pensou?

— Era um grande sacrifício, você só o fazia porque...

— Porque amo você — interrompeu-o dona Lucrecia. — E você também me ama, não é?

"Com toda a alma", pensou don Rigoberto. Tinha os olhos fechados. Havia alcançado, enfim, o estado de lucidez plena que buscava. Podia se orientar sem dificuldade naquele labirinto de sombras densas. Muito claramente, com uma pontinha de inveja, percebia a destreza do homem que, sem se apressar nem perder o controle dos dedos, desembaraçava Lucrecia da anágua, do sutiã, da calcinha, enquanto seus lábios lhe beijavam com delicadeza a carne acetinada, sentindo a granulação — causada por frio, incerteza, apreensão, asco ou desejo? — que a enervava e as cálidas exalações que, ao apelo das carícias, escapavam dessas formas pressentidas. Quando sentiu na língua, nos dentes e no paladar do amante a crespa mata de pêlos e o aroma picante dos seus sumos lhe subiu ao cérebro, começou a tremer. Ele teria começado a untá-la? Sim. Com uma pequena brocha de pintor? Não. Com um pano? Não. Com suas próprias mãos? Sim. Ou melhor, com cada um dos seus dedos compridos e ossudos e a sabedoria de um massagista. Espargiam sobre a pele a substância cristalina — o odor açucarado subia pelas narinas de don Rigoberto, deixando-o enjoado — e verificavam a consistência de coxas, ombros e seios, beliscavam aqueles quadris, percorriam aquelas nádegas, submergiam naquelas profundezas franzidas, separando-as. A música de Pergolesi voltava, caprichosa. Ressoava, abafando os quietos protestos de dona Lucrecia e a excitação dos gatinhos, que farejavam o mel e, adivinhando o que ia acontecer, haviam começado a brincar e a guinchar. Corriam pela colcha, as fauces abertas, impacientes.

— Melhor dizendo, famintos — corrigiu-o dona Lucrecia.

— Você já estava excitada? — ofegou don Rigoberto.

— Ele estava nu? Também espalhava mel pelo corpo?

— Também, também, também — salmodiou dona Lucrecia. — Me untou, se untou, me fez untar suas costas, onde sua mão não chegava. Muito excitantes esses joguinhos, sem dúvida. Nem ele é um pedaço de madeira nem você gostaria que eu fosse, não é?

— Claro que não — confirmou don Rigoberto. — Meu amor.

— Nos beijamos, nos tocamos, nos acariciamos, evidentemente — detalhou sua esposa. Havia retomado a caminhada circular e os ouvidos de don Rigoberto percebiam o roçagar do arminho a cada passo. Estava inflamada, recordando? — Quero dizer, sem nos mover do canto. Um bom tempo. Até que ele me carregou, e assim, toda melada, me levou para a cama.

A visão era tão nítida, e a definição da imagem, tão explícita, que don Rigoberto temeu: "Posso ficar cego." Como aqueles hippies que nos anos psicodélicos, estimulados pelas sinestesias do ácido lisérgico, desafiavam o sol da Califórnia até que os raios lhes carbonizavam a retina e os condenavam a ver a vida com o ouvido, o tato e a imaginação. Ali estavam, azeitados, porejantes de mel e humores, helênicos em sua nudez e postura, avançando em direção à algaravia felina. Ele era um lanceiro medieval armado para a batalha e ela uma ninfa do bosque, uma sabina raptada. Movia os áureos pés e protestava "não quero, não gosto", mas seus braços enlaçavam amorosamente o pescoço do seu raptor, sua língua pugnava por lhe invadir a boca e, com fruição, sorvia-lhe a saliva. "Espere, espere", pediu don Rigoberto. Docilmente, dona Lucrecia se deteve e foi como se desaparecesse naquelas sombras cúmplices, enquanto à memória do seu marido voltava a lânguida jovem de Balthus (*Nu avec chat*) que, sentada em uma cadeira, a cabeça voluptuosamente jogada para trás, uma perna esticada, outra encolhida, o calcanharzinho na beira do assento, alonga o braço para acariciar um gato deitado no alto de uma cômoda e que, com os olhos semicerrados, aguarda calmamente seu prazer. Remexendo, rebuscando, também recordou haver visto, sem prestar muita atenção, seria no livro do animalista holandês Midas Dekkers?, a *Rosalba* de Botero (1968), óleo no qual, agachado em uma cama nupcial, um pequeno felino negro se apresta a compartilhar lençóis e colchão com a exuberante prostituta de crespa cabeleira que termina seu cigarro, e alguma madeira de Félix Valloton (*Languor*, c. 1896?) em que uma jovem de nádegas espevitadas, entre almofadões floridos e um edredom geométrico, coça o erógeno pescoço de um gato em pé. Afora essas incertas aproximações, no arsenal de sua memória nenhuma imagem coincidia com aquilo. Sentia-se infantilmente intrigado. A excitação havia refluído, sem desaparecer; assomava no horizonte de seu corpo como um desses sóis frios do outono europeu, a época preferida de suas viagens.

— E depois? — perguntou, voltando à realidade do sonho interrompido.

O homem depositara Lucrecia sob o cone de luz e, desprendendo-se com firmeza daqueles braços que queriam atalhá-lo, sem atender às suas súplicas, dera um passo para trás. Como don Rigoberto, contemplava-a também da escuridão. O espetáculo era insólito e, passado o desconcerto inicial, incomparavelmente belo. Depois de se afastarem, assustados, para lhe abrir espaço e observá-la, agachados, indecisos, sempre alertas — centelhas verdes, amarelas, bigodinhos retesados —, farejando-a, os bichinhos se lançaram ao assalto daquela doce presa. Escalavam, assediavam, ocupavam o corpo lambuzado, guinchando de felicidade. Sua gritaria abafou os protestos entrecortados, os apagados meios-risos e exclamações de dona Lucrecia. Braços cruzados sobre o rosto para proteger a boca, os olhos e o nariz das afanosas lambidas, ela estava à mercê deles. Os olhos de don Rigoberto acompanhavam as irisadas criaturas ávidas, deslizavam com elas pelos seios e quadris de dona Lucrecia, resvalavam em seus joelhos, aderiam aos cotovelos, ascendiam por suas coxas e, como aquelas linguinhas, também se regalavam com a doçura líquida empoçada na lua bojuda que o ventre dela parecia. O brilho do mel condimentado pela saliva dos gatos dava às formas brancas uma aparência semilíquida, e os miúdos sobressaltos que as correrias e reviravoltas dos animaizinhos provocavam nela tinham algo da branda mobilidade dos corpos na água. Dona Lucrecia flutuava, era um baixel vivo singrando águas invisíveis. "Como é bonita!", pensou. Seu corpo de seios duros e quadris generosos, de nádegas e coxas bem-definidas, ficava naquele limite que ele admirava acima de todas as coisas em uma silhueta feminina: a abundância que sugere, esquivando-a, a indesejável obesidade.

— Abra as pernas, meu amor — pediu o homem sem rosto.

— Abra, abra — suplicou don Rigoberto.

— São pequenininhos, não mordem, não lhe farão nada — insistiu o homem.

— Você já estava gozando? — perguntou don Rigoberto.

— Não, não — respondeu dona Lucrecia, que havia recomeçado o hipnotizante passeio. O rumor do arminho ressuscitou as suspeitas dele: ela estaria nua, embaixo do casaco? Sim, estava. — As cócegas me deixavam louca.

Mas acabara consentindo, e dois ou três felinos se precipitaram ansiosamente para lamber o dorso oculto de suas coxas, as gotinhas de mel que cintilavam nos sedosos e negros pelos do monte de Vênus. O coro das lambidas pareceu a don Rigoberto uma música celestial. Pergolesi retornava, agora sem força, com suavidade, gemendo baixinho. O sólido corpo besuntado estava quieto, em profundo repouso. Mas dona Lucrecia não dormia, pois aos ouvidos de don Rigoberto chegava a discreta modorra que, sem que ela o percebesse, escapava de suas profundezas.

— Seu nojo tinha passado? — inquiriu.

— Claro que não — retrucou ela. E, depois de uma pausa, com humor: — Mas já não me importava tanto.

Riu e, desta vez, com o riso aberto que reservava para ele nas noites de intimidade compartilhada, de fantasia sem freio, que os fazia ditosos. Don Rigoberto a desejou com todas as bocas do seu corpo.

— Tire o casaco — implorou. — Venha, venha para os meus braços, minha rainha, minha deusa.

Mas foi distraído pelo espetáculo que nesse preciso instante se havia duplicado. O homem invisível já não o era. Em silêncio, seu longo corpo oleoso se infiltrou na imagem. Agora, também ele estava ali. Deitando-se na colcha vermelha, estreitava-se a dona Lucrecia. A gritaria dos gatos espremidos entre os amantes, lutando para escapar, exorbitados, fauces abertas, línguas pendentes, feriu os tímpanos de don Rigoberto. Mesmo tapando os ouvidos, ele continuou a escutá-la. E, apesar de fechar os olhos, viu o homem encarapitado sobre dona Lucrecia. Parecia afundar naqueles robustos quadris brancos que o recebiam com regozijo. Ele a beijava com a mesma avidez com que os gatinhos a tinham lambido e se movia sobre ela, com ela, aprisionado por seus braços. As mãos de dona Lucrecia lhe oprimiam o dorso, e as pernas, levantadas, caíam sobre as dele, enquanto os altivos pés pousavam sobre as panturrilhas, o lugar que excitava don Rigoberto. Este suspirou, contendo a duras penas a necessidade de chorar que o esmagava. Conseguiu ver que dona Lucrecia deslizava em direção à porta.

— Você volta amanhã? — perguntou, ansioso.

— E no dia seguinte, e no outro — respondeu a muda silhueta que se perdia. — Por acaso eu fui embora?

Os gatinhos, recuperados da surpresa, voltavam à carga e acabavam com as últimas gotas de mel, indiferentes à batalha do casal.

O FETICHISMO DOS NOMES

Tenho o fetichismo dos nomes e o teu me empolga e me enlouquece. Rigoberto! É viril, é elegante, é brônzeo, é italiano. Quando o pronuncio, em voz baixa, de mim para mim, uma cobrinha me percorre as costas e se me gelam os calcanhares rosados que Deus me deu (ou se preferires, descrente, a Natureza). Rigoberto! Risonha cascata de águas transparentes. Rigoberto! Amarela alegria de pintassilgo celebrando o sol. Onde estiveres, estou eu. Quietinha e apaixonada, bem ali. Assinas uma letra de câmbio, uma conta a pagar, com teu nome tetrassílabo? Eu sou o pontinho em cima do i, o rabinho do g e o chifrinho do t. A manchinha de tinta que fica no teu polegar. Te alivias do calor com um copinho de água mineral? Eu, a bolhinha que te refresca o paladar e o cubinho de gelo que arrepia tua linguinha de víbora. Eu, Rigoberto, sou o cordão dos teus sapatos e a pastilha de extrato de ameixa que tomas a cada noite contra a constipação. Como sei esse detalhe de tua vida gastrenterológica? Quem ama sabe, e tem por sabedoria tudo o que concerne ao seu amor, sacralizando o detalhe mais trivial dessa pessoa. Diante de teu retrato, eu me persigno e rezo. Para conhecer tua vida tenho teu nome, a numerologia dos cabalistas e as artes divinatórias de Nostradamus. Quem sou? Alguém que te ama como a espuma à onda e a nuvem ao rosicler. Procura, procura e encontra-me, amado.

Tua, tua, tua
A fetichista dos nomes

II. As coisinhas de Egon Schiele

— Por que Egon Schiele lhe interessa tanto? — perguntou dona Lucrecia.

— Me dá pena que morresse tão jovem e que o metessem na cadeia — respondeu Fonchito. — Tem uns quadros lindíssimos. Fico horas olhando para eles, nos livros do papai. E você? Não gosta, madrasta?

— Não os recordo muito bem. Exceto as posturas. Uns corpos forçados, desconjuntados, não?

— E eu gosto de Schiele também porque, porque... — interrompeu-a o menino, como se fosse revelar um segredo. — Não me atrevo a lhe dizer, madrasta.

— Você sabe muito bem dizer as coisas quando quer, não banque o tolinho.

— Porque sinto que me pareço com ele. Que vou ter uma vida trágica, como a dele.

Dona Lucrecia deu uma risada. Mas uma inquietação a invadiu. De onde este menino tirava semelhante coisa? Alfonsito continuava olhando-a, muito sério. Um tempinho depois, fez um esforço e lhe sorriu. Estava sentado no chão da sala de jantar, com as pernas cruzadas; conservava o paletó azul e a gravata cinza do uniforme, mas havia tirado o bonezinho com viseira, que jazia ao seu lado, entre a mochila, a pasta e a caixa de lápis da academia. Nisso, Justiniana entrou com a bandeja do chá. Fonchito a recebeu alvoroçado.

— *Chancays** tostados com manteiga e geleia — aplaudiu, subitamente livre da preocupação. — O que eu mais adoro no mundo. Você se lembrou, Justita!

---

* Pãozinho doce e fofo, espécie de sonho, típico do distrito homônimo. (N. da T.)

— Não fiz para você, fiz para a patroa — mentiu Justiniana, fingindo severidade. — Para você, nem farelo.

Ia servindo o chá e dispondo as xícaras na mesinha da sala. No Olivar, uns garotos jogavam futebol, e através das cortininhas avistavam-se suas ardorosas silhuetas; ali dentro, em surdina, chegavam palavrões, chutes retumbantes e gritos de triunfo. Dali a pouco, escureceria.

— Não vai me perdoar nunca, Justita? — entristeceu-se o menino. — Aprenda com minha madrasta; ela esqueceu o que houve e agora nos damos tão bem como antes.

"Como antes, não", pensou dona Lucrecia. Uma onda quente a lambia desde o peito dos pés até a ponta dos cabelos. Disfarçou, bebendo golinhos de chá.

— Deve ser porque a patroa é muito boa e eu, muito má — zombava Justiniana.

— Então, somos parecidos, Justita. Porque, em sua opinião, eu sou muito mau, não?

— Você me ganha de goleada — despediu-se a empregada, sumindo no corredor da cozinha.

Dona Lucrecia e o menino permaneceram em silêncio, enquanto comiam os pãezinhos e tomavam o chá.

— Justita me odeia da boca para fora — afirmou Fonchito, quando terminou de mastigar. — No fundo, penso que também me perdoou. Não acha, madrasta?

— Talvez não. Ela não se deixa tapear por suas maneiras de menino bonzinho. Não quer me ver passar de novo pelo que passei. Porque, embora não goste de recordar isso, eu sofri muito por sua culpa, Fonchito.

— E por acaso eu não sei, madrasta? — empalideceu o menino. — Por isso, vou fazer tudo, tudo, para reparar o mal que lhe causei.

Estaria falando sério? Ou representando uma farsa, utilizando esse vocabulário de velho precoce? Impossível averiguar, naquela carinha em que olhos, boca, nariz, pômulos, orelhas e até a desordem dos cabelos pareciam a obra de um esteta perfeccionista. Era bonito como um arcanjo, um deusinho pagão. O pior, o pior, pensava dona Lucrecia, era que ele parecia a encarnação da pureza, um modelo de inocência e virtude. "A mesma auréola de limpeza que havia em Modesto", disse a si mesma, recordando o engenheiro afeiçoado às canções bregas que lhe fizera a corte antes de ela se casar com Rigoberto, e a quem havia desdenhado, talvez por não saber apreciar suficientemente sua correção e sua bondade. Ou, quem sabe, teria rechaçado o pobre Pluto, como o chamavam, precisamente porque ele era bom? Por serem aqueles fundos turvos, nos quais Rigoberto mergulhava, o que atraía seu coração? Com ele, não havia vacilado um segundo. No bonachão do Pluto, a expressão limpa refletia sua alma; neste diabinho do Alfonso, era uma estratégia de sedução, um canto daquelas sereias que chamam dos abismos.

— Você gosta muito de Justita, madrasta?

— Sim, muito. Para mim, ela é mais do que uma empregada. Não sei o que teria feito sem Justiniana todos estes meses, enquanto me acostumava outra vez a viver sozinha. Foi uma amiga, uma aliada. Assim a considero. Não tenho os preconceitos estúpidos da gente de Lima com as domésticas.

Quase contou a Fonchito o caso da respeitabilíssima dona Felícia de Gallagher, a qual se gabava em seus chás-canastra de ter proibido seu motorista, robusto negro de uniforme azul-marinho, de beber água durante o trabalho para que não tivesse vontade de urinar e precisasse estacionar o carro em busca de um banheiro, deixando a patroa sozinha naquelas ruas cheias de ladrões. Mas não o fez, pressentindo que uma alusão, mesmo indireta, a uma função orgânica diante do menino seria como revolver as águas mefíticas de um pântano.

— Posso lhe servir mais chá? Os *chancays* estão uma delícia — adulou-a Fonchito. — Quando posso escapulir da academia e venho, me sinto feliz, madrasta.

— Você não deve perder tantas tardes. Se realmente quer ser pintor, essas aulas lhe serão muito úteis.

Por que, quando lhe falava como a um menino, o que ele realmente era, via-se dominada pela sensação de pisar em falso, de mentir? Mas, se o tratasse como a um homenzinho, tinha idêntica aflição, o mesmo sentimento de falsidade.

— Acha Justiniana bonita, madrasta?

— Acho, sim. Ela tem um tipo muito peruano, com sua pele cor de canela e sua carinha espevitada. Deve ter partido alguns corações por aí.

— Alguma vez o papai lhe disse que achava Justiniana bonita?

— Não, não creio que ele tenha dito. Mas por que tantas perguntas?

— Por nada. Mas você é mais linda do que Justita e do que todas, madrasta! — exclamou o menino. Porém, assustado, desculpou-se de imediato. — Fiz mal em lhe dizer isso? Você não vai se aborrecer, não é?

A senhora Lucrecia tentava evitar que o filho de Rigoberto notasse seu sufoco. Lúcifer estaria voltando a fazer das suas? Ela deveria pegá-lo por uma orelha e expulsá-lo, ordenando-lhe que não voltasse? Mas Fonchito já parecia ter esquecido o que acabava de dizer e remexia na pasta em busca de alguma coisa. Finalmente, encontrou.

— Veja, madrasta — estendeu-lhe o pequeno recorte.

— Schiele, quando pequeno. Não sou parecido?

Dona Lucrecia examinou o mirrado adolescente de cabelos curtos e feições delicadas, apertado em um traje escuro do início do século, com uma rosa na lapela, e a quem a camisa de colarinho duro e a gravata-borboleta pareciam estrangular.

— Nem um pouco — disse. — Você não se parece nada com ele.

— Essas que estão ao lado são suas irmãs. Gertrude e Melanie. A menor, a loura, é a famosa Gerti.

— Por que famosa? — perguntou dona Lucrecia, incomodada. Sabia muito bem que estava entrando em um campo minado.

— Como por quê? — surpreendeu-se a carinha rubicunda; as mãos fizeram um trejeito teatral. — Não sabia? Ela foi a modelo dos nus mais conhecidos dele.

— Ah, é? — O desconforto de dona Lucrecia se acentuou. — Pelo que vejo, você conhece muito bem a vida de Egon Schiele.

— Li tudo o que existe a respeito na biblioteca do papai. Mulheres aos montes posaram nuas para ele. Garotas de colégio, mulheres da rua, sua amante Wally. E também sua esposa Edith e sua cunhada Adele.

— Bem, bem — dona Lucrecia consultou seu relógio. — Está ficando tarde para você, Fonchito.

— Também não sabia que ele fez Edith e Adele posarem juntas? — prosseguiu o menino, entusiasmado, como se não a tivesse escutado. — E, quando vivia com Wally, na aldeiazinha de Krumau, mesma coisa. Nua, junto com meninas do colégio. Por isso se armou um escândalo.

— Não é de estranhar, se eram meninas de colégio — comentou a senhora Lucrecia. — Mas veja, está escurecendo, é melhor ir embora. Se Rigoberto ligar para a academia, vai descobrir que você mata aula.

— Mas esse escândalo foi uma injustiça — continuou o menino, tomado de grande excitação. — Schiele era um artista, precisava se inspirar. Não pintou obras-primas? Que maldade havia nisso de fazê-las se despir?

— Vou levar estas xícaras para a cozinha. — A senhora Lucrecia se levantou. — Me ajude com os pratos e a cestinha, Fonchito.

O menino se apressou a recolher com as mãos as migalhas de *chancay* espalhadas pela mesa de centro. Seguiu a madrasta, docilmente. Mas a senhora Lucrecia não havia conseguido desviá-lo do assunto.

— Bom, é verdade que, com algumas das que posaram nuas, ele também fez umas coisinhas — ia dizendo Fonchito, enquanto percorriam o corredor. — Por exemplo, fez com sua cunhada Adele. Mas, com sua irmã Gerti, não faria, não é, madrasta?

Nas mãos da senhora Lucrecia as xícaras haviam começado a balançar. O malandrinho tinha o endemoniado costume de, como quem não quer nada, levar sempre a conversa para temas escabrosos.

— Claro que não fez — retrucou ela, sentindo que sua língua se enrolava. — Evidentemente não, que ideia.

Tinham entrado na pequena cozinha, de ladrilhos que pareciam espelhos. Também as paredes reluziam. Justiniana os observou, intrigada. Uma borboletinha revoluteava em seus olhos, animando seu rosto moreno.

— Com Gerti, talvez não, mas com a cunhada, sim — insistiu o menino. — A própria Adele confessou, quando Egon Schiele já tinha morrido. Os livros contam isso, madrasta. Ou seja, ele fez coisinhas com as duas irmãs. Vai ver que era daí que lhe vinha a inspiração.

— Quem era esse safado? — perguntou a empregada. Sua expressão era vivíssima. Ela recebia xícaras e pratos e colocava-os embaixo da torneira aberta; depois, afundava-os na pia, cheia até a borda de água espumosa e azulada. O cheiro de detergente impregnava a cozinha.

— Egon Schiele — sussurrou dona Lucrecia. — Um pintor austríaco.

— Morreu aos vinte e oito anos, Justita — especificou o menino.

— Certamente, de tanto fazer coisinhas. — Justiniana falava e enxaguava pratos e xícaras, secando-os depois com um pano de losangos coloridos. — Portanto, comporte-se, Foncho, cuidado para não lhe acontecer o mesmo.

— Não morreu de fazer coisinhas, mas de gripe espanhola — replicou o menino, impermeável ao humor. — Sua esposa também, três dias antes dele. O que é gripe espanhola, madrasta?

— Uma gripe maligna, imagino. Deve ter chegado a Viena vinda da Espanha, seguramente. Bom, agora vá embora, está tarde.

— Já sei por que você quer ser pintor, seu bandido — interveio Justiniana, irreprimível. — Porque, pelo visto, os pintores têm um vidão com suas modelos.

— Não faça esses gracejos — repreendeu-a dona Lucrecia. — Ele é um menino.

— Bem metidinho, patroa — replicou a outra, abrindo a boca de par em par e mostrando seus dentes branquíssimos.

— Antes de pintá-las, brincava com elas — retomou Fonchito o fio de seu pensamento, sem prestar atenção ao diálogo entre patroa e empregada. — Fazia com que elas posassem de maneiras diferentes, experimentando. Vestidas, peladas, meio vestidas. O que mais lhe agradava era que trocassem as meias. Coloridas, verdes, pretas, de todas as cores. E que se jogassem no chão. Juntas, separadas, emboladas. Que fingissem estar brigando. Ficava horas olhando para elas. Brincava com as duas irmãs como se fossem suas bonecas. Até que lhe vinha a inspiração. Então as pintava.

— Que brincadeirinha... — provocou-o Justiniana. — Como aquela de ir tirando as peças de roupa, mas para adultos.

— Ponto final! Chega! — Dona Lucrecia elevou tanto a voz que Fonchito e Justiniana ficaram boquiabertos. Ela moderou o tom: — Não quero que seu pai comece a lhe fazer perguntas. Você tem de ir embora.

— Está certo, madrasta — tartamudeou o menino.

Estava branco de susto e dona Lucrecia se arrependeu de haver gritado. Mas não podia permitir que ele continuasse falando das intimidades de Egon Schiele com aquele fogo todo, seu coração lhe dizia que havia ali uma armadilha, um risco que era indispensável evitar. Que bicho havia picado Justiniana, para atiçá-lo daquele jeito? O menino saiu da cozinha. Ela o escutou recolhendo a mochila, a pasta e os lápis na sala de jantar. Quando voltou, havia ajeitado a gravata, enfiado o boné e abotoado o paletó. Plantado no umbral, fitando-a nos olhos, perguntou com naturalidade:

— Posso lhe dar um beijo de despedida, madrasta?

O coração de dona Lucrecia, que havia começado a serenar, acelerou-se de novo; o que mais a perturbou, porém, foi o sorrisinho de Justiniana. O que devia fazer? Era ridículo se negar. Assentiu, inclinando a cabeça. Um instante depois, sentiu na face um biquinho de passarinho.

— E em você, também posso, Justita?

— Cuidado para não ser na boca — gargalhou a moça.

Desta vez o menino festejou o gracejo, soltando uma risada, enquanto se esticava para beijar Justiniana na face. Era uma bobagem, claro, mas a senhora Lucrecia não se atrevia a fitar a empregada nos olhos nem conseguia repreendê-la por se exceder com piadas de mau gosto.

— Vou matar você — disse por fim, meio de brincadeira, meio a sério, quando sentiu a porta da rua se fechar. — Enlouqueceu, para fazer essas gracinhas com Fonchito?

— É que esse menino tem não sei o quê — desculpou-se Justiniana, encolhendo os ombros. — Faz a gente encher a cabeça de pecados.

— Seja lá o que for — disse dona Lucrecia —, com ele o melhor é não botar lenha na fogueira.

— Fogueira é o que a senhora tem na cara, patroa — retrucou Justiniana, com sua desenvoltura habitual. — Mas não se preocupe, essa cor lhe fica ótima.

CLOROFILA E BOSTA

Sinto ter de decepcioná-lo. Suas apaixonadas arengas em favor da preservação da Natureza e do meio ambiente não me comovem. Nasci, vivi e morrerei na cidade (na feia cidade de Lima, se for o caso de buscar agravantes), e afastar-me da urbe, mesmo que por um fim de semana, é uma servidão à qual me submeto às vezes por obrigação familiar ou razão de trabalho, mas sempre de má vontade. Não me inclua entre esses mesocratas cuja aspiração mais acalentada é comprar uma casinha em uma praia do Sul para ali passar verões e fins de semana em obscena promiscuidade com a areia, a água salgada e as barrigas cervejeiras de outros mesocratas idênticos a eles. Esse espetáculo domingueiro de famílias confraternizando em um exibicionismo *bien-pensant* à beira-mar é para mim um dos mais deprimentes entre os oferecidos, no ignóbil escalão do gregário, por este país pré-individualista.

Constato que, para pessoas como o senhor, uma paisagem enfeitada com vacas pastando em meio a olorosas ervas, ou cabritas fariscando algarobeiras, alvoroça-lhes o coração e leva-as a experimentar o êxtase do jovenzinho que pela primeira vez contempla uma mulher nua. No que me concerne, o destino natural do touro macho é a arena — em outras palavras, viver para enfrentar a capa, a muleta, a garrocha, a bandarilha e o estoque —, e as estúpidas bovinas eu só gostaria de vê-las esquartejadas e assadas na grelha, temperadas com especiarias ardentes e sangrando diante de mim, rodeadas por batatas crocantes e saladas frescas, e as cabritas, trituradas, desfiadas, fritas ou curtidas, segundo as receitas do *seco* nortista, um dos meus favoritos entre os pratos que a brutal gastronomia crioula oferece.

Sei que ofendo suas crenças mais caras, pois não ignoro que o senhor e os seus — outra conspiração coletivista! — estão convencidos, ou prestes a estar, de que os animais têm direitos e, quem sabe, alma, todos eles, sem excluir o mosquito palúdico, a hiena carniceira, a sibilante cobra e a piranha voraz. Eu confesso paladinamente que para mim os animais têm um interesse comestível, decorativo e talvez esportivo (embora deva esclarecer-lhe que o amor aos cavalos me produz tanto desagrado quanto o vegetarianismo, e que considero os ginetes de testículos ananicados pela fricção da montaria como um tipo particularmente lúgubre do castrado humano). Embora respeite, à distância, os que lhes atribuem funcionalidade erótica, a mim, pessoalmente, não me seduz (ou melhor, faz-me farejar maus odores e presumir variadas incomodidades físicas) a ideia de copular com uma galinha, uma pata, uma macaca, uma égua ou qualquer variante animal com orifícios, e abrigo a enervante suspeita de que quem se gratifica com tais ginásticas são, no íntimo — não o tome como algo pessoal —, ecologistas em estado selvagem, conservacionistas que se ignoram, muito capazes, no futuro, de ir enturmar-se com Brigitte Bardot (que, de resto, também amei quando jovem) para atuar em prol da sobrevivência das focas. Embora, vez por outra, tenha tido fantasias inquietantes com a imagem de uma formosa mulher nua balançando em um leito salpicado de bichanos, saber que nos Estados Unidos há sessenta e três milhões de gatos e cinquenta e quatro milhões de cães domésticos me alarma mais do que o enxame de armas atômicas armazenadas em meia dúzia de países da ex-União Soviética.

Se assim penso desses quadrúpedes e passarolos, o senhor já pode imaginar os humores que em mim despertam seus espessos bosques, sussurrantes árvores, deleitosas frondes, rios cantores, desfiladeiros profundos, cumes cristalinos, similares e anexos. Todas essas matérias-primas têm para mim sentido e justificação se passarem pelo crivo da civilização urbana, isto é, se forem manufaturadas e transmutadas — não me importa que digamos "irrealizadas", mas preferiria a desprestigiada fórmula "humanizadas" — pelo livro, o quadro, o cinema ou a televisão. Entendamo-nos: eu daria minha vida (algo que não deve ser tomado ao pé da letra, pois é um dizer obviamente hiperbólico) para salvar os álamos que empinam sua alta copa no *Polifemo* e as amendoeiras que encanecem as *Soledades* de Góngora, os salgueiros-chorões das éclogas de Garcilaso ou os girassóis e trigais que destilam seu mel áureo nos Van Gogh, mas não derramaria uma lágrima em louvor dos pinheirais devastados pelos incêndios da estação estival e não me tremeria a mão ao assinar o decreto de anistia em favor dos incendiários que carbonizam bosques andinos, siberianos ou alpinos. A Natureza não passada pela arte ou pela literatura, a Natureza ao natural, cheia de moscas, pernilongos, lama, ratazanas e baratas, é incompatível com prazeres refinados, como a higiene corporal e a elegância indumentária.

Para ser breve, resumirei meu pensamento — minhas fobias, em todo caso — explicando-lhe que, se isso que o senhor chama de "peste urbana" avançasse incontrolável e engolisse todas as pradarias do mundo, e o globo terrestre se recobrisse de uma erupção de arranha-céus, pontes metálicas, ruas asfaltadas, lagos e parques artificiais, praças cimentadas e estacionamentos subterrâneos, e o planeta inteiro se encasquetasse de concreto armado e vigas de aço e fosse uma só cidade esférica e interminável (repleta, isto sim, de livrarias, galerias, bibliotecas, restaurantes, museus e cafés), o subscritor, *homo urbanus* até a consumação dos seus ossos, aprovaria a medida.

Pelas razões supracitadas, não contribuirei com um só centavo para os fundos da Associação Clorofila e Bosta que o senhor preside, e farei tudo o que estiver ao meu alcance (muito pouco, tranquilize-se) para que seus fins não se cumpram e que sua bucólica filosofia seja atropelada por este objeto emblemático da cultura que o senhor odeia e eu venero: o caminhão.

O SONHO DE PLUTO

Na solidão de seu escritório, espertado pelo frio amanhecer, don Rigoberto se repetiu de memória a frase de Borges com a qual acabava de topar: "Do adultério costumam participar a ternura e a abnegação." Poucas páginas depois da citação borgiana, a carta apareceu diante dele, indene aos anos corrosivos:

Querida Lucrecia:

Ao ler estas linhas você terá a surpresa de sua vida e, quem sabe, me desprezará. Mas não importa. Mesmo que houvesse uma só possibilidade de que você aceitasse minha proposta contra um milhão de que a recusasse, eu mergulharia fundo. Resumirei o que exigiria horas de conversa, acompanhada de inflexões de voz e gesticulações persuasivas.

Desde que (depois do bilhete azul que você me deu) deixei o Peru, trabalhei nos Estados Unidos, com bastante sucesso. Em dez anos cheguei a gerente e sócio minoritário desta fábrica de conduto-

res elétricos, bem implantada no estado de Massachusetts. Como engenheiro e empresário, consegui abrir caminho nesta minha segunda pátria, já que há quatro anos sou cidadão americano.

Pois bem, saiba que acabo de renunciar a essa gerência e estou vendendo minhas ações na fábrica, pelo que espero obter um lucro de seiscentos mil dólares ou, com sorte, um pouco mais. Faço isso porque me ofereceram a reitoria do TIM (Technological Institute of Mississippi), o college onde estudei e com o qual sempre mantive contato. Um terço do estudantado é agora hispanic (latino-americano). Meu salário será a metade do que ganho aqui. Não importa. Dedicar-me à formação desses jovens das duas Américas que construirão o século XXI é algo que me empolga. Sempre sonhei entregar minha vida à Universidade e é o que faria se tivesse ficado no Peru, isto é, se você tivesse se casado comigo.

"A que vem tudo isso?", você deve estar se perguntando. "Por que Modesto ressuscita, depois de dez anos, para me contar semelhante história?" Já chego lá, queridíssima Lucrecia.

Decidi gastar em uma semana de férias, entre minha partida de Boston e minha chegada a Oxford, Mississippi, cem mil dos seiscentos mil dólares poupados. Férias, diga-se de passagem, eu nunca tirei nem tirarei no futuro, porque, como você certamente se lembra, o que sempre me agradou foi trabalhar. Meu job continua sendo meu melhor lazer. Mas, se meus planos saírem como espero, essa semana será algo fora do comum. Não as convencionais férias de cruzeiro no Caribe ou praias com coqueiros e surfistas no Havaí. Algo muito pessoal e irrepetível: a materialização de um sonho antigo. É aí que você entra na história, pela porta principal. Bem sei que está casada com um honrado cavalheiro limenho, viúvo e gerente de uma companhia de seguros. Eu também estou, com uma gringuinha de Boston, médica de profissão, e sou feliz, na modesta medida em que o matrimônio permite sê-lo. Não lhe proponho que você se divorcie e mude de vida, nada disso. Somente que compartilhe comigo essa semana ideal, acariciada em minha mente ao longo de muitos anos, e que agora as circunstâncias me permitem tornar realidade. Você não se arrependerá de viver comigo esses sete dias de ilusão e se lembrará deles com saudade pelo resto de sua vida. Isso eu lhe prometo.

Nosso encontro será no sábado 17 no aeroporto Kennedy, em Nova York, você procedente de Lima no voo da Lufthansa, e *eu de Boston. Uma limusine nos levará à suíte do Plaza Hotel, já reservada, inclusive com a indicação das flores que devem perfumá-la. Você terá tempo para descansar, ir ao cabeleireiro, tomar uma sauna ou fazer compras na Quinta Avenida, literalmente aos seus pés. Nessa noite temos lugares no Metropolitan para ver a Tosca de Puccini, com Luciano Pavarotti no papel de Mario Cavaradossi e a Orquestra Sinfônica do Metropolitan regida pelo maestro Edouardo Muller. Jantaremos em Le Cirque, onde, com sorte, você poderá ficar pertinho de Mick Jagger, Henry Kissinger ou Sharon Stone. Terminaremos a noitada no bulício do Regine's.*

O Concorde rumo a Paris sai no domingo ao meio-dia, não será necessário madrugar. Como o voo dura só três horas e meia — inadvertidas, acredito, graças às delícias do almoço assinado por Paul Bocuse —, chegaremos à Cidade-Luz ainda de dia. Assim que nos instalarmos no Ritz (vista garantida para a Place Vendôme), haverá tempo para um passeio pelas pontes do Sena, aproveitando as tépidas noites do início do outono, as melhores segundo os entendidos, desde que não chova. (Fracassei em meus esforços por averiguar as perspectivas de precipitação pluvial parisiense nesse domingo e nessa segunda-feira, pois a NASA, vale dizer, a ciência meteorológica, só prevê os caprichos do céu com quatro dias de antecedência.) Nunca estive em Paris e espero que você também não, de modo que, nessa caminhada vespertina do Ritz até Saint-Germain, descobriremos juntos aquilo que, pelo visto, é um itinerário surpreendente. Na margem esquerda (o Miraflores parisiense, digamos assim) nos aguardam o inconcluso Réquiem de Mozart, na abadia de Saint-Germain-des-Prés, e um jantar Chez Lipp, brasserie alsaciana onde é obrigatório o chucrute (não sei o que é, mas, se não tiver alho, vou gostar). Imaginei que, terminado o jantar, você vai querer descansar para empreender, fresquinha, a intensa jornada da segunda-feira, de modo que nessa noite não sobrecarregam o programa discoteca, bar, boate nem inferninho.

Na manhã seguinte passaremos pelo Louvre para apresentar nossos respeitos à Gioconda e almoçaremos rapidamente em La Closerie des Lilas ou em La Coupole (reverenciados restaurantes esnobes de Montparnasse). À tarde tomaremos um banho de vanguarda no Centre Pompidou e daremos uma olhada no Marais, famoso por seus palácios do século XVIII e seus veados contemporâneos. Tomaremos um chá em La Marquise de Sévigné, na Place de La Made-

35

leine, antes de recuperarmos as forças com uma ducha no hotel. O programa da noite é francamente frívolo: aperitivo no bar do Ritz, jantar no cenário modernista do Maxim's e fim de festa na catedral do strip-tease: o Crazy Horse Saloon, que estreia sua nova revista "Que calor!". (Os ingressos estão adquiridos, as mesas reservadas, e maîtres e porteiros subornados para garantir os melhores lugares, mesas e atendimento.)

Uma limusine, menos espetacular porém mais refinada que a de Nova York, com chofer e guia, nos levará na manhã da terça-feira a Versalhes, para conhecer o palácio e os jardins do Rei Sol. Comeremos algo típico (bife com batatas fritas, temo) em um bistrô do caminho, e, antes da Ópera (Otelo, *de Verdi, com Plácido Domingo, claro), você terá tempo para compras no Faubourg Saint-Honoré, vizinho do hotel. Faremos um simulacro de jantar, por razões meramente visuais e sociológicas, no próprio Ritz, onde — es-pecialistas* dixit — *a suntuosidade do ambiente e o refinamento do serviço compensam a falta de imaginação do cardápio. O verdadeiro jantar nós teremos depois da ópera, em La Tour d'Argent, de cujas janelas nos despediremos das torres de Notre-Dame e das luzes das pontes refletidas nas águas fugidias do Sena.*

O Orient-Express para Veneza sai na quarta-feira ao meio-dia, da Gare Saint-Lazare. Viajando e descansando, passa-remos nele esse dia e a noite seguinte, mas, segundo os que protago-nizaram tal aventura ferroviária, percorrer nesses camarotes belle époque *a geografia de França, Alemanha, Áustria, Suíça e Itália é relaxante e preliminar, excita sem fatigar, entusiasma sem enlou-quecer e diverte até por razões de arqueologia, em virtude do gosto com que foi ressuscitada a elegância dos camarotes, toaletes, bares e restaurantes desse mítico trem, cenário de tantos romances e filmes do entreguerras. Levarei comigo o romance de Agatha Christie* As-sassinato no Expresso do Oriente, *em versões inglesa e espanhola, caso lhe apeteça dar uma olhada nos cenários da ação. Segundo o prospecto, para o jantar* aux chandelles *dessa noite, a etiqueta e os longos decotes são obrigatórios.*

A suíte do Hotel Cipriani, na ilha da Giudecca, tem vista para o Grande Canal, a Praça de São Marcos e as bizantinas e elaboradas torres de sua igreja. Contratei uma gôndola, assim como o guia que a agência considera o mais preparado (e o único amável) da cidade lacustre, para que na manhã e na tarde da quinta-feira ele nos familiarize com igrejas, praças, conventos, pontes e museus, com um curto intervalo ao meio-dia para beliscarmos alguma coisa — uma pizza, por exemplo — rodeados de pombos e turistas, no terraço do Florian. Tomaremos o aperitivo — uma beberagem inevitável chamada Bellini — no Hotel Danieli e jantaremos no Harry's Bar, imortalizado por um péssimo romance de Hemingway. Na sexta-feira continuaremos a maratona com uma visita à praia do Lido e uma excursão a Murano, onde ainda se modela o vidro a sopros humanos (técnica que resgata a tradição e robustece os pulmões dos nativos). Haverá tempo para comprar suvenires e dar uma olhada furtiva em uma villa *de Palladio. À noite, concerto na ilhota de San Giorgio — I Musici Veneti — com peças dedicadas a barrocos venezianos, claro: Vivaldi, Cimarosa e Albinoni. O jantar será no terraço do Danieli, divisando, se a noite for sem nuvens, como "manto de vagalumes" (estou resumindo os guias), os faróis de Veneza. Se o corpo o permitir, querida Lucre, nos despediremos da cidade e do Velho Continente rodeados de modernidade, na discoteca Il Gatto Nero, que atrai velhos, maduros e jovens aficionados do jazz (eu nunca fui e você tampouco, mas um dos requisitos dessa semana ideal é fazer o que nunca fizemos, submetidos às servidões do mundanismo).*

Na manhã seguinte — sétimo dia, a palavra fim já no horizonte — será preciso madrugar. O avião rumo a Paris sai às dez, a tempo de alcançar o Concorde para Nova York. Sobre o Atlântico, cotejaremos as imagens e sensações armazenadas na memória a fim de escolher as mais dignas de perdurar.

Vamos nos despedir no Kennedy Airport (seu voo para Lima e o meu para Boston são quase simultâneos) para, certamente, não nos vermos mais. Duvido que nossos destinos voltem a se cruzar. Eu não retornarei ao Peru e não creio que você apareça algum dia no perdido rincão do Deep South, que, a partir de outubro, poderá se vangloriar de ter o único reitor hispanic *deste país (os dois mil e quinhentos restantes são gringos, africanos ou asiáticos).*

Você vem? Sua passagem está à espera na agência limenha da Lufthansa. Não precisa me responder. De qualquer modo, no sábado 17 eu estarei no lugar do encontro. Sua presença ou ausência será a resposta. Se você não vier, cumprirei o programado, sozinho, fantasiando que você está comigo, tornando real esse capricho com o qual me consolei nestes anos, pensando em uma mulher que, apesar do passa-fora que mudou minha existência, continuará sendo sempre o coração da minha memória.

Preciso esclarecer que este é um convite a que você me honre com sua companhia, e que não implica outra obrigação afora a de me acompanhar? De nenhum modo lhe peço que, nesses dias da viagem — não sei de qual eufemismo me valer para dizer isto —, compartilhe meu leito. Queridíssima Lucrecia: só aspiro a que você compartilhe meu sonho. As suítes reservadas em Nova York, Paris e Veneza têm quartos separados com chaves e ferrolhos, aos quais, se seus escrúpulos exigirem, posso acrescentar punhais, machados, revólveres e até guarda-costas. Mas você sabe que nada disso será necessário e que, nessa semana, o bom Modesto, o manso Pluto, como me apelidavam no bairro, será tão respeitoso com você como anos atrás, em Lima, quando tentava convencê-la a se casar comigo e mal me atrevia a tocar sua mão no escurinho dos cinemas.

Até o aeroporto Kennedy ou até nunca, Lucre,

Modesto (Pluto)

Don Rigoberto se sentiu atacado pela febre e pela tremedeira da terça. O que Lucrecia responderia? Rechaçaria, indignada, a carta daquele ressuscitado? Sucumbiria à frívola tentação? Na madrugada leitosa, pareceu-lhe que seus cadernos esperavam o desenlace com a mesma impaciência de seu espírito atormentado.

IMPERATIVOS DO SEDENTO VIAJANTE

Esta é uma ordem do teu escravo, amada.

Diante do espelho, sobre uma cama ou sofá engalanado com sedas da Índia pintadas à mão ou batique indonésio de olhos circulares, te reclinarás de costas, despida, e teus longos cabelos negros soltarás.

Levantarás a perna esquerda recolhida até formar um ângulo. Apoiarás a cabeça em teu ombro direito, entreabrirás os lábios e, amassando com a destra uma ponta do lençol, baixarás as pálpebras, simulando dormir. Fantasiarás que um rio amarelo de asas de borboleta e estrelas em pó desce do céu sobre ti e te fende.

Quem és?

A *Dânae* de Gustav Klimt, naturalmente. Não importa quem o inspirou para pintar esse óleo (1907-1908), o mestre te antecipou, te adivinhou, te viu, tal como virias ao mundo e serias, do outro lado do oceano, meio século depois. Acreditava recriar com seus pincéis uma dama da mitologia helênica e eras tu que ele precriava, beleza futura, esposa amante, madrasta sensual.

Só tu, entre todas as mulheres, como nessa fantasia plástica, reúnes a pulcra perfeição do anjo, sua inocência e sua pureza, a um corpo atrevidamente terreno. Hoje, prescindo da firmeza de teus seios e da beligerância de teus quadris para prestar uma homenagem exclusiva à consistência de tuas coxas, templo de colunas onde eu quisera ser atado e açoitado por me comportar mal.

Tu inteira celebras meus sentidos.

Pele de veludo, saliva de aloé, delicada dama de cotovelos e joelhos incorruptíveis, desperta, olha-te no espelho, diz a ti mesma: "Sou reverenciada e admirada como nenhuma outra, sou lembrada com saudade e desejada como as miragens líquidas dos desertos pelo sedento viajante."

Lucrecia-Dânae, Dânae-Lucrecia.

Esta é uma súplica do teu amo, escrava.

A SEMANA IDEAL

— Minha secretária ligou para a Lufthansa e, de fato, sua passagem está lá, paga — disse don Rigoberto. — Ida e volta. Na primeira classe, é claro.

— Fiz bem em lhe mostrar esta carta, amor? — exclamou dona Lucrecia, assustadíssima. — Você não se aborreceu, não é? Como prometemos não esconder nada um do outro, achei que devia lhe mostrar.

— Fez muito bem, minha rainha — disse don Rigoberto, beijando a mão da esposa. — Quero que você vá.

— Quer que eu vá? — Dona Lucrecia sorriu, fez uma expressão grave e voltou a sorrir. — Sério?

— Imploro — insistiu ele, os lábios nos dedos de sua mulher. — A não ser que a ideia não lhe agrade. Mas por que não agradaria? Embora seja um programa de novo-rico e um tanto vulgar, está elaborado com espírito brincalhão e uma ironia incomum entre engenheiros. Você vai se divertir, meu amor.

— Não sei o que dizer, Rigoberto — balbuciou dona Lucrecia, lutando contra o rubor. — É uma generosidade da sua parte, mas...

— É por motivos egoístas que eu lhe peço que aceite — esclareceu seu marido. — Você sabe, em minha filosofia o egoísmo é uma virtude. Sua viagem será uma grande experiência para mim.

Pelos olhos e pela expressão de don Rigoberto, dona Lucrecia soube que ele falava sério. Fez, portanto, a viagem, e no oitavo dia retornou a Lima. No aeroporto foi esperada pelo marido e por Fonchito, este com um buquê de flores envoltas em papel celofane e um cartão: "Bem-vinda à terrinha, madrasta." Receberam-na com muitas demonstrações de carinho e don Rigoberto, para ajudá-la a ocultar sua perturbação, cobriu-a de perguntas sobre o tempo, as alfândegas, os horários alterados, o *jet lag* e o cansaço, evitando toda alusão ao assunto nevrálgico. Rumo a Barranco, deu-lhe precisa conta do trabalho, do colégio de Fonchito, dos desjejuns, almoços e jantares, durante a ausência dela. A casa brilhava com ordem e limpeza exageradas. Justiniana havia mandado lavar as cortininhas e renovar o adubo do jardim, tarefas que só eram realizadas no fim do mês.

Dona Lucrecia passou a tarde abrindo malas, conversando com os empregados sobre assuntos práticos e atendendo a telefonemas de amigas e familiares que queriam saber como tinha sido sua viagem de compras natalinas a Miami (a versão oficial de sua escapadela). Não houve o menor mal-estar no ambiente quando tirou os presentes para o marido, o enteado e Justiniana. Don Rigoberto aprovou as gravatas francesas, as camisas italianas e o pulôver nova-iorquino, e em Fonchito assentaram como luvas os jeans, a jaqueta de couro e o conjunto esportivo. Justiniana soltou uma exclamação de entusiasmo ao experimentar, sobre o avental, o vestido amarelo-patinho que lhe coube.

Depois do jantar, don Rigoberto se fechou no banheiro e demorou menos do que habitualmente com suas abluções. De volta, encontrou o dormitório em uma penumbra rasgada por um talho de luz indireta que só iluminava as duas gravuras de

Utamaro: acoplamentos incompatíveis mas ortodoxos de um só casal, ele dotado de uma verga em saca-rolhas e ela de um sexo liliputiano, entre quimonos inflados como nuvens de tormenta, lanternas de papel, esteiras, mesinhas com a porcelana do chá e, ao longe, pontes sobre um rio sinuoso. Dona Lucrecia estava embaixo dos lençóis, não despida, comprovou, ao deslizar para junto dela, mas com uma nova camisola — adquirida e usada durante a viagem? — que deixava às mãos dele a liberdade necessária para alcançar seus cantinhos íntimos. Ela se ajeitou de lado e ele pôde lhe passar o braço embaixo dos ombros e senti-la dos pés à cabeça. Beijou-a sem sufocá-la, com muita ternura, nos olhos, nas faces, demorando-se até chegar à boca.

— Não me conte nada que não queira — mentiu-lhe no ouvido, com uma coqueteria infantil que atiçava sua impaciência, enquanto seus lábios lhe percorriam a curva da orelha.

— Como achar melhor. Ou, se preferir, nada.

— Vou contar tudo — cochichou dona Lucrecia, buscando-lhe a boca. — Não foi para isso que você me mandou?

— Também — assentiu don Rigoberto, beijando-a no pescoço, nos cabelos, na testa, insistindo no nariz, nas faces e no queixo. — Você se divertiu? Correu tudo bem?

— Correu bem ou correu mal, vai depender do que acontecer agora entre nós dois — disse a senhora Lucrecia de um só fôlego, e don Rigoberto sentiu que, por um segundo, sua mulher ficava tensa. — Me diverti, sim. Desfrutei, sim. Mas tive medo o tempo todo.

— De que eu me aborrecesse? — Don Rigoberto beijava agora os seios firmes, milímetro a milímetro, e a ponta de sua língua brincava com os mamilos, sentindo como se endureciam.

— De que eu lhe fizesse uma cena de ciúme?

— De que você sofresse — sussurrou dona Lucrecia, abraçando-o.

"Começa a transpirar", comprovou don Rigoberto. Sentia-se feliz acariciando aquele corpo a cada instante mais ativo e precisou recorrer à lucidez para controlar a vertigem que ameaçava dominá-lo. No ouvido de sua mulher, murmurou que a amava, mais, muito mais do que antes da viagem.

Ela começou a falar, com intervalos, buscando as palavras — silêncios que eram álibis para sua confusão —, mas, pou-

41

co a pouco, estimulada pelas carícias e pelas amorosas interrupções, foi ganhando confiança. Por fim, don Rigoberto percebeu que ela havia recuperado a desenvoltura e relatava tomando uma fingida distância daquilo que contava. Aderida ao corpo dele, apoiava a cabeça no seu ombro. As mãos respectivas se moviam de vez em quando, para tomar posse ou averiguar a existência de um membro, músculo ou pedaço de pele do parceiro.

— Ele havia mudado muito?

Tinha se agringalhado na maneira de vestir e de falar, pois continuamente deixava escaparem expressões em inglês. Mas, mesmo grisalho e mais gordo, mantinha aquela cara de Pluto, comprida e tristonha, a timidez e as inibições da juventude.

— Deve ter visto você chegar como que caída do céu.

— Ficou tão pálido! Parecia que ia desmaiar. Me esperava com um buquê de flores maior do que ele. A limusine era uma daquelas prateadas, dos gângsteres de filme. Com bar, televisão, som estéreo e, aguente esta, assentos em pele de leopardo.

— Pobres ecologistas — entusiasmou-se don Rigoberto.

— Sei que é uma cafonice — desculpou-se Modesto, enquanto o chofer, afegão altíssimo uniformizado de grená, arrumava a bagagem no porta-malas. — Mas era a mais cara.

— É capaz de zombar de si mesmo — sentenciou don Rigoberto. — Simpático.

— Na viagem até o Plaza, me elogiou umas duas vezes, corado até as orelhas — prosseguiu dona Lucrecia. — Que eu continuava muito bem, que estava ainda mais bonita do que quando ele quis se casar comigo.

— E está — interrompeu don Rigoberto, bebendo-lhe o alento. — Cada dia mais, cada hora mais.

— Nem uma só palavra de mau gosto, nem uma só insinuação chocante — disse ela. — Me agradeceu tanto por eu ter ido que me senti como a boa samaritana da Bíblia.

— Sabe o que ele ia pensando, enquanto lhe fazia esses galanteios?

— O quê? — dona Lucrecia enroscou uma perna nas do seu marido.

— Se a veria nua nessa mesma tarde, no Plaza, ou se teria de esperar até a noite, ou até Paris — ilustrou-a don Rigoberto.

— Não me viu nua nem nessa tarde nem nessa noite. A não ser que tenha me espiado pela fechadura, enquanto eu tomava banho e me vestia para o Metropolitan. Aquilo de quartos separados era verdade. O meu tinha vista para o Central Park.

— Mas, pelo menos, deve ter segurado sua mão na ópera, no restaurante — queixou-se ele, decepcionado. — Com a ajudinha do champanhe, certamente dançou de rosto colado com você no Regine's. E beijou seu pescoço, a orelhinha.

Nada disso. Não tentara segurar a mão dela nem beijá-la naquela longa noite durante a qual, no entanto, não economizara os floreios verbais, sempre a uma respeitosa distância. Mostrara-se simpático, na verdade, zombando da própria inexperiência ("Morro de vergonha, Lucre, mas, em seis anos de casado, não enganei minha mulher nem uma só vez"), e confessando que aquela era a primeira vez na vida em que assistia a uma representação de ópera ou botava os pés em Le Cirque e no Régine's.

— A única coisa que sei é que devo pedir champanhe Dom Pérignon, cheirar a taça de vinho com nariz de alérgico e pedir pratos escritos em francês.

Olhava-a com gratidão incomensurável, canina.

— Para falar a verdade, eu vim de vaidosa, Modesto. Além da curiosidade, é claro. Será possível que nesses dez anos, sem nos vermos, sem saber nada um do outro, você tenha continuado apaixonado por mim?

— Apaixonado não é a palavra certa — esclareceu ele. — Apaixonado eu estou é por Dorothy, a gringuinha com quem me casei, que é muito compreensiva e me deixa cantar na cama.

— Para ele, você era algo mais sutil — explicou don Rigoberto. — A irrealidade, a ilusão, a mulher de sua memória e seus desejos. Eu quero amá-la assim, como ele. Espere, espere.

Despojou-a da camisola minúscula e voltou a acomodá-la de modo a que as peles de ambos tivessem mais pontos de contato. Refreando seu desejo, pediu-lhe que continuasse.

— Retornamos ao hotel assim que me veio o primeiro bocejo. Me deu boa-noite longe do meu quarto. Que eu sonhasse com os anjinhos. Comportou-se tão bem, foi tão cavalheiro, que na manhã seguinte eu lhe fiz uma pequena coqueteria.

Ela se apresentara para tomar o desjejum, no aposento intermediário entre os dormitórios, descalça e com um robe de verão, muito curto, que deixava a descoberto suas pernas e coxas. Modesto a esperava barbeado, banhado e vestido. Sua boca se abriu de par em par.

— Dormiu bem? — articulou, de queixo caído, ajudando-a a se sentar diante dos sucos de frutas, das torradas e geleias do desjejum. — Posso lhe dizer que você está linda?

— Alto lá — atalhou don Rigoberto. — Deixe que eu me ajoelhe e beije as pernas que deslumbraram o cachorro Pluto.

Rumo ao aeroporto e, depois, no Concorde da Air France, enquanto almoçavam, Modesto voltou a adotar a atitude de atenta adoração do primeiro dia. Recordou a Lucrecia, sem melodrama, como havia decidido renunciar à faculdade de engenharia, quando se convenceu de que ela não se casaria com ele, e partir para Boston, entregue à própria sorte. O difícil começo naquela cidade de invernos frios e vitorianas mansões grená, onde demorou três meses para conseguir seu primeiro trabalho estável. Partiu o coração, mas não o lamentava. Havia obtido a indispensável segurança, uma esposa com quem se entendia e, agora que ia iniciar outra etapa voltando à universidade, algo de que sempre sentira falta, estava concretizando uma fantasia, o jogo adulto no qual se refugiara durante todos aqueles anos: a semana ideal, brincando de ser rico, em Nova York, Paris e Veneza, com Lucre. Já podia morrer tranquilo.

— Você vai mesmo gastar a quarta parte de sua poupança nesta viagem?

— Eu gastaria os trezentos mil que me cabem, pois os outros são de Dorothy — assentiu ele, fitando-a nos olhos. — Não pela semana toda. Só por ter podido ver você, na hora do desjejum, com essas pernas, esses braços e ombros à vista. A coisa mais linda do mundo, Lucre.

— Imagine o que ele diria, se além disso tivesse visto seus peitos e o rabinho — beijou-a don Rigoberto. — Eu amo você, amo.

— Nesse momento, decidi que, em Paris, ele veria o resto. — Dona Lucrecia meio que escapou dos beijos do marido. — Decidi quando o piloto anunciou que havíamos rompido a barreira do som.

— Era o mínimo que você podia fazer por um senhor tão correto — aprovou don Rigoberto.

Mal se instalaram em seus respectivos dormitórios — a vista, das janelas de Lucrecia, abrangia a escura coluna da Place Vendôme perdendo-se nas alturas e as rutilantes vitrines das joalherias próximas —, saíram para caminhar. Modesto havia memorizado a trajetória e calculado o tempo. Percorreram as Tulherias, atravessaram o Sena e desceram até Saint-Germain pelos cais da margem esquerda. Chegaram à abadia meia hora antes do concerto. Era uma tarde pálida e morna de um outono que já matizara os castanheiros e, de vez em quando, o engenheiro se detinha, guia e mapa nas mãos, para dar a Lucrecia uma indicação histórica, urbanística, arquitetônica ou estética. Nas desconfortáveis cadeirinhas da igreja lotada para o concerto, precisaram se sentar muito juntos. Lucrecia desfrutou da lúgubre magnificência do *Réquiem* de Mozart. Depois, instalados em uma mesinha do primeiro piso da Lipp, felicitou Modesto:

— Não posso acreditar que esta seja sua primeira viagem a Paris. Você conhece ruas, monumentos e endereços como se morasse aqui.

— Me preparei para esta viagem como para um exame de fim de curso, Lucre. Consultei livros, mapas, agências, interroguei viajantes. Eu não coleciono selos, nem crio cães, nem jogo golfe. Há anos, meu único *hobby* é preparar esta semana.

— Eu sempre estive nela?

— Mais um passo no caminho das coqueterias — observou don Rigoberto.

— Sempre você e só você — ruborizou-se Pluto. — Nova York, Paris, Veneza, as óperas, os restaurantes e o resto eram o *setting*. O importante, o central, você e eu, sozinhos no cenário.

Retornaram ao Ritz de táxi, fatigados e ligeiramente tocados pela taça de champanhe, o vinho de Bourgogne e o conhaque com que haviam esperado, acompanhado e digerido o chucrute. Ao se darem boa-noite, de pé na saleta que separava os dormitórios, sem o menor titubeio dona Lucrecia anunciou a Modesto:

— Você está tão bem-comportado que eu também quero jogar. Vou lhe dar um presente.

— Ah, é? — atrapalhou-se Pluto. — Qual, Lucre?

— Meu corpo inteiro — cantarolou ela. — Quando eu chamar, entre. Para olhar, e só.

Não ouviu o que Modesto respondia, mas teve certeza de que, na penumbra do recinto, enquanto sua cara emudecida assentia, ele transbordava de felicidade. Sem saber como faria aquilo, despiu-se, pendurou a roupa e, no banheiro, soltou os cabelos ("Do jeito que eu gosto, meu amor?" "Igualzinho, Rigoberto"). Voltou ao quarto, apagou todas as luzes, exceto a de cabeceira, e moveu a lâmpada a fim de que a luz, atenuada por uma cúpula de cetim, iluminasse os lençóis que a camareira havia disposto para a noite. Deitou-se de costas, curvou-se ligeiramente, em uma postura lânguida, desinibida, e acomodou a cabeça no travesseiro.

— Quando quiser.

"Fechou os olhos para não o ver entrar", pensou don Rigoberto, enternecido com esse detalhe pudico. Na tonalidade azulada, via muito nitidamente, sob a perspectiva da silhueta dubitativa e ansiante do engenheiro que acabava de transpor o umbral, o corpo de formas que, sem chegar a excessos rubensianos, emulavam as abundâncias virginais de Murillo, estendido de costas, um joelho adiantado, cobrindo o púbis, o outro oferecendo-se, as salientes curvas dos quadris estabilizando o volume de carne dourada no centro da cama. Embora o tivesse contemplado, estudado, acariciado e desfrutado tantas vezes, com esses olhos alheios viu-o pela primeira vez. Durante um bom tempo — a respiração alterada, o falo ereto —, admirou-o. Lendo seus pensamentos e sem que uma palavra rompesse o silêncio, dona Lucrecia de vez em quando se movia em câmera lenta, com o abandono de quem se crê a salvo de miradas indiscretas, e mostrava ao respeitoso Modesto, plantado a dois passos da cama, seus flancos e seu dorso, seu traseiro e seus seios, as axilas depiladas e o bosquezinho do púbis. Por fim, foi abrindo as pernas, revelando o interior das coxas e a meia-lua do sexo. "Na postura da modelo anônima de *L'origine du monde*, de Gustave Courbet (1866)", buscou e encontrou don Rigoberto, transido de emoção ao comprovar que a louçania do ventre, a robustez das coxas e o monte de Vênus de sua mulher coincidiam milimetricamente com a decapitada mulher daquele óleo, príncipe de sua pinacoteca privada. Então, a eternidade se evaporou:

— Estou com sono e creio que você também, Pluto. É hora de dormir.

46

— Boa noite — respondeu de imediato aquela voz, no auge da ventura ou da agonia. Modesto recuou, tropeçando; segundos depois, a porta se fechou.

— Foi capaz de se conter, não se jogou em cima de você como uma fera faminta — exclamou don Rigoberto, encantado. — Você o manejava com o dedo mindinho.

— Eu não conseguia acreditar — riu-se Lucrecia. — Mas essa docilidade dele também era parte do jogo.

Na manhã seguinte, um mensageiro lhe trouxe à cama um buquê de rosas com um cartão: "Olhos que veem, coração que sente, memória que recorda e um cão de desenho animado que lhe agradece com toda a alma."

— Eu desejo você demais — desculpou-se don Rigoberto, tapando-lhe a boca com a mão. — Preciso fazer amor.

— Imagine, então, a noitezinha que o pobre Pluto deve ter passado.

— O pobre? — refletiu don Rigoberto, depois do amor, enquanto convalesciam, fatigados e ditosos. — Pobre por quê?

— O homem mais feliz do mundo, Lucre — afirmou Modesto, nessa noite, entre duas sessões de *striptease*, no aperto do Crazy Horse Saloon, rodeados de japoneses e alemães, depois de beberem a garrafa de champanhe. — Nem mesmo o trem elétrico que Papai Noel me trouxe quando fiz dez anos se compara com o seu presente.

Durante o dia, enquanto percorriam o Louvre, almoçavam em La Closerie des Lilas, visitavam o Centre Pompidou ou se perdiam nas ruelas restauradas do Marais, ele não fez a menor alusão à noite anterior. Continuava agindo como companheiro de viagem informado, devotado e serviçal.

— Com cada coisa que você me conta, eu penso melhor dele — comentou don Rigoberto.

— O mesmo me acontecia — reconheceu dona Lucrecia. — Por isso, nesse dia, dei mais um passinho, para premiá-lo. No Maxim's, ele sentiu meu joelho no seu durante todo o jantar. E, quando dançamos, meus peitos. E, no Crazy Horse, minhas pernas.

— Que sorte ele tem! — exclamou don Rigoberto. — Ir conhecendo você como numa novela, por episódios, pedacinho a pedacinho. O gato e o rato, em suma. Um jogo que não deixava de ser perigoso.

— Não, se a gente joga com cavalheiros como você — coqueteou dona Lucrecia. — Estou contente por ter aceitado seu convite, Pluto.

Tinham voltado ao Ritz, alegres e sonolentos. Na saleta da suíte, despediam-se.

— Espere, Modesto — improvisou ela, pestanejando.

— Surpresa, surpresa. Feche os olhinhos.

Pluto obedeceu no ato, transformado pela expectativa. Dona Lucrecia se aproximou, grudou-se a ele e o beijou, primeiro superficialmente, notando que ele demorava em responder à boca que lhe roçava os lábios, e em replicar logo às solicitações de sua língua. Quando ele o fez, ela sentiu que nesse beijo o engenheiro ia lhe entregando seu velho amor, sua adoração, sua fantasia, sua saúde e (se é que a tinha) sua alma. Quando ele enlaçou sua cintura, com cautela, disposto a soltá-la ao menor rechaço, dona Lucrecia lhe permitiu que a abraçasse.

— Posso abrir os olhos?

— Pode.

"E então ele a fitou, não com a mirada fria do perfeito libertino, de Sade", pensou don Rigoberto, "mas com o puro, fervente e apaixonado olhar do místico no momento da ascensão e da visão".

— Estava muito excitado? — deixou escapar, e se arrependeu. — Que pergunta boba. Desculpe, Lucrecia.

— Embora estivesse, não tentou me reter. À primeira indicação, afastou-se.

— Você devia ter ido para a cama com ele nessa noite — admoestou-a don Rigoberto. — Estava abusando. Ou, talvez, não. Talvez tenha feito o que devia. Sim, sim, claro. O lento, o formal, o ritual, o teatral, isso é o erótico. Era uma espera sábia. A precipitação, ao contrário, nos aproxima do animal. Sabia que o burro, o macaco, o porco e o coelho ejaculam em doze segundos, no máximo?

— Mas o sapo pode copular quarenta dias e quarenta noites, sem parar. Li isso em um livro de Jean Rostand: *Da mosca ao homem.*

— Que inveja — admirou-se don Rigoberto. — Você é cheia de sabedoria, Lucrecia.

— São as palavras de Modesto — desconcertou-o sua mulher, fazendo-o retroceder a um Orient-Express que perfurava a noite europeia, rumo a Veneza. — No dia seguinte, em nosso camarote *belle époque*.

Era o que dizia também o buquê que a esperava no Hotel Cipriani, na ensolarada Giudecca: "Para Lucrecia, bela na vida e sábia no amor."

— Espere, espere — devolveu-a aos trilhos don Rigoberto. — Compartilharam esse camarote, no trem?

— Um com duas camas. Eu no alto e ele embaixo.

— Ou seja, vocês...

— Tivemos de nos despir um acima do outro, literalmente — completou ela. — Nos vimos em trajes menores, embora na penumbra, pois apaguei todas as luzes, exceto a de cabeceira.

— Trajes menores é um conceito geral e abstrato — abespinhou-se don Rigoberto. — Quero detalhes.

Dona Lucrecia os deu. Na hora de se despir — o anacrônico Orient-Express cruzava uns bosques alemães ou austríacos e, de vez em quando, uma aldeia —, Modesto lhe perguntou se queria que ele saísse. "Não é preciso, nesta penumbra parecemos sombras", respondeu dona Lucrecia. O engenheiro se sentou no leito inferior, encolhendo-se o máximo possível para lhe deixar mais espaço. Ela se despiu sem forçar seus movimentos nem estilizá-los, girando no lugar ao se despojar de cada peça: o vestido, a anágua, o sutiã, as meias, a calcinha. O resplendor da luz de cabeceira, uma luminariazinha em forma de cogumelo com desenhos lanceolados, acariciou seu pescoço, ombro, seios, ventre, nádegas, coxas, joelhos, pés. Erguendo os braços, ela passou pela cabeça uma camisola de seda chinesa, com dragões.

— Vou me sentar com as pernas penduradas, enquanto escovo os cabelos — informou, fazendo o que dizia. — Pode beijá-las, se lhe der vontade. Até os joelhos.

Era o suplício de Tântalo? Era o jardim das delícias? Don Rigoberto havia deslizado para o pé da cama, e, adivinhando-o, dona Lucrecia se sentou na borda para que, como Pluto no Orient-Express, seu marido lhe beijasse o peito dos pés, aspirasse a fragrância de cremes e colônias que lhe refrescavam os tornozelos, mordiscasse os dedos dos seus pés e lambesse os tépidos vãos que os separavam.

49

— Eu amo e admiro você — disse don Rigoberto.

— Eu amo e admiro você — disse Pluto.

— E, agora, dormir — ordenou dona Lucrecia.

Chegaram a Veneza em uma manhã impressionista, sol poderoso e céu azul-marinho, e, enquanto a lancha os levava ao Cipriani entre crespas ondinhas, Modesto, Michelin na mão, deu a Lucrecia explicações sumárias sobre os palácios e igrejas do Grande Canal.

— Estou com ciúme, meu amor — interrompeu-a don Rigoberto.

— Se for a sério, a gente apaga tudo, coração — propôs dona Lucrecia.

— De maneira nenhuma — recuou ele. — Os valentes morrem de botas, como John Wayne.

Da sacada do Cipriani, acima das árvores do jardim, divisavam-se, de fato, as torres de São Marcos e os palácios da margem. Saíram, com a gôndola e o guia que os esperavam. Foi uma vertigem de canais e pontes, águas verdosas e bandos de gaivotas que levantavam voo à sua passagem, e escuras igrejas nas quais era preciso forçar a vista para perceber os atributos das divindades e santidades ali penduradas. Viram Tizianos e Veroneses, Bellinis e del Piombos, os cavalos de São Marcos, os mosaicos da catedral, e deram raquíticos grãozinhos de milho aos gordos pombos da praça. Ao meio-dia, tiraram a inevitável fotografia em uma mesa do Florian, enquanto degustavam a *pizzetta* de praxe. À tarde, continuaram o percurso, ouvindo nomes, datas e histórias que mal escutavam, entretidos pela arrulhante voz do guia da agência. Às sete e meia, banhados e trocados, tomaram o Bellini no salão de arcos mouriscos e almofadas árabes do Danieli, e, à hora exata — nove —, estavam no Harry's Bar. Ali, viram chegar à mesa contígua (parecia parte do programa) a divina Catherine Deneuve. Pluto disse o que devia dizer: "Acho você mais bonita, Lucre."

— E depois? — apressou-a don Rigoberto.

Antes de tomar o vaporzinho para a Giudecca, deram um passeio, dona Lucrecia de braço dado com Modesto, por ruelas semidesertas. Chegaram ao hotel já depois da meia-noite. Dona Lucrecia bocejava.

— E depois? — impacientou-se don Rigoberto.

— Quando estou assim tão esgotada pelo passeio e as coisas bonitas que vi, não consigo pregar o olho — lamentou-se dona Lucrecia. — Felizmente, tenho um remédio que nunca falha.

— Qual? — perguntou Modesto.

— Que remédio? — ecoou don Rigoberto.

— Uma jacuzzi, alternando a água fria e a quente — explicou dona Lucrecia, dirigindo-se para sua alcova. Antes de desaparecer lá dentro, apontou ao engenheiro o banheiro enorme e luminoso, de ladrilhos brancos e paredes azulejadas. — Você me encheria a jacuzzi, enquanto eu visto o roupão?

Don Rigoberto se remexeu no lugar com a ansiedade de um insone: e depois? Ela foi até seu quarto, despiu-se sem pressa, dobrando a roupa peça por peça, como se dispusesse da eternidade. Envolta em um roupão felpudo e uma toalhinha como turbante, retornou. A banheira circular crepitava com os espasmos da jacuzzi.

— Joguei uns sais — sondou Modesto, timidamente. — Fiz bem ou mal?

— Está perfeita — disse ela, experimentando a água com a ponta do pé.

Deixou cair o roupão de felpo amarelo aos seus pés e, mantendo a toalha que servia de turbante, entrou e se deitou na jacuzzi. Apoiou a cabeça em um travesseirinho que o engenheiro se apressou a lhe estender. Suspirou, agradecida.

— Devo fazer algo mais? — don Rigoberto ouviu Modesto perguntar, com um fio de voz. — Ir embora? Ficar?

— Está uma delícia, que delícia estas massagens de água fresquinha. — Dona Lucrecia estirava pernas e braços, deleitando-se. — Daqui a pouco, acrescento a mais quente. E depois, para a cama, novinha em folha.

— Você o cozinhava em fogo brando — aprovou don Rigoberto, com um rugido.

— Fique, se quiser, Pluto — disse ela por fim, com a expressão concentrada de quem está desfrutando infinitamente as carícias da água indo e vindo pelo seu corpo. — A banheira é enorme, tem lugar de sobra. Por que não toma banho comigo?

Os ouvidos de don Rigoberto registraram o estranho grasnido de mocho? uivo de lobo? pio de pássaro? que respondeu ao convite de sua mulher. E, segundos depois, ele viu o engenheiro nu, submergindo na banheira. O corpo dele, à beira dos cinquenta, de obesidade freada a tempo pelos *aerobics* e o *jogging* praticados até o limiar do infarto, mantinha-se a milímetros do de sua mulher.

— O que mais posso fazer? — ouviu-o perguntar, e sentiu que sua admiração por ele crescia ao ritmo do seu ciúme. — Não quero fazer nada que você não queira. Não tomarei nenhuma iniciativa. Tome você, todas. Neste momento, sou o ser mais feliz e o mais desgraçado da Criação, Lucre.

— Pode me tocar — sussurrou ela, sem abrir os olhos, em ritmo de bolero. — Me acariciar, me beijar, o corpo, o rosto. Os cabelos, não, porque, se se molharem, amanhã você vai se envergonhar do meu penteado, Pluto. Não vê que, em seu programa, você não deixou nem um tempinho vago para o cabeleireiro?

— Eu também sou o homem mais feliz do mundo — murmurou don Rigoberto. — E o mais desgraçado.

Dona Lucrecia abriu os olhos:

— Não fique assim tão assustado. Não podemos permanecer muito tempo na água.

Para vê-los melhor, don Rigoberto entrecerrou as pálpebras. Ouvia o monótono chapinhar da jacuzzi e sentia as cócegas, os golpes da água, a chuva de gotinhas que salpicava os ladrilhos, e via Pluto, extremando as precauções para não se mostrar rude, enquanto se dedicava àquele corpo macio que se deixava levar, tocar, acariciar, facilitando com seus movimentos o acesso das mãos e dos lábios dele a todos os cantinhos, mas sem responder a carícias nem a beijos, em estado de passivo deleite. Sentia a febre queimando a pele do engenheiro.

— Não vai beijá-lo, Lucrecia? Não vai abraçá-lo, nem sequer uma vez?

— Ainda não — retrucou sua mulher. — Eu também tinha meu programa, muito bem estudado. Afinal, ele não estava feliz?

— Nunca o estive tanto — disse Modesto, a cabeça emergindo do fundo da banheira, entre as pernas de Lucrecia, antes de mergulhar de novo. — Queria cantar aos gritos, Lucre.

— Ele diz exatamente tudo o que eu sinto — interveio don Rigoberto, permitindo-se um gracejo: — Não havia perigo de uma pneumonia, com esses esforços talassoeróticos?

Riu, e na mesma hora se arrependeu, recordando que o humor e o prazer se repeliam como água e óleo. "Perdão por lhe cortar a palavra", desculpou-se. Mas era tarde. Dona Lucrecia havia começado a bocejar de tal maneira que o atarefado engenheiro, fazendo das tripas coração, ficou quieto. De joelhos, todo pingando, os cabelos em coroa de frade, simulava resignação.

— Você já está com sono, Lucre.

— Me bateu o cansaço do dia inteiro. Não aguento mais.

Com um salto ligeiro, saiu da banheira, embrulhando-se no roupão. Da porta do seu quarto, deu boa-noite com uma frase que fez pular o coração do seu marido:

— Amanhã será outro dia, Pluto.

— O último, Lucre.

— E, também, a última noite — frisou ela, jogando-lhe um beijo.

Começaram a manhã do sábado com meia hora de atraso, mas a recuperaram na visita a Murano, onde, sob um calor infernal, artesãos em camisetas de presidiário sopravam o vidro segundo o costume tradicional e torneavam objetos decorativos ou de uso doméstico. O engenheiro insistiu em que Lucrecia, que resistia a fazer mais compras, aceitasse três bichinhos transparentes: um esquilo, uma cegonha e um hipopótamo. De volta a Veneza, o guia os ilustrou sobre duas *villas* de Palladio. Em vez de almoçar, tomaram chá com biscoitos no Quadri, desfrutando um sangrento crepúsculo que fazia flamejarem telhados, pontes, águas e campanários, e chegaram a San Giorgio, para o concerto barroco, a tempo de percorrer a ilhota e contemplar a laguna e a cidade sob perspectivas diferentes.

— O último dia é sempre triste — comentou dona Lucrecia. — Isto terminará amanhã, para sempre.

— Estavam de mãos dadas? — quis saber don Rigoberto.

— Também estivemos durante todo o concerto — confessou sua mulher.

— O engenheiro caiu na choradeira?

— Estava abatido. Me apertava a mão e seus olhinhos brilhavam.

"De gratidão e de esperança", pensou don Rigoberto. O diminutivo "olhinhos" repercutiu em suas terminações nervosas. Decidiu que, a partir desse momento, calaria. Enquanto dona Lucrecia e Pluto jantavam no Danieli, contemplando as luzes de Veneza, respeitou a melancolia deles, não interrompeu seu diálogo convencional, e sofreu estoicamente ao perceber, no decorrer do jantar, que agora não apenas Modesto multiplicava as atenções. Lucrecia lhe oferecia torradinhas depois de untá-las com manteiga, dava-lhe para provar em seu próprio garfo bocados dos seus *rigatoni* e, comprazida, relaxava sua mão quando ele a levava à boca para ali pousar os lábios, uma vez na palma, outra no dorso, outra nos dedos e em cada uma das unhas. Com o coração apertado e uma incipiente ereção, don Rigoberto esperava aquilo que de todo modo teria de ocorrer.

E, de fato, mal entraram na suíte do Cipriani, dona Lucrecia pegou Modesto pelo braço, fez com que ele a enlaçasse, aproximou os lábios e, boca contra boca, língua contra língua, murmurou:

— Como despedida, passaremos a noite juntos. Serei com você tão complacente, tão terna, tão amorosa como só fui com meu marido.

— Você disse isso? — engoliu estricnina e mel don Rigoberto.

— Fiz mal? — alarmou-se sua mulher. — Devia ter mentido para ele?

— Fez bem — latiu don Rigoberto. — Meu amor.

Em um estado ambíguo, no qual a excitação desmentia o ciúme e ambos se retroalimentavam, viu-os despir-se, admirou a desenvoltura com que sua esposa o fazia e curtiu a bisonhice daquele ditoso mortal embaraçado pela felicidade que, nessa última noite, recompensava sua timidez e sua obediência. Ela ia ser sua, ele ia amá-la: as mãos não acertavam em desabotoar a camisa, travava-se o fecho da calça, ele tropeçou ao tirar os sapatos, e quando, exorbitado, ia encarapitar-se sobre a cama em penumbra, onde o esperava, em lânguida postura — "A *maja desnuda* de Goya", pensou don Rigoberto, "só que com as coxas mais abertas" —, aquele corpo magnífico, bateu o tornozelo na borda do leito e gritou "Aiaiai!". Don Rigoberto se divertiu ao escutar a hilaridade que o acidente provocou em Lucrecia. Modesto ria também, ajoelhado na cama: "A emoção, Lucre, a emoção."

As brasas do seu prazer se apagaram quando, sufocado o riso, ele viu sua mulher abandonar a indiferença de estátua com que no dia anterior havia recebido as carícias do engenheiro e tomar a iniciativa. Abraçava-o, obrigava-o a deitar-se junto dela, sobre ela, embaixo dela, enredava suas pernas nas dele, buscava-lhe a boca, metia a língua ali, e — "ai, ai", rebelou-se don Rigoberto — agachava-se com amorosa disposição, pescava entre seus afilados dedos o sobressaltado membro e depois de passá-lo no flanco e na testa levava-o aos lábios e o beijava antes de fazê-lo desaparecer em sua boca. Então, a plenos pulmões, ricocheteando na cama fofa, o engenheiro começou a cantar — a rugir, a uivar — *Torna a Surriento*.

— Começou a cantar *Torna a Surriento*? — endireitou-se violentamente don Rigoberto. — Nesse instante?

— Isto mesmo — Dona Lucrecia voltou a soltar uma gargalhada, a conter-se e a pedir perdão. — Você me deixa pasma, Pluto. Canta porque está gostando ou porque não está?

— Canto para gostar — explicou ele, trêmulo e carmesim, entre fífias e arpejos.

— Quer que eu pare?

— Quero que continue, Lucre — implorou Modesto, eufórico. — Ria, não importa. Para que minha felicidade seja completa, eu canto. Tampe os ouvidos se isso a distrai ou a faz rir. Mas, pelo que você mais ama, não pare.

— E continuou cantando? — exclamou, ébrio, louco de satisfação, don Rigoberto.

— Sem parar um segundo — afirmou dona Lucrecia, entre espasmos. — Enquanto eu o beijava, me sentava em cima dele e ele em cima de mim, enquanto fazíamos o amor ortodoxo e o heterodoxo. Cantava, tinha de cantar. Porque, se não cantasse, fiasco.

— Sempre *Torna a Surriento*? — regozijou-se don Rigoberto, no doce prazer da vingança.

— Qualquer canção da minha juventude — trauteou o engenheiro, saltando, com toda a força dos seus pulmões, da Itália ao México. — *Voy a cantarles un corrido muy mentadooo...*[*]

---

[*] "Vou cantar-lhes um corrido muito famosooo...". É o primeiro verso da canção *Juan Charrasqueado* ("Juan Navalhado", "Juan da Cicatriz no Rosto"), mencionada adiante. (N. da T.)

— Um *pot-pourri* de cafonices dos anos cinquenta — especificou dona Lucrecia. — *O sole mio, Caminito, Juan Charrasqueado, Allá en el rancho grande*, e até *Madrid*, de Agustín Lara. Ai, que engraçado!

— E, sem essas pieguices musicais, fiasco? — pedia confirmação don Rigoberto, hóspede do sétimo céu. — É o melhor da noite, meu amor.

— O melhor você ainda não ouviu, o melhor foi o final, o máximo do ridículo — limpava as lágrimas dona Lucrecia.

— Os vizinhos começaram a bater nas paredes, ligaram da recepção, que baixássemos a tevê, o toca-discos, ninguém conseguia dormir no hotel.

— Ou seja, nem você nem ele devem ter chegado a... — insinuou don Rigoberto, com débil esperança.

— Eu, duas vezes — devolveu-o à realidade dona Lucrecia. — E ele, pelo menos uma, tenho certeza. Quando estava bem colocado para a segunda, armou-se o alvoroço e sua inspiração sumiu. Tudo acabou em risos. Que noitezinha... Tipo "Acredite se quiser".

— Agora, você já sabe meu segredo também — disse Modesto, depois que, acalmados os vizinhos e a recepção, extintas as risadas, aplacados os ímpetos, os dois passaram a conversar, envoltos nos brancos roupões de banho do Cipriani. — Você se importa se não falarmos disto? Como deve imaginar, me dá vergonha... Enfim, quero lhe dizer, mais uma vez, que nunca esquecerei esta semaninha, Lucre.

— Eu também não, Pluto. Vou recordá-la sempre. E não só pelo concerto, juro.

Dormiram como marmotas, com a consciência do dever cumprido, e chegaram ao embarcadouro a tempo de tomar o vaporzinho para o aeroporto. A Alitália também se esmerou e saíram sem atraso, de modo que alcançaram o Concorde de Paris para Nova York. Ali se despediram, conscientes de que não voltariam a se ver.

— Me diga que foi uma semana horrível, que você a odiou — gemeu, pressuroso, don Rigoberto, segurando sua mulher pela cintura e encarapitando-a sobre ele. — Não, não, Lucrecia?

— Por que você não experimenta cantar alguma coisa, aos berros? — sugeriu ela, com a voz aveludada dos melhores encontros noturnos. — Algo meloso, amor. *La flor de la canela, Fumando espero, Brasil, terra do meu coração.* Só para a gente ver o que acontece, Rigoberto.

III. O jogo dos quadros

— Que engraçado, madrasta — disse Fonchito. — Suas meias verde-escuras são iguaizinhas às de uma modelo de Egon Schiele.

A senhora Lucrecia olhou as grossas meias de lã que agasalhavam suas pernas até acima dos joelhos.

— São ótimas para a umidade de Lima — disse, apalpando-as. — Graças a elas, mantenho os pés quentinhos.

— *Nu reclinado com meias verdes* — recordou o menino. — Um dos quadros mais famosos dele. Quer ver?

— Bom, pode mostrar.

Enquanto Fonchito se apressava a abrir sua mochila, que, como sempre, havia atirado no tapete da sala de jantar, a senhora Lucrecia sentiu o difuso desassossego que o menino costumava lhe transmitir com aqueles rompantes que sempre pareciam ocultar, sob uma aparência inofensiva, algum perigo.

— Que coincidência, madrasta — dizia Fonchito, folheando o livro de reproduções de Schiele que acabava de tirar da mochila. — Eu me pareço com ele e você se parece com suas modelos. Em muitas coisas.

— Em quê, por exemplo?

— Nessas meias verdes, pretas ou marrons que usa. E também na manta quadriculada de sua cama.

— Caramba, que observador.

— E, por último, na majestade — acrescentou Fonchito, sem levantar a vista, concentrado na busca do *Nu reclinado com meias verdes*. Dona Lucrecia não soube se devia rir ou caçoar. Ele se dava conta do rebuscado galanteio, ou este lhe saíra por acaso? — O papai não dizia que você tem uma grande majestade? Que, faça o que fizer, nada em você é vulgar? Eu só entendi o que isso queria dizer graças a Schiele. As modelos dele levantam as saias, mostram tudo, se apresentam em posturas estranhíssimas, mas nunca parecem vulgares. Sempre, umas rainhas. Por quê? Porque têm majestade. Como você, madrasta.

Confusa, lisonjeada, irritada, alarmada, dona Lucrecia queria e não queria botar um ponto final nessa explicação. Mais uma vez, sentia-se insegura.

— Você diz cada coisa, Fonchito...

— Achei! — exclamou o menino, estendendo-lhe o livro. — Vê o que eu digo? Não é uma pose que, em qualquer outra, pareceria feia? Mas nela, não, madrasta. Pois então? Ter majestade é isso.

— Deixe ver. — A senhora Lucrecia pegou o livro e, depois de examinar um bom tempo o *Nu reclinado com meias verdes*, assentiu: — Certo, a cor é a mesma destas que estou usando.

— Não o acha lindo?

— Sim, é muito bonito. — Fechou o livro e o devolveu com presteza. De novo, agoniou-a a ideia de que perdia a iniciativa, de que o menino começava a derrotá-la. Mas que batalha era aquela? Encontrou os olhos de Alfonso: brilhavam com uma luzinha equívoca, e em sua cara marota se esboçava um sorriso.

— Posso lhe pedir um favor enorme? O maior do mundo? Você faria?

"Vai pedir que eu tire a roupa", imaginou ela, aterrorizada. "Dou-lhe um tabefe e não o vejo mais." Odiou Fonchito e se odiou.

— Que favor? — murmurou, tentando evitar que seu sorriso fosse macabro.

— Fique como esta senhora do *Nu reclinado com meias verdes* — entoou a vozinha melíflua. — Só um tempinho, madrasta!

— Como assim?

— Claro que sem se despir — tranquilizou-a o menino, movendo olhos, mãos, empinando o nariz. — Nesta pose. Morro de vontade. Me faria este grande, grande favor? Não seja má, madrasta.

— Não se faça tanto de rogada, a senhora sabe de sobra que vai gostar — disse Justiniana, aparecendo e exibindo seu excelente humor de cada dia. — Amanhã é o aniversário de Fonchito, então que seja o presente dele.

— Bravo, Justita! — bateu palmas o menino. — Nós dois juntos vamos convencê-la. Me dá esse presente, madrasta? Mas os sapatos, tem que tirar, sim.

— Confesse que quer ver os pés da patroa porque sabe que são muito bonitos — atiçou-o Justiniana, mais temerária do que em outras tardes, enquanto dispunha na mesinha a Coca-Cola e o copo de água mineral que lhe haviam pedido.

— Ela tem tudo bonito — afirmou o menino, com candura. — Vamos, madrasta, não tenha vergonha da gente. Se quiser, para não se sentir mal, depois Justita e eu podemos brincar de imitar outro quadro de Egon Schiele.

Sem saber o que replicar, que gracejo fazer, como simular um aborrecimento que não sentia, a senhora Lucrecia se viu, de repente, sorrindo, assentindo, murmurando "Será seu presente de aniversário, seu caprichosinho", descalçando-se, inclinando-se e estendendo-se no comprido sofá. Procurou imitar a reprodução que Fonchito havia exibido e lhe apontava, como um diretor teatral instruindo a estrela do espetáculo. Na presença de Justiniana, sentia-se protegida, ainda que agora tivesse dado nesta louca a veneta de ficar do lado de Fonchito. Ao mesmo tempo, o fato de ela estar ali, como testemunha, acrescentava certo tempero à insólita situação. Tentou levar na chacota o que fazia, "É assim?" "Não, o ombro mais para cima, o pescoço como galinhinha, a cabeça bem retinha", enquanto se apoiava nos cotovelos, alongava uma perna e flexionava a outra, decalcando a pose da modelo. Os olhos de Justiniana e de Fonchito passavam dela à estampa, da estampa a ela, sorridentes os da moça, profundamente concentrados os do menino. "Este é o jogo mais sério do mundo", ocorreu a dona Lucrecia.

— Está igualzinha, patroa.

— Ainda não — cortou Fonchito. — Precisa subir mais o joelho, madrasta. Eu ajudo.

Antes que ela tivesse tempo de negar a permissão, o menino entregou o livro a Justiniana, aproximou-se do sofá e colocou-lhe as duas mãos embaixo do joelho, onde terminava a meia verde-escura e despontava a coxa. Com suavidade, atento à reprodução, ergueu-lhe a perna e a moveu. O contato dos delgados dedinhos em sua curva desnuda perturbou dona Lucrecia. A metade inferior do seu corpo começou a tremer.

Sentia uma palpitação, uma vertigem, algo avassalador que a fazia sofrer e gozar. E, nisto, descobriu o olhar de Justiniana. As pupilas acesas daquela carinha morena eram loquazes. "Ela sabe como eu estou", pensou, envergonhada. O grito do menino veio salvá-la:

— Agora sim, madrasta! Não está exata, Justita? Fique assim um segundinho, por favor.

Do tapete, sentado com as pernas cruzadas como um oriental, ele a fitava arrebatado, a boca entreaberta, os olhos um par de luas cheias, em êxtase. A senhora Lucrecia deixou passarem cinco, dez, quinze segundos, quietinha, contagiada pela solenidade com que o menino encarava o jogo. Algo acontecia. A suspensão do tempo? O pressentimento do absoluto? O segredo da perfeição artística? Assaltou-a uma suspeita: "É igualzinho a Rigoberto. Herdou sua fantasia tortuosa, suas manias, seu poder de sedução. Mas, por sorte, não sua cara de barnabé, nem suas orelhas de Dumbo, nem seu nariz de cenoura." Custou-lhe trabalho romper o sortilégio:

— Acabou. Agora é a vez de vocês.

A desilusão se apoderou do arcanjo. Mas, de imediato, ele reagiu:

— Tem razão. Já chega.

— Mãos à obra — instigou-os dona Lucrecia. — Que quadro vão representar? Eu escolho. Me dê o livro, Justiniana.

— Aí só tem dois quadros para Justita e para mim — preveniu Fonchito. — *Mãe e filho* e o *Nu de homem e mulher reclinados, pés com cabeça*. Os outros são homens sozinhos, mulheres sozinhas ou casais de mulheres. O que você preferir, madrasta.

— Eta, sabe-tudo! — exclamou Justiniana, estupefata.

Dona Lucrecia inspecionou as imagens e, de fato, as mencionadas por Alfonsito eram as únicas imitáveis. Descartou a última: que verossimilhança podia ter um menino imberbe fingindo ser aquele barbudo ruivo, identificado pelo autor do livro como o artista Félix Albrecht Harta, que a observava, da foto do óleo, com expressão boba, indiferente ao nu sem rosto, de meias vermelhas, a rastejar como serpente amorosa sob sua perna flexionada? Em *Mãe e filho* havia pelo menos uma desproporção de idade semelhante à de Alfonso e Justiniana.

— Danada de pose, a desta mamãe e deste filhinho — fingiu se alarmar a empregada. — Suponho que você não vai me pedir para tirar o vestido, seu sem-vergonha.

— Pelo menos, ponha umas meias pretas — retrucou o menino, sem brincar. — Eu só vou tirar os sapatos e a camisa.

Não havia maldade em sua voz, nem sombra de malícia. Dona Lucrecia aguçava o ouvido, perscrutava com desconfiança a carinha precoce: não, nem sombra. Era um ator consumado. Ou um menino puro e ela uma idiota, uma velha assanhada? O que Justiniana tinha? Na convivência de tantos anos, não recordava tê-la visto tão agitada.

— Que meias pretas eu vou calçar? Por acaso tenho alguma?

— Minha madrasta lhe empresta.

Em vez de interromper a brincadeira, como a razão aconselhava, dona Lucrecia se ouviu dizer: "Claro." Foi ao seu quarto e voltou com as meias pretas de lã que usava nas noites mais frias. O menino estava despindo a camisa. Era delgado, harmonioso, entre branco e dourado. Dona Lucrecia viu-lhe o torso, os braços esbeltos, os ombros de ossinhos salientes, e recordou. Tudo aquilo havia acontecido, então? Justiniana tinha parado de rir e evitava olhá-la. Talvez também estivesse em brasas.

— Calce, Justita — apressou-a o menino. — Quer que eu ajude?

— Não, muito obrigada.

Também a moça havia perdido a naturalidade e a confiança que raramente a abandonavam. Com dedos atrapalhados, calçou as meias torcidas. Enquanto as alisava e puxava, dobrava-se, tentando ocultar as pernas. Ficou cabisbaixa, no tapete, junto ao menino, movendo as mãos à toa.

— Vamos começar — disse Alfonso. — Você de bruços, a cabeça sobre os braços, cruzados como um travesseiro. Eu tenho que me grudar à sua direita. Os joelhos em sua perna, minha cabeça no seu flanco. Só que, como sou maior que o do quadro, chego ao seu ombro. Estamos um pouco parecidos, madrasta?

Com o livro na mão, tomada por um escrúpulo de perfeição, dona Lucrecia se inclinou sobre eles. A mãozinha esquerda devia aparecer abaixo do ombro direito de Justiniana, a carinha mais para cá. "Apoie a mão esquerda nas costas dela, Foncho, descansando ali. Sim, agora se parecem bastante."

Sentou-se no sofá e os contemplou, sem vê-los, absorta em seus pensamentos, assombrada com o que se passava. Fonchito era Rigoberto. Revisto e ampliado. Ampliado e revisto. Sentiu-se ausente, mudada. Eles permaneciam quietos, brincando com toda a seriedade. Ninguém sorria. O olho único que a postura deixava a Justiniana já não refulgia com picardia, empoçara-se nele uma modorra lânguida. Estaria excitada, também? Sim, sim, igual a ela, mais que ela. Só Fonchito — os olhos fechados para se assemelhar mais com o menino sem rosto de Schiele — parecia jogar o jogo sem reservas nem exageros. A atmosfera estava adensada, os ruídos do Olivar extintos, o tempo escoado, e a casinha, San Isidro, o mundo, evaporados.

— Temos tempo para mais um — disse Fonchito afinal, levantando-se. — Agora, vocês duas. O que acham? Só pode ser, vire a página, madrasta, este, exatamente. *Duas jovens jazendo entrelaçadas, pés com cabeça.* Não saia daí, Justita. Apenas vire-se de frente, e só. Deite-se ao lado, madrasta, com as costas sobre Justita. A mão assim, embaixo dos quadris dela. Você é a do vestido amarelo, Justita. Imite-a. Este braço fica aqui, e o direito, passe embaixo das pernas da minha madrasta. Quanto a você, madrasta, dobre-se um pouquinho, para seu joelho tocar o ombro dela. Justita, levante esta mão, coloque na perna da minha madrasta, abra os dedos. Assim, assim. Perfeito!

Elas calavam e obedeciam, dobrando-se, desdobrando-se, torcendo-se, alongando ou encolhendo pernas, braços, pescoços. Dóceis? Encantadas? Enfeitiçadas? "Derrotadas", admitiu dona Lucrecia. Sua cabeça repousava sobre as coxas da moça e sua mão direita a segurava pela cintura. De vez em quando a pressionava, para sentir a umidade e a calidez que emanavam dela; e, respondendo a essa pressão, em sua coxa direita os dedos de Justiniana também afundavam e faziam-na sentir que a outra a sentia. Estava viva. Claro que estava; esse odor intenso, denso, perturbador, que ela aspirava, de onde podia vir, senão do corpo de Justiniana? Ou viria dela mesma? Como haviam chegado a tais extremos? O que teria acontecido para que, sem perceber — ou percebendo —, este menininho as induzisse a esta brincadeira? Agora, isso já não lhe importava. Sentia-se muito a gosto dentro do quadro. Consigo mesma, com seu corpo, com Justiniana, com a circunstância que vivia. Ouviu Fonchito se afastar:

— Que pena, preciso ir. Estava tão bonito... Mas, vocês, continuem brincando. Obrigado pelo presente, madrasta.

Dona Lucrecia o sentiu abrir a porta, depois fechá-la. Ele havia partido, deixando-as sozinhas, deitadas, entrelaçadas, abandonadas, perdidas em uma fantasia do seu pintor favorito.

A REBELIÃO DOS CLITÓRIS

Entendo, madame, que a variante feminista representada pela senhora declarou a guerra dos sexos, e que a filosofia de seu movimento se apoia na convicção segundo a qual o clitóris é moral, física, cultural e eroticamente superior ao pênis, e os ovários, de mais nobre idiossincrasia do que os testículos.

Admito que suas teses são defensáveis. Não pretendo opor-lhes a menor objeção. Minhas simpatias pelo feminismo são profundas, embora subordinadas ao meu amor pela liberdade individual e pelos direitos humanos, o que as enquadra dentro de limites que devo esclarecer, a fim de que minhas próximas afirmações tenham sentido. Generalizando, e para começar pelo mais óbvio, afirmarei que sou pela eliminação de todo obstáculo legal a que a mulher tenha acesso às mesmas responsabilidades do varão e a favor do combate intelectual e moral contra os preconceitos em que se apoia a limitação dos direitos das mulheres, dentro dos quais, apresso-me a acrescentar, parece-me o mais importante, assim como no que concerne aos varões, não o direito ao trabalho, à educação, à saúde etc., mas o direito ao prazer, ponto em que, tenho certeza, surge nossa primeira discrepância.

Mas a principal e, temo, irreversível, aquela que cava um abismo intransponível entre a senhora e eu — ou, para nos movermos no domínio da neutralidade científica, entre meu falo e sua vagina —, baseia-se em que, sob meu ponto de vista, o feminismo é uma categoria conceitual coletivista, isto é, um sofisma, pois pretende encerrar, dentro de um conceito genérico homogêneo, uma vasta coletividade de individualidades heterogêneas, nas quais diferenças e disparidades são pelo menos tão importantes (seguramente mais) quanto o denominador comum clitorídeo e ovárico. Quero dizer, sem a menor pirueta cínica, que estar dotado de falo ou de clitóris (artefatos de fronteira duvidosa, como lhe provarei a seguir) me parece menos importante, para diferenciar um ser de outro, do que todo o resto dos atributos (vícios, virtudes ou taras) específicos de cada indivíduo. Esquecer isso levou as ideologias a criarem formas de opressão igualadora geralmente piores do que aqueles despotismos contra os quais pretendiam se insurgir. Temo que o feminismo, na variante que a senhora patrocina, vá por esse caminho no caso de triunfarem suas teses, o que, sob o ponto de vista da condição da mulher, significaria simplesmente, em linguagem coloquial, trocar seis por meia dúzia.

Estas são, para mim, considerações de princípio moral e estético que a senhora não tem por que compartilhar. Felizmente, tenho também a ciência do meu lado. Poderá comprová-lo se der uma olhada, por exemplo, nos trabalhos da professora de genética e ciência médica da Universidade de Brown, doutora Anne Fausto-Sterling, a qual, há vários anos, se esganiça para demonstrar, ante a multidão idiotizada pelas convenções e pelos mitos, e cega diante da verdade, que os sexos humanos não são os dois que fomos induzidos a crer — feminino e masculino —, mas pelo menos cinco, ou talvez mais. Embora, por razões fonéticas, tenha objeções aos nomes escolhidos pela doutora Fausto-Sterling (*herms*, *merms* e *ferms*) para as três variedades intermediárias entre o masculino e o feminino detectadas pela biologia, pela genética e pela sexologia, saúdo as pesquisas dela e as de cientistas afins, como poderosos aliados daqueles que, tal qual este covarde escriba, acreditam que a divisão maniqueísta da humanidade em homens e mulheres é uma ilusão coletivista, cumulada de conspirações contra a soberania individual — donde, contra a liberdade —, e uma falsidade científica entronizada pelo tradicional empenho dos Estados, das religiões e dos sistemas legais em manter esse sistema dualista, em oposição a uma Natureza que o desmente a cada passo.

A imaginação da libérrima mitologia helênica sabia disso muito bem, quando patenteou aquela feitura combinada de Hermes e Afrodite, o Hermafrodita adolescente, que, ao enamorar-se de uma ninfa, fundiu seu corpo com o dela, tornando-se desde então homem-mulher ou mulher-homem (cada uma dessas fórmulas, a doutora Fausto-Sterling *dixit*, representa um matiz distinto de coligação, em um só indivíduo, de gônadas, hormônios, composição de cromossomos, e, por isso mesmo, origina sexos diferentes dos que conhecemos por homem e mulher, a saber, os cacofônicos e confusos *herms, merms* e *ferms*). O importante é saber que isso não é mitologia, mas realidade retumbante, pois, antes e depois do Hermafrodita grego, nasceram esses seres intermediários (nem varões nem fêmeas na concepção usual do termo), condenados, por estupidez, ignorância, fanatismo e preconceitos, a viver sob disfarce, ou, se fossem descobertos, a ser queimados, enforcados, exorcizados como engendrações do demônio, e, na era moderna, a ser "normalizados" desde o berço mediante a cirurgia e a manipulação genética por parte de uma ciência a serviço dessa falaz nomenclatura que só aceita o masculino e o feminino e lança fora da normalidade, aos infernos da anomalia, da monstruosidade ou da extravagância física, esses delicados heróis intersexuais — toda a minha simpatia está com eles — dotados de testículos e ovários, clitóris como pênis ou pênis como clitóris, uretras e vaginas, e que, às vezes, disparam espermatozóides e ao mesmo tempo menstruam. Para seu conhecimento, esses casos raros não são tão raros assim; o doutor John Money, da Universidade de Johns Hopkins, estima que os intersexuais constituam quatro por cento dos hominídeos que nascem (some e verá que, sozinhos, eles povoariam um continente).

A existência dessa populosa humanidade cientificamente estabelecida (sobre a qual me inteirei lendo esses trabalhos que, para mim, têm interesse sobretudo erótico), à margem da normalidade e por cuja liberação, reconhecimento e aceitação luto também à minha fútil maneira (quero dizer, do meu solitário cantinho de libertário hedonista, amante da arte e dos prazeres do corpo, encarcerado no anódino ganha-pão de gerente de uma companhia de seguros), fulmina os que, como a senhora, se empenham em separar a humanidade em compartimentos estanques em razão do sexo: falos aqui, clitóris do outro lado, vaginas à direita, escrotos à esquerda. Esse esquematismo gregário não corresponde à verdade. Também no que se refere ao sexo, nós humanos representamos um leque de variantes, famílias, exceções, originalidades e matizes. Para apreender a realidade última e intransferível do humano, neste domínio, como em todos os outros, há que renunciar ao rebanho, à visão tumultuária, e recolher-se ao individual.

Resumindo, direi à senhora que todo movimento que pretenda transcender (ou relegar a segundo plano) o combate pela soberania individual, antepondo-lhe os interesses de um coletivo — classe, raça, gênero, nação, sexo, etnia, igreja, vício ou profissão —, parece-me uma conspiração para enredar ainda mais a maltratada liberdade humana. Essa liberdade só alcança seu pleno sentido na esfera do indivíduo, pátria cálida e indivisível que encarnamos, a senhora com seu clitóris beligerante e eu com meu falo encoberto (conservo o prepúcio e também o conserva meu filhinho Alfonso, e sou contra a circuncisão religiosa dos recém-nascidos — não a escolhida por seres com uso da razão — pelos mesmos motivos com que condeno a ablação do clitóris e dos lábios superiores vaginais praticada por muitos islamitas africanos), e deveríamos defendê-la, antes de tudo, contra a pretensão dos que quiseram nos dissolver nesses conglomerados amorfos e castradores, manipulados pelos famintos de poder. Tudo parece indicar que a senhora e suas seguidoras fazem parte desse rebanho e, portanto, é meu dever participar-lhe meu antagonismo e minha hostilidade através desta carta, que, ademais, tampouco penso em colocar no correio.

Para suprimir um pouco a seriedade funérea de minha missiva e terminá-la com um sorriso, animo-me a relatar-lhe o caso do pragmático andrógino Emma (eu deveria, talvez, dizer andrógina?), relatado pelo urologista Hugh H. Young (igualmente da Johns Hopkins) que o/a tratou. Emma foi educada como menina, apesar de ter um clitóris do tamanho de um pênis, e uma vagina hospitaleira, o que lhe permitia celebrar intercâmbios sexuais com mulheres e homens. Em solteira, teve-os sobretudo com moças, atuando como homem. Depois, casou-se com um varão e fez amor como mulher, sem que, contudo, esse papel a deleitasse tanto quanto o outro; por isso, teve amantes mulheres, as quais perfurava alegremente com seu virilizado clitóris. Consultado por ela, o doutor Young explicou-lhe que seria muito fácil submetê-la a uma intervenção cirúrgica e transformá-la só em homem, já que essa parecia ser sua preferência. A resposta de Emma vale bibliotecas sobre a estreiteza do universo humano: "O senhor teria de me tirar a vagina, não, doutor? Não creio que me convenha, pois ela me dá de-comer. Se me operar, eu teria de me separar do meu marido e procurar trabalho. Diante disso, prefiro continuar como estou." Quem cita a história é a doutora Anne Fausto-Sterling em *Myths of Gender: Biological Theories about Women and Men*, livro que lhe recomendo.

Boa sorte e boas trepadas, amiga.

CARRASPANA E CARAMBOLA

No sossego da noite barranquina, don Rigoberto se endireitou na cama com a ligeireza de uma serpente convocada pelo encantador. Ali estava dona Lucrecia, belíssima em seu decotado vestido preto de tule, ombros e braços nus, sorridente, atendendo à dúzia de convidados. Dava ordens ao mordomo que servia as bebidas e a Justiniana, que, de uniforme azul com avental branco engomado, passava as bandejas de tira-gostos — fatias de aipim com molho huancaíno, palitinhos de queijo, casquinhas à *parmegiana*, azeitonas recheadas — com desenvoltura de dona de casa. Mas o coração de don Rigoberto deu um salto: o que lutava para ocupar toda a cena em sua lembrança indireta daquele evento (ele tinha sido o grande ausente da festa, que conhecia através de Lucrecia e de sua própria imaginação) era a voz estrambótica de Fito Cebolla. Já bêbado? A caminho de ficar, pois os uísques se sucediam em suas mãos como contas de rosário nas de uma devota.

— Se você precisava viajar — aninhou-se em seus braços dona Lucrecia —, devíamos ter cancelado o coquetel. Eu lhe disse isso.

— Por quê? — perguntou don Rigoberto, ajustando seu corpo ao da esposa. — Aconteceu algo?

— Muitas coisas — riu-se dona Lucrecia, a boca contra o peito dele. — Não vou lhe contar. Nem pense nisso.

— Alguém se comportou mal? — animou-se don Rigoberto. — Fito Cebolla passou dos limites, por exemplo?

— E quem mais? — concedeu sua mulher. — Ele, claro.

"Fito, Fito Cebolla", pensou. Gostava dele ou o odiava? Não era fácil saber, pois Fito lhe despertava um daqueles sentimentos difusos e contraditórios que eram sua especialidade. Tinha-o conhecido quando, em uma reunião de diretoria, decidiram nomeá-lo relações-públicas da companhia. Fito mantinha amigos em toda parte e, embora tivesse entrado em franca decadência e enveredado pela compulsão alcoólica mais babosa, sabia fazer bem o que sua ribombante nomeação sugeria: relacionar-se e aparecer em público.

— Que barbaridade ele fez? — perguntou, ansioso.

— Comigo, me passar a mão — respondeu dona Lucrecia, encabulada, esquivando-se e reaproximando-se do marido.

— Com Justianiana, por pouco não a estuprou.

Don Rigoberto conhecia de ouvido a reputação de Fito e teve certeza de que o detestaria, mal o visse aparecer no trabalho para tomar posse da função. Que outra coisa podia ser ele, além de um canalha inapresentável, um sujeito de vida balizada por atividades esportivas — seu nome se associava, nas vagas lembranças de don Rigoberto, ao surfe, ao tênis, ao golfe, a desfiles de moda ou concursos de beleza nos quais costumava ser jurado, e às páginas frívolas, nas quais frequentemente irrompiam sua dentadura carniceira e sua pele bronzeada pelas praias do planeta, metido em trajes a rigor, esportivo, havaiano, noturno, vespertino, matinal ou crepuscular, uma taça na mão e emoldurado por mulheres lindíssimas. Imaginava-o de uma imbecilidade integral, em sua variante alta sociedade limenha. Teve uma surpresa enorme ao descobrir que Fito Cebolla, sendo exatamente tudo o que se podia esperar dele — frívolo, cafetão de luxo, cínico, penetra, parasita, ex-desportista e ex-rei dos coquetéis —, era também um original, um imprevisível e, até que o porre o derrubasse, uma figura divertidíssima. Tinha lido umas coisas algum dia e tirava proveito dessas leituras, citando Fernando Casós — "No Peru é admirável o que não acontece" — e, entre gargalhadas repreensivas, Paul Groussac: "Florença é a cidade-artista, Liverpool a cidade-mercadora e Lima a cidade-mulher." (Para comprovar estatisticamente sua assertiva, andava com uma caderneta na qual ia anotando as mulheres feias e as bonitas com quem cruzava em seu caminho.) Pouco depois de se conhecerem, enquanto tomavam um traguinho com dois colegas de trabalho no Club de la Unión, tinham feito uma aposta entre os quatro para ver quem pronunciava a frase mais pedante. A de Fito Cebolla ("Sempre que passo por Port Douglas, na Austrália, traço uma bisteca de crocodilo e como uma aborígine") ganhou por unanimidade.

Na solidão escura, don Rigoberto foi tomado por um arroubo de ciúme que alterou seu pulso. Sua fantasia trabalhava como uma datilógrafa. Ali estava outra vez dona Lucrecia. Esplêndida, ombros luzidios e braços roçagantes, equilibrada sobre os altíssimos saltos-agulha e as torneadas pernas depiladas, conversava com os convidados, explicando, casal por casal, a urgente partida de Rigoberto para o Rio de Janeiro, naquela tarde, por assuntos da companhia.

— E o que nos importa? — gracejou, galante, Fito Cebolla, beijando a mão da dona da casa depois de ter feito o mesmo em sua face. — O que poderia ser melhor?

Era flácido, apesar das proezas esportivas da juventude, alto, bamboleante, olhos de batráquio e uma boca movediça que ensopava de luxúria as palavras que emitia. Evidentemente, havia se apresentado no coquetel sem sua mulher: já sabia que don Rigoberto sobrevoava as selvas amazônicas? Tinha dilapidado as modestas fortunas das três primeiras esposas legítimas, das quais fora se divorciando à medida que as espremia passeando-as pelos melhores balneários do vasto mundo. Chegada a hora do repouso, resignava-se à sua quarta e, sem dúvida, última consorte, cujo reduzido patrimônio lhe assegurava, já não luxos nem excessos de cunho turístico, indumentário ou culinário, mas apenas uma boa casa em La Planicie, uma bem-servida despensa e escocês suficiente para cevar a cirrose até o fim dos seus dias, desde que não passasse dos setenta. Ela era frágil, miúda, elegante e como que pasmada de admiração retrospectiva pelo Adônis que Fito Cebolla havia sido outrora.

Agora, era um intumescido sessentão e seguia pela vida armado de um caderninho e um binóculo com os quais, em suas andanças pelo centro e na luz vermelha dos semáforos quando dirigia seu antiquado Cadillac cor de borra de vinho, via e anotava, além da estatística geral (feias ou bonitas), uma mais especializada: os bumbuns empinados, os peitos encabritados, as pernas mais torneadas, os pescoços de cisne, as bocas mais sensuais e os olhos mais feiticeiros que o tráfego lhe apresentava. Sua pesquisa, rigorosa e arbitrária a mais não poder, dedicava às vezes um dia, e até uma semana, a uma parte das anatomias femininas transeuntes, com um método não muito diferente daquele que don Rigoberto estabelecia para o asseio dos seus órgãos: segunda, traseiros; terça, seios; quarta, pernas; quinta, braços; sexta, pescoços; sábado, bocas, e domingo, olhos. A média das qualificações, de zero a vinte, era tirada a cada fim de mês.

Desde que Fito Cebolla lhe permitira folhear suas estatísticas, don Rigoberto havia começado a pressentir, no insondável oceano dos caprichos e manias, uma inquietante semelhança com ele e a admitir uma incontível simpatia por um espécime capaz de reivindicar suas extravagâncias com tanta insolência. (Não era o seu caso, pois as suas eram dissimuladas e matrimoniais.) Em certo sentido, mesmo descontando sua covardia e sua timidez, das quais Fito Cebolla carecia, intuiu que ele era seu igual. Fechando os olhos — em vão, porque as sombras do dormitório eram totais — e acalentado pelo vizinho rumor do mar ao pé da escarpa, don Rigoberto divisou a mão com pelos nos nós dos dedos, decorada com aliança de casamento e anel de ouro no mindinho, aboletando-se à traição no traseiro de sua mulher. Um queixume animal que teria podido despertar Fonchito rasgou sua garganta: "Filho da puta!".

— Não foi assim — disse dona Lucrecia, esfregando-se contra ele. — Conversávamos em um grupo de três ou quatro, entre os quais Fito, já com muitos uísques entornados. Justiniana passou a bandeja e então ele, sem mais nem menos, começou a galanteá-la.

— Que servente mais bonita! — exclamou, olhos injetados, lábios babando um fiozinho de saliva, voz engrolada. — Pedaço de mau caminho, essa cabrocha. Que corpinho!

— Servente é uma palavra feia, depreciativa e um pouco racista — reagiu dona Lucrecia. — Justiniana é uma empregada, Fito. Como você. Rigoberto, Alfonsito e eu gostamos muito dela.

— Empregada, braço direito, amiga, protegida ou lá o que seja, não falei para ofender — continuou Fito Cebolla, seguindo com os olhos, imantado, a jovem que se afastava. — Bem que eu queria ter em casa uma caboclinha assim.

E, nesse momento, dona Lucrecia sentiu, inequívoca, poderosa, ligeiramente úmida e quente, uma mão masculina na parte inferior de sua nádega esquerda, no sensível lugar onde esta descia em pronunciada curva ao encontro da coxa. Por alguns segundos, não atinou com reagir, retirá-la, afastar-se nem se aborrecer. Ele se aproveitara do viçoso cróton junto ao qual conversavam para executar a operação sem que os outros notassem. Don Rigoberto distraiu-se com uma expressão francesa: *la main baladeuse*. Como se traduziria? A mão peregrina? A mão transumante? A mão ambulante? A mão resvaladiça? A mão passageira? Sem resolver o dilema linguístico, indignou-se de novo. Um impávido Fito olhava Lucrecia com um sorriso sugestivo, enquanto seus dedos começavam a se mover, plissando o tule do vestido. Dona Lucrecia se afastou com brusquidão.

— Tonta de raiva, fui tomar um copo d'água na copa — explicou a don Rigoberto.

— O que a senhora tem, patroa? — perguntou Justiniana.

— Aquele nojento me botou a mão aqui. Não sei como não lhe dei um tapa.

— Devia dar, quebrar um cachepô na cabeça dele, meter-lhe as unhas, botá-lo para fora da casa — enfureceu-se don Rigoberto.

— Eu dei, quebrei, arranhei e o botei para fora. — Dona Lucrecia roçou seu nariz esquimó no do marido. — Mas só depois. Antes, aconteceram coisas.

"A noite é longa", pensou don Rigoberto. Tinha passado a se interessar por Fito Cebolla como um entomologista por um inseto raríssimo, de coleção. Invejava essa crassa humanidade que exibia impudicamente os próprios tiques e fantasias, tudo aquilo que, segundo um cânone moral que não era o seu, as pessoas chamavam de vícios, taras, degenerações. Por excesso de egoísmo, sem saber, o imbecil do Fito Cebolla havia conquistado mais liberdade do que ele, que sabia tudo mas era um hipócrita, e, ainda por cima, um securitário ("Como o foram Kafka e o poeta Wallace Stevens", desculpou-se ante si mesmo, em vão). Divertido, don Rigoberto recordou aquela conversa no bar do César's, registrada em seus cadernos, na qual Fito Cebolla lhe confessara que a maior excitação de sua vida não fora provocada pelo corpo escultural de alguma de suas incontáveis amantes, nem pelas dançarinas do Folies Bergère de Paris, mas por um episódio na austera Luisiana, na casta Universidade de Baton Rouge, onde seu iludido pai o matriculara na esperança de que ele se graduasse como químico industrial. Ali, no parapeito do seu *dormitory*, em uma tarde primaveril, coubera-lhe assistir ao mais formidável agarrão sexual desde que os dinossauros fornicavam.

— De duas aranhas? — As narinas de don Rigoberto se abriram e continuaram palpitando, ferozes. Suas orelhonas de Dumbo adejavam também, superexcitadas.

— Deste tamanho — imitou a cena Fito Cebolla, elevando, encolhendo os dez dedos e aproximando-os com obscenidade. — Viram-se, desejaram-se e avançaram uma para a outra, dispostas a se amar ou a morrer. Melhor dizendo: a se amar até morrer. Quando uma saltou sobre a outra, houve um estremecimento de terremoto. A janela, o *dormitory*, tudo se encheu de odor seminal.

— Como você sabe que elas estavam copulando? — espetou-o don Rigoberto. — Por que não brigando?

— Estavam brigando e fornicando ao mesmo tempo, como deve ser, como deveria ser sempre — sacudiu-se no assento Fito Cebolla; suas mãos tinham se entrecruzado e os dez dedos se esfregavam com estalidos ósseos. — Sodomizavam uma à outra com todas as suas patas, todos os seus anéis, pelos e olhos, com tudo o que tinham no corpo. Nunca vi seres tão felizes. Nunca vi nada tão excitante, juro pela minha santa mãe que está no céu, Rigo.

A excitação resultante do coito aracnídeo havia resistido, segundo ele, a uma ejaculação aérea e a várias duchas de água fria. Ao cabo de quatro décadas e uma infinidade de aventuras, a memória das peludas bestiolas atracadas sob o inclemente céu azul de Baton Rouge vinha às vezes perturbá-lo, e mesmo agora, quando a idade lhe aconselhava moderação, aquela remota imagem, ao emergir de repente em sua consciência, deixava-o mais empoleirado do que o faria uma talagada de ioimbina.

— Conte o que fazia no Folies Bergère, Fito — pediu Tetê Barriga, sabendo perfeitamente do risco a que se expunha.

— Embora seja mentira, é tão engraçado!

— Isso foi dar corda nele, botar a mão no fogo — observou a senhora Lucrecia, retardando a narrativa. — Mas Tetê adora se chamuscar.

Fito Cebolla se remexeu no assento onde jazia semiderrubado pelo uísque:

— Mentira, nada! Foi o único trabalho agradável da minha vida. Embora me tratassem tão mal quanto seu marido me trata no emprego, Lucre. Venha, sente-se aqui, fique conosco.

Tinha os olhos vidrados e a voz rouca. Os convidados começavam a olhar os relógios. Dona Lucrecia, fazendo das tripas coração, foi se sentar junto dos Barriga. Fito Cebolla passou a evocar aquele verão. Havia ficado encrencado em Paris, sem um centavo, e graças a uma amiga conseguira um emprego de biqueiro no "histórico teatro da rue Richer".

— Biqueiro, de bico do peito, e não no sentido de quem come pouco — explicou, mostrando uma libidinosa pontinha de língua avermelhada e entrefechando os olhos dissolutos como que para ver melhor o que via ("e o que ele via era o meu decote, amor". A solidão de don Rigoberto começava a povoar-se e a enfebrecer). — Embora eu fosse o último dos ajudantes e o que menos ganhava, de mim dependia o sucesso do show. Uma responsabilidade do caralho!

— Qual, qual? — urgiu-o Tetê Barriga.

— Deixar as coristas com os mamilos tesos, pouco antes de entrarem em cena.

Para isso, em seu cantinho dos bastidores, dispunha de um balde de gelo. As moças, engalanadas com penachos, adornos de flores, penteados exóticos, longas pestanas, unhas postiças, malhas invisíveis e caudas de pavão, bundas e peitos ao léu, inclinavam-se diante de Fito Cebolla, que esfregava um cubinho de gelo em cada mamilo e na corola circundante. Então, dando um gritinho, elas saltavam para o palco, os peitos como espadas.

— Funciona, funciona? — insistia Tetê Barriga, dando uma olhada nos próprios seios caídos, enquanto seu marido bocejava. — Esfregando gelo, eles ficam...?

— Tesos, duros, retos, empinados, airosos, erguidos, soberbos, eriçados, encolerizados — prodigalizava Fito Cebolla seus conhecimentos em matéria de sinônimos. — Permanecem assim quinze minutos, cronometrados.

"Sim, funciona", repetiu-se don Rigoberto. Pelas persianas se insinuava um raiozinho pálido. Outro amanhecer longe de Lucrecia. Já seria hora de despertar Fonchito para o colégio? Ainda não. Mas ela não estava aqui? Como quando haviam verificado nos seus formosos seios a receita do Folies Bergère. Ele havia visto aqueles escuros mamilos se aprumarem nas aréolas douradas e se oferecerem, frios e duros como pedras, aos seus lábios. Aquela verificação tinha custado a Lucrecia um resfriado, que ainda por cima o contagiara.

— Onde é o banheiro? — perguntou Fito Cebolla. — Para lavar minhas mãos, não façam mau juízo.

Lucrecia o conduziu até o corredor, guardando uma distância prudente. Temia sentir de novo, a qualquer momento, aquela ventosa manual.

— Gostei da sua caboclinha, sério — ia balbuciando Fito, aos tropeções. — Sou democrático, que venham negras, brancas ou amarelas, se forem bem gostosas. Me dá a moça de presente? Ou, se preferir, me ceda. Posso lhe pagar uma boa grana.

— O banheiro é aqui — conteve-o dona Lucrecia. — Lave também a língua, Fito.

— Seus desejos são ordens — babou ele, e, antes de que ela pudesse se afastar, a maldita mão foi diretamente aos seus peitos. Fito a retirou de imediato e entrou no banheiro: — Perdão, perdão, errei de porta.

Dona Lucrecia voltou à sala. Os convidados começavam a sair. Ela tremia de raiva. Desta vez, iria expulsá-lo da casa. Trocava as últimas banalidades e se despedia das pessoas no jardim. "É o cúmulo, é o cúmulo." Os minutos passavam e Fito Cebolla não aparecia.

— Você quer dizer que ele tinha ido embora?

— Foi o que eu imaginei. Que, ao sair do banheiro, ele teria escapulido, discretamente, pela porta de serviço. Mas não, não. O maldito ficou.

Foram-se as visitas, o garçom contratado, e, depois de ajudarem Justiniana a recolher copos e pratos, fechar janelas, apagar as luzes do jardim e ligar o alarme, o mordomo e a cozinheira deram boa-noite a Lucrecia e se retiraram para seus afastados dormitórios, em um pavilhão à parte, atrás da piscina.

Justiniana, que dormia no segundo andar, junto ao escritório de don Rigoberto, estava na cozinha, botando a louça na lavadora.

— Fito Cebolla ficou dentro, escondido?

— No quartinho da sauna, talvez, ou entre as plantas do jardim. Esperando que os outros se fossem, que a cozinheira e o mordomo se deitassem, para se meter na cozinha. Como um ladrão!

Dona Lucrecia estava em um sofá da sala, cansada, ainda não recuperada do mau momento. O delinquente do Fito Cebolla não voltaria a pôr os pés naquela casa. Perguntava-se se contaria a Rigoberto o ocorrido, quando soou o grito. Vinha da cozinha. Ela se levantou e correu. Na porta da alva copa — as paredes azulejadas cintilando sob a luz farmacêutica —, o espetáculo a paralisou. Don Rigoberto pestanejou várias vezes antes de fixar a vista no raiozinho pálido da persiana que anunciava o dia. Via-os: Justiniana, caída de costas na mesa de pinho à qual havia sido arrastada, forcejando com mãos e pernas contra a fofa corpulência que a esmagava e a beijocava, gargarejando uns ruídos que eram, que só podiam ser grosserias. No umbral, desfigurada, exorbitada, dona Lucrecia. Sua paralisia não durou muito. Ali estava ela — o coração de don Rigoberto bateu impetuoso, cheio de admiração pela beleza delacroixiana dessa fúria que agarrava a primeira coisa que encontrava, o rolo de amassar, e arremetia contra Fito Cebolla, insultando-o. "Abusado, maldito, imundo, crápula." Golpeava-o sem misericórdia, onde caísse o rolo, nas costas, no pescoço gorducho, na cabeça de frade, nas nádegas, até obrigá-lo a soltar sua presa para se defender. Don Rigoberto podia ouvir as bordoadas que espancavam ossos e músculos do interrompido estuprador, o qual, finalmente, vencido pela surra e pelo pileque que estorvava seus movimentos, girou, as mãos voltadas para sua agressora, cambaleou, escorregou e se estatelou no chão como uma gelatina.

— Bata, bata você também, vingue-se — gritava dona Lucrecia, descendo o incansável rolo de amassar sobre o vulto de sujo terno azul que, tentando se levantar, erguia os braços para amortecer os golpes.

— Justiniana arrebentou o tamborete na cabeça dele?

— perguntou o regozijado don Rigoberto.

Espatifou-o, e voaram cavacos até o teto. Ergueu-o com as duas mãos e o descarregou em cima de Fito com todo o peso do seu corpo. Don Rigoberto viu a silhueta espigada, o uniforme azul, o avental branco, empinando-se para desfechar o bólido. O estentóreo "Aiiii!" do escarrapachado Fito Cebolla lhe sacudiu os tímpanos. (Mas não os da cozinheira, nem os do mordomo, nem os de Fonchito?) Fito cobria a cara, em suas mãos havia manchas de sangue. Ficou desmaiado alguns segundos. Voltou a si, talvez, com os gritos das duas mulheres, que continuavam a insultá-lo: "Degenerado, bêbado, abusado, veado."

— Como é doce a vingança — riu-se dona Lucrecia.

— Abrimos a porta dos fundos e ele escapuliu, se arrastando. De quatro patas, juro a você. Choramingando: "Ai, minha cabecinha, ai, está quebrada."

Nisto, o alarme disparou. Que susto! Mas nem assim Fonchito, o mordomo ou a cozinheira acordaram. Era verossímil? Não. Mas muito conveniente, isto sim, pensou don Rigoberto.

— Não sei como o desligamos, entramos de volta, fechamos a porta e ligamos de novo o alarme — ria-se dona Lucrecia, desbragada. — Até que, pouco a pouco, fomos nos acalmando.

Então, ela pôde se dar conta do que aquele bruto havia feito à pobre Justiniana. Tinha lhe destroçado a roupa. A moça, ainda aterrorizada, caiu no choro. Pobrezinha. Se dona Lucrecia tivesse subido antes para o dormitório, não ouviria seu grito, já que nem o mordomo nem a cozinheira e nem o menino tinham ouvido nada. O canalha a estupraria tranquilamente. Consolou-a, abraçou-a: "Já passou, ele já foi, não chore." Contra o seu, o corpo da moça — parecia mais jovenzinha assim, tão próxima — tremia dos pés à cabeça. Sentia o coração dela e via seus esforços para conter os soluços.

— Me deu uma pena... — sussurrou dona Lucrecia.

— Além de lhe destruir o uniforme, tinha batido nela.

— Teve o que merecia — gesticulou don Rigoberto.

— Foi embora humilhado e sangrando. Muito benfeito!

"Veja só como ele deixou você, o desgraçado." Dona Lucrecia afastou Justiniana. Examinou seu uniforme em frangalhos, acariciou-a no rosto, agora sem vestígios do bom humor exuberante que a moça sempre exibia; grossas lágrimas lhe corriam pelas faces, um ríctus lhe crispava os lábios. Seu olhar tinha se apagado.

— Aconteceu alguma coisa nessa hora? — insinuou, com muita discrição, don Rigoberto.

— Ainda não — retrucou, igualmente discreta, dona Lucrecia. — Pelo menos, não me dei conta.

Não se dava conta. Achava que aquele desassossego, nervosismo, exaltação, eram obra do susto e, sem dúvida, também o eram; sentia-se transbordada por um sentimento de carinho e compaixão, ansiosa por fazer algo, qualquer coisa, para tirar Justiniana do estado em que a via. Pegou-a pela mão, levou-a até a escada: "Venha tirar esta roupa, é melhor chamar um médico." Ao sair da cozinha, apagou a luz do térreo. Subiram às escuras, de mãos dadas, degrau por degrau, a escadinha em caracol para o escritório e o quarto. No meio da escada, a senhora Lucrecia passou o outro braço pela cintura da moça. "Que susto você teve." "Achei que ia morrer, mas já está passando." Não era verdade: sua mão estreitava a da patroa e seus dentes chacoalhavam, como que de frio. Segurando-se uma à outra pelas mãos e pela cintura, contornaram as estantes carregadas de livros de arte e, no dormitório, receberam-nas, descortinados através do janelão, as luzes de Miraflores, os faróis do calçadão litorâneo e as cristas brancas das ondas avançando em direção ao penhasco. Dona Lucrecia acendeu a luminária de pé, que clareou a ampla *chaise longue* grená com pés de falcão e a mesinha com revistas, as porcelanas chinesas, as almofadas e os pufes espalhados sobre o tapete. A ampla cama, os criados-mudos, as paredes consteladas de gravuras persas, tântricas e japonesas continuaram na penumbra. Dona Lucrecia foi até o quarto de vestir e estendeu um robe a Justiniana, que permanecia de pé, cobrindo-se com os braços, meio paralisada.

— Esta roupa tem que ser jogada no lixo, queimada. Sim, é melhor queimá-la, como faz Rigoberto com os livros e gravuras de que já não gosta. Ponha isto, vou ver o que posso lhe dar.

No banheiro, enquanto molhava uma toalhinha com água-de-colônia, viu-se no espelho ("Belíssima", premiou-a don Rigoberto). Também havia levado um susto e tanto. Estava pálida e com olheiras; a maquilagem havia escorrido e, sem que ela se desse conta, o fecho ecler de seu vestido tinha se rompido.

— Eu também sou uma ferida de guerra, Justiniana — disse através da porta. — Por culpa do asqueroso do Fito, minha roupa se rasgou. Vou vestir um robe. Venha, aqui tem mais luz.

Quando Justiniana entrou no banheiro, dona Lucrecia, que estava se livrando do vestido pelos pés — não usava sutiã, só uma calcinha triangular de seda preta —, viu-a no espelho da pia e, repetida, no da banheira. Embrulhada no robe branco que a cobria até as coxas, a jovem parecia mais delgada e mais morena. Como não tinha cinto, segurava o robe com as mãos. Dona Lucrecia despendurou seu quimono chinês — "o de seda vermelha, com dois dragões amarelos nas costas, unidos pelas caudas", exigiu don Rigoberto —, vestiu-o e a chamou:

— Chegue um pouco mais perto. Tem algum ferimento?

— Não, acho que não, duas coisinhas de nada. — Justiniana estendeu uma perna por entre as dobras do robe. — Estas manchas roxas, de me debater contra a mesa.

Dona Lucrecia se inclinou, apoiou uma das mãos na coxa lisinha e delicadamente friccionou a pele violácea com a toalhinha embebida em água-de-colônia.

— Não é nada, vai sumir logo. E a outra?

No ombro e parte do antebraço. Abrindo o robe, Justiniana lhe mostrou a contusão que começava a inchar. Dona Lucrecia notou que a moça tampouco usava sutiã. Tinha o seio dela muito próximo de seus olhos. Via a ponta do mamilo. Era um seio jovem e miúdo, bem desenhado, com uma tênue granulação na aréola.

— Isto está mais feio — murmurou. — E aqui, dói?

— Um pouquinho — disse Justiniana, sem retirar o braço que dona Lucrecia esfregava com cuidado, agora mais atenta à sua própria perturbação do que ao hematoma da empregada.

— Ou seja — insistiu, implorou don Rigoberto —, aí aconteceu algo.

— Aí, sim — concedeu desta vez sua mulher. — Não sei o quê, mas algo. Estávamos muito juntas, de robe. Eu nunca tinha tido essas intimidades com ela. Ou talvez sim, resolvendo assuntos de cozinha. Ou lá pelo que fosse. De repente, eu já não era eu. E ardia dos pés à cabeça.

— E ela?

— Não sei, quem sabe? Acho que não — complicou-se dona Lucrecia. — Tudo havia mudado, isto sim. Percebe, Rigoberto? Depois de semelhante susto. E imagine o que estava me acontecendo.

— Essa é a vida — murmurou don Rigoberto, em voz alta, ouvindo suas palavras ressoarem na solidão do dormitório já iluminado pelo dia. — Esse é o amplo, o imprevisível, o maravilhoso, o terrível mundo do desejo. Minha mulherzinha, que perto a tenho, agora que você está tão longe!

— Sabe de uma coisa? — disse dona Lucrecia a Justiniana. — Para aplacar as emoções da noite, o que nós duas necessitamos é de um drinque.

— Para não ter pesadelos com aquele mão-boba — riu a empregada, seguindo-a até o quarto. Sua expressão tinha se animado. — É mesmo, acho que só me embebedando vou me livrar de sonhar com ele esta noite.

— Vamos nos embebedar, então. — Dona Lucrecia se dirigiu até o barzinho do escritório. — Quer um uísque? Você gosta de uísque?

— O que for, o que a senhora tomar. Deixe, deixe, eu trago.

— Fique aqui — atalhou dona Lucrecia, já do escritório. — Esta noite, sirvo eu.

Riu, e a moça a imitou, divertida. No bar, sentindo que não controlava suas mãos e sem querer pensar, dona Lucrecia encheu dois copos grandes com muito uísque, um jatinho de água mineral e dois cubos de gelo. Voltou, esgueirando-se como um felino entre os almofadões espalhados pelo chão. Justiniana se reclinara no espaldar da *chaise longue*, sem subir as pernas. Fez menção de se levantar.

— Fique aí mesmo — voltou a atalhar a patroa. — Chegue para lá, cabemos as duas.

A moça hesitou, pela primeira vez desconcertada; mas se recompôs de imediato. Tirou os sapatos, subiu as pernas e escorregou para junto da janela a fim de lhe abrir espaço. Dona Lucrecia se acomodou ao seu lado. Ajeitou as almofadas embaixo da cabeça. Cabiam, mas seus corpos se roçavam. Ombros, braços, pernas e quadris se pressentiam e, por momentos, se tocavam.

— A que vamos brindar? — disse dona Lucrecia. — À surra naquele animal?

— À cadeirada que eu dei — respondeu Justiniana, recuperando seu humor. — Com a raiva que eu tinha, poderia ter matado aquele sujeito, estou lhe dizendo. Será que quebrei a cabeça dele?

Bebeu mais um gole e caiu na risada. Dona Lucrecia começou a rir também, com uma risadinha meio histérica. "Quebrou, sim, e eu, com o rolo de amassar, quebrei outras coisas nele." Passaram assim um bom tempo, como duas amigas que compartilham uma confidência jovial e algo escabrosa, estremecidas pelas gargalhadas. "Eu lhe garanto que Fito Cebolla tem mais manchas roxas do que você, Justiniana", "E que pretextos ele vai dar agora à mulher, para esses galos e ferimentos?", "Que foi assaltado e chutado por ladrões." Em um contraponto de chacotas, acabaram os copos de uísque. Acalmaram-se. Pouco a pouco, recuperaram o fôlego.

— Vou servir mais dois — disse dona Lucrecia.

— Eu vou, deixe, juro que sei preparar.

— Bom, vá lá, enquanto isso eu ponho música.

Mas, em vez de se levantar da *chaise longue* para que a moça passasse, a senhora Lucrecia segurou-a pela cintura com as duas mãos e ajudou-a a deslizar por cima dela, sem retê-la mas demorando-a, em um movimento que, por um instante, manteve os corpos das duas — a patroa embaixo, a empregada em cima — enlaçados. Na semipenumbra, enquanto sentia o rosto de Justiniana sobre o seu — a respiração da jovem lhe esquentava o rosto e lhe entrava pela boca —, dona Lucrecia viu assomar nos olhos dela um brilho alarmado.

— E, nessa hora, você notou o quê? — pressionou-a um embargado don Rigoberto, sentindo dona Lucrecia se mover em seus braços com a preguiça animal em que o corpo dela soçobrava quando faziam amor.

— Não se escandalizou; só se assustou um pouquinho, talvez. Embora não por muito tempo — disse ela, meio sufocada. — Por eu ter tomado essas liberdades, fazendo-a passar por cima de mim segurando-a pela cintura. Talvez tenha percebido. Não sei, eu não sabia nada, não me importava nada. Eu voava. Mas disto, sim, me dei conta: ela não se aborreceu. Via aquilo com graça, com a malícia que põe em tudo. Fito tinha razão, ela é atraente. E, meio nua, mais ainda. Seu corpo café-com-leite, contrastando com a brancura da seda...

— Eu daria um ano de vida para vê-las nesse momento.

— E don Rigoberto encontrou a referência que buscava havia tempo: *Preguiça e luxúria ou O sonho*, de Gustave Courbet.

— Mas não está nos vendo? — brincou dona Lucrecia.

Com total nitidez, apesar de que, à diferença de seu diurno dormitório, aquele era noturno, e essa parte do aposento estava em penumbra, fora do alcance da luminária de pé. A atmosfera se adensara. Aquele perfume penetrante, que entontecia, intoxicou don Rigoberto. Suas narinas o aspiravam, expeliam, reabsorviam. Ao fundo, ouvia-se o rumor do mar e, no escritório, Justiniana preparando os drinques. Meio oculta pela planta de folhas lanceoladas, dona Lucrecia se estirou e, como que se espreguiçando, acionou o toca-discos; uma música de harpas paraguaias com um coro guarani flutuou no aposento, enquanto dona Lucrecia voltava à sua postura na *chaise longue* e, com as pálpebras cerradas, esperava Justiniana com uma intensidade que don Rigoberto farejou e escutou. O quimono chinês deixava ver sua coxa branca e seus braços nus. Os cabelos estavam desalinhados e os olhos espreitavam por trás das pestanas sedosas. "Uma jaguatirica tocaiando sua presa", pensou don Rigoberto. Justiniana, quando apareceu com os dois copos nas mãos, vinha risonha, movendo-se com desenvoltura, já acostumada a essa cumplicidade, a não guardar com sua patroa a devida distância.

— Gosta desta música paraguaia? Não sei como se chama — murmurou dona Lucrecia.

— Muito, é bonita, mas não dá para dançar, não? — comentou Justiniana, sentando-se na beira da *chaise longue* e estendendo-lhe o copo. — Assim está bom, ou precisa de mais água?

Não se atrevia a passar por cima de dona Lucrecia, que se chegou para o canto antes ocupado pela moça. Animou-a com um gesto a se instalar no seu lugar. Justiniana fez isso e, ao se reclinar junto dela, seu robe escorregou, deixando sua perna direita também descoberta, a milímetros da perna desnuda da patroa.

— Tintim, Justiniana — disse esta, batendo o copo no dela.

— Tintim, patroa.

Beberam. Assim que afastaram os copos, dona Lucrecia gracejou:

— Quanto não daria Fito Cebolla para nos ter as duas como estamos agora!

Riu, e Justiniana também riu. O riso de ambas cresceu, decresceu. A moça se atreveu a fazer também um gracejo:

— Se ao menos ele fosse jovem e bonitão... Mas, com semelhante sapo e ainda por cima bêbado, quem ia deixar?

— Pelo menos, tem bom gosto. — A mão livre de dona Lucrecia remexeu os cabelos de Justiniana. — Verdade, você é muito bonita. Não é de estranhar que leve os homens a fazer loucuras. Só Fito? Você deve ter causado estragos, por aí.

Sempre lhe alisando os cabelos, aproximou a perna até tocar a de Justiniana. Esta não afastou a sua. Ficou quieta, meio sorriso fixado no rosto. Depois de alguns segundos, a senhora Lucrecia, com um baque no coração, notou que o pé de Justiniana se adiantava devagarinho até fazer contato com o dela. Uns dedos tímidos se moviam sobre os seus, num imperceptível arranhão.

— Gosto muito de você, Justita — disse, chamando-a pela primeira vez como Fonchito fazia. — Percebi esta noite. Quando vi o que aquele balofo estava lhe fazendo. Senti uma raiva...! Como se você fosse minha irmã.

— Eu também gosto muito da senhora, patroa — murmurou Justiniana, encostando-se um pouco mais, de modo que agora, além de pés e coxas, tocavam-se os quadris, braços e ombros. — Fico sem graça de dizer, mas a invejo tanto... Por ser como é, por ser tão elegante. A melhor que já conheci.

— Me permite que a beije? — A senhora Lucrecia inclinou a cabeça até roçar a de Justiniana. Os cabelos das duas se misturaram. Ela via os olhos profundos da moça, muito abertos, observando-a sem pestanejar, sem medo, embora com alguma ansiedade. — Posso lhe dar um beijo? Podemos? Como amigas?

Sentiu-se incomodada, arrependida, durante os segundos — dois, três, dez? — que Justiniana levou para responder. E a alma lhe voltou ao corpo — seu coração batia tão depressa que ela mal respirava — quando, finalmente, a carinha que via embaixo da sua assentiu e se adiantou, oferecendo-lhe os lábios.

Enquanto se beijavam, com ímpeto, enredando as línguas, separando-se e juntando-se, seus corpos se entrelaçando, don Rigoberto levitava. Estava orgulhoso de sua esposa? Claro. Mais apaixonado por ela do que nunca? Naturalmente. Voltou a vê-las e ouvi-las.

— Preciso lhe dizer uma coisa, patroa — escutou Justiniana sussurrar no ouvido de Lucrecia. — Há muito, eu tenho um sonho. Ele se repete, me vem até quando estou acordada. Era de noite, fazia frio. O patrão estava viajando. A senhora tinha medo dos ladrões e me pediu que viesse lhe fazer companhia. Eu queria dormir nesta poltrona e a senhora "não, não, venha para cá, venha". E me fazia deitar ao seu lado. Sonhando isso, sonhando, digo ou não digo?, eu ficava toda molhada. Que vergonha!

— Vamos fazer esse sonho. — A senhora Lucrecia se levantou, levando atrás de si Justiniana. — Vamos dormir juntas, mas na cama, é mais macia do que a *chaise longue*. Venha, Justita.

Antes de entrarem embaixo dos lençóis, despiram os robes, que ficaram ao pé do leito de casal, coberto por uma colcha. Às harpas, seguira-se uma valsa de outros tempos, com uns violinos cujos compassos sintonizavam com suas carícias. O que importava se elas haviam apagado a luz enquanto brincavam e se amavam, ocultas embaixo dos lençóis, e a atarefada colcha se encrespava, se enrugava e bamboleava? Don Rigoberto não perdia um detalhe dos seus gestos esboçados e das arremetidas; enredava-se e desenredava-se com elas, estava junto da mão que envolvia um seio, em cada dedo que roçava uma nádega, nos lábios que, depois de várias escaramuças, por fim se atreviam a afundar naquela sombra escondida, buscando a cratera do prazer, a cavidade morna, a boca latejante, o musculozinho vibrátil. Via tudo, sentia tudo, ouvia tudo. Suas narinas se embriavagam com o perfume daquelas peles e seus lábios sorviam os sumos que manavam do gracioso casal.

— Ela nunca havia feito isso?

— E eu também não — confirmou dona Lucrecia. — Nenhuma das duas, nunca. Um par de novatas. Aprendemos ali mesmo. Gozei, gozamos. Não senti a menor falta de você nessa noite, meu amor. Não se importa que eu lhe diga?

— Gosto que você diga — abraçou-a seu esposo. — E ela, não se constrangeu depois?

Em absoluto. Havia mostrado uma naturalidade e uma discrição que impressionaram dona Lucrecia. Exceto pela manhã seguinte, quando chegaram os buquês de flores (o da patroa dizia: "Do meio de suas bandagens, Fito Cebolla agradece de todo o coração a merecida lição que recebeu de sua querida e admirada amiga Lucrecia", e o da empregada: "Fito Cebolla saúda e pede respeitosas desculpas à Flor de Canela") que elas mostraram uma à outra, o assunto não voltou a ser mencionado. A relação não mudou, nem as maneiras, nem o tratamento, para quem as observava de fora. É verdade que, de vez em quando, dona Lucrecia tinha pequenas delicadezas com Justiniana, presenteando-lhe uns sapatos novos, um vestido, ou levando-a de companhia em suas saídas, mas isso, embora provocasse ciúmes no mordomo e na cozinheira, não surpreendia ninguém, pois todos na casa, do chofer a Fonchito e don Rigoberto, tinham notado havia tempo que, com sua vivacidade e seus mimos, Justiniana tinha a patroa no bolso.

AMOR ÀS ORELHAS VOADORAS

Olhos para ver, nariz para cheirar, dedos para tocar e orelhas como cornucópias para serem esfregadas com as gemas, assim como a gente passa a mão na corcovinha da corcunda ou na barriguinha do Buda — que trazem sorte —, e, depois, lambidas e beijadas.

Gosto de ti, Rigoberto, de ti e de ti, mas, acima de todas as tuas outras coisas, gosto de tuas orelhas voadoras. Quisera poder me ajoelhar e espiar esses buraquinhos que limpas a cada manhã (meu mindinho me contou) com um cotonete e de onde arrancas os pelinhos com uma pinça — pelinho ai por pelinho ai junto do espelho ai — nos dias em que lhes cabe a purificação. O que eu veria por esses fundos oquinhos? Um precipício. E, assim, descobriria teus segredos. Qual, por exemplo? Que, sem saber, já me amas, Rigoberto. Veria alguma outra coisa? Dois elefantinhos com suas trombinhas levantadas. Dumbo, Dumbinho, como te amo!

O que seria do azul, se todos gostassem do amarelo? Tu, para mim, embora alguns digam que com teu nariz e tuas orelhas ganharias o concurso O Homem-Elefante do Peru, és o ser mais atraente, o mais bonito que já existiu. Vejamos, Rigoberto, adivinha, se me dessem a escolha entre ti e Robert Redford, quem seria o eleito do meu coração? Sim, meu orelhãozinho, sim, narigãozinho, sim, meu Pinoquinho: tu, tu.

O que mais eu veria, se me debruçasse para espiar por teus abismos auditivos? Um campo de trevos, todos de quatro folhas. E ramos de rosas cujas pétalas têm retratada, em sua pelugem branca, uma carinha amorosa. Qual? A minha.

Quem sou, Rigoberto? Quem é a andinista que te ama e te idolatra, e algum dia não longínquo escalará tuas orelhas como outros escalam o Himalaia ou o Huascarán?

Tua, tua, tua,
A louquinha de tuas orelhas

IV. Fonchito em lágrimas

Fonchito se mostrara cabisbaixo e pálido desde que havia chegado à casa de San Isidro, e dona Lucrecia estava certa de que suas olheiras e seu olhar fugidio tinham algo a ver com Egon Schiele, tema infalível de cada tarde. Ele mal abriu a boca enquanto tomavam o chá e, pela primeira vez naquelas semanas, esqueceu-se de elogiar os *chancays* tostados de Justiniana. Notas baixas no colégio? Rigoberto descobrira que ele faltava à academia para vir visitá-la? Encerrado em um mutismo tristonho, mordia os nós dos dedos. Em algum momento havia murmurado algo terrível sobre Adolf e Marie, pais ou parentes do seu reverenciado pintor.

— Quando algo rói a gente por dentro, o melhor é compartilhar — ofereceu-se dona Lucrecia. — Não confia em mim? Me conte o que você tem, talvez eu possa ajudá-lo.

O menino a fitou nos olhos, sobressaltado. Pestanejava e parecia prestes a cair no choro. Suas têmporas latejavam e dona Lucrecia divisou as veiazinhas azuis do seu pescoço.

— É que... estive pensando — disse ele, por fim. Desviou a vista e se calou, arrependido do que ia dizer.

— Em quê, Fonchito? Vamos, me conte. Por que esse casal o preocupa tanto? Quem são Adolf e Marie?

— Os pais de Egon Schiele — disse o menino, como se falasse de um colega de classe. — Mas não é o senhor Adolf que me preocupa, e sim o papai.

— Rigoberto?

— Não quero que acabe como ele. — A carinha se ensombreceu ainda mais e a mão fez um gesto estranho, como que afugentando um fantasma. — Me dá medo e não sei o que fazer. Não queria preocupá-la. Você ainda ama o papai, não é, madrasta?

— Claro que sim — assentiu ela, desconcertada. — Você me deixa boiando, Fonchito. O que Rigoberto tem a ver com o pai de um pintor que morreu do outro lado do mundo, meio século atrás?

No princípio, parecera-lhe divertido, muito próprio dele, esse jogo inusitado, deslumbrar-se com as telas e a vida de Egon Schiele, estudá-las, apreendê-las, identificar-se com o pintor até acreditar, ou dizer acreditar, que era Egon Schiele redivivo e que morreria também, após uma carreira fulgurante, de maneira trágica, aos vinte e oito anos. Mas esse jogo começava a se turvar.

— O destino do pai dele está se repetindo também no meu — balbuciou Fonchito, engolindo em seco. — Não quero que o papai fique louco e sifilítico como o senhor Adolf, madrasta.

— Mas que bobagem — ela tentou acalmá-lo. — Vamos e venhamos, a vida não se herda nem se repete. De onde lhe ocorreu um disparate destes?

Incapaz de se conter, o menino contraiu o rosto em um beicinho e começou a chorar, com soluços que faziam estremecer sua figura mirrada. A senhora Lucrecia pulou da poltrona, sentou-se junto dele no tapete da sala de jantar, abraçou-o, beijou-o nos cabelos e na testa, secou-lhe as lágrimas com seu lencinho, assoou-lhe o nariz. Fonchito se apertou contra ela. Fundos suspiros levantavam seu peito e dona Lucrecia sentia o coração dele aos saltos.

— Calma, já passou, não chore, que despropósito, isso não tem pé nem cabeça. — Alisava-lhe os cabelos, beijava-os. — Rigoberto é o homem mais saudável e de cabeça mais equilibrada que já se viu.

O pai de Egon Schiele era sifilítico e morreu louco? Com a curiosidade espicaçada pelas contínuas alusões de Fonchito, dona Lucrecia tinha procurado algo sobre Schiele na livraria La Casa Verde, a dois passos de sua residência, mas não encontrou nenhuma monografia, só mesmo uma história do expressionismo que dedicava a ele apenas parte de um capítulo. Não recordava que o texto mencionasse em algum momento sua família. O menino assentiu, a boca crispada e os olhos semicerrados. De vez em quando, um calafrio o percorria. Mas foi sossegando e, sem se afastar dela, encolhido, parecendo feliz por estar protegido pelos braços de dona Lucrecia, começou a falar. Ela não conhecia a história do senhor Adolf Schiele? Não, não a conhecia; não conseguira encontrar uma biografia desse pintor. Fonchito, ao contrário, tinha lido várias na biblioteca do pai e consultado a enciclopédia. Uma história terrível, madrasta. Diziam que, sem o que aconteceu ao senhor Adolf Schiele e à senhora Marie Soukup, não se podia entender Egon. Porque essa história escondia o segredo de sua pintura.

— Bem, bem. — Dona Lucrecia tentou despersonalizar o assunto. — E qual é, afinal, o segredo de sua pintura?

— A sífilis do pai — retrucou o menino, sem vacilar. — A loucura do pobre senhor Adolf Schiele.

Mordendo o lábio, dona Lucrecia conteve o riso, para não ferir o menino. Pareceu-lhe estar ouvindo o doutor Rubio, um psicanalista conhecido de don Rigoberto, muito popular entre suas amigas desde que, citando o exemplo de Wilhelm Reich, passara a se despir durante as sessões para melhor interpretar os sonhos de suas pacientes, e que costumava soltar coisas do gênero nos coquetéis, com a mesma convicção.

— Mas, Fonchito — disse, soprando-lhe a testa, brilhante de suor —, por acaso você sabe o que é sífilis?

— Uma doença venérea, que vem de Vênus, uma deusa que não sei quem foi — confessou o menino, com sinceridade desarmante. — Não encontrei no dicionário. Mas sei onde o senhor Adolf se contagiou. Quer que eu conte como foi?

— Desde que você se acalme. E que não volte a se atormentar com fantasias descabeladas. Nem você é Egon Schiele nem Rigoberto tem nada a ver com esse cavalheiro, seu bobão.

O menino não prometeu nada, mas tampouco replicou. Ficou um tempinho em silêncio, aninhado nos braços protetores, a cabeça no ombro da madrasta. Quando começou a contar, fez isso com o luxo de datas e detalhes de uma testemunha daquilo que contava. Ou protagonista, pois passava a emoção de quem viveu a coisa na própria pele. Como se, em vez de nascer em Lima no final do século XX, fosse Egon Schiele, um rapazola da última geração de súditos austro-húngaros, a que veria desaparecerem na hecatombe da Primeira Guerra Mundial a chamada Belle Époque e o império, aquela sociedade rutilante, cosmopolita, literária, musical e plástica que Rigoberto amava tanto e sobre a qual dera a dona Lucrecia tão pacientes aulas, nos primeiros anos de casados. (Agora, Fonchito continuava dando-as.)

A época de Mahler, Schoenberg, Freud, Klimt, Schiele. No sobressaltado relato, descontando-se anacronismos e puerilidades, uma história foi se perfilando. Uma aldeia chamada Tulln, às margens do Danúbio, nos arredores de Viena (a 25 quilômetros, dizia Fonchito), e o casamento, naqueles últimos anos do século, entre o funcionário das ferrovias imperiais Adolf Eugen Schiele, protestante, de origem alemã, 26 anos recém-completados, e a adolescente católica de origem tcheca, de 17, Marie Soukup. Uma união arriscada, contra a corrente, dada a oposição da família da noiva. ("A sua se opôs a que você se casasse com o papai?" "Pelo contrário, ficaram encantados com Rigoberto.") Essa época era puritana e cheia de preconceitos, não, madrasta? Sim, sem dúvida, por quê? Porque Marie Soukup não sabia nada da vida; não tinham lhe ensinado nem como se faziam os bebês, a pobrezinha achava que eles eram trazidos de Paris pelas cegonhas. (A madrasta não seria igualmente inocente quando se casou? Não, dona Lucrecia já sabia tudo o que precisava saber.) Tão inocente era Marie que sequer se deu conta de ter engravidado e achou que seu mal-estar era culpa das maçãs, que adorava. Mas isso era adiantar a história. Convinha retroceder à viagem de núpcias. Ali tinha começado tudo.

— O que aconteceu nessa lua de mel?

— Nada — disse o menino, endireitando-se para assoar o nariz. Tinha os olhos inchados, mas a palidez desaparecera. Estava envolvido de corpo e alma no relato. — Marie teve medo. Nos três primeiros dias, não deixou que o senhor Adolf a tocasse. O casamento não se consumou. Do que você está rindo, madrasta?

— De ouvi-lo falar como um velho, sendo o pedacinho de homem que ainda é. Não se aborreça, a história me interessa muito. Bom, nos três primeiros dias de casados, Adolf e Marie, nada de nada.

— Não é para rir — condoeu-se Fonchito. — É mais para chorar. A lua de mel foi em Trieste. Para recordar essa viagem dos pais, Egon Schiele e Gerti, sua irmãzinha predileta, fizeram uma viagem idêntica, em 1906.

Em Trieste, durante a frustrada lua de mel, começou a tragédia. Porque, como sua esposa não se deixava tocar — chorava, esperneava, arranhava-o, fazia um grande escândalo cada vez que ele se aproximava para beijá-la —, o senhor Adolf ia para a rua. Para onde? Consolar-se com mulheres da vida. E, em um desses lugares, Vênus o contagiou com a sífilis. Essa enfermidade começou a matá-lo aos poucos, desde então. Fez com que ele enlouquecesse e desgraçou toda a família. A partir daí, caiu uma maldição sobre os Schiele. Adolf, sem saber, contagiou sua esposa, quando pôde afinal consumar o matrimônio, no quarto dia. Por isso, Marie abortou nas três primeiras gravidezes; por isso, morreu Elvira, a filhinha que viveu apenas dez aninhos. E, por isso, Egon foi tão fragilzinho e propenso a doenças. Tanto que, em sua infância, achavam que ele morreria, pois vivia consultando médicos. Dona Lucrecia acabou por vê-lo: uma criança solitária, mexendo com trenzinhos de brinquedo, desenhando, desenhando o tempo todo, em seus cadernos de colégio, nas margens da Bíblia, e até em papéis que catava no lixo.

— Como vê, você não se parece com ele em nada. Segundo Rigoberto, foi a criança mais saudável do mundo. E gostava de brincar com aviões, não com trens.

Fonchito resistia a gracejar.

— Me deixa terminar a história, ou está entediada?

Não a entediava, mas sim a entretinha; porém, mais que as peripécias e os finisseculares personagens austro-húngaros, a paixão com que Fonchito os evocava: vibrando, movendo olhos e mãos, com inflexões melodramáticas. O terrível dessa doença era que vinha devagarinho e à traição; e que desonrava suas vítimas. Foi essa a razão pela qual o senhor Adolf nunca admitiu que a padecia. Quando seus parentes o aconselhavam a procurar o médico, protestava: "Estou mais são do que qualquer um." Estava nada. A razão havia começado a lhe falhar. Egon gostava dele, davam-se muito bem, sofria quando ele piorava. O senhor Adolf se punha a jogar baralho como se seus amigos tivessem vindo, mas estava sozinho. Distribuía as cartas, conversava com eles, oferecia-lhes cigarros, e à mesa da casa de Tulln não havia ninguém. Marie, Mélanie e Gerti queriam fazê-lo ver a realidade, "Mas, papai, não há com quem falar, com quem jogar, não percebe?". Egon as desmentia: "Não é verdade, pai, não lhes dê ouvidos, estão aqui o chefe da guarda, o diretor dos correios, o mestre-escola. Seus amigos estão com você, pai. Eu também os vejo, como você." Não queria aceitar que seu pai tinha visões. De repente, o senhor Adolf envergava seu uniforme de gala, boné de viseira brilhante, botas reluzentes, e ia se plantar na plataforma, em posição de sentido. "O que está fazendo aqui, pai?" "Vou receber o Imperador e a Imperatriz, filho." Já estava louco. Não pôde continuar trabalhando na ferrovia, teve de se aposentar. De vergonha, os Schiele se mudaram de Tulln para um lugar onde ninguém os conhecia: Klosterneuburg. Em alemão significa "A aldeia nova do convento". O senhor Adolf piorou, já não sabia falar. Passava os dias no quarto, sem abrir a boca. Viu? Viu? Subitamente, uma agitação angustiosa se apoderou de Fonchito:

— Igualzinho ao papai, pois então — explodiu, com um guincho desafinado. — Ele também volta do trabalho e não quer falar com ninguém. Nem comigo. Até nos sábados e domingos, a mesma coisa: trancado no escritório, o dia inteiro. Quando puxo conversa, "Sim", "Não", "Bom". Não sai disso.

Teria sífilis? Estaria enlouquecendo? Talvez tivesse contraído a doença pela mesma razão que o senhor Adolf. Porque ficou sozinho, quando a senhora Lucrecia o deixou. Foi a alguma casa suspeita e Vênus o contagiou. Não queria que o papai morresse, madrasta!

Caiu no choro de novo, desta vez sem ruído, para dentro, cobrindo o rosto, e acalmá-lo deu mais trabalho a dona Lucrecia do que antes. Ela o consolou, que delírios absurdos, acarinhou-o, Rigoberto não tinha nenhuma enfermidade, ninou-o, estava mais lúcido do que ela e Fonchito, sentindo as lágrimas daquela cabeça rubicunda molharem o peitilho do seu vestido. Depois de muitos mimos, conseguiu serená-lo. Rigoberto gostava de se trancar com suas gravuras, com seus livros, com seus cadernos, para ler, ouvir música, escrever suas citações e reflexões. Por acaso Fonchito não o conhecia? Ele não tinha sido sempre assim?

— Não, nem sempre — negou o menino, com firmeza. — Antes, me contava as vidas dos pintores, me explicava os quadros, me ensinava coisas. E me lia algo de seus cadernos. Com você, ele ria, saía, era normal. Desde que você foi embora, mudou. Ficou triste. Agora, nem sequer se interessa pelas notas que eu tiro; assina minha caderneta sem olhar. A única coisa que lhe importa é seu escritório. Só quer se trancar ali, horas e horas. Vai ficar louco, como o senhor Adolf. Quem sabe até já ficou.

O menino havia jogado os braços ao pescoço da madrasta e reclinava a cabeça no seu ombro. No Olivar, ouviam-se gritinhos e correrias de crianças, como todas as tardes, quando, à saída dos colégios, os estudantes da vizinhança afluíam ao parque vindos das incontáveis esquinas para fumar um cigarro às escondidas dos pais, bater bola e namorar as meninas do bairro. Por que Fonchito nunca fazia essas coisas?

— Você ainda gosta do papai, madrasta? — A pergunta voltava carregada de apreensão, como se da resposta dependesse uma vida ou uma morte.

— Eu já lhe disse, Fonchito. Nunca deixei de gostar dele. Por que isso, agora?

— Ele está assim porque tem saudade. Porque ama você, madrasta, e não se conforma com que você não more mais conosco.

— As coisas aconteceram como aconteceram — dona Lucrecia lutava contra um mal-estar crescente.

— Não está pensando em se casar outra vez, está, madrasta? — insinuou timidamente o menino.

— É a última coisa que eu faria na vida, me casar de novo. Nunca de núncaras. Além disso, Rigoberto e eu nem estamos divorciados, só separados.

— Então, podem fazer as pazes! — exclamou Fonchito, com alívio: — Quem briga pode fazer as pazes. Eu brigo e fico de bem todos os dias, com colegas do colégio. Você voltaria para nossa casa, e Justita também. Seria tudo como antes.

"E curaríamos o papaizinho da loucura", pensou dona Lucrecia. Estava irritada. Tinha parado de achar graça nas fantasias de Fonchito. Cólera surda, amargura, rancor a invadiam, à medida que sua memória desempoeirava as más lembranças. Segurou o menino pelos ombros e o afastou um pouco de si. Observou-o, cara a cara, indignada com que aqueles olhinhos azuis, inchados e vermelhos, resistissem com tanta limpidez à sua mirada carregada de reprimendas. Seria possível que ele fosse tão cínico? Ainda não havia nem chegado à adolescência. De que jeito podia falar da ruptura entre ela e Rigoberto como de algo alheio, como se não tivesse sido ele a causa do acontecido? Não tinha armado, afinal, para que Rigoberto descobrisse todo o enredo? O rostinho arrasado pelas lágrimas, os traços desenhados a pincel, os lábios rosados, as pestanas recurvadas, o queixinho firme encaravam-na com inocência virginal.

— Você sabe melhor do que ninguém o que aconteceu — disse a senhora Lucrecia, entre dentes, tentando evitar que sua indignação transbordasse em uma explosão. — Sabe muito bem por que eu e ele nos separamos. Não me venha bancar o menino bonzinho, afligido por essa separação. Você teve tanta culpa quanto eu, talvez até mais do que eu.

— Por isso mesmo, madrasta — cortou-lhe a palavra Fonchito. — Eu fiz vocês brigarem, e por isso me cabe a reconciliação. Mas você tem que me ajudar. Vai fazer isso, não é? Diga que sim, madrasta.

Dona Lucrecia não sabia o que responder; queria esbofeteá-lo e beijá-lo. Sentia as faces acaloradas. Para culminar, o sem-vergonha do Fonchito, em nova mudança brusca de ânimo, agora parecia contente. Subitamente, soltou uma gargalhada.

— Você corou — disse, jogando-lhe outra vez os braços ao pescoço. — Então, a resposta é sim. Gosto muito de você, madrasta!

— Primeiro lágrimas, e agora riso — disse Justiniana, aparecendo no corredor. — Pode-se saber o que está acontecendo aqui?

— Temos uma grande notícia — acolheu-a o menino. — Vamos contar a ela, madrasta?

— Não é Rigoberto, mas você, quem está de parafuso frouxo — disse dona Lucrecia, dissimulando o sufoco.

— Vai ver que Vênus também me contagiou com sífilis — gracejou Fonchito, virando os olhos. E, no mesmo tom, à empregada: — O papai e a madrasta vão fazer as pazes, Justita! O que acha da novidade?

DIATRIBE CONTRA O DESPORTISTA

Constato que o senhor surfa nas ondas encrespadas do Pacífico durante o verão, no inverno desliza de esqui nas pistas chilenas de Portillo e nas argentinas de Bariloche (já que os Andes peruanos não permitem essas veadagens), transpira todas as manhãs no ginásio fazendo aeróbica, ou correndo em pistas de atletismo, ou em parques e ruas, metido num macacão térmico que lhe franze o cu e a barriga tal como os corpetes de antanho asfixiavam nossas avós, e não perde uma partida da seleção nacional, nem o clássico Alianza Lima versus Universitario de Deportes, nem campeonato de boxe pelo título sul-americano, latino-americano, norte-americano, europeu ou mundial, ocasiões em que, pregado diante da tela do televisor e amenizando o espetáculo com goles de cerveja, cuba-libre ou uísque *on the rocks*, se esganiça, se congestiona, uiva, gesticula ou se deprime com as vitórias ou derrotas dos seus ídolos, como cabe ao torcedor de carteirinha. Razões de sobra, cavalheiro, para que eu confirme minhas piores suspeitas sobre o mundo em que vivemos e considere o senhor um descerebrado, um cretino, um subnormal. (Uso o primeiro e o terceiro termos como metáforas; o do meio, em sentido literal.)

Sim, efetivamente, em seu atrofiado intelecto fez-se a luz: considero a prática dos esportes em geral e o culto à prática de esportes em particular formas extremas da imbecilidade, que aproximam o ser humano do carneiro, dos gansos e da formiga, três instâncias agravadas do gregarismo animal. Acalme suas ânsias de praticante de luta livre por me triturar e escute, falaremos dos gregos e do hipócrita *mens sana in corpore sano* daqui a pouco. Antes, devo dizer-lhe que os únicos esportes que eu libero do pelourinho são os de mesa (excluído o pingue-pongue) e os de cama (incluída, claro, a masturbação). Quanto aos outros, a cultura contemporânea os transformou em obstáculos para o desenvolvimento do espírito, da sensibilidade e da imaginação (e, portanto, do prazer). Mas, sobretudo, da consciência e da liberdade individual. Nada contribuiu tanto nestes tempos, mais ainda do que as ideologias e religiões, para promover o desprezível homem-massa, esse robô de reflexos condicionados, e para a ressurreição da cultura do primata de tatuagem e tapa-sexo, emboscado atrás da fachada da modernidade, quanto a divinização dos exercícios e jogos físicos operada pela sociedade dos nossos dias.

Agora, podemos falar dos gregos, para que o senhor não me encha mais o saco com Platão e Aristóteles. Mas, previno-o, o espetáculo dos efebos atenienses lambuzando-se com unguentos no Gymnasium antes de medir sua destreza física, ou lançando o disco e o dardo sob o puríssimo azul do céu grego, não virá ajudá-lo, e sim afundá-lo ainda mais na ignomínia, prezado bobalhão de músculos endurecidos às custas de seu caudal de testosterona e do desabamento do seu QI. Somente os chutes do futebol ou os socos do boxe, ou ainda as rodas autistas do ciclismo, e a prematura demência senil (além do definhamento sexual, da incontinência e da impotência) que eles costumam provocar, explicam a pretensão de estabelecer uma linha de continuidade entre os entunicados fedros de Platão untando-se com resinas, depois de suas sensuais e filosóficas demonstrações físicas, e as hordas ébrias que rugem nas arquibancadas dos estádios modernos (antes de incendiá-las) por ocasião das partidas de futebol contemporâneas, nas quais vinte e dois palhaços desindividualizados por uniformes de cores espalhafatosas, agitando-se no retângulo de grama atrás de uma bola, servem de pretexto para exibicionismos de irracionalidade coletiva.

O esporte, na época de Platão, era um meio, não um fim, como voltou a ser nestes tempos municipalizados da vida. Servia para enriquecer o prazer dos humanos (o masculino, pois as mulheres não o praticavam), estimulando-o e prolongando-o com a representação de um corpo formoso, tenso, esguio, proporcionado e harmonioso, e incitando-o com a calistenia pré-erótica de uns movimentos, posturas, roçadelas, exibições corporais, exercícios, danças, toques, que inflamavam os desejos até catapultar participantes e espectadores ao acoplamento. Que esses desejos fossem eminentemente homossexuais não acrescenta nem suprime uma só vírgula à minha argumentação, como tampouco que, no domínio do sexo, o subscritor seja tediosamente ortodoxo e só ame as mulheres — de resto, *uma* única mulher —, totalmente inapetente para a pederastia ativa ou passiva. Entenda-me, não tenho nenhuma objeção ao que fazem os gays. Celebro que estejam bem e os apoio em suas campanhas contra as leis que os discriminam. Não posso acompanhá-los mais além, por uma questão prática. Nada relativo ao quevedesco "olho do cu" me diverte. A Natureza, ou Deus, se existe e perde seu tempo com essas coisas, fez desse secreto anilho o orifício mais sensível de todos os que me perfuram. O supositório o fere e a cânula do clister o ensanguenta (uma vez me foi introduzida, em período de constipação pertinaz, e foi terrível), de modo que a ideia de existirem bípedes que se entretêm com alojar ali um cilindro viril me produz uma apavorada admiração. Tenho certeza de que, no meu caso, além dos gritos, eu experimentaria um verdadeiro cataclismo psicossomático com a inserção, no delicado conduto em pauta, de uma verga viva, mesmo sendo esta de pigmeu. O único soco que dei na minha vida recebeu-o um médico que, sem prevenir-me e sob o pretexto de averiguar se eu tinha apendicite, tentou sobre minha pessoa uma tortura camuflada pela etiqueta científica de "toque retal". Apesar disso, sou teoricamente favorável a que os seres humanos façam amor pelo direito ou pelo avesso, sozinhos ou em duplas ou em promíscuos contubérnios coletivos (eca!), a que homens copulem com homens, mulheres com mulheres e ambos com patos, cachorros, melancias, bananeiras ou melões, em suma, sou teoricamente favorável a todas as asquerosidades imagináveis, se praticadas de comum acordo e em busca do prazer, não da reprodução, acidente do sexo ao qual convém resignar-se como a um mal menor, mas que de nenhuma maneira se deve santificar como justificação da festa carnal (esta imbecilidade da Igreja me exaspera tanto quanto uma partida de basquete). Voltando à vaca-fria, comove-me aquela imagem dos velhotes helênicos, sábios filósofos, augustos legisladores, aguerridos generais ou sumos sacerdotes indo aos ginásios para desintumescer sua libido com a visão dos jovens lançadores de disco, lutadores, maratonistas ou arremessadores de dardos. Esse gênero de esporte, alcoviteiro do desejo, eu o indulto e não vacilaria em praticá-lo, se minha saúde, minha idade, meu senso do ridículo e minha disponibilidade de tempo o permitissem.

Há outro caso, mais remoto ainda para nosso âmbito cultural (não sei por que incluo o senhor nesta confraria, já que, à força de chutes e cabeçadas futebolísticas, suores ciclísticos ou rasteiras de carateca, excluiu-se dela), no qual o esporte tem também certa desculpa. Quando, praticando-o, o ser humano transcende sua condição animal, aflora o sagrado e se eleva a um plano de intensa espiritualidade. Se fizer questão de que usemos a arriscada palavra "mística", que seja. Obviamente, esses casos, já muito raros, dos quais é exótica reminiscência o sacrificado lutador de sumô japonês, cevado desde criancinha com uma feroz sopa vegetariana que o elefantiza e o condena a morrer com o coração arrebentado antes dos quarenta, e a passar a vida tentando não ser expulso por outra montanha de carne como ele para fora do pequeno círculo mágico onde está confinada sua vida, são inassimiláveis aos desses ídolos de pacotilha que a sociedade pós-industrial denomina "mártires do esporte". Onde está o heroísmo em virar canjica ao volante de um bólido com motores que fazem o trabalho em vez do homem, ou em retroceder de ser pensante a débil mental, com miolos e testículos encolhidos pela prática de atalhar ou fazer gols por empreitada, para que multidões insanas se dessexualizem com ejaculações de egolatria coletivista a cada tento marcado? As atividades e aptidões físicas chamadas esportes não aproximam o homem atual do sagrado e do religioso, afastam-no do espírito e o embrutecem, saciando seus instintos mais ignóbeis: a vocação tribal, o machismo, a vontade de domínio, a dissolução do eu individual no amorfo gregário.

Não conheço mentira mais abjeta do que a expressão com que se aliciam as crianças: "Mente sã em corpo são." Quem disse que uma *mente sã* é um ideal desejável? "Sã" quer dizer, neste caso, tola, convencional, sem imaginação e sem malícia, arrebanhada pelos estereótipos da moral estabelecida e da religião oficial. Mente "sã", isso? Mente conformista, de beata, de tabelião, de securitário, de coroinha, de virgem e de escoteiro. Isso não é saúde, é tara. Uma vida mental rica e própria exige curiosidade, malícia, fantasia e desejos insatisfeitos, isto é, uma mente "suja", maus pensamentos, floração de imagens proibidas, apetites que induzam a explorar o desconhecido e a renovar o conhecido, desacatos sistemáticos às ideias herdadas, aos conhecimentos manipulados e aos valores em voga.

Dito isso, tampouco é certo que a prática dos esportes em nossa época crie mentes sãs no sentido banal do termo. Ocorre o contrário, e, melhor do que ninguém, disso sabes tu, que, para vencer os cem metros rasos do domingo, colocarias arsênico e cianureto na sopa do teu competidor e tragarias todos os estupefacientes vegetais, químicos ou mágicos que te garantissem a vitória, e corromperias os árbitros ou os chantagearias, urdirias conspirações médicas ou legais que desqualificassem teus adversários, e que vives neurotizado pela fixação na vitória, no recorde, na medalha, no pódio, algo que fez de ti, desportista profissional, uma besta midiática, um antissocial, um neurótico, um histérico, um psicopata, no polo oposto desse ser sociável, generoso, altruísta, "são", a quem pretende aludir o imbecil que ainda se atreve a empregar a expressão "espírito esportivo" no sentido de nobre atleta cheio de virtudes civis, quando o que se acaçapa atrás dela é um assassino em potencial disposto a exterminar árbitros, a transformar em torresmo os fanáticos da outra equipe, a devastar os estádios e cidades que os albergam e a provocar o apocalíptico final, sem sequer o elevado propósito artístico que presidiu o incêndio de Roma pelo poeta Nero, mas só para que seu clube empunhe uma taça de falsa prata ou para ver seus onze ídolos encarapitados em um pódio, flamantes de ridículo em seus calções e camisetas listradas, as mãos no peito e os olhos encandeados, entoando um hino nacional!

OS IRMÃOS CORSOS

Na tarde modorrenta daquele domingo de inverno, em seu escritório diante do céu nublado e do mar opaco, don Rigoberto folheou ansiosamente seus cadernos em busca de ideias que atiçassem sua imaginação. A primeira com que topou, *Sex is too good to share with anyone else*, do poeta Philip Larkin, recordou-lhe muitas versões plásticas do jovem Narciso, deleitando-se com sua imagem refletida na água do poço, e o hermafrodita adormecido do Louvre. Mas, inexplicavelmente, o deprimiu. Havia topado outras vezes com essa filosofia que depositava exclusivamente sobre seus ombros a responsabilidade do seu prazer. Seria correta? Teria sido algum dia? Na verdade, mesmo em seus momentos mais puros, sua solidão tinha sido um desdobramento, um encontro ao qual Lucrecia nunca faltara. Um débil despertar do ânimo fez renascer a esperança: ela tampouco faltaria desta vez. A tese de Larkin convinha, como anel ao dedo, ao santo (outra página do caderno) de quem Lytton Strachey falava em *Eminent Victorians*, São Cuthbert, o qual desconfiava tanto das mulheres que, quando conversava com elas, inclusive com a futura Santa Ebba, passava "em oração as seguintes horas de sombra, submergido em água até o pescoço". Quantos resfriados e pneumonias por uma fé que condenava o crente ao larkiniano prazer solitário!

Passou como sobre brasas por uma página em que Azo-rín recordava que "capricho vem de cabra". Fascinado, deteve-se na descrição, feita pelo diplomata Alfonso de la Serna, da *Sinfo-nia dos adeuses* de Haydn, "na qual cada músico, quando acaba sua partitura, apaga a vela que ilumina seu atril e se vai, até que resta só um violino, tocando sua solitária melodia final". Não era uma coincidência? Não casava de maneira misteriosa, como que se dobrando a uma ordem secreta, o violino monologante de Haydn com o egoísta prazenteiro, Philip Larkin, para quem o sexo era importante demais para ser compartilhado?

Ele, contudo, embora situasse o sexo no mais alto posto, sempre o compartilhara, mesmo em seu período de mais ácida solidão: este. A memória lhe trouxe à mente, sem rima nem ra-zão, o ator Douglas Fairbanks, duplicado numa película que in-quietara sua infância: *Os irmãos corsos.* Claro, nunca havia com-partilhado o sexo com ninguém de maneira tão essencial quanto com Lucrecia. Tinha-o compartilhado também, quando crian-ça, adolescente e adulto, com seu próprio irmão corso, Narciso?, com quem sempre se entendera, embora fossem tão diferentes em espírito. Mas esses jogos e brincadeiras picantes, tramados e desfrutados pelos irmãos, não correspondiam ao sentido irônico em que o poeta-bibliotecário utilizava o verbo compartilhar. Fo-lheando, folheando, caiu em *O mercador de Veneza*:

> *The man that hath no music in himself*
> *Nor is not moved with concord of sweet sounds,*
> *Is fit for treasons, stratagems, and spoils.*

(Ato V, cena I)

"O homem que não traz música em si mesmo / Nem se emociona com o encadeamento de doces sons / É propen-so à intriga, à fraude e à traição", traduziu livremente. Narciso não trazia em si nenhuma música, era fechado de corpo e alma aos feitiços de Melpômene, incapaz de distinguir a *Sinfonia dos adeuses* de Haydn do *Mambo número 5* de Pérez Prado. Teria razão Shakespeare, quando legislava que essa surdez para a mais abstrata das artes fazia dele um potencial enredador, trapaceiro e fraudulento bípede? Bom, talvez fosse verdade. O simpático

Narciso não tinha sido um modelo de virtudes cívicas, privadas ou teologais, e chegara à idade provecta jactando-se, como o bispo Haroldo (de quem era a citação? A referência havia sido devorada pela sibilina umidade limenha ou pela sofreguidão de uma traça), em seu leito de morte, de ter praticado todos os vícios capitais tão assiduamente quanto seu pulso latejava e os sinos do seu bispado repicavam. Se não fosse de tal disposição moral, jamais teria ousado propor, naquela noite, ao seu irmão corso — don Rigoberto sentiu que em seu foro íntimo despertava aquela música shakespeariana que ele, sim, acreditava trazer consigo —, o temerário intercâmbio. Ante seus olhos desenharam-se, sentadas uma junto à outra, naquela salinha monumento ao *kitsch* e blasfema provocação às sociedades protetoras de animais, eriçada de tigres, búfalos, ursos, rinocerontes e cervos embalsamados da casa de La Planicie, Lucrecia e Ilse, a loura esposa de Narciso, na noite da aventura. O Bardo tinha razão: a surdez para a música era sintoma (causa, quem sabe?) de vileza da alma. Não, isso não podia ser generalizado; porque, assim, seria preciso concluir que Jorge Luis Borges e André Breton, por sua insensibilidade musical, foram Judas e Caim, quando era sabido que ambos haviam sido, para escritores, boníssimas pessoas.

Seu irmão Narciso não era um demônio; aventureiro, e só. Dotado de uma endiabrada habilidade para tirar de sua vocação transumante e de sua curiosidade pelo proibido, o secreto e o exótico, um grande partido crematístico. Mas, como era mitômano, não era fácil distinguir entre verdade e fantasia nas peripécias com que ele costumava manter enfeitiçado seu auditório, na hora (sinistra) do jantar de gala, da festa de casamento ou do coquetel, cenários de suas grandes performances narrativas. Por exemplo, don Rigoberto nunca acreditara de todo que ele tivesse amealhado boa parte de sua fortuna contrabandeando, para os países prósperos da Ásia, chifres de rinoceronte, testículos de tigre e pênis de morsas e focas (os dois primeiros procedentes da África, os dois últimos do Alasca, da Groenlândia e do Canadá). Esses revestimentos eram pagos a preço de ouro em lugares como Tailândia, Hong Kong, Taiwan, Coréia, Cingapura, Japão, Malásia e até na China comunista, pois os conhecedores os tinham por poderosos afrodisíacos e remédios infalíveis contra a impotência. Justamente, naquela noite, enquanto os irmãos corsos e as duas cunhadas, Ilse e Lucrecia, tomavam o aperitivo, antes do jantar, naquele restaurante da Costa Verde, Narciso os entretivera contando uma disparatada história de afrodisíacos da qual tinha sido herói e vítima, na Arábia Saudita, onde jurava — detalhes geográficos e irreteníveis nomes árabes cheios de jotas como comprovação — ter estado prestes a ser decapitado na praça pública de Riad, quando se descobrira que ele contrabandeava uma maleta de comprimidos de Captagon (fenicilina hidroclorídrica) para manter a potência sexual do luxurioso xeque Abdelaziz Abu Amid, a quem as quatro esposas legítimas e as oitenta e duas concubinas do seu harém mantinham um tanto fatigado. O xeque lhe pagava em ouro o carregamento de anfetaminas.

— E a *yobimbina?* — perguntou Ilse, interrompendo a narrativa do marido, justamente no momento em que ele comparecia ante um tribunal de enturbantados ulemás. — Produz mesmo esse efeito que dizem, em todas as pessoas?

Sem perda de tempo, seu bem-apessoado irmão — sem um pingo de inveja, don Rigoberto rememorou como, após terem sido indiferenciáveis quando crianças e jovens, a idade adulta os fora distinguindo, e, agora, as orelhas de Narciso pareciam normais se comparadas com os espetaculares abanos que o adornavam, e o nariz se mostrava reto e modesto quando cotejado com o saca-rolhas ou tromba de tamanduá com que ele olfateava a vida — lançou-se a uma erudita arenga sobre a ioimbina (chamada *yobimbina* no Peru por causa da preguiçosa tendência fonética dos nativos, a quem o agá aspirado de *yohimbina* dava mais trabalho bucal do que um bê). O discurso de Narciso durou o aperitivo — *pisco sour* para os cavalheiros, vinho branco gelado para as damas —, o arroz com mariscos e as panquecas com manjar-branco do jantar, e teve, no que a ele concernia, o efeito de uma comichante ansiedade pré-sexual. Nesse momento, caprichos do acaso, o caderno lhe deparou a indicação shakespeariana de que as pedras turquesas mudam de cor para alertar quem as usa sobre um perigo iminente (*O mercador de Veneza*, outra vez). Narciso falava sério, sabia ou inventava essa ciência, com a intenção de criar o ambiente psicológico e a amoralidade propícios à sugestão que faria mais tarde? Não lhe perguntara isso nem o faria, pois, a esta altura, o que importava?

103

Don Rigoberto começou a rir, e a grisalha da tarde amainou. O Monsieur Teste, de Valéry, jactava-se ao pé dessa página: "A estupidez não combina comigo" (*La bêtise n'est pas mon fort*). Sorte dele; don Rigoberto, na companhia de seguros, já havia passado um quarto de século rodeado, submergido, asfixiado pela estupidez, até transformar-se em um especialista. Seria Narciso um mero imbecil? Mais um, naquele protoplasma limenho autodenominado gente decente? Sim. O que não o impedia de ser ameno, quando a isso se propunha. Nessa noite, por exemplo. Ali estava o grande maçante, rosto bem rasurado e tez bronzeada pelo ócio, explicando o alcaloide de um arbusto, "iobimbina", também chamado ioimbina, de ilustre progênie na tradição herborista e na medicina natural. Aumentava a vasodilatação e estimulava os gânglios que controlam o tecido erétil, e inibia a serotonina, cujo excesso bloqueia o apetite sexual. Sua cálida voz de sedutor veterano e seus ademanes combinavam com o blazer azul, a camisa cinza e o lencinho de seda escuro, de bolinhas brancas, enrolado no pescoço. Sua exposição, intercalada de sorrisos, mantinha-se no astuto limite entre a informação e a insinuação, a anedota e a fantasia, a sabedoria e a trivialidade, a diversão e a excitação. Don Rigoberto percebeu, de repente, que os olhos verde-marinho de Ilse e os escuros topázios de Lucrecia cintilavam. Teria, seu sabichão irmão corso, perturbado as senhoras? A julgar pelos risinhos delas, por seus chistes e perguntas, seu cruzar e descruzar de pernas, pela alegria com que esvaziavam os copos de vinho chileno Concha y Toro, tinha, sim. Por que as duas não experimentariam o mesmo deslize de ânimo que ele? Narciso já teria, a essa altura da noite, seu plano armado? Com certeza, decretou don Rigoberto.

Por isso, destramente, não lhes dava respiro nem permitia que a conversa se afastasse do maquiavélico rumo traçado por ele. Da ioimbina passou a descrever o *fugu* japonês, fluido testicular de um peixinho que, além de ser um tônico seminal poderosíssimo, pode produzir uma morte atroz, por envenenamento — assim perecem a cada ano centenas de libidinosos japoneses —, e a referir o suor frio com que o provou, naquela noite irisada de Kyoto, das mãos de uma gueixa em quimono volátil, sem saber se ao término daqueles bocados anódinos o esperavam os estertores e o *rigor mortis* ou cem explosões de prazer (foi a segunda hipótese, reduzida em um zero). Ilse, loura escultural, ex-aeromoça da Lufthansa, acrioulada valquíria, aplaudia seu marido sem ciúme retrospectivo. Foi ela quem propôs (cúmplice, talvez?), depois da farinhenta sobremesa, que terminassem a noite tomando um drinque em sua casa de La Planicie. Don Rigoberto disse "boa ideia", sem avaliar a proposta, contagiado pelo entusiasmo visual com que Lucrecia a acolheu.

Meia hora depois, viram-se instalados nas confortáveis poltronas do pavoroso salão *kitsch* de Narciso e Ilse — cafonice peruana e ordem prussiana —, rodeados de bichos dissecados que observavam, impávidos, com gelados olhos de vidro, os quatro bebendo uísque, banhados por uma luz indireta, ouvindo melodias de Nat King Cole e Frank Sinatra e contemplando, pela vidraça que dava para o jardim, os azulejos da piscina iluminada. Narciso continuava exibindo sua cultura afrodisíaca com a facilidade com que o Gran Richardi — don Rigoberto suspirou, recordando o circo da infância — puxava lencinhos de sua cartola. Mesclando onisciência e exotismo, assegurou que no sul da Itália cada varão consumia uma tonelada de manjericão ao longo da vida, pois a tradição assegura que dessa erva aromática depende, além do bom sabor dos talharins, o tamanho do pênis, e que na Índia vendia-se nos mercados um unguento — ele o presenteava aos amigos que completavam cinquenta anos — à base de alho e remela de macaco que, esfregado no lugar cabível, provocava ereções em série, como espirros de alérgico. Assoberbando-os, ponderou as virtudes das ostras, do aipo, do coreano ginseng, da salsaparrilha, do alcaçuz, do pólen, das trufas e do caviar, levando don Rigoberto a suspeitar, depois de escutá-lo por mais de três horas, que provavelmente todos os produtos animais e vegetais do mundo estavam concebidos para favorecer esse entrevero dos corpos chamado amor físico, cópula, pecado, ao qual os humanos (ele não se excluía) concediam tanta importância.

Nesse momento, Narciso o afastou das damas, tomando-o pelo braço, sob o pretexto de lhe mostrar a última peça de sua coleção de bengalas (que outra coisa poderia colecionar, além de feras embalsamadas, essa besta priápica, esse falo ambulante, senão bengalas?). O *pisco sour*, o vinho e o conhaque haviam obtido seu efeito. Em vez de caminhar, don Rigoberto navegou até o escritório de Narciso, em cujas estantes, claro, montavam guarda, não abertos, os encadernados volumes da *Encyclopædia Britannica*, as *Tradiciones peruanas* de Ricardo Palma e a *História da civilização* do casal Durant, além de um romance de bolso de Stephen King. De chofre, baixando a voz, Narciso lhe perguntou ao ouvido se ele recordava aquelas longínquas picardias com as moças, na plateia do cinema Leuro. Quais? Mas, antes que seu irmão respondesse, lembrou-se. Os troca-trocas! O advogado da companhia iria defini-los: usurpação de identidade. Aproveitando a semelhança e reforçando-a com idênticos trajes e penteados, faziam-se passar um pelo outro. Assim, beijavam e acariciavam — "tirar sarro", dizia-se então — a namorada alheia, enquanto durava o filme.

— Que tempos, irmão — sorriu don Rigoberto, entregue à nostalgia.

— Você achava que elas não se davam conta e nos confundiam — recordou Narciso. — Nunca o convenci de que topavam, sim, porque o joguinho as divertia.

— Não, não se davam conta — afirmou Rigoberto. — Nunca deixariam. A moral da época não o permitia. Lucerito e Chinchilla? Tão formaizinhas, tão de missa e comunhão, nunca! Iriam nos denunciar aos seus pais.

— Você tem um conceito excessivamente angelical das mulheres — admoestou-o Narciso.

— É o que lhe parece. A questão é que eu sou discreto, e não como você. Mas cada minuto que não dedico às obrigações que me dão de-comer, eu o invisto no prazer.

(Nesse momento, o caderno lhe presenteou uma citação propícia, de Borges: "O dever de todas as coisas é ser uma felicidade; se não forem uma felicidade, são inúteis ou prejudiciais." A don Rigoberto ocorreu uma anotação machista: "E se, em vez de coisas, puséssemos mulheres, como ficaríamos?")

— Vida só existe uma, irmão. Você não terá uma segunda oportunidade.

— Depois dessas matinês, íamos à zona em Huatica, ao quarteirão das francesas — devaneou don Rigoberto. — Tempos sem aids, de inofensivos piolhos-das-virilhas e uma ou outra simpática gonorréia.

106

— Não acabaram. Continuam presentes — afirmou Narciso. — Nós não morremos nem vamos morrer. É uma decisão irrevogável.

Seus olhos chamejavam, sua voz era pastosa. Don Rigoberto compreendeu que nada do que ouvia era improvisado; que, por trás dessas astutas evocações, havia uma conspiração.

— Quer me dizer o que está tramando? — perguntou, curioso.

— Você sabe de sobra, irmãozinho corso — disse o lobo feroz, aproximando a boca da orelha adejante de don Rigoberto. E, sem mais delongas, formulou sua proposta: — O troca-troca. Mais uma vez. Hoje mesmo, agora mesmo, aqui mesmo. Ilse não lhe agrada? Lucre, a mim, muitíssimo. Como com Lucerito e Chinchilla. Por acaso poderia haver ciúme, entre nós dois? Vamos rejuvenescer, irmão!

Na solidão dominical, o coração de don Rigoberto se acelerou. De surpresa, de emoção, de curiosidade, de excitação? E, como naquela noite, ele sentiu a urgência de matar Narciso.

— Já estamos velhos e somos muito diferentes para que nossas mulheres nos confundam — articulou, bêbado e atordoado.

— Não é necessário que nos confundam — retrucou Narciso, muito seguro de si. — São mulheres modernas, não precisam de pretextos. Eu cuido de tudo, malandro.

"Nunca de núncaras eu vou brincar de troca-troca na minha idade", pensou don Rigoberto, sem abrir a boca. A assomante carraspana de pouco antes se dissipara. Caramba! Narciso, sim, é que era resoluto. Já o agarrava pelo braço e o trazia rapidamente de volta ao salão das feras empalhadas, onde, em cordialíssima fofocagem, Ilse e Lucrecia despedaçavam uma amiga comum a quem um recente *lifting* deixara com os olhos abertos até a eternidade (ou, pelo menos, até a cova ou a cremação). E já estava anunciando que chegara o momento de abrir um Dom Pérignon reserva especial, guardado para ocasiões extraordinárias.

Minutos depois, ouviam o estouro espumante e já brindavam os quatro com essa pálida ambrosia. As bolhas que lhe desciam pelo esôfago precipitavam no espírito de don Rigoberto uma associação com o tema que havia monopolizado seu irmão corso por toda a noite: Narciso teria incrementado o alegre champanhe que bebiam com um daqueles inumeráveis afrodisíacos dos quais se dizia contrabandista e perito? Porque os risos e a desenvoltura de Lucrecia e Ilse aumentavam, propiciando audácias, e ele mesmo, que cinco minutos antes se sentia paralisado, confuso, assustado e revoltado com a proposta — contudo, não se atrevera a rechaçá-la —, agora a encarava com menos indignação, como uma daquelas irresistíveis tentações que o incitavam, em sua juventude católica, a cometer os pecadilhos que, depois, descrevia contrito na penumbra do confessionário. Entre nuvenzinhas de fumaça — era seu irmão corso quem fumava? —, viu, cruzadas, entre os feros colmilhos de um felino amazônico e destacando-se sobre o tapete tigrado da sala-zoológico-funerária, as longas, brancas e depiladas pernas de sua cunhada. A excitação se manifestou com uma discreta comichão na boca do ventre. Via-lhe também os joelhos, redondos e acetinados, daqueles que a galanteria francesa chamava de *polis*, anunciando umas profundidades maciças, sem dúvida úmidas, sob aquela saia plissada de cor castanho-avermelhada. O desejo o percorreu de alto a baixo. Assombrado consigo mesmo, pensou: "Afinal, por que não?" Narciso havia tirado Lucrecia para dançar e, enlaçados, os dois começavam a menear-se, devagarinho, junto à parede artilhada com galhaduras de cervos e cabeças de ursos. O ciúme acudiu para temperar com um sabor agridoce (não para substituir nem destruir) seus maus pensamentos. Sem vacilar, ele se inclinou, pegou e retirou a taça que Ilse segurava, e atraiu-a: "Quer ser meu par, cunhadinha?" Seu irmão, é claro, havia posto uma sucessão de boleros que induziam a dançar agarradinho.

Sentiu uma pontada no coração quando, por entre os cabelos da valquíria, notou que seu irmão corso e Lucrecia evoluíam face contra face. Ele lhe envolvia a cintura e ela, o pescoço dele. Desde quando, essas confianças? Em dez anos de casamento, não recordava nada parecido. Sim, o maléfico do Narciso devia ter incrementado as bebidas. Enquanto se perdia em conjeturas, com o braço direito fora aproximando do seu o corpo da cunhada. Esta não resistia. Quando sentiu em suas coxas o roçar das dela e os ventres se tocaram, don Rigoberto disse a si mesmo, não sem inquietude, que já nada nem ninguém poderia evitar a ereção que lhe vinha. E veio, de fato, no mesmo momento em que sentiu na sua a bochecha de Ilse. O fim da música lhe provocou o efeito do gongo em uma impiedosa luta de boxe. "Obrigado, belíssima Brunegilda", disse, beijando a mão da cunhada. E, tropeçando em cabeças carniceiras recheadas de estuque ou *papier mâché*, avançou até onde estavam se desenlaçando — com repulsa, com inapetência? — Lucrecia e Narciso. Tomou nos braços sua mulher, murmurando, ácido: "Me concede esta dança, esposa?" Levou-a até o canto mais escuro da sala. Viu pelo rabo do olho que Narciso e Ilse também se enlaçavam e que, em um movimento harmonizado, começavam a se beijar.

Estreitando com força o corpo suspeitamente lânguido de sua mulher, percebeu que sua ereção renascia; agora, ele se grudava sem melindres a essa forma conhecida. Lábios contra lábios, sussurrou:

— Sabe o que Narciso me propôs?

— Posso imaginar — retrucou Lucrecia, com uma naturalidade que desconcertou don Rigoberto, ainda mais porque em seguida ela usou um verbo que nenhum dos dois havia jamais proferido na intimidade conjugal: — Que você trepe com Ilse, enquanto ele trepa comigo?

Teve ímpetos de machucá-la; mas, em vez disso, beijou-a, assaltado por uma daquelas apaixonadas efusões às quais costumava se render. Dilacerado, sentindo que podia começar a chorar, sussurrou que a amava, que a desejava, que nunca poderia agradecer a felicidade que lhe devia. "Sim, sim, eu amo você", disse em voz alta. "Com todos os meus sonhos, Lucrecia." A grisalha do domingo barranquino se atenuou, a solidão do escritório se amorteceu. Don Rigoberto notou que uma lágrima se desprendera de sua face e manchara uma citação oportuníssima do valeryano (valeriana e Valéry, que casamento feliz!) Monsieur Teste, que assim definia sua própria relação com o amor: *Tout ce qui m'était facile m'était indifférent et presque ennemi.*

Antes que a tristeza se apoderasse dele e o cálido sentimento de um instante atrás naufragasse de todo na corrosiva melancolia, fez um esforço e, entrecerrando os olhos, forçando sua atenção, voltou àquela sala das feras, àquela noite adensada pela fumaça — quem fumava era Narciso, Ilse? —, às perigosas misturas, ao champanhe, ao conhaque, ao uísque, à música e ao relaxado clima que os envolvia, já não divididos em dois casais estáveis, precisos, como no início da noite, antes de irem jantar no restaurante da Costa Verde, mas embaralhados, casais precários que se desfaziam e refaziam com uma ligeireza que correspondia àquela atmosfera amorfa, cambiante como figura de caleidoscópio. Tinham apagado a luz? Fazia tempo. Narciso, quem mais? A sala das feras mortas estava tenuemente iluminada pela luz da piscina, que deixava divisar apenas sombras, silhuetas, contornos sem identidade. Seu irmão corso preparava bem as emboscadas. Corpo e espírito de don Rigoberto haviam acabado por dissociar-se; enquanto este divagava, tentando averiguar se chegaria às últimas consequências no jogo proposto por Narciso, aquele já jogava com desembaraço, emancipado de escrúpulos. A quem acariciava agora, enquanto, simulando dançar, permanecia mexendo-se no lugar, com a vaga sensação de que a música silenciava e se renovava a cada momento? Lucrecia ou Ilse? Não queria saber. Que sensação prazerosa, esta forma feminina soldada a ele, cujos peitos sentia deliciosamente através da camisa, e este pescoço terso que seus lábios mordiscavam devagarinho, avançando para uma orelha cuja cavidade o ápice de sua língua explorou com avidez. Não, este ossinho ou cartilagem não era de Lucrecia. Levantou a cabeça e tentou perfurar a semi-escuridão do canto onde recordava ter visto, um momento antes, Narciso dançando.

— Faz tempo que subiram. — A voz de Ilse ressoou em seu ouvido imprecisa e aborrecida. Ele até pôde detectar um tom zombeteiro.

— Para onde? — perguntou estupidamente, envergonhando-se na mesma hora de sua estupidez.

— Para onde você acha? — retrucou Ilse, com um risinho malvado e um humor alemão. — Ver a lua? Fazer xixi? Para onde você imagina, cunhadinho?

— Em Lima nunca se vê a lua — balbuciou don Rigoberto, soltando Ilse e afastando-se. — E o sol, apenas no verão. Por causa da maldita neblina.

— Faz muito tempo que Narciso deseja Lucre — disse Ilse, devolvendo-o ao cavalete dos suplícios, sem lhe dar respiro; falava como se o assunto não fosse com ela. — Não me diga que não percebeu, você não é tão lerdo assim.

A embriaguez se dissipou, e também a excitação. Ele começou a transpirar. Mudo, atoleimado, perguntava-se como era possível que Lucrecia tivesse consentido com tanta facilidade na maquinação do seu irmão corso, quando, outra vez, a insidiosa vozinha de Ilse o sacudiu:

— Isso lhe dá um pouquinho de ciúme, Rigo?

— Bem, sim — reconheceu. E, com mais franqueza: — Na realidade, muito ciúme.

— A mim também dava, no começo — disse ela, como uma banalidade a mais, na hora do bridge. — Mas você se acostuma, e é como se visse chover.

— Bem, bem — disse ele, desconcertado. — Ou seja, você e Narciso brincam muito de troca-troca?

— A cada três meses — retrucou Ilse, com precisão prussiana. — Não é muito. Narciso diz que essas aventuras, para não perderem a graça, devem ser feitas de quando em quando. Sempre com gente selecionada. Diz que, se forem trivializadas, já não há diversão.

"Ele já deve tê-la despido", pensou don Rigoberto. "Talvez já a tenha nos braços." Lucrecia estaria beijando e acariciando seu irmão corso com a mesma concupiscência que este demonstrava? Don Rigoberto tremia como um possesso da dança-de-são-guido quando recebeu, como descarga elétrica, uma nova pergunta de Ilse:

— Gostaria de ver os dois?

Para lhe falar, ela havia aproximado o rosto. Os louros e compridos cabelos de sua cunhada metiam-se em sua boca e nos olhos.

— Sério? — murmurou, atônito.

— Gostaria? — insistiu ela, roçando-lhe a orelha com os lábios.

— Sim, sim — assentiu, sentindo-se desossado e evaporado.

Ilse o tomou pela mão direita. "Devagarinho, caladinho", instruía. Levou-o flutuando até a escada de volutas de ferro que conduzia aos dormitórios. Estava escura, assim como o corredor central, embora até este chegasse a luz dos refletores do jardim. O carpete absorvia suas pisadas; avançavam nas pontas dos pés. Don Rigoberto sentia seu coração acelerado. O que o esperava? O que ia ver? Sua cunhada se deteve e lhe deu outra ordem ao ouvido, "Tire os sapatos", ao mesmo tempo em que se inclinava para se descalçar. Don Rigoberto obedeceu. Sentiu-se ridículo, como um ladrão, sem sapatos e de meias, naquele corredor sombrio, conduzido pela mão como se fosse Fonchito. "Não faça ruído, arruinaria tudo", disse ela, baixinho. Ele assentiu, como um autômato. Ilse avançou um pouco mais, abriu uma porta e o fez adiantar-se. Estavam no dormitório, separados do leito por uma meia-parede de tijolos, que, por seus interstícios em forma de losango, deixava ver a cama; era larguíssima e teatral. Na luz cônica que descia de uma lâmpada embutida no forro, don Rigoberto viu seu irmão corso e Lucrecia, fundidos, movendo-se compassadamente. Chegou até ele o suave e dialogante ofegar dos dois.

— Pode se sentar — indicou Ilse. — Aqui, na poltrona.

Ele se deixou levar. Retrocedeu um passo e deixou-se cair junto à cunhada no que devia ser um comprido sofá cheio de almofadas, instalado de tal modo que a pessoa ali sentada não perdesse um só detalhe do espetáculo. O que significava aquilo? Don Rigoberto deixou escapar um risinho: "Meu irmão corso é mais rococó do que eu imaginei." Sua boca estava seca.

Pela superposição precisa e pelo encaixe perfeito, aquele casal parecia ter feito amor a vida inteira. Os corpos nunca se desajustavam; em cada nova postura, a perna, o cotovelo, o ombro, o quadril coincidiam ainda melhor e, a todo momento, cada um parecia exprimir mais reconditamente seu prazer do outro. Ali estavam as belas formas cheias, a ondulada cabeleira cor de azeviche de sua amada, as empinadas nádegas que lembravam um galhardo promontório desafiando o assalto de um mar bravio. "Não", disse a si mesmo. Assemelhavam-se mais ao esplêndido traseiro da belíssima fotografia *La prière*, de Man Ray (1930). Buscou em seus cadernos e, em poucos minutos, contemplava a imagem. Sentiu um aperto no coração, ao recordar as vezes em que Lucrecia havia posado assim para ele na intimidade noturna, sentada sobre os calcanhares, as duas mãos sustentando as semiesferas das nádegas. A comparação também não destoava da outra imagem de Man Ray que o caderno lhe ofereceu, contígua à anterior, pois o dorso musical de *Kiki de Montparnasse* (1925) era, nem mais nem menos, o que Lucrecia mostrava nesse momento, ao inclinar-se e retorcer-se. As inflexões profundas dos seus quadris o deixaram suspenso, ausente, por alguns segundos. Mas os braços peludos que cercavam esse corpo, as pernas que mortificaram essas coxas e as afastavam não eram as suas, nem tampouco a cara — ele não conseguia distinguir as feições de Narciso — que, agora, percorria o dorso de Lucrecia, perscrutando-o milímetro a milímetro, a boca entreaberta, indecisa sobre onde pousar, o que beijar. Pela aturdida cabeça de don Rigoberto passou a imagem do casal de trapezistas do circo "As águias humanas", que voavam e se encontravam no ar — executavam seu número sem rede — depois de fazerem acrobacias a dez metros do solo. Igualmente destros, perfeitos, adequados um ao outro, eram Lucrecia e Narciso. Invadiu-o um sentimento tripartido (admiração, inveja e ciúme), e lágrimas sentimentais lhe rolaram de novo pelas faces. Notou que a mão de Ilse explorava profissionalmente sua braguilha.

— Puxa, nada excita você — ouviu-a sentenciar, sem baixar a voz.

Don Rigoberto percebeu um movimento de surpresa, lá na cama. Eles tinham ouvido, sem dúvida; já não poderiam continuar fingindo que não se sabiam espiados. Ficaram imóveis; o perfil de dona Lucrecia virou-se para a meia-parede vazada que os resguardava, mas Narciso voltou a beijá-la e a envolvê-la na luta amorosa.

— Desculpe, Ilse — sussurrou. — Estou frustrando você, que pena. É que eu... como direi?, eu sou monógamo. Só posso fazer amor com minha mulher.

— Claro que é — riu Ilse, com afeto, e tão alto que, agora sim, lá, na luz, a cara despenteada de dona Lucrecia escapou ao abraço do irmão corso e don Rigoberto viu os olhos dela muito abertos, dirigindo-se assustados para onde se encontravam ele e Ilse. — Igual ao seu irmãozinho corso, pois então. Narciso só gosta de fazer amor comigo. Mas precisa de petiscos, aperitivos, preliminares. Ele não é tão simples como você.

Ela riu de novo e don Rigoberto sentiu-a se afastar, fazendo nos ralos cabelos dele um daqueles carinhos que as professoras concedem às crianças que se portam bem. Não acreditava nos próprios olhos: em que momento Ilse se despira? Ali estavam suas roupas sobre o sofá, e ali, ela, ginasta, nua dos pés à cabeça, fendendo a penumbra em direção à cama, tal como suas remotas ancestrais, as valquírias, fendiam os bosques, com cascos biparti- dos, à caça do urso, do tigre e do homem. Nesse preciso instante, Narciso se separou de Lucrecia, deslizou para o centro a fim de deixar um espaço — seu rosto denotava um contentamento in- descritível — e abriu os braços para receber Ilse, com um rugido bestial de aprovação. E ali se encontrava agora a desdenhada, a retraída Lucrecia, encolhendo-se no outro extremo da cama, com plena consciência de que, a partir desse momento, estava sobrando, e olhando à direita e à esquerda, em busca de alguém que lhe explicasse o que devia fazer. Don Rigoberto sentiu pena. Sem dizer palavra, chamou-a. Viu-a levantar-se da cama nas pontas dos pés, a fim de não perturbar os alegres esposos; buscar no chão suas roupas; cobrir-se mais ou menos e avançar até onde o marido a esperava, de braços abertos. Depois se aninhou no peito dele, palpitante.

      — Entendeu alguma coisa, Rigoberto? — ouviu-a dizer.

      — Só que amo você — respondeu ele, acolhendo-a. — Nunca a vi tão bela. Venha, venha.

      — Eta, irmãozinhos corsos! — ouviu a valquíria rir, lá longe, sobre um fundo de bufidos selvagens de javali e trombetas wagnerianas.

HARPIA LEONINA E ALADA

Onde estás? No Salão dos Grotescos do Museu Austríaco de Arte Barroca, no Baixo Belvedere de Viena.

      O que fazes aí? Estudas cuidadosamente uma das cria- turas fêmeas de Jonas Drentwett que dão fantasia e glória a essas paredes.

      Qual delas? A que alonga o altíssimo pescoço a fim de descobrir melhor o peito e mostrar a belíssima, pungente teta de botão vermelho, que todos os seres animados viriam experimen- tar se não o tivesses reservado. Para quem? Para teu enamorado à distância, o reconstrutor de tua identidade, o pintor que te desfaz e te refaz ao seu capricho, teu desperto sonhador.

O que deves fazer? Aprender essa criatura de memória e emulá-la na discrição do teu dormitório, à espera da noite em que virei. Não te desalentes por saber que não tens cauda, nem garras de ave de rapina, nem hábito de andar em quatro patas. Se deveras me amas, terás cauda, garras, em quatro patas andarás e, pouco a pouco, mercê da constância e firmeza que as façanhas do amor exigem, deixarás de ser Lucrecia, a do Olivar, e serás a Lucrecia Mitológica, Lucrecia a Harpia Leonina e Alada, a Lucrecia que chegou ao meu coração e ao meu desejo vinda dos mitos e lendas da Grécia (com uma escala nos afrescos romanos, de onde Jonas Drentwett te copiou).

Já estás semelhante a ela? Garupa retraída, peito alteado, cabeça erguida? Sentes já que assoma a cauda felina e que te crescem asas lanceoladas, cor de arrebol? O que ainda te falta, o diadema para a fronte, o colar de topázio, a faixa de ouro e pedras preciosas onde descansará teu tenro busto, estes, como prenda de adoração e reverência, receberás de quem te ama acima de todas as coisas reais ou inexistentes.

O caprichoso das harpias.

V. Fonchito e as meninas

A senhora Lucrecia enxugou mais uma vez os olhos risonhos, ganhando tempo. Não se atrevia a perguntar a Fonchito se era verdade o que Tetê Barriga lhe contara. Por duas vezes esteve prestes a fazê-lo, mas nas duas se acovardou.

— De que está rindo assim, madrasta? — quis saber o menino, intrigado. Porque, desde que ele chegara à casinha do Olivar de San Isidro, a senhora Lucrecia não fazia outra coisa além de soltar aquelas gargalhadas intempestivas, comendo-o com os olhos.

— De uma coisa que uma amiga me contou — ruborizou-se dona Lucrecia. — Morro de vergonha de lhe perguntar. Mas, também, de vontade de saber se é verdade.

— Alguma fofoca sobre o papai, certamente.

— Vou lhe dizer, embora seja bastante vulgar — decidiu a senhora Lucrecia. — Minha curiosidade é mais forte do que minha boa educação.

Segundo Tetê, cujo marido estivera presente na tal ocasião e havia relatado o fato entre divertido e furioso, era uma reunião daquelas que a cada dois ou três meses acontecia no escritório doméstico de don Rigoberto. Homens sozinhos, cinco ou seis amigos de juventude, colegas de colégio, universidade ou bairro, mantinham esses encontros por simples rotina, já sem entusiasmo, mas não se atreviam a quebrar o rito, talvez pelo supersticioso temor de que, se alguém faltasse ao compromisso, o azar viesse a cair sobre o desertor ou todo o grupo. E continuavam se vendo, embora, sem dúvida, também eles, assim como Rigoberto, já não achassem graça nessa reunião bimestral ou trimestral, em que bebiam conhaque, comiam empadinhas de queijo e passavam em revista os mortos e a atualidade política. Dona Lucrecia recordava que, depois, don Rigoberto sentia dor de cabeça, de tanto tédio, e precisava tomar umas gotinhas de valeriana. A coisa havia acontecido no último encontro, na semana anterior. Os amigos — cinquentões ou sessentões, alguns no limiar da aposentadoria — viram chegar Fonchito, os claros cabelos alvoroçados. Os grandes olhos azuis do menino se surpreenderam por vê-los ali. A desordem do uniforme do colégio acrescentava um toque de liberdade à sua bela pessoinha. Os cavalheiros lhe sorriram, boa tarde Fonchito, como está grande, como cresceu.

— Não vai cumprimentar? — admoestou-o don Rigoberto, pigarreando.

— Sim, claro — respondeu a voz cristalina do menino. — Mas, painho, por favor, que seus amigos, se me fizerem carinhos, não façam no meu popô.

A senhora Lucrecia explodiu na quinta gargalhada da tarde.

— Você disse essa barbaridade a eles, Fonchito?

— É que, com o pretexto de me fazer carinhos, sempre estão me tocando nesse lugar — retrucou ele, encolhendo os ombros, sem dar maior importância ao assunto. — Não gosto que me toquem assim nem de brincadeira, depois me dá comichão. E, quando me vem qualquer prurido, eu me coço até tirar pedaço.

— Então era verdade, você disse mesmo. — A senhora Lucrecia passava do riso ao assombro e, de novo, ao riso. — Claro, Tetê não podia inventar uma coisa dessas. E Rigoberto? Como reagiu?

— Me fulminou com os olhos e me mandou fazer os deveres no meu quarto — disse Fonchito. — Depois, quando eles foram embora, me deu a maior bronca. E me tirou a semanada do domingo.

— Esses velhos mãos-bobas! — explodiu a senhora Lucrecia, subitamente indignada. — Que falta de vergonha! Se eu os tivesse visto alguma vez, botava todos no olho da rua. E seu pai ficou naquela calma toda, quando soube? Mas, antes, jure, era verdade? Tocavam seu bumbum? Não é uma dessas coisas retorcidas que você inventa?

— Claro que me tocavam. Aqui — mostrou o menino, dando uma palmada nas nádegas. — Igualzinho aos padres do colégio. Por quê, madrasta? O que eu tenho no popô que todos querem passar a mão nele?

117

A senhora Lucrecia o perscrutava, tentando adivinhar se ele não estava mentindo.

— Se for verdade, são uns sem-vergonhas, uns abusados — exclamou por fim, ainda duvidando. — No colégio também? E você não contou a Rigoberto, para ele fazer um escândalo?

O menino exibiu uma expressão seráfica:

— Não quero dar mais preocupações ao papai. E agora que ele anda tão triste, menos ainda.

Dona Lucrecia baixou a cabeça, confusa. Esse garotinho era um mestre em dizer coisas que a desnorteavam. Bom, se era verdade, benfeito, aqueles safados tinham passado um vexame. O marido de Tetê Barriga havia contado que ele e seus amigos ficaram sem graça, sem se atreverem a encarar Rigoberto, por um bom tempo. Depois, embora encabulados, fizeram piadinhas. Já chegava desse assunto, em todo caso. Dona Lucrecia passou a outra coisa. Perguntou a Fonchito como ia ele no colégio, se não se prejudicava na academia saindo antes de terminarem as aulas, se havia ido ao cinema, ao futebol, a alguma festa. Mas Justiniana, que entrou trazendo o chá com pãezinhos, voltou ao tema. Tinha ouvido tudo e começou a opinar, de língua solta. Estava segura de que o menino mentia: "Não acredite, patroa. Foi outra diabrura deste bandido, para aqueles senhores ficarem com cara de tacho na frente de don Rigoberto. A senhora não o conhece?" "Se seus *chancays* não estivessem tão gostosos, eu ia me aborrecer com você, Justita." Dona Lucrecia sentiu que havia cometido uma imprudência; deixando-se vencer pela curiosidade mórbida — com Fonchito, nunca se sabia —, talvez tivesse despertado a fera. De fato, quando Justiniana recolhia xícaras e pratos, a pergunta caiu sobre ela como uma estocada:

— Por que será que as pessoas mais velhas gostam tanto de crianças, madrasta?

Justiniana escapuliu fazendo com a garganta ou o estômago um ruído que só podia ser um riso censurado. Dona Lucrecia buscou os olhos de Fonchito. Investigou-os com calma, em busca de uma centelha de maldade, de intenções escusas. Não. Só mesmo a luminosidade de um céu diáfano.

— Todo mundo gosta de crianças — disse, hipócrita.

— É normal alguém se enternecer com elas. São pequeninas, frágeis, às vezes muito lindas.

Sentiu-se estúpida, impaciente por escapar aos olhões quietos e límpidos, pousados nela.

— Egon Schiele gostava muito — disse Fonchito, assentindo. — Em Viena, no início do século, havia muitas meninas abandonadas, vivendo nas ruas. Pediam esmola nas igrejas, nos cafés.

— Como em Lima — disse ela, sem saber o que dizia. Outra vez era invadida pela sensação de ser uma mosquinha atraída, apesar dos seus esforços, para as fauces da aranha.

— E ele ia ao Parque Schönbrunn, onde havia montes de meninas. Levava-as para o ateliê. Dava comida e dinheiro a elas — prosseguiu Fonchito, inexorável. — O senhor Paris von Güterlash, um amigo que Schiele pintou, daqui a pouco lhe mostro o retrato, diz que sempre encontrava lá duas ou três meninas de rua. Ficavam ali, por vontade própria. Dormiam ou brincavam, enquanto Schiele pintava. Você acha que havia algum mal nisso?

— Se ele dava comida a elas e as ajudava, que mal haveria?

— Mas é que as mandava tirar a roupa e as pintava fazendo poses — acrescentou o menino. Dona Lucrecia pensou: "Já não tenho escapatória." Era ruim que Egon Schiele fizesse isso?

— Bem, acho que não — engoliu em seco a madrasta. — Um artista precisa de modelos. Por que vamos botar malícia em tudo? Degas não gostava de pintar as *ratinhas*, as pequenas bailarinas da Ópera de Paris? Bom, Egon Schiele também se inspirava nas meninas.

Mas, então, por que o encarceraram, sob a acusação de ter sequestrado uma menor? Por que o condenaram à prisão por difundir pinturas imorais? Por que o obrigaram a queimar um desenho sob o pretexto de que as crianças viam coisas escabrosas no ateliê?

— Não sei por quê — acalmou-o ela, ao ver que o menino ia ficando alterado. — Eu não sei nada de Schiele, Fonchito. Você é quem sabe tudo a respeito. Os artistas são pessoas complicadas, seu pai pode explicar. Não têm que ser uns santos. Não se deve idealizá-los nem satanizá-los. O importante são as obras, e não as vidas. O que ficou de Schiele é como ele pintou essas meninas, e não o que fazia com elas no ateliê.

119

— Mandava que calçassem aquelas meias coloridas de que gostava tanto — rematou Fonchito. — Que se deitassem no sofá ou no chão. Sozinhas ou em duplas. Então, subia em uma escada para olhá-las de cima. Encarapitado ali, no alto, fazia um esboço, em uns cadernos que foram publicados. O papai tem o livro. Mas em alemão. Só pude ver os desenhos, mas não ler.

— Encarapitado em uma escada? Era assim que as pintava?

Aí está você, Lucrecia, enrolada na teia de aranha. Ele sempre conseguia, aquele pirralho. Agora, ela já não tentava afastá-lo do assunto; seguia-o, aprisionada. A pura verdade, madrasta. Schiele dizia que seu sonho era ser uma ave de rapina. Pintar o mundo a partir de cima, vê-lo como um condor ou um abutre o veria. E, pensando bem, era a pura verdade. Iria demonstrálo agora mesmo. Saltou para remexer na pasta da academia e, um momento depois, acocorava-se aos seus pés — ela estava no sofá, como sempre, e ele no chão —, passando as páginas de um novo e volumoso livro de reproduções de Egon Schiele, que apoiou sobre os joelhos da madrasta. Sabia realmente todas essas coisas sobre o pintor? Quantas eram certas? E por que lhe viera essa mania por Schiele? Coisas que ouvia de Rigoberto? Seria esse pintor a última obsessão do seu ex-marido? Em todo caso, não faltava razão ao menino. Estas moças deitadas, estes amantes enlaçados, estas cidades fantasmais, sem pessoas, animais ou carros, de casas amontoadas e como que congeladas às margens de rios desertos, pareciam divisados do alto, por uma ave rampante, que planava sobre tudo aquilo com um olhar envolvente e impiedoso. Sim, a perspectiva de uma ave de rapina. A carinha de anjo lhe sorriu: "Eu não disse, madrasta?" Ela assentiu, desagradada. Por trás de seus traços de querubim, de sua inocência de quadro milagreiro, Fonchito aninhava uma inteligência sutil, precocemente amadurecida, uma psicologia tão arrevesada quanto a de Rigoberto. E, nesse momento, dona Lucrecia tomou consciência daquilo que a página exibia. Incendiou-se como uma tocha. O menino havia deixado o livro aberto em uma aquarela de tons vermelhos e espaços creme, com uma franja malva, à qual só agora ela prestava atenção: o próprio artista de espigada silhueta, sentado, e, entre suas pernas abertas, uma moça, despida e de costas, sustentando no alto, como o mastro de uma bandeira, a gigantesca extremidade viril dele.

— Este casal também foi pintado de cima — alertou-a a voz cristalina. — Mas como terá feito o esboço? Da escada, não podia, porque quem está sentado no chão é ele mesmo. Você percebe, não, madrasta?

— Percebo que é um autorretrato muito obsceno — disse dona Lucrecia. — É melhor continuar passando as páginas, Foncho.

— Pois eu o acho triste — discordou o menino, com muita convicção. — Veja a cara de Schiele. Está caída, como se ele não aguentasse mais a dor que sente. Parece que vai chorar. Tinha apenas vinte e um anos, madrasta. Por que será, em sua opinião, que ele intitulou este quadro *A hóstia vermelha*?

— Melhor não averiguar, seu sabidinho — começou a se aborrecer a senhora Lucrecia. — É esse o nome? Então, além de obsceno, é sacrílego. Vire a página, senão eu a rasgo.

— Mas, madrasta — recriminou-a Fonchito —, você não vai ser como aquele juiz que condenou Egon Schiele a destruir um quadro. Não pode ser tão injusta nem tão preconceituosa.

Sua indignação parecia genuína. As pupilas brilhavam, as finas aletas do nariz vibravam e até as orelhas se adelgaçavam. Dona Lucrecia lamentou o que acabava de dizer.

— Bom, tem razão, com a pintura, com a arte, é preciso ser mais indulgente. — Esfregou as mãos, nervosa. — É que você me tira do sério, Fonchito. Nunca sei se faz o que faz, e diz o que diz, de maneira espontânea ou com segundas intenções. Nunca sei se estou com um menino ou com um velho vicioso e pervertido, escondido atrás de uma carinha de Menino Jesus.

O garoto a fitava desconcertado; a surpresa parecia lhe brotar lá do fundo. Pestanejava, sem compreender. Seria ela que, com sua desconfiança, estava escandalizando esta criança? Claro que não. Mas, ao ver os olhos agora marejados de Fonchito, sentiu-se culpada.

— Nem sei o que estou dizendo — murmurou. — Esqueça, eu não disse nada. Venha cá, me dê um beijo, vamos fazer as pazes.

Ele se levantou e lhe jogou os braços ao pescoço. Dona Lucrecia sentiu, palpitando, a frágil estrutura, os ossinhos, o corpinho na fronteira da adolescência, essa idade em que os meninos ainda se confundem com as meninas.

— Não se aborreça comigo, madrasta — ouviu-o dizer, no seu ouvido. — Me corrija se eu fizer algo errado, me aconselhe. Quero ser como você quer que eu seja. Mas não se aborreça.

— Tudo bem, já passou — disse ela. — Vamos esquecer.

Fonchito a mantinha encarcerada pelo pescoço com seus bracinhos, e lhe falava tão baixo e devagar que ela não entendeu o que ele dizia. Mas registrou com todos os seus nervos a pontinha da língua do menino quando, como um delicado estilete, esta entrou na cavidade de sua orelha e a umedeceu. Resistiu ao impulso de afastá-lo. Um momento depois, sentiu que os lábios fininhos percorriam o lóbulo, com beijos espaçados, miúdos. Agora, sim, afastou-o com suavidade — por todo o corpo lhe corriam cobrinhas — e deu com aquela cara travessa.

— Eu lhe fiz cosquinha? — Fonchito parecia se vangloriar de uma proeza. — Você está tremendo todinha. Sentiu um choque elétrico, madrasta?

Dona Lucrecia não soube o que dizer. Sorriu para ele, forçada.

— Já ia me esquecendo de contar — tirou-a Fonchito do apuro, retornando ao seu lugar costumeiro, ao pé do sofá. — Comecei a fazer aquele trabalho com o papai.

— Que trabalho?

— As pazes entre vocês, ora — explicou ele, gesticulando. — Sabe o que fiz? Disse que tinha visto você saindo da Virgen del Pilar, elegantíssima, de braços com um senhor. Que pareciam um casalzinho em lua de mel.

— E por que mentiu desse jeito?

— Para provocar ciúme nele. E consegui. Ficou nervosíssimo, madrasta!

Riu, com uma risada que proclamava uma esplêndida alegria de viver. Seu papai tinha ficado pálido, de olhos esbugalhados, embora, no princípio, não comentasse nada. Mas estava roído de curiosidade e morrendo de vontade de saber mais. Remexia-se todo. Para lhe facilitar a coisa, Fonchito abriu fogo:

— Acha que minha madrasta pretende se casar de novo, painho?

Don Rigoberto fez uma expressão azeda, uma cara despencada, cavalar, antes de responder:

— Não sei. É a ela que você devia perguntar. — E, depois de uma vacilação, tentando parecer natural: — Sei lá. Esse senhor lhe pareceu mais que um amigo?

— Bem, não sei — teria hesitado Fonchito, movendo a cabeça como um cuco de relógio. — Estavam de braço dado. O homem olhava para ela como nos filmes. E ela também lhe lançava umas olhadinhas muito coquetes.

— Vou matar você, seu bandido, seu mentiroso. — A senhora Lucrecia atirou em Fonchito uma das almofadas, que ele recebeu na cabeça com grande assombro. — Você é um farsante. Não disse nada a Rigoberto, está caçoando de mim, bem ao seu jeito.

— Juro pelo que há de mais sagrado, madrasta — ria-se o menino, às gargalhadas, beijando os dedos em cruz.

— É o pior cínico que já conheci — disparou ela outra almofada, rindo também. — Imagine como será quando crescer. Deus proteja a pobre inocente que se apaixonar por você.

Fonchito ficou sério, em uma daquelas bruscas mudanças de humor que desconcertavam dona Lucrecia. Tinha cruzado os braços sobre o peito e, sentado como um Buda, examinava-a com certo medo.

— Está de brincadeira, não é, madrasta? Ou realmente acha que eu sou mau?

Ela estendeu a mão e lhe acariciou os cabelos.

— Não, mau, não — disse. — Você é imprevisível. Metido a esperto e com imaginação demais, isto sim.

— Quero que vocês fiquem de bem — interrompeu Fonchito, com gesto enérgico. — Por isso inventei essa história para o papai. Já tenho um plano.

— Como sou eu a interessada, pelo menos deixe que eu lhe dê minha aprovação.

— É que... — Fonchito retorceu as mãos. — Ainda me falta completar o plano. Confie em mim, madrasta. Preciso saber umas coisas sobre vocês dois. Por exemplo, como se conheceram. E como foi que se casaram.

Uma cascata de imagens melancólicas atualizou na memória de dona Lucrecia aquele dia — onze anos já — em que, durante uma tumultuada e tediosa festa para comemorar as bodas de prata de uns tios, havia sido apresentada àquele senhor de caraça lúgubre, grandes orelhas e nariz beligerante, a caminho da calvície. Um cinquentão sobre o qual uma amiga alcoviteira, empenhada em casar todo mundo, deu as informações: "Viúvo recente, um filho, gerente da Seguradora La Perricholi, meio esquisitão mas de família decente e com grana." No princípio, ela só reteve de Rigoberto o aspecto funéreo, sua atitude arredia, o quanto era feio. Mas, desde essa mesma noite, algo a atraiu naquele homem sem encantos físicos, algo que ela adivinhou de complicado e misterioso na vida dele. E, desde menina, dona Lucrecia sentira fascinação por debruçar-se sobre os abismos do alto dos penhascos, por equilibrar-se na balaustrada das pontes. Essa atração se confirmou quando ela aceitou tomar um chá com ele na Tiendecita Blanca, assistir em sua companhia a um concerto da Filarmônica no Colégio Santa Úrsula e, sobretudo, quando entrou em sua casa pela primeira vez. Rigoberto lhe mostrou suas gravuras, seus livros de arte e os cadernos onde estavam seus segredos, e lhe explicou como renovava sua coleção, penalizando com as chamas os livros e imagens que ia substituindo. Ficara impressionada ouvindo-o, observando a correção com que a tratava, a formalidade maníaca com que se comportava. Para assombro da família e das amigas ("O que você está esperando para se casar, Lucre? Um príncipe encantado? Não pode ficar rejeitando todos os seus admiradores!"), aceitou imediatamente, quando Rigoberto lhe propôs casamento ("Sem sequer ter me dado um beijo"). Nunca se arrependera. Nem um só dia, nem um só minuto. Havia sido divertido, excitante, maravilhoso, ir descobrindo o mundo de manias, rituais e fantasias do marido, compartilhá-lo com ele, ir construindo ao seu lado aquela vida reservada, ao longo de dez anos. Até a absurda, louca, estúpida história com o enteado, à qual se deixara arrastar. Com um fedelho que agora nem parecia se lembrar do acontecido. Logo ela, logo ela! A que todos achavam tão judiciosa, tão precavida, tão organizada, a que sempre havia calculado todos os passos com tanta sensatez. Como pudera ter uma aventura com um garotinho de colégio? Seu próprio enteado! Rigoberto até que se portara de maneira muito decente, evitando o escândalo, limitando-se a pedir a separação e dando o apoio econômico que agora lhe permitia morar sozinha. Outro iria matá-la, expulsá-la com uma mão na frente e outra atrás, sem um centavo, exibila no pelourinho social como corruptora de menores. Que bobagem, pensar que Rigoberto e ela podiam se reconciliar. Ele continuaria mortalmente ofendido pelo que acontecera; jamais a perdoaria. Dona Lucrecia sentiu os bracinhos se enroscarem outra vez no seu pescoço.

— Por que você ficou triste? — consolou-a Fonchito.

— Fiz algo errado?

— De repente me lembrei de umas coisas, e, como sou uma sentimental... Já passou.

— Quando a vi ficando assim, me deu um susto!

O menino voltou a beijá-la na orelha, com os mesmos beijinhos diminutos, e a rematar os carinhos umedecendo-lhe outra vez o pavilhão da orelha com a ponta da língua. Dona Lucrecia se sentia tão deprimida que nem sequer teve ânimo para afastá-lo. Dali a pouco, ouviu que ele dizia, em tom diferente:

— Você também, madrasta?

— Eu também o quê?

— Está me tocando o popô, ora, igual aos amigos do papai e aos padres do colégio. Caramba, por que todo mundo agora cismou de passar a mão no meu bumbum?

CARTA AO ROTARIANO

Sei que você se ofendeu, amigo, com minha negativa de aderir ao Rotary Club, instituição da qual é dirigente e promotor. E desconfio que ficou receoso, nada convencido de que minha recusa a ser rotariano de nenhum modo significa que eu vá me inscrever no Clube dos Leões ou no recém-surgido Kiwanis do Peru, associações com as quais a sua compete implacavelmente para levar a palma da beneficência pública, do espírito cívico, da solidariedade humana, da assistência social e coisas do gênero. Tranquilize-se: não pertenço nem pertencerei a nenhum desses clubes ou associações, nem a nada parecido (os Escoteiros, os Ex-alunos Jesuítas, a Maçonaria, o Opus Dei etc.). Minha hostilidade ao gênero associativo é tão radical que até desisti de ser membro do Touring Automóvel Clube, sem falar dessas supostas agremiações sociais que medem a categoria étnica e o patrimônio econômico dos limenhos. Desde meus anos já longínquos de militância na Ação Católica, e por causa dela — pois foi essa a experiência que me abriu os olhos sobre a ilusão de toda utopia social e me catapultou à defesa do hedonismo e do indivíduo —, contraí uma repugnância moral, psicológica e ideológica contra toda forma de servidão gregária, a tal ponto que — falo sério — até a fila do cinema me dá a sensação de estar sendo atropelado e diminuído em minha liberdade (às vezes, não tenho outro remédio a não ser entrar nela, claro), retrocedido à condição de homem-massa. A única concessão que recordo haver feito deveu-se a uma ameaça de sobrepeso (sou um convencido, como Cyril Connoly, de que "a obesidade é uma doença mental") que me levou a matricular-me em uma academia, onde um tarzan desprovido de miolos nos fazia transpirar, quinze idiotas, por uma hora diária, ao compasso dos seus rugidos, exercitando contrações simiescas a que ele chamava *aerobics*. O suplício ginástico veio confirmar todos os meus preconceitos contra o homem-rebanho.

Permita-me, a propósito, transcrever-lhe uma das citações que abarrotam meus cadernos, pois sintetiza maravilhosamente o que penso. O autor é um asturiano vira-mundo acantonado na Guatemala, Francisco Pérez de Antón: "Um rebanho, como se sabe, compõe-se de gente desprovida da palavra e com esfíncter mais ou menos débil. É fato comprovado, ademais, que, em tempos de confusão, o rebanho prefere a servidão à desordem. Donde, os que atuam como cabras não têm líderes, mas uns sem-vergonhas. E algo dessa espécie deve ter-nos contagiado, visto que no rebanho humano é muito comum aquele dirigente capaz de conduzir as massas à beira do penhasco e, uma vez ali, fazê-las saltar para a água. Isto, se não lhe ocorrer assolar uma civilização, o que é algo também bastante frequente." Você dirá que é paranoia isso de divisar, por trás de benignos varões que se reúnem para almoçar uma vez por semana e discutir em que novo distrito devem levantar aquelas estelas de calcário com a placa de metal "O Rotary Club lhes dá as boas-vindas", cuja construção eles pagam em cotas-partes, uma ominosa depreciação, na escala humana, de indivíduo soberano a indivíduo-massa. Talvez eu esteja exagerando. Mas não posso descuidar-me. Como o mundo avança aceleradamente para a desindividualização completa, para a extinção desse acidente histórico, o reinado do indivíduo livre e soberano, que uma série de acasos e circunstâncias havia possibilitado (para um número reduzido de pessoas, é claro, e em um número ainda mais reduzido de países), estou mobilizado para o combate, com meus cinco sentidos e durante as vinte e quatro horas do dia, a fim de retardar o máximo que puder, no que a mim concerne, essa derrota existencial. A batalha é de vida ou morte e totalizadora; tudo e todos participam dela. Essas associações de profissionais pançudos, executivos e burocratas de alto nível, que, uma vez por semana, comparecem para consumir um cardápio regimentar (composto por uma batata recheada, uma bistequinha com arroz e umas panquecas com manjar-branco, tudo isso irrigado com um vinhozinho tinto Tacama Reserva Especial?), constituem uma batalha ganha a favor da robotização definitiva e do obscurantismo, um avanço da planificação, da organização, da obrigatoriedade, da rotina, da coletivização, e um encolhimento ainda maior da espontaneidade, da inspiração, da criatividade e da originalidade, que só são concebíveis na esfera do indivíduo.

Pelo que leu até aqui, você receia que, sob minha aparência incolor de burguês cinquentão, esteja emboscado um hirsuto anti-social meio anarquista? Bingo! Acertou, meu chapa. (Fiz um gracejo e me dei mal: a palavrinha *chapa* já me sugere a inevitável palmada no ombro que a acompanha e a asquerosa visão de dois varões embarrigados de cerveja e de imoderada ingestão de petiscos, coletivizando-se, formando uma sociedade, renunciando aos seus fantasmas endovenosos e ao seu *eu*.) É verdade: sou um antissocial na medida das minhas forças, que por desgraça são fraquíssimas, e resisto à gregarização em tudo aquilo que não ameaça minha sobrevivência nem meus excelentes níveis de vida. Tal como você está lendo. Ser individualista é ser egoísta (Ayn Rand, *The virtue of selfishness*), mas não imbecil. De resto, a imbecilidade me parece respeitável se for genética, herdada, não resultante de uma escolha, de uma deliberada tomada de posição. Temo que ser rotariano, assim como leão, kiwani, maçom, escoteiro ou opus, seja (desculpe-me) uma acovardada aposta a favor da estupidez.

Convém lhe explicar esse insulto: assim o atenuo e, na próxima vez em que os negócios de nossas seguradoras nos reunirem, você não me arrebentará com um soco (ou com um chute na canela, agressão mais apropriada para pessoas da nossa idade). Não sei de que maneira mais justa posso definir a institucionalização das virtudes e dos bons sentimentos representada por essas associações, a não ser como uma abdicação da responsabilidade pessoal e uma maneira barata de adquirir boa consciência "social" (uso essa palavra entre aspas para sublinhar o desagrado que ela me causa). Em termos práticos, o que você e seus colegas fazem não contribui, ao meu juízo, para reduzir o mal (ou, se preferir, para aumentar o bem) em nenhum sentido apreciável. Os principais beneficiários dessa generosidade coletivizada são vocês mesmos, começando por seus estômagos, deglutidores desses cardápios semanais, e suas mentes porcas, que, nessas noitadas de confraternização (horroroso conceito!), arrotam de prazer intercambiando mexericos, piadas grosseiras e difamando impiedosamente o ausente. Não sou contra esses entretenimentos nem, em princípio, contra nada que produza prazer; sou contra a hipocrisia de não reivindicar esse direito às claras, de buscar o prazer dissimulando-o sob o álibi profilático da ação cívica. Não foi você mesmo quem me disse, com olhos de sátiro e dando-me um piparote pornográfico, que outra vantagem de ser rotariano era que a instituição fornecia um pretexto semanal de primeira ordem para estar longe de casa sem alarmar a mulher? Aqui, acrescento outra objeção. É por regulamento ou simplesmente por costume que não há mulheres em suas fileiras? Nos almoços que você me infligiu, nunca vi uma saia. Tenho certeza de que nem todos vocês são veados, única razão tibiamente aceitável para justificar o pantalonismo rotariano (leão, kiwani, escoteiro etc.). Esta é minha tese: ser rotariano é um pretexto para passar bons momentos masculinos, a salvo da vigilância, servidão ou formalidade impostas, segundo vocês, pela coabitação com a mulher. Isso me parece tão anticivilizado quanto a paranoia das recalcitrantes feministas que declararam a guerra dos sexos. Minha filosofia é que, nos casos inevitáveis de resignação ao gregarismo — escolas, empregos, diversões —, a mistura de gêneros (e de raças, línguas, costumes e crenças) constitui uma maneira de amenizar a cretinização que o corriolismo implica e de introdu-

128

zir nas relações humanas um elemento picante, malicioso (maus pensamentos, dos quais sou resoluto praticante), algo que, no meu ponto de vista, eleva essas relações estética e moralmente. Não lhe digo que ambas as coisas são, para mim, uma só porque você não entenderia.

Toda atividade humana que não contribua, ainda que da maneira mais indireta, para a ebulição testicular e ovárica, para o encontro de espermatozoides e óvulos, é desprezível. Por exemplo, a venda de apólices de seguros à qual você e eu nos dedicamos há trinta anos, ou os almoços misóginos dos rotarianos. Assim é tudo o que distrai do objetivo verdadeiramente essencial da vida humana, que consiste, a meu juízo, na satisfação dos desejos. Não vejo para qual outra coisa podemos estar aqui, girando como lentos piões no gratuito universo. A pessoa pode vender seguros, como você e eu fizemos — e com bastante sucesso, pois alcançamos posições invejáveis em nossas respectivas companhias —, porque é preciso comer, vestir-se, abrigar-se sob um teto e alcançar rendas que permitam ter e aplacar desejos. Não há nenhuma outra razão válida para vender apólices de seguros, nem tampouco para construir represas, castrar gatos ou ser taquígrafo. Até já o escuto: e se, à diferença de você, desequilibrado Rigoberto, um homem se realiza e tem prazer vendendo apólices de seguros contra incêndios, roubos ou enfermidades? E se, comparecendo a almoços rotarianos e contribuindo com esmolas pecuniárias para levantar cartazes nas estradas com o lema "Devagar se vai ao longe", ele materializa seus mais ardentes desejos e é feliz, nem mais nem menos que você quando folheia sua coleção de gravuras e livros impróprios para senhoritas ou quando se entrega a essas punhetas mentais que são os solilóquios dos seus cadernos? Cada um não tem direito aos seus desejos? Sim, é verdade. Porém, se os desejos (a palavra mais bela do dicionário) mais acalentados por um ser humano consistem em vender seguros e afiliar-se ao Rotary Club (ou afins), esse bípede é um cretino. Caso de noventa por cento da humanidade, concordo. Vejo que você começa a compreender, securitário.

Vai se benzer por tão pouco? Seu sinal da cruz me insta a passar a outro assunto, que é o mesmo. Que papel a religião ocupa nesta diatribe? Ela também recebe as bofetadas deste renegado da Ação Católica, ex-leitor febril de santo Agostinho, cardeal

Newmann, são João da Cruz e Jean Guitton? Sim e não. Se alguma coisa eu sou nessa matéria, sou agnóstico. Desconfiado do ateu e do descrente, a favor de que as pessoas creiam e pratiquem uma fé, pois, de outro modo, não teriam vida espiritual alguma e o selvagismo se multiplicaria. A cultura — a arte, a filosofia, todas as atividades intelectuais e artísticas laicas — não substitui o vazio espiritual que resulta da morte de Deus, do eclipse da vida transcendente, exceto em uma reduzidíssima minoria (da qual faço parte). Esse vazio torna as pessoas mais destruidoras e bestiais do que normalmente o são. Ao mesmo tempo que sou a favor da fé, as religiões em geral me incitam a tapar o nariz, porque todas elas implicam o rebanhismo processionário e a abdicação da independência espiritual. Todas elas restringem a liberdade humana e pretendem enredar os desejos. Reconheço que, sob o ponto de vista estético, as religiões — a católica talvez mais que qualquer outra, com suas formosas catedrais, seus ritos, liturgias, atavios, representações, iconografias, músicas — costumam ser soberbas fontes de prazer que deleitam o olhar, a sensibilidade, atiçam a imaginação e nos incendeiam com maus pensamentos. Em todas, porém, sempre se emboscam um censor, um comissário, um fanático, as grelhas e tenazes da inquisição. Também é certo que, sem suas proibições, seus pecados, suas fulminações morais, os desejos — o sexual, sobretudo — não teriam alcançado o refinamento que tiveram em certas épocas. Pois, e isto não é teoria, mas prática, graças a uma modesta pesquisa pessoal de limitado horizonte, afirmo que se faz muito melhor o amor nos países religiosos do que nos secularizados (melhor na Irlanda do que na Inglaterra, na Polônia do que na Dinamarca), e nos católicos do que nos protestantes (na Espanha ou na Itália melhor do que na Alemanha ou na Suécia), e que são mil vezes mais imaginativas, audazes e delicadas as mulheres que passaram por colégios de freiras do que as que estudaram em colégios laicos (Roger Vailland teorizou a respeito em *Le regard froid*). Lucrecia não seria a Lucrecia que me cumulou de uma inestimável felicidade, noite e dia (mas, sobretudo, à noite), ao longo de dez anos, se sua infância e juventude não tivessem estado a cargo das rigorosíssimas freiras do Sagrado Coração, entre cujos ensinamentos figurava o de que, para uma menina, sentar-se com os joelhos abertos era pecado. Essas sacrificadas escravas do Senhor, com

130

suas exacerbadas suscetibilidade e casuística em matéria amorosa, foram formando, ao longo da história, verdadeiras dinastias de Messalinas. Benditas sejam!

E então? Em que ficamos? Eu não sei em que ficará você, caro colega (para usar outra expressão vomitável). Eu fico em minha contradição, que é também, afinal, uma fonte de prazer para um espírito dissidente e inclassificável como o meu. Contra a institucionalização dos sentimentos e da fé, mas a favor dos sentimentos e da fé. À margem das igrejas, mas curioso e invejoso delas, e diligente aproveitador do que possam emprestar-me para enriquecer o mundo dos meus fantasmas. Ressalto que sou um indisfarçado admirador daqueles príncipes da Igreja que foram capazes de conciliar no mais alto grau a púrpura e o esperma. Consulto meus cadernos e encontro, como exemplo, aquele cardeal sobre quem o virtuoso Azorín escreveu: "Cético refinado, ria sozinho da farsa em que se movia sua pessoa, e assombrava-se às vezes com que não se acabasse a estupidez humana que mantinha com seu dinheiro aquela estupenda comédia." Não é, quase, um medalhão do famoso cardeal de Bernis, embaixador setecentista da França na Itália, que compartilhou em Veneza duas freiras lésbicas com Giacomo Casanova (*vide* suas *Memórias*) e, em Roma, recebeu o marquês de Sade sem saber de quem se tratava, quando este, fugitivo da França por seus excessos libertinos, percorria a Itália emboscado sob a falsa identidade de conde de Mazan?

Mas já vejo que você boceja, porque esses nomes com que o bombardeei — Ayn Rand, Vailland, Azorín, Casanova, Sade, Bernis — soam aos seus ouvidos como ruídos incompreensíveis, de modo que me interrompo e coloco ponto final nesta missiva (que, tranquilize-se, tampouco enviarei).

Muitos almoços e placas, rotariano.

O ODOR DAS VIÚVAS

Na noite úmida, sobressaltada pela agitação do mar, don Rigoberto acordou de repente, banhado em suor: as incontáveis ratazanas do templo de Karniji, convocadas pelas alegres campainhas dos brâmanes, acudiam ao repasto vespertino. Os enormes tachos, as travessas de metal, os cochos de madeira tinham sido enchidos com pedacinhos de carne ou com o leitoso xarope, seu manjar preferido. De todos os buracos das paredes de mármore, perfurados para elas e equipados com punhados de palha para seu conforto pelos piedosos monges, milhares de roedores cinzentos saíam, ávidos, de seus ninhos. Atropelando-se, uns por cima dos outros, precipitavam-se para os recipientes. Mergulhavam neles para lamber a calda, mordiscar os pedaços de carne, e, os mais requintados, para arrancar, com seus brancos incisivos, bocadinhos de calos e durezas dos pés desnudos. Os sacerdotes deixavam agir os animais, lisonjeados por contribuir com essas sobras de sua pele para o prazer das ratazanas, encarnações de homens e mulheres desaparecidos.

O templo havia sido construído para elas, fazia quinhentos anos, nesse rincão nortista do Rajastão hindu, em homenagem a Lakhan, filho da deusa Karniki, bem-apessoado mancebo que se transformara numa ratazana gorda. Desde então, atrás da imponente construção de portas prateadas, pisos marmóreos, paredes e cúpulas majestosas, o espetáculo acontecia duas vezes ao dia. Ali estava agora o brâmane-chefe, Chotu-Dan, oculto sob as dezenas de animais cinzentos que subiam aos seus ombros, braços, pernas, costas, rumo ao grande cocho de calda à beira do qual ele estava sentado. Mas o que revolvia o estômago de don Rigoberto e o deixava prestes a vomitar era o odor. Denso, envolvente, mais penetrante do que a bosta da besta de carga, o bafo do monturo ou a carniça putrefata, o fedor dessa multidão parda estava agora dentro dele. Percorria o avesso de seu corpo e suas veias, a transpiração de suas glândulas, empoçava-se nos resquícios de suas cartilagens e no tutano dos seus ossos. Seu corpo se transformara no templo de Karniji. "Estou impregnado de odor de ratazanas", assustou-se.

Saltou da cama de pijama, sem colocar o roupão, só os chinelos, e correu ao seu escritório, para ver se folheando algum livro, perscrutando uma gravura, ouvindo música ou garatujando seus cadernos, outras imagens vinham exorcizar as sobreviventes do pesadelo.

Teve sorte. No primeiro caderno que abriu, uma citação científica explicava a variedade de mosquitos cuja característica mais saliente é perceber o odor de suas fêmeas a distâncias incríveis. "Sou um deles", pensou, dilatando as narinas e farejando. "Posso agora mesmo, se a isso me dispuser, sentir o cheiro de Lucrecia adormecida no Olivar de San Isidro, e diferenciar nitidamente as secreções de seu couro cabeludo, de suas axilas e de seu púbis." Mas topou com outro odor — benigno, literário, prazeroso, fantasioso —, que começou a dissipar, como faz à neblina noturna o vento do amanhecer, os fedores da rataria do sonho. Um odor santo, teológico, elegantíssimo, exalado pela *Introdução à vida devota*, de Francisco de Sales, na tradução espanhola de Quevedo: *"Las lámparas que tienen el olio aromático despiden de sí un más suave olor cuando les apagan la luz. Así, las viudas, cuyo amor ha sido puro en su casamiento, derraman un precioso y aromático olor de virtud de castidad, cuando su luz, esto es, su marido, es apagada por la muerte."* Esse aroma de viúvas castas, impalpável melancolia de seus corpos condenados ao solilóquio físico, exalação nostálgica de seus desejos insatisfeitos, inquietou-o. As aletas do seu nariz latejaram afanosamente, tentando reconstituir, detectar, extrair do ambiente algum rastro da presença dele. A mera ideia desse odor de viúva deixou-o em suspenso. Evaporou os restos do pesadelo, tirou-lhe o sono, devolveu ao seu espírito uma confiança saudável. E o levou a pensar — por quê? — naquelas damas a flutuarem entre rios de estrelas, de Klimt, mulheres olorosas, de faces travessas — ali estavam *Goldfish*, fêmea-peixinho colorido, e *Dânae*, simulando dormir e exibindo com simplicidade uma curvilínea bunda de violão. Nenhum artista soubera pintar o odor feminino como o bizantino vienense; suas mulheres aéreas e vergadas sempre lhe haviam entrado na memória, simultaneamente, pelos olhos e pelo nariz. (A propósito, não seria hora de inquietar-se com o desmesurado interesse que o outro vienense, Egon Schiele, despertava em Fonchito? Talvez, mas não neste momento.)

O corpo de Lucrecia exalava esse santo odor salesiano desde que estavam separados? Se assim fosse, ela ainda o amava.

---

* "As lamparinas que contêm o óleo aromático desprendem um odor mais suave quando lhes apagam a chama. De igual modo as viúvas, cujo amor foi puro no casamento, exalam um precioso e aromático odor de virtude de castidade, quando sua chama, isto é, seu marido, é apagada pela morte." (N. da T.)

Pois esse odor, segundo são Francisco de Sales, testemunhava uma fidelidade amorosa que transcendia o túmulo. Então, ela não o tinha substituído. Sim, continuava "viúva". Os rumores, inconfidências, acusações que chegavam até ele — incluído o mexerico de Fonchito — sobre os recentes amantes de Lucrecia eram calúnias. Seu coração se regozijou, enquanto ele fariscava encarniçadamente o entorno. Estava ali? Tinha-o detectado? Era o odor de Lucrecia? Não. Era o da noite, da umidade, dos livros, dos óleos, das madeiras, das telas e dos couros do seu escritório.

Tentou resgatar do passado e do vazio, fechando os olhos, os odores noturnos que aspirara naqueles dez anos, aromas que tanto o tinham feito gozar, perfumes que o haviam defendido contra a pestilência e a feiúra reinantes. A depressão se apoderou dele. Vieram consolá-lo uns versos de Neruda, quando virou uma página desse mesmo caderno:

E para ver-te urinar, na escuridão, no fundo da casa,
como se vertesses um mel delgado, trêmulo, argênteo, obstinado,
quantas vezes eu daria este coro de sombras que possuo,
e o ruído de espadas inúteis que se ouve em minha alma...

Não era extraordinário que o poema desses versos se chamasse *Tango do viúvo*? Sem transição, divisou Lucrecia, sentada no vaso sanitário, e escutou o alegre chapinhar de seu pipi no fundo do recipiente, que o recebia cascateando agradecido. Claro que, silencioso, agachado no canto, absorto, misticamente concentrado, escutando e cheirando, ali estava também o feliz beneficiário daquela emissão, daquele concerto líquido: Manuel das Próteses! Mas nisto apareceu Gulliver, salvando a imperatriz de Lilliput de seu palácio em chamas com uma espumosa mijada. Don Rigoberto pensou em Jonathan Swift, que viveu obsedado com o contraste entre a beleza do corpo e as horríveis funções corporais. O caderno recordava como, em seu mais famoso poema, um amante explica por que decidiu abandonar a amada, com estes versos:

Nor wonder how I lost my wits;
Oh! Celia, Celia, Celia shits.

"Que idiota", sentenciou. Lucrecia também *shited* e isso, em vez de degradá-la, realçava-a aos olhos e às narinas dele. Por alguns segundos, com o primeiro sorriso da noite desenhado no rosto, aspirou com a memória os vapores remanescentes da passagem de sua ex-mulher pelo banheiro. Ainda que, agora, ali se intrometesse o sexólogo Havelock Ellis, cuja mais recôndita felicidade era, segundo o caderno, escutar sua amada verter, tendo proclamado em sua correspondência que o dia mais feliz de sua vida havia sido aquele em que sua complacente mulher, protegida pelas rodadas saias vitorianas que a enroupavam, urinou para ele entre inadvertidos transeuntes, irreverentemente, aos pés do almirante Nelson, observada pelos monumentais leões de pedra de Trafalgar Square.

Manuel, porém, não tinha sido um poeta como Neruda, nem um moralista como Swift, nem um sexólogo como Ellis. Apenas um castrado. Ou, melhor dizendo, um eunuco? Diferença abismal, entre esses dois negados para a fecundação. Um ainda tinha falo e ereção, ao passo que o outro havia perdido o adminículo e a função reprodutora, e exibia um púbis liso, curvo e feminil. O que era Manuel? Eunuco. Como pudera Lucrecia conceder-lhe aquilo? Generosidade, curiosidade, compaixão? Ou vício e morbidez? Ou todas essas coisas combinadas? Ela o conhecera antes do célebre acidente, quando Manuel ganhava campeonatos motociclísticos empacotado em um capacete rutilante e um macacão sintético, encarapitado sobre um equino mecânico de tubos, guidom e rodas, de nome sempre japonês (Honda, Kawasaki, Suzuki ou Yamaha), catapultando-se campos afora com ruído de peido ensurdecedor — chamavam aquilo de *motocross* —, embora também costumasse participar de tropelias como *Trail* e *Enduro*, prova, esta última, de suspeitas reminiscências albigenses —, a duzentos ou trezentos quilômetros por hora. Sobrevoando valas, escalando cerros, desmanchando areais e saltando rochedos ou abismos, Manuel ganhava troféus e aparecia retratado nos jornais destampando garrafas de champanhe e acompanhado de modelos que beijocavam suas bochechas. Até que, em uma dessas exibições de acrisolada estupidez, voou pelos ares, depois de galgar como bólido uma colina enganosa, atrás da qual o esperava, não um sedante tobogã de amortecedoras areias, como ele, incauto, acreditava, mas um precipício espetado de rochas. Precipitou-se ali, gritando um palavrão arcaico — Cachaporra! —, quando voava montado em seu corcel de metal rumo às profundezas, a cujo fundo, segundos depois, chegou sonoramente, em um estrondo de ossos e ferros que se trituravam, se rompiam e se estilhaçavam. Milagre! Sua cabeça ficou intacta; seus dentes, completos; sua visão e sua audição, sem dano algum; o uso de suas extremidades, apenas ressentido por causa dos ossos quebrados e dos músculos rasgados e sovados. Compensatoriamente, o passivo se concentrou em sua genitália, que monopolizou as avarias. Porcas, cravos e ponteiras perfuraram seus testículos, apesar do elástico suspensor que os guarnecia, transformando-os em uma substância híbrida, entre o mingau e a *ratatouille*, ao mesmo tempo em que o pecíolo de sua virilidade era cerceado na raiz por algum material cortante, que talvez — ironias da vida — não fosse proveniente da moto dos seus amores e triunfos. O que o castrou, então? O grande crucifixo de pontas aguçadas que ele usava para convocar a proteção divina, quando perpetrava suas proezas motociclísticas.

Os competentes cirurgiões de Miami lhe soldaram os ossos, esticaram o que se havia encolhido e encolheram o que se havia esticado, cerziram o rasgado e lhe construíram, dissimulando-a com pedaços de carne arrancados dos glúteos, uma genitália artificial. O negócio andava sempre teso, mas era pura fachada, uma armação de pele sobre uma prótese de plástico. "Muita massa e pouco recheio, ou, para ser matemático, recheio nenhum", alfinetou don Rigoberto. Só lhe servia para urinar, mas nem sequer segundo a vontade, e sim a cada vez que ele tomava algum líquido, e, como não tinha o menor controle para evitar que esse constante escorrimento ensopasse seus fundilhos, o pobre Manuel trazia pendurada, a modo de capuz ou acessório, uma bolsinha de plástico que recolhia suas águas. Salvo essa inconveniência, o eunuco levava uma vida muito normal e — cada doido com sua mania — ainda subjugada às motocicletas.

— Vai visitá-lo outra vez? — perguntou don Rigoberto, meio apoquentado.

— Ele me convidou para tomar o chá e, você sabe, é um bom amigo, de quem tenho muita pena — explicou dona Lucrecia. — Mas, se isso incomoda você, não vou.

— Vá, vá — desculpou-se ele. — Depois me conte.

136

Tinham se conhecido ainda crianças. Moravam no mesmo bairro e haviam sido namorados nos tempos do colégio, quando namorar consistia em passear de mãos dadas aos domingos, depois da missa das onze, no Parque Central de Miraflores, e no Parquinho Salazar, após uma matinê sincopada de beijos e alguma bolinagem tímida e gentil na plateia. Chegaram até a ser noivos, na época em que Manuel cometia suas façanhas rodantes, saía retratado nas páginas esportivas e as meninas bonitas morriam de amores por ele. Seu borboletear sentimental fartou Lucrecia, que rompeu o noivado. Não se viram mais, até o acidente. Ela foi visitá-lo no hospital, levando-lhe uma caixa de chocolates Cadbury. Reataram uma relação, agora só amistosa — assim acreditara don Rigoberto, até descobrir a pura e simples verdade —, que continuou depois do casamento de dona Lucrecia.

Don Rigoberto o divisara vez por outra, por trás das vitrinas de seu florescente negócio de compra e venda de motos importadas dos Estados Unidos e do Japão (às hieroglíficas marcas nipônicas, Manuel havia acrescentado as americanas Harley-Davidson e Tryumph, além da alemã BMW), à margem da via expressa, quase chegando à Javier Prado. Não voltou a participar de campeonatos como corredor, mas, com óbvio sadomasoquismo, continuou vinculado ao esporte como promotor e patrocinador desses massacres e carnificinas vicárias. Don Rigoberto o via aparecer nos noticiários de televisão baixando uma ridícula bandeira quadriculada, com ar de estar dando o arranque à Primeira Guerra Mundial, nas linhas de partida ou de chegada das corridas, ou entregando uma taça banhada em falsa prata ao vencedor. Esse deslocamento de participante a auspiciador de eventos aplacava — segundo Lucrecia — a viciosa atração do castrado pelas aparatosas motocicletas.

E o resto? A outra ausência? Também a aplacava um pouco? Nas periódicas tardes em que costumavam conversar, tomando chá com pasteizinhos, Manuel mantinha uma notável discrição sobre o assunto, que Lucrecia, evidentemente, não cometia a imprudência de mencionar. As conversas dos dois eram triviais, reminiscências de uma infância miraflorina e uma juventude sanisidrina, dos antigos vizinhos de bairro que se casavam, descasavam, recasavam, adoeciam, geravam e às vezes morriam, entremeadas por comentários de atualidade sobre o último filme, o último disco, o baile da moda, o casamento ou a falência catastrófica, a estafa recém-descoberta ou o último escândalo de drogas, chifres ou aids. Até que um dia — as mãos de don Rigoberto passavam às pressas as folhas do caderno, em busca de uma anotação que correspondesse à sequência de imagens já claramente em movimento em sua mente — dona Lucrecia descobrira seu segredo. Tinha-o descoberto, de fato? Ou Manuel dera um jeito para que ela pensasse assim, quando, na verdade, não fazia mais do que meter o pé na armadilha que ele mantinha preparada? O fato é que um dia, tomando o chá na casa dele em La Planicie, rodeados de eucaliptos e loureiros, Manuel levou Lucrecia à sua alcova. O pretexto? Mostrar-lhe uma fotografia de uma partida de vôlei no Colégio San Antonio, muitos anos antes. Ali, ela tivera a grande surpresa. Uma estante inteira de livros dedicados ao arrepiante assunto da castração e dos eunucos! Uma biblioteca especializada! Em todas as línguas e, sobretudo, naquelas não compreendidas por Manuel, que dominava unicamente o espanhol em sua variante peruana ou, mais precisamente, miraflorino-sanisidrina. E uma coleção de discos e CDs com aproximações ou simulações da voz dos *castrati*!

— Virou um especialista no tema — contou ela a don Rigoberto, excitadíssima com a descoberta.

— Por razões óbvias — deduziu ele.

Teria sido parte da estratégia de Manuel? A cabeçorra de don Rigoberto assentiu, no pequeno círculo do quebra-luz. Naturalmente. Para criar uma intimidade escabrosa, uma cumplicidade no proibido que lhe permitisse, depois, implorar o temerário favor. Ele havia confessado — simulando acanhamento, com vacilações de tímido?, também — que, desde a brutal cirurgia, o tema fora ficando obsessivo, até se tornar a preocupação central de sua existência. Transformara-se em um grande conhecedor, capaz de discorrer horas sobre o assunto, abordando-o em seus aspectos históricos, religiosos, físicos, clínicos, psicanalíticos. (O ex-motociclista teria ouvido falar do vienense do divã? Antes, não; depois, sim, e até havia lido alguma coisa dele, embora sem entender uma palavra.) Em conversas nas quais os dois mergulhavam em um companheirismo cada vez mais íntimo, no curso dessas reuniões aparentemente inocentes na hora do chá, Manuel explicou a Lucrecia a diferença entre o eunuco, variante principalmente sarracena praticada desde a Idade Média nos guardiães dos haréns, os quais a ablação impiedosa de falo e testículos tornava castos, e o castrado, versão ocidental, católica, apostólica e romana, que consistia em despojar somente das bolas — deixando o resto em seu lugar — a vítima da operação, a quem não se queria privar da cópula mas, simplesmente, impedir a transformação da voz de menino, a qual, no início da adolescência, baixa uma oitava. Manuel contou a Lucrecia a historieta, que ambos haviam festejado, do *castrato* Cortona, que escreveu ao pontífice Inocêncio XI pedindo permissão para se casar. Sua santidade, que não tinha nada de inocente, escreveu de punho e letra, à margem da solicitação: "Pois que o castrem melhor." ("Esses é que eram papas", alegrou-se don Rigoberto.)

Ele, ele mesmo, Manuel, o ás das motos, em seus convites para tomar chá e posando de homem moderno que criticava a Igreja, havia explicado a Lucrecia que a castração sem ânimo belicoso, com objetivos artísticos, começou a ser praticada na Itália no século XVII, por causa da proibição eclesiástica de que houvesse vozes femininas nas cerimônias religiosas. Essa censura criou a necessidade do híbrido, o varão de voz efeminada ("voz caprina" ou "falsete", "entre vibrante e tremulante", explicava no caderno o *expert* Carlos Gómez Amat), algo possível de fabricar, mediante uma cirurgia que Manuel descreveu e documentou, entre xícaras de chá e alfajores. Havia a maneira primitiva, submergir os meninos de boa voz em água gelada, para controlar a hemorragia, e triturar-lhes os bagos com pedras de amassar ("Ui! ui!", gritou don Rigoberto, esquecido das ratazanas e divertindo-se à grande), e a sofisticada. A saber: o cirurgião-barbeiro anestesiava o garoto com láudano, abria-lhe a virilha com sua navalha recém-amolada e tirava dali as tenras alfaias. Que efeitos produzia a operação nos meninos cantores que sobreviviam? Obesidade, alargamento torácico e uma poderosa voz aguda, assim como um *sostenuto* inusual; alguns *castrati*, como Farinelli, emitiam árias por mais de um minuto sem respirar. Na sossegada escuridão do escritório, rumor marinho ao fundo, don Rigoberto chegou a ouvir, mais entretido e curioso do que satisfeito, a vibração daquelas cordas vocais que se prolongava indefi-

139

nidamente, em um agudo finíssimo, como uma longa ferida na noite barranquina. Agora, sim, sentiu o cheiro de Lucrecia. "Manuel das Próteses, envenenado pela morte", pensou pouco depois, contente com seu achado. Mas, imediatamente, recordou que estava citando. Envenenado pela morte? Enquanto suas mãos procuravam no caderno, sua memória reconstituía a fumacenta e apertada *peña criolla** para onde Lucrecia o arrastara naquela noite insólita. Havia sido uma de suas poucas e memoráveis imersões no mundo noturno da diversão, no estranho país ao qual ele vendia apólices de seguros, administrativamente o seu, contra o qual construíra este enclave e sobre o qual, à força de discretos mas monumentais esforços, conseguira saber muito pouco. Ali estavam os versos da valsa *Desdén*:

> *Desdeñoso, semejante a los dioses*
> *yo seguiré luchando por mi suerte*
> *sin escuchar las espantadas voces*
> *de los envenenados por la muerte.*

Sem o violão, o *cajón* e a sincopada voz do cantor, perdia-se algo da audácia lúgubre e narcisista do bardo compositor. Porém, mesmo sem a música, preservavam-se a genial vulgaridade e a misteriosa filosofia. Quem havia composto essa valsa crioula "clássica", como a qualificara Lucrecia quando procurou saber? E soube: o autor era chiclayano e se chamava Miguel Paz. Don Rigoberto imaginou um caboclinho arisco e notívago, de cachecol no pescoço e violão no ombro, que fazia serenatas e amanhecia nos antros do folclore entre cavacos e vômitos, a garganta rasgada de tanto cantar a noite inteira. Em todo caso, excelente. Nem Vallejo nem Neruda combinados haviam produzido nada comparável a esses versos, que, ademais, eram dançáveis.

---

* Literalmente, "roda crioula", "grupo crioulo", nome que se dá, no Peru, aos locais noturnos onde se fazem apresentações de música típica. Adiante: "Desdenhoso, semelhante aos deuses, / seguirei lutando por minha sorte, / sem escutar as assustadas vozes / dos envenenados pela morte." O *cajón*, mencionado a seguir, é um instrumento de percussão, hoje tipicamente peruano mas de origem africana, constituído de uma caixa de madeira. (N. da T.)

Sobreveio-lhe uma risadinha e ele voltou a capturar Manuel das Próteses, que estava lhe escapando.

Tinha sido depois de muitas conversas vespertinas regadas a chá, depois de entornar sobre dona Lucrecia sua enciclopédica informação sobre eunucos turcos e egípcios e *castrati* napolitanos e romanos, que o ex-motociclista ("Manuel das Próteses, Pipi Perpétuo, o Úmido, o Gotejante, o do Capuz, o Bolso Líquido", improvisou don Rigoberto, com um humor que melhorava a cada segundo) dera o grande passo.

— E qual foi sua reação, quando ele lhe contou isso?

Acabavam de ver, na televisão do quarto, *Sedução da carne*, um belo melodrama stendhaliano de Visconti, e don Rigoberto mantinha a esposa sobre seus joelhos, ela de camisola e ele de pijama.

— Fiquei embasbacada — respondeu dona Lucrecia.

— Você acha possível?

— Se ele lhe contou torcendo as mãos e chorando, deve ser. Por que mentiria?

— Claro, não havia nenhuma razão — ronronou ela, toda enrodilhada. — Se você continuar me beijando assim no pescoço, eu grito. O que não entendo é por que ele me contaria isso.

— Era o primeiro passo. — A boca de don Rigoberto foi escalando o morno pescoço até chegar à orelha, que também beijou. — O seguinte será pedir que você o deixe vê-la ou, pelo menos, ouvi-la.

— Contou porque lhe fez bem compartilhar seu segredo — tratou de afastá-lo dona Lucrecia, e o pulso de seu marido se destrambelhou. — Sabendo que eu sei, ele deve ter se sentido menos só.

— Quer apostar como, no próximo chá, ele vai lhe fazer essa proposta? — Don Rigoberto insistia em beijar devagarinho a orelha dela.

— Eu iria embora da casa dele batendo a porta — remexeu-se em seus braços dona Lucrecia, decidindo beijá-lo também. — E não voltaria mais.

Não fizera nenhuma dessas coisas. Manuel das Próteses tinha pedido com tanta humildade servil e pranto de vítima, com tantas desculpas e atenuantes, que ela não teve coragem

141

(nem vontade?) de se ofender. Por acaso havia respondido: "Não esqueça que eu sou uma senhora decente e casada"? Não. Ou: "Você está abusando da nossa amizade e destruindo o bom conceito em que eu o tinha"? Tampouco. Limitara-se a tranquilizar Manuel, que, pálido, envergonhado, implorava que ela não o interpretasse mal, não se aborrecesse, não o privasse de sua amizade tão querida. Uma operação de alta estratégia e bem-sucedida, pois, apiedada com tanto psicodrama, Lucrecia voltou a tomar chá com ele — don Rigoberto sentiu agulhas de acupunturista nas têmporas — e acabou por satisfazê-lo. O envenenado pela morte ouviu aquela música argêntea e foi embriagado pelo líquido arpejo. Só ouvindo? Não teria sido, também, vendo?

— Juro que não — protestou dona Lucrecia, abrigando-se contra o marido e falando com o peito dele. — No escuro mais absoluto. Foi minha condição. E ele a cumpriu. Não viu nada. Ouviu.

Na mesma posição, tinham assistido a um vídeo de *Carmina Burana* na Ópera de Berlim, dirigida por Seiki Ozawa, com os coros de Pequim.

— É possível — replicou don Rigoberto, a imaginação atiçada pelos vibrantes latins dos coros (haveria *castrati* entre aqueles coristas de olhos rasgados?). — Mas, também, pode ser que Manuel tenha desenvolvido sua visão de maneira extraordinária. E que, mesmo você não o vendo, ele, sim, tenha visto você.

— Se formos entrar em conjeturas, tudo é possível — discutiu ainda, embora sem muita convicção, dona Lucrecia. — Mas, se ele viu, foi muito pouco, nada.

O odor estava ali e não havia dúvida possível: corporal, íntimo, ligeiramente marinho e com reminiscências frutais. Fechando os olhos, don Rigoberto o aspirou com avidez, as narinas muito abertas. "Estou cheirando a alma de Lucrecia", pensou, enternecido. O alegre chape-chape do jorro no vaso não dominava aquele aroma, limitava-se a matizar com um toque fisiológico o que era uma exalação de recônditos humores glandulares, transpirações cartilaginosas, secreções de músculos, que se adensavam e se confundiam em um eflúvio espesso, valente, doméstico. Isso lembrou a don Rigoberto os momentos mais remotos de sua meninice — um mundo de fraldas e talcos, vômitos e

142

excrementos, colônias e esponjas embebidas em água morninha, uma teta pródiga — e as noites enlaçadas com Lucrecia. Ah, sim, compreendia muito bem o motociclista amputado. Mas não era indispensável ser rival de Farinelli nem ter passado pelo trâmite da prótese para assimilar essa cultura, converter-se a essa religião, e, como o envenenado Manuel, como o viúvo de Neruda, como tantos anônimos extraordinários do ouvido, do olfato, da fantasia (pensou no primeiro-ministro da Índia, o nonagenário Rarji Desai, que lia seus discursos com pausas para beber golinhos do seu próprio pipi: "ah, se tivesse sido o de sua esposa!"), sentir-se transportado ao céu, ao ver e ouvir o ente querido, agachado ou sentado, interpretando essa cerimônia, aparentemente anódina, funcional, de esvaziar uma bexiga, sublimada em espetáculo, em dança amorosa, em prolegômeno ou pós-escrito (para o decapitado Manuel, sucedâneo) do ato do amor. Don Rigoberto sentiu seus olhos se encherem de lágrimas. Redescobriu o terso silêncio da noite barranquina e a solidão em que se achava, entre gravuras e livros autistas.

— Lucrecia querida, pelo que você mais ama — rogou, implorou, beijando os cabelos soltos de sua amada. — Urine para mim também.

— Primeiro, preciso comprovar que, fechando portas e janelas, o banheiro fique totalmente às escuras — disse dona Lucrecia, com pragmatismo de executor testamentário. — Quando chegar o momento, eu o chamo. Você vai entrar sem ruído, para não me interromper. E se sentar no cantinho. Não se moverá nem dirá palavra. A essa altura, os quatro copos d'água começarão a fazer efeito. Nenhuma exclamação, nenhum suspiro, nem o mínimo movimento, Manuel. Do contrário, eu vou embora e não boto mais os pés nesta casa. Pode ficar no seu cantinho enquanto eu me enxugo e ajeito o vestido. Na hora de sair, aproxime-se, arrastando-se, e, em agradecimento, beije meus pés.

Ele tinha feito isso? Seguramente. Devia ter se arrastado até ela pelo piso ladrilhado e aproximado a boca dos seus sapatos com gratidão canina. Depois, devia ter lavado mãos e rosto e, com os olhos molhados, ido ao encontro de Lucrecia na sala, dizendo-lhe, untuoso, que lhe faltavam as palavras, o que ela havia feito por ele, a incomensurável felicidade. E, cobrindo-a de louvores, contado que, na realidade, era assim desde criança, e não só desde seu salto no precipício. O acidente lhe permitira assumir como sua única fonte de prazer aquilo que, antes, lhe produzia uma vergonha tão grande que ele o escondia dos outros e de si mesmo. Tudo havia começado em sua primeira infância, quando dormia no quarto da irmãzinha e a babá se levantava à meia-noite para verter os líquidos. Não se dava o trabalho de fechar a porta; ele ouvia claríssimo o jorrinho sussurrante, cristalino, saltitante, que o acalentava e o fazia sentir-se um anjinho no céu. Era a mais bela, mais musical, mais terna recordação de sua meninice. Ela o compreendia, não? A magnífica Lucrecia compreendia tudo. Nada a espantava na labiríntica meada dos caprichos humanos. Manuel o sabia; por isso a admirava, e por isso se atrevera a pedir. Sem a tragédia motociclista, nunca o teria feito. Porque, até o voo da moto em direção ao abismo rochoso, sua vida tinha sido, no que se refere ao amor e ao sexo, um pesadelo. O que deveras o acendia era algo que ele nunca ousara pedir às moças decentes; limitava-se a negociar com prostitutas. E, mesmo pagando, quantas humilhações tinha suportado, risadas, zombarias, olhadelas depreciativas ou irônicas que o coibiam e o faziam sentir-se um lixo.

Essa era a razão pela qual havia rompido com tantas namoradas. A todas faltou lhe dar esse prêmio extraordinário que dona Lucrecia acabava de lhe conceder: o jorrinho de xixi. Uma gargalhada comiserativa sacudiu don Rigoberto. Pobre infeliz! Quem teria imaginado, entre as esculturais belezas que saíam, riam e se envolviam com o astro esportivo, que o luminar do *motocross*, o ginete de aço, não queria acariciá-las, despi-las, beijá-las nem penetrá-las: apenas ouvi-las no mictório! E a nobre, a magnânima Lucrecia havia mijado para o danificado Manuel! Essa micção ficaria gravada em sua memória como as gestas heroicas nos livros de história, como os milagres nas biografias de santos. Lucrecia querida! Lucrecia condescendente com as debilidades humanas! Lucrecia, nome romano que significava afortunada! Lucrecia? As mãos de don Rigoberto passavam rapidamente as páginas do caderno, e a referência não demorou a aparecer:

"Lucrecia, dama romana, célebre por sua formosura e sua virtude. Foi violada por Sexto Tarquínio, filho do rei Tarquínio, o Soberbo. Depois de contar o ultraje ao pai e ao esposo e de incitá-los a vingá-la, matou-se na presença deles, cravando no peito um punhal. O suicídio de Lucrecia desencadeou a expulsão dos Reis de Roma e a instauração da República, no ano 509 antes de Cristo. A figura de Lucrecia se transformou em símbolo do pudor, da honestidade e, sobretudo, da esposa honesta."

"É ela, é ela", pensou don Rigoberto. Sua mulher podia provocar cataclismos históricos e perenizar-se como símbolo. Da esposa honesta? Entendendo-se a honestidade em um sentido não cristão, claro. Que esposa compartilharia com tanta devoção as fabulações do marido, como havia feito ela? Nenhuma. E a história com Fonchito? Bom, melhor contornar essas areias movediças. Afinal, tudo não havia permanecido em família? Ela faria o mesmo que a matrona romana, ao ser violada por Sexto Tarquínio? Um gelo atravessou o coração de don Rigoberto. Com uma careta de susto, ele se esforçou por afastar a imagem de Lucrecia estendida no solo com o coração atravessado por um punhal. Para conjurá-la, retrocedeu ao motociclista deslumbrado pela destilação das bexigas fêmeas. Só fêmeas? Ou também machos? O espetáculo de um cavalheiro esguichante o soerguia por igual?

— Nunca — revelou Manuel de imediato, em tom tão sincero que dona Lucrecia acreditou.

Bom, tampouco era certo que sua vida tivesse sido só um pesadelo por culpa dessa necessidade (como chamá-la, para não dizer vício?). Colorindo o desértico panorama de insatisfações e frustrações, tinha havido momentos balsâmicos, efervescentes, surgidos quase sempre por acaso, modestas compensações à sua angústia. Por exemplo, aquela lavadeira cujo rosto Manuel recordava com o mesmo afeto com que a gente recorda aquelas tias, avós ou madrinhas mais ligadas à calidez da infância. Vinha lavar a roupa, duas vezes por semana. Devia sofrer de cistite porque, a cada momento, corria do tanque ou da tábua de engomar ao banheiro de serviço, junto à copa. E ali estava o menino Manuel, sempre alerta, encarapitado no desvão, a cara amassada contra o solo, aguçando o ouvido. Vinha o concerto, a cascata rumorosa e farta, uma verdadeira inundação. Essa mulher era uma bexiga futebolística, uma represa viva, dados o ímpeto, a abundância, a frequência e a sonoridade de suas micções. Uma vez — dona Lucrecia viu dilatarem-se gulosamente as pupilas do motociclista da prótese —, Manuel a tinha visto. Sim, visto. Bom, não inteira. Em um ato de audácia, içou-se pela treliça do jardim até a claraboia do banheirinho de serviço e, por uns gloriosos segundos, sustentando-se no ar, divisou a mata de cabelos, os ombros, as pernas com meias de lã e os sapatos sem salto, da mulher sentada no vaso, desaguando-se com buliçosa indiferença. Ai, que alegria!

Tinha havido, também, aquela americana, loura, bronzeada, ligeiramente varonil, sempre de botas e chapéu de caubói, que veio participar de La Vuelta de los Andes. Era uma motociclista tão ousada que quase venceu a competição. Manuel, porém, não recordava tanto sua destreza com a máquina (Harley-Davidson, claro) quanto suas maneiras desenvoltas, sua ausência de melindres, que lhe permitia, nas etapas, compartilhar os quartos de dormir com os pilotos e tomar banho diante deles se não houvesse mais de um banheiro, e até entrar no toalete e fazer suas necessidades sem se incomodar quando, no mesmo cubículo, separados por um tabique, havia vários motociclistas. Que tempos! Manuel vivera uma crepitação crônica, uma prolongada ereção do órgão desaparecido, escutando os desafogos líquidos da emancipada Sandy Canal, que transformaram aquela competição, para ele, em festa interminável. Mas nem a lavadeira nem Sandy nem nenhuma das experiências casuais ou mercenárias de sua mitologia podiam ser comparadas com essa de agora, superlativa graça, maná liquefeito, com que dona Lucrecia o fizera sentir-se um deus.

Don Rigoberto sorriu, satisfeito. Não havia nenhuma ratazana pelas cercanias. O templo de Karniji, seus brâmanes, exércitos de roedores e tachos de calda estavam além dos oceanos, continentes e selvas. Ele, aqui, sozinho, na noite que terminava, em seu refúgio de gravuras e cadernos. Havia indícios de amanhecer no horizonte. Hoje também estaria bocejando no trabalho. Cheirava a alguma coisa? O odor de viúva se havia dissipado. Ouvia alguma coisa? As ondas, e, perdido entre elas, o chapinhar de uma dama fazendo xixi.

"Eu" — pensou, sorridente — "sou um homem que lava as mãos não depois, mas antes de urinar."

MENU DIMINUTIVO

Sei que gostas de comida pouquinha e simplesinha, mas gostosinha, e estou preparadinha para te agradar *também* na mesinha.

De manhã cedinho irei ao mercado e comprarei o leitinho mais fresquinho, o pãozinho bem quentinho e a laranjinha mais coradinha. E te despertarei com a bandejinha do desjejum, uma florzinha cheirosa e uma beijoquinha. "Aqui estão teu suquinho sem carocinho, tua torradinha com geleia de moranguinho e teu café com leite sem açuquinha, patrãozinho."

Para teu almocinho, só uma saladinha e um iogurtinho, como gostas. Lavarei as alfacinhas até que brilhem e cortarei os tomatinhos com arte, me inspirando nos quadrinhos de tua biblioteca. O molhinho da salada será com azeitinho, vinagrinho, gotinhas da minha salivinha e, em vez de sal, minhas lagriminhas.

No jantarzinho, a cada dia uma de tuas preferências (tenho cardapinhos para um aninho, sem repetir nem uma vezinha). Batatinha com charquinho, papinha de feijão, guisadinho de peru, bolo de batatinha com franguinho, dobradinha, sequinho de lombinho ou carneirinho, bistequinha à chorrillana, cevichinho de corvina, camarãozinho ensopado ou à limenha, arrozinho com patinho, arrozinho recheado de forninho, filezinho com pirãozinho de arroz e feijãozinho, pimentãozinho recheado, galinhita desfiada com parmesãozinho. Tudo com alguma pimentinha e muitos outros temperinhos. E, claro, teu copinho de vinhinho tinto ou uma cervejinha bem geladinha, a escolher. Mas é melhor eu parar por aqui, para não te dar fominha.

Como sobremesa, gogó da vovozinha, suspirinho à limenha, panquequinha de mel, crepinho com chocolatinho, sonhinho recheado, barriguinha de freira, maçapãozinho, rosquinha, pudinzinho de queijo com canelinha, caramelinho de coco, torrãozinho de dona Pepa, creminho de milho roxo com frutinhas secas, pasteizinhos de figo com requeijãozinho.

Me aceitas como tua cozinheirinha? Sou limpinha, tomo um banhozinho ao menos duas vezes por dia. Não masco chicletinho, nem fumo cigarrinho, nem tenho pelinhos nas axilas, minhas mãozinhas e meus pezinhos são tão perfeitos como minhas tetinhas e meu bumbum. Trabalharei todas as horas que

for preciso para manter bem contentinhos teu paladar e tua barriguinha. Se preciso, também te vestirei, desvestirei, ensaboarei, barbearei, cortarei tuas unhinhas e te limparei quando fizeres o número dois. Na horinha de nanar, te envolverei com meu corpinho para que na caminha não sintas friozinho. Além de fazer tuas comidinhas, serei tua camareirinha, teu aquecedorzinho, teu aparelhinho de barba, tua tesourinha e teu papelzinho higiênico.
    Me aceitas, patrãozinho?

                        Tuinha, tuinha, tuinha,
                    A cozinheirinha sem joanetes

VI. A carta anônima

Em vez de aborrecida como na noite anterior, quando fora se deitar levando no punho o papel amassado, a senhora Lucrecia despertou de bom humor e satisfeita. Tinha uma sensação levemente voluptuosa. Estendeu a mão e pegou a carta rabiscada em letras de imprensa, em um papel granulado azul-pálido, agradável ao tato.

"Diante do espelho, sobre uma cama ou um sofá...". Dispunha de uma cama, mas não de sedas indianas nem de batique indonésio; portanto, não cumpriria essa exigência do amo sem rosto. O outro pedido, isto sim, podia satisfazê-lo: deitar-se de costas, nua, cabelos soltos, encolher a perna, alojar a cabeça no joelho, pensar que era a *Dânae* de Klimt (embora não acreditasse) e simular que dormia. E, claro, podia se ver no espelho dizendo-se: "Sou objeto de gozo e admiração, de sonho e de amor." Com um sorrisinho divertido e olhos cujo brilho de vagalume se repetia no espelho do toucador, afastou os lençóis e brincou de seguir as instruções. Mas, como só via a metade de seu corpo, não soube se conseguira imitar com alguma verossimilhança a postura do quadro de Klimt que o correspondente-fantasma lhe enviara, numa tosca reprodução de cartão-postal.

Quando fazia o desjejum, conversando distraidamente com Justiniana, e depois, embaixo do chuveiro e enquanto se vestia, sopesou mais uma vez as razões para dar um nome e um rosto ao autor da carta. Don Rigoberto? Fonchito? E se fosse algo tramado por ambos? Que absurdo! Não, não tinha pé nem cabeça. A lógica a inclinava a pensar em Rigoberto. Um modo de fazê-la saber que, apesar do ocorrido e da separação, ele a mantinha sempre presente em seus delírios. Um modo de sondar a possibilidade de reconciliação. Não. Aquilo tinha sido duro demais para ele. Rigoberto nunca seria capaz de fazer as pazes com a mulher que o enganara com o filho dele, e em sua casa.

Aquele vermezinho rançoso, o amor-próprio, o impedia. Então, se a carta anônima não tinha sido enviada pelo ex-marido, o autor era Fonchito. O menino não tinha a mesma fascinação do pai pela pintura? O mesmo bom ou mau costume de entremear a vida dos quadros com a verdadeira? Sim, tinha sido ele. Além do mais, o próprio Fonchito se delatara, aludindo a Klimt. Ela o faria saber que sabia disso e o deixaria envergonhado. Nessa mesma tarde.

As horas de espera foram longuíssimas para dona Lucrecia. Sentada na sala de jantar, ela olhava o relógio, temerosa de que, precisamente hoje, Fonchito não aparecesse. "Meu Deus, patroa, até parece que a senhora está esperando a primeira visita de um namorado", brincou Justiniana. Ela corou, em vez de rir. Assim que ele apareceu, com sua bela carinha e o delicado corpinho metido nas bagunçadas peças do uniforme de colégio, jogou a mochila sobre o tapete e a cumprimentou beijando-a na face, dona Lucrecia fez esta advertência:

— Você e eu precisamos conversar sobre uma coisa muito feia, mocinho.

Viu a expressão intrigada e os olhos azuis que se arregalavam, inquietos. Ele tinha se sentado diante dela, com as pernas cruzadas. Dona Lucrecia notou que um dos cadarços dos seus sapatos estava desatado.

— Sobre o quê, madrasta?

— Uma coisa muito feia — repetiu, mostrando-lhe a carta e o postal. — A mais covarde e suja que existe: mandar cartas anônimas.

O menino não empalideceu, nem enrubesceu, nem piscou. Continuou olhando-a, curioso, sem o menor desconcerto. Ela lhe estendeu a carta e o postal e não lhe tirou os olhos de cima, enquanto Fonchito, muito sério, uma pontinha da língua aparecendo entre os dentes, lia a correspondência anônima, como que soletrando. Seus olhinhos espertos voltavam sobre as linhas, várias vezes.

— Tem duas palavras que não entendo — disse por fim, banhando-a com sua mirada transparente. — Helena e batique. Uma moça na academia se chama Helena. Mas, aqui, o nome aparece em outro sentido, não? E nunca ouvi falar de batique. O que significam, madrasta?

151

— Não se faça de idiota — irritou-se dona Lucrecia.

— Por que me escreveu isto? Achou que eu não ia perceber que era você?

Sentiu-se meio incomodada pelo desconcerto, agora sim muito explícito, de Fonchito, que, depois de balançar a cabeça duas vezes, perplexo, voltou a examinar a carta anônima e a lê-la, movendo os lábios em silêncio. E ficou totalmente surpresa quando viu que o menino, ao levantar a cabeça, sorria de orelha a orelha. Com alegria transbordante, ele ergueu os braços, saltou sobre ela e abraçou-a, soltando um gritinho de triunfo:

— Ganhamos, madrasta! Não percebeu?

— O que eu devia perceber, seu geniozinho? — perguntou ela, afastando-o.

— Mas, madrasta — Fonchito a encarava com ternura, compadecido —, nosso plano, pois então. Está dando certo. Eu não disse que devíamos deixá-lo enciumado? Alegre-se, estamos indo muito bem. Você não quer fazer as pazes com o papai?

— Não tenho nenhuma certeza de que esta carta seja de Rigoberto — hesitou dona Lucrecia. — Desconfio mais é de você, sua mosca-morta.

Calou-se, porque o menino ria, olhando-a com a benevolência carinhosa que um pobre de espírito merece.

— Sabia que Klimt foi o mestre de Egon Schiele? — exclamou ele de repente, antecipando uma pergunta que ela trazia nos lábios. — Schiele o admirava e o pintou no leito de morte. Um carvão muito bonito, *Agonia*, de 1912. Nesse mesmo ano, pintou também *Os eremitas*, em que ele e Klimt aparecem com hábitos de monges.

— Tenho certeza de que foi você quem escreveu isto, seu velhote sabe-tudo — aborreceu-se de novo dona Lucrecia. Sentia-se dividida por conjecturas contraditórias e irritada pela cara despreocupada de Fonchito, que falava com tanta segurança.

— Mas, madrasta, em vez de fazer mau juízo, você devia se alegrar. Esta cartinha quem lhe mandou foi o papai, para lhe mostrar que já a perdoou e quer fazer as pazes. Como é que você não percebe?

— Bobagem. É uma carta anônima insolente e meio calhorda, só isso.

— Não seja tão injusta! — protestou o menino, vee-mente. — Ele a compara com um quadro de Klimt, diz que, quando o artista pintou essa moça, estava adivinhando como você seria. Onde está a calhordice? É um elogio muito bonito. Uma maneira que o papai procurou para restabelecer o contato. Você vai responder?

— Não posso responder, não me consta que tenha sido ele. — Agora, dona Lucrecia duvidava menos. Queria realmente se reconciliar?

— Viu? Deixá-lo enciumado funcionou às mil mara-vilhas — repetiu o menino, feliz. — Desde que eu disse que vi você de braço dado com um senhor, ele está imaginando coisas. Ficou tão assustado que lhe escreveu esta carta. Não sou bom detetive, madrasta?

Dona Lucrecia cruzou os braços, pensativa. Nunca le-vara a sério a ideia de fazer as pazes com Rigoberto. Tinha dado corda em Fonchito só para passar o tempo. De repente, pela pri-meira vez, a reconciliação não lhe parecia uma remota quimera, mas algo que podia acontecer. Era o que desejava? Voltar para a casa de Barranco, recomeçar a vida de antes?

— Quem mais, além do papai, podia compará-la com uma pintura de Klimt? — insistiu o menino. — Não vê? Ele está lhe recordando os joguinhos com quadros que vocês dois faziam à noite.

A senhora Lucrecia sentiu que o ar lhe faltava.

— Do que você está falando? — balbuciou, sem forças para desmenti-lo.

— Mas, madrasta — respondeu o menino, gesticulan-do. — Daqueles jogos, ora. Quando ele dizia: hoje você é Cleó-patra, hoje Vênus, hoje Afrodite. E você imitava as pinturas para agradá-lo.

— Mas, mas... — No auge do vexame, dona Lucrecia não conseguia se encolerizar e sentia que tudo o que dizia acaba-va por delatá-la ainda mais. — De onde saiu isso? Você tem uma imaginação muito retorcida e muito, muito...

— Você mesma me contou — liquidou-a o menino. — Que cabeça a sua, madrasta. Já esqueceu?

Dona Lucrecia ficou muda. Ela mesma havia contado? Investigou sua memória, em vão. Não se lembrava de haver tocado nesse assunto com Fonchito, nem sequer da maneira mais indireta. Nunca, jamais, claro que não. Mas e então? Rigoberto teria feito confidências ao filho? Impossível. Rigoberto não falava com ninguém de suas fantasias e desejos. Nem com ela, durante o dia. Essa havia sido uma regra respeitada ao longo dos dez anos de casamento: nunca aludir durante o dia, nem de brincadeira nem a sério, ao que eles diziam e faziam à noite, no segredo da alcova. Para não trivializar o amor e conservar-lhe a aura mágica, sagrada, dizia Rigoberto. Dona Lucrecia recordou os primeiros tempos de casada, quando começava a descobrir o outro lado da vida do seu marido, aquela conversa sobre o livro de Johan Huizinga, *Homo ludens*, um dos primeiros que ele lhe havia implorado que lesse, assegurando que na ideia da vida como jogo e do espaço sagrado estava a chave da felicidade futura dos dois. "O espaço sagrado acabou sendo a cama", pensou. Tinham sido felizes com aquelas brincadeiras noturnas, que, no princípio, apenas a intrigavam mas que aos poucos a tinham conquistado, apimentando sua vida — suas noites — com ficções sempre renovadas. Até a loucura com aquele pirralho.

— Quem ri sozinho de suas maldades se lembra. — A voz jovial de Justiniana, que trazia a bandeja do chá, tirou-a de suas divagações. — Oi, Fonchito.

— O papai escreveu uma carta à madrasta e logo, logo, eles vão se reconciliar. Tal como eu lhe disse, Justita. Fez meus *chancays*?

— Bem tostadinhos, com manteiga e geleia de morango. — Justiniana se voltou para dona Lucrecia, arregalando os olhos. — Vai fazer as pazes com o patrão? Quer dizer que vamos nos mudar de volta para Barranco?

— Bobagem — disse a senhora Lucrecia. — Não conhece este moleque?

— Veremos se é bobagem — protestou Fonchito, atacando os pãezinhos enquanto dona Lucrecia lhe servia o chá. — Quer apostar? O que você me dá, se fizer as pazes com o papai?

— Um beliscão — disse a senhora Lucrecia, abrandada. — E você, o que me dá se perder?

— Um beijo — riu o menino, piscando-lhe o olho.

Justiniana soltou uma gargalhada.

— É melhor eu ir saindo, para deixar sozinhos os dois pombinhos.

— Cale a boca, sua maluca — repreendeu-a dona Lucrecia, quando a moça já não podia ouvi-la.

Tomaram o chá em silêncio. Dona Lucrecia continuava impregnada de reminiscências de sua vida com Rigoberto, pesarosa pelo que acontecera. Aquela ruptura não tinha remédio. Havia sido muito séria, não permitia retorno. Seria possível retomar a vida a três, juntos de novo na mesma casa? Nesse momento, ocorreu-lhe que Jesus Cristo, aos doze anos, havia assombrado os doutores do templo discutindo com eles, de igual para igual, sobre matérias teológicas. Sim, mas Fonchito não era um menino-prodígio como Jesus Cristo. Era-o como Lúcifer, o Príncipe das Trevas. Não fora ela, mas ele, ele, o suposto menino, quem tivera a culpa de toda aquela história.

— Sabe em que outra coisa eu me pareço com Egon Schiele, madrasta? — perguntou Fonchito, arrancando-a de seu devaneio. — É que eu e ele somos esquizofrênicos.

Ela não pôde conter uma gargalhada. Mas interrompeu o riso de repente, porque, como em outras vezes, intuiu que por baixo do que parecia uma criancice podia se esconder algo tenebroso.

— E por acaso você sabe o que é um esquizofrênico?

— É quando, sendo só uma pessoa, você se acha duas ou mais, e diferentes. — Fonchito recitava uma lição, exagerando. — O papai me explicou ontem à noite.

— Bom, então você poderia ser — murmurou dona Lucrecia. — Porque, em você, há um velho e um menino. Um anjinho e um demônio. O que isso tem a ver com Egon Schiele?

De novo, Fonchito distendeu a cara em um sorriso satisfeito. E, depois de murmurar um rápido "Espere aí, madrasta", remexeu a mochila em busca do indefectível livro de reproduções. Ou melhor, os livros, pois a senhora Lucrecia se lembrava de ter visto pelo menos três. Ele andava sempre com um na mochila? Estava passando do limite, com sua mania de se identificar em tudo e a toda hora com esse pintor. Se ela tivesse comunicação com Rigoberto, sugeriria que ele o levasse a um psicólogo. Mas, no ato, riu de si mesma. Que ideia descabida, dar conselhos ao ex-marido sobre a educação do pirralho que causara a ruptura do casamento. Estava virando uma idiota, ultimamente.

— Veja, madrasta. O que acha?

Dona Lucrecia pegou o livro na página que Fonchito lhe apontava e o folheou por um bom tempo, tentando concentrar-se naquelas imagens quentes, contrastadas, naquelas figuras masculinas que se exibiam diante dela, em duplas ou em trios, olhando-a com impavidez, vestidas, metidas em túnicas, nuas, seminuas e, vez por outra, tapando o sexo ou mostrando-o, ereto e enorme, com total impudor.

— Bem, são autorretratos — disse por fim, só para dizer alguma coisa. — Uns bons, outros nem tanto.

— Ele pintou mais de cem — ilustrou-a o menino. — Depois de Rembrandt, Schiele foi o pintor que mais retratou a si mesmo.

— Isso não quer dizer que fosse esquizofrênico. No máximo, um Narciso. Você também é isso, Fonchito?

— Você não prestou atenção direito. — O menino abriu outra página, e mais outra, instruindo-a, enquanto apontava: — Não percebeu? Ele se duplica e até se triplica. Este, por exemplo. *Os videntes de si mesmos*, de 1911. Quem são essas figuras? Ele mesmo, repetido. E *Profetas* (Autorretrato duplo), de 1911. Olhe bem. É ele mesmo, nu e vestido. *Autorretrato triplo*, de 1913. Ele, três vezes. E mais três aí, à direita, em tamanho pequeno. Via-se assim, como se existissem vários Egon Schiele dentro dele. Isso não é ser esquizofrênico?

Como Fonchito se atropelava ao falar e seus olhos relampeavam, dona Lucrecia tentou acalmá-lo.

— Bom, talvez tivesse tendência à esquizofrenia, como muitos artistas — admitiu. — Os pintores, os poetas, os músicos. Eles têm muitas coisas dentro, tantas que, às vezes, não cabem numa pessoa só. Mas você é o menino mais normal do mundo.

— Não me fale como se eu fosse um tarado, madrasta — aborreceu-se Alfonso. — Eu sou como ele era e você sabe muito bem, porque acaba de me dizer. Um velho e um menino. Um anjinho e um demônio. Ou seja, esquizofrênico.

Ela lhe acariciou os cabelos. As alvoroçadas e suaves mechas louras deslizaram entre seus dedos e dona Lucrecia resistiu à tentação de tomá-lo nos braços, sentá-lo no colo e acalentá-lo.

— Você tem saudade de sua mãe? — deixou escapar. Mas logo tentou se recompor: — Quero dizer, pensa muito nela?

— Quase nunca — disse Fonchito, muito tranquilo. — Mal me lembro do rosto dela, só mesmo pelas fotos. Eu tenho saudade é de você, madrasta. Por isso, quero que faça as pazes com o papai de uma vez por todas.

— Não vai ser tão fácil. Não percebe? Existem feridas difíceis de cicatrizar. O que aconteceu com Rigoberto é uma delas. Ele se sentiu muito ofendido, e com toda a razão. Eu cometi uma loucura que não tem desculpa. Não sei, nunca saberei o que me aconteceu. Quanto mais penso, mais inacreditável me parece. Como se não tivesse sido eu, como se outra tivesse agido dentro de mim, me suplantando.

— Então, você também é um pouco esquizofrênica, madrasta — riu o menino, fazendo outra vez a expressão de tê-la apanhado em falta.

— Um pouco, não. Bastante — assentiu ela. — Mas vamos parar de falar de coisas tristes. Me conte algo a seu respeito. Ou do seu pai.

— Ele também sente saudade de você. — Fonchito fez uma expressão séria, quase solene. — Por isso lhe escreveu esta carta. A ferida já fechou e ele quer fazer as pazes.

Dona Lucrecia não teve disposição para discutir. Agora, sentia-se vencida pela melancolia e um pouco triste.

— Como está Rigoberto? Levando sua vida de sempre?

— Do trabalho para casa e de casa para o trabalho, todo santo dia — assentiu Fonchito. — Metido no escritório, ouvindo música, contemplando suas gravuras. Mas isso é um pretexto. Ele não se tranca ali para ler, ver pinturas ou escutar discos. É para pensar em você.

— Como é que você sabe?

— Porque ele lhe fala — afirmou o menino, baixando a voz e dando uma olhada para o interior da casa, a fim de verificar se Justiniana não estava por perto. — Eu ouvi. Me aproximo devagarinho e grudo a orelha na porta. Nunca falha. Ele está falando sozinho. E diz seu nome a toda hora. Juro.

— Não acredito, seu mentiroso.

— Você sabe que eu não inventaria uma coisa dessas, madrasta. Está vendo o que lhe digo? Ele quer que você volte.

157

Falava com tanta segurança que era difícil não se sentir arrastada para o mundo dele, tão sedutor e tão falso, de inocência, bondade e maldade, pureza e sujeira, espontaneidade e cálculo. "Desde que essa história aconteceu, nunca mais me senti angustiada por não ter tido um filho", pensou dona Lucrecia. Teve a impressão de entender por quê. Agachado, com o livro de reproduções aberto aos seus pés, o menino a esquadrinhava.

— Sabe de uma coisa, Fonchito? — disse ela, quase sem refletir. — Gosto muito de você.

— Eu também, de você, madrasta.

— Não me interrompa. E, como lhe tenho afeto, sinto pena por você não ser como os outros meninos. Sendo tão precoce, perde algo que só se vive nessa sua fase. A coisa mais maravilhosa que pode acontecer a uma pessoa é ter a sua idade. E você está desperdiçando isso.

— Não entendo, madrasta — disse Fonchito, impaciente. — Como assim, se agora mesmo você disse que eu sou o menino mais normal do mundo? Fiz algo errado?

— Não, não — respondeu ela, tranquilizando-o. — Quero dizer: eu gostaria de vê-lo jogar futebol, ir ao estádio, sair com os companheiros de bairro e de colégio. Ter amigos de sua idade. Organizar festas, dançar, namorar as coleguinhas. Não tem vontade de fazer nada disso?

Fonchito deu de ombros, desdenhoso.

— Que coisas mais sem graça... — murmurou, sem dar importância ao que ouvia. — Eu jogo futebol no recreio, e pronto. Às vezes saio com os vizinhos de bairro. Mas me chateio com as besteiras de que eles gostam. E as meninas são mais tolas ainda. Acha que eu poderia lhes falar de Egon Schiele? Quando estou com meus amigos, parece que perco meu tempo. Com você, não, eu ganho. Prefiro mil vezes ficar conversando aqui do que fumando com os garotos no calçadão de Barranco. E para quê preciso das meninas, se tenho você, madrasta?

Dona Lucrecia não soube o que dizer. O sorriso que esboçou não podia ser mais falso. Tinha certeza de que Fonchito estava consciente do embaraço que ela sentia. Com sua carinha estendida para diante, os traços alterados pela euforia, os olhos devorando-a com uma luz varonil, ele parecia querer se lançar para beijá-la na boca. E, nesse momento, notou, aliviada, a silhueta de Justiniana. Mas logo percebeu que seu alívio não duraria muito: ao ver o pequeno envelope branco nas mãos da empregada, adivinhou.

— Meteram isto aqui por baixo da porta, patroa.

— Aposto que é outra carta anônima do papai — aplaudiu Fonchito.

EXALTAÇÃO E DEFESA DAS FOBIAS

Deste afastado cantinho do planeta, amigo Peter Simplon — se é que esse é seu sobrenome e não foi maldosamente alterado por algum ofídio do serpentário jornalístico, para evocar "simplório" e caricaturá-lo ainda mais —, faço-lhe chegar minha solidariedade, acompanhada de admiração. Desde esta manhã, quando, rumo ao trabalho, ouvi no noticiário da Rádio América que um tribunal de Syracusa, estado de Nova York, condenou o senhor a três meses de prisão por ter-se encarapitado várias vezes no telhado de sua vizinha, a fim de espiá-la quando ela tomava banho, contei os minutos para, terminada a jornada, voltar à minha casa e rabiscar-lhe estas linhas. Apresso-me a lhe dizer que estes efusivos sentimentos para com sua pessoa explodiram em meu peito (não é metáfora, tive a sensação de que uma granada de amizade estourava entre minhas costelas), não quando conheci a sentença, mas ao inteirar-me de sua resposta ao juiz (resposta que o desgraçado considerou um agravante): "Fiz isso porque a atração daquelas matas aveludadas nas axilas da minha vizinha me era irresistível." (Ao ler esta parte da notícia, o locutor, uma cascavel, fez uma melíflua voz de troça, para deixar claro aos seus ouvintes que era ainda mais imbecil do que sua profissão nos obriga a supor.)

Amigo fetichista: eu nunca estive em Syracusa, cidade da qual nada sei, exceto que no inverno é assolada por tempestades de neve e por um frio polar, mas algo especial essa terra deve ter em suas entranhas para procriar alguém de sua sensibilidade e sua fantasia, sem falar da coragem que o senhor demonstrou, afrontando o descrédito e, imagino, seu ganha-pão e a zombaria de amigos e conhecidos, em defesa de sua pequena excentricidade (digo pequena para significar inofensiva, benigna, muito salutar e benéfica, claro está, pois o senhor e eu sabemos que não há mania ou fobia que careça de grandeza, já que elas constituem a originalidade de um ser humano, a melhor expressão de sua soberania).

Dito isso, sinto-me obrigado, para evitar mal-entendidos, a fazê-lo saber que aquilo que, para o senhor, é manjar, para mim é xepa, e que, no riquíssimo universo dos desejos e dos sonhos, essas florações de velos nas axilas femininas, cuja visão (e, suponho, cujos sabor, toque e odor) o enche de felicidade, a mim me desmoralizam, me enojam e me reduzem à inapetência sexual. (A contemplação de *A mulher barbuda* de Ribera me produziu uma impotência de três semanas.) Por isso, minha amada Lucrecia sempre se arranjou para que em suas tépidas axilas nunca assomasse sequer a premonição de um velo e sua pele parecesse sempre, aos meus olhos, à minha língua e aos meus lábios, a lisa bundinha de um querubim. Em matéria de velo feminino, somente o púbico me é deleitoso, desde que esteja bem tosquiado e não se exceda em densos tufos, maranhas ou mechas laníferas que dificultem o ato do amor e tornem o *cunnilingus* um empreendimento com risco de asfixia e engasgo.

Com o fito de emulá-lo em matéria de confissão da intimidade, acrescento que não só as axilas enegrecidas de velo (pelo é uma palavra que envilece a realidade, adicionando-lhe uma matéria seborreica e casposa) me provocam esse terror antissexual, só comparável ao produzido em mim pelo repulsivo espetáculo de uma mulher que masca chicletes ou exibe buço, ou pelo de um bípede de qualquer sexo que futuca a dentadura em busca de excrescências com esse ignóbil objeto denominado palito, ou rói as unhas, ou chupa, aos olhos e à vista do mundo, sem escrúpulos nem vergonha, uma manga, uma laranja, um maracujá, um pêssego, uvas, mandarinas, ou qualquer fruta dotada dessas durezas horríveis cuja simples menção (não digo visão) me deixa arrepiado e infecta minha alma de furores e urgências homicidas: gomos, fibras, caroços, cascas, folhelos ou películas. Em nada exagero, companheiro no orgulho de nossos fantasmas, se lhe digo que jamais consigo observar alguém comendo uma fruta e tirando da boca ou cuspindo excrescências incomestíveis sem me sentir invadido por náuseas e até desejos de que o culpado morra. Por outro lado, sempre considerei qualquer comensal que levanta o cotovelo simultaneamente à mão, na hora de levar o garfo à boca, um canibal.

Assim somos, não nos envergonhamos, e nada admiro tanto quanto que alguém seja capaz de ir para a prisão e de expor-se à infâmia em razão de suas manias. Eu não sou desses. Organizei minha vida secretamente e em família, pelo que não chego à estatura moral que o senhor alcançou em público. Em meu caso, tudo é levado a cabo na discrição e no recato, sem ânimo missionário nem exibicionista, de maneira sinuosa, para não provocar ao meu redor, entre as pessoas com quem sou obrigado a conviver por motivos de trabalho, de parentesco ou de servidão social, as ironias e a hostilidade. Se o senhor está pensando que há em mim muita covardia — sobretudo, em comparação com sua desenvoltura para apresentar-se ao mundo tal como é —, acertou em cheio. Agora, sou menos covarde do que quando jovem em relação às minhas fobias e manias — não me agrada nenhum desses termos, consideradas sua carga pejorativa e suas associações a psicólogos ou divãs psicanalíticos, mas como chamá-las sem apequená-las: excentricidades?, desejos privados? Por enquanto, digamos que a última expressão é a menos ruim. Naquele tempo, eu era muito católico, militante e depois dirigente da Ação Católica, influenciado por pensadores como Jacques Maritain; isto é, um cultor de utopias sociais, convencido de que, mediante um enérgico apostolado inspirado na palavra evangélica, era possível arrebatar ao espírito do mal — nós o chamávamos pecado — o domínio da história humana, e construir uma sociedade homogênea, alicerçada nos valores do espírito. Para tornar realidade a República Cristã, essa utopia espiritual coletivista, trabalhei nos melhores anos de minha juventude, resistindo, com zelo de convertido, aos brutais desmentidos que nos eram infligidos, a mim e aos meus companheiros, por uma realidade humana avessa aos desvarios que são todos os empenhos orientados para arquitetar, de maneira coerente e igualitária, esse vórtice de especificidades incompatíveis que é o conglomerado humano. Foi durante aqueles anos, amigo Peter Simplon, de Syracusa, que descobri, de início com certa simpatia, depois com rubor e vergonha, as manias que me diferenciavam dos demais e faziam de mim um espécime. (Foi necessário sucederem-se vários anos e incontáveis experiências para que eu chegasse a compreender que todos os seres humanos somos casos à parte e que isso nos torna criativos e dá sentido à nossa liberdade.) Quanta estranheza eu sentia ao notar que me bastava ver alguém, conquanto até então me fosse um bom amigo, descascando uma laranja com as mãos e metendo na boca os pedaços de polpa, sem importar-se com que os repelentes fiapos dos gomos lhe pendessem dos lábios, e cuspindo à direita e à esquerda os esbranquiçados caroços incomestíveis, para que a simpatia se tornasse invencível desagrado e que pouco depois, a qualquer pretexto, eu rompesse aquela amizade.

Meu confessor, o padre Dorante, um bonachão inaciano da velha escola, encarava sem inquietude meus alarmes e escrúpulos, considerando que essas "pequenas manias" eram pecadilhos veniais, caprichos inevitáveis em todo filho de família abastada, excessivamente mimado pelos pais. "Por que você seria um fenômeno, Rigoberto?", ria ele. "Exceto por suas orelhas monumentais e seu nariz de tamanduá, nunca se viu ninguém mais normal do que você. Portanto, quando vir alguém comer fruta com bagos ou caroços, olhe para o outro lado e durma em paz." Eu, porém, não dormia em paz, mas sobressaltado e inquieto. Sobretudo depois de haver rompido, mediante um pretexto fútil, com Otília, a Otília das tranças, dos patins e do narizinho arrebitado, por quem estava muito apaixonado e a quem tanto assediei para que me desse bola. Por que briguei com ela? Que crime cometeu a linda Otília, em seu uniforme branco do Colégio Villa María? Comer uvas diante de mim. Metia na boca uma por uma, com manifestações de deleite, virando os olhos e suspirando para zombar mais ao seu gosto de minhas caretas de horror — pois eu a fizera partícipe de minha fobia. Abria a boca e completava a asquerosidade tirando com as mãos os repulsivos caroços e os imundos folhelos, que lançava no jardim de sua casa — ali estávamos, sentados na grade — com expressão de desafio. Eu a detestei! Eu a odiei! Meu longo amor se derreteu como bola de sorvete exposta ao sol, e, durante muitos dias, desejei-lhe atropelamentos de carro, trancos de ondas revoltas e escarlatina. "Isso não é pecado, rapaz", acreditava tranquilizar-me o padre Dorante. "Isso é loucura furiosa. Você não precisa de um confessor, mas de um médico de doidos."

Mas, amigo e rival de Syracusa, tudo isso me levava a sentir-me um anormal. Essa ideia me angustiava então, pois, como tantos hominídeos ainda — a maioria, temo —, eu não associava a ideia de ser diferente a uma reivindicação de minha independência, mas só à sanção social que sempre recai sobre a ovelha negra do rebanho. Ser um empestado, a exceção à norma, parecia-me a pior das calamidades. Até descobrir que, nisso das manias, nem todas eram fobias; algumas eram, também, misteriosas fontes de gozo. Os joelhos e os cotovelos das moças, por exemplo. Meus companheiros gostavam de olhos bonitos, de corpo espigado ou cheinho, de cintura fina, e os mais audazes, de bundinha empinada ou de pernas curvilíneas. Só a mim ocorria privilegiar essas junturas ósseas, que, agora confesso sem rubor na intimidade tumular de meus cadernos, valiam mais do que todo o resto dos atributos físicos de uma moça. Isso eu lhe digo e afirmo. Uns joelhos bem alcochoados, sem protuberâncias, curvos, acetinados, e uns cotovelos polidos, não sulcados, não amotinados, lisos, suaves ao toque, dotados da qualidade esponjosa do bolinho, deixam-me desassossegado e encabritado. Sou feliz vendo-os e tocando-os; beijando-os, ascendo ao sétimo céu. O senhor não terá oportunidade de fazê-lo, mas, se solicitasse o testemunho de Lucrecia, minha amada lhe diria as muitas horas que passei — tantas quantas, em criança, ao pé do crucifixo — contemplando, em extasiada prece, a perfeição de seus geométricos joelhos e de seus gentis cotovelos de lisura sem par, beijando-os, mordiscando-os como um cachorrinho brincalhão faz com seu osso, mergulhado na embriaguez, até que se me adormecia a língua ou que uma cãibra labial me devolvia à pedestre realidade. Querida Lucrecia! Entre todas as graças que a enfeitam, nenhuma eu agradeço tanto quanto sua compreensão de minhas debilidades, sua sabedoria em ajudar-me a aplacar minhas fantasias.

Foi em razão dessa mania que me vi obrigado a um exame de consciência. Ao perceber o que mais me atraía nas moças — joelhos e cotovelos —, um companheiro de Ação Católica, que me conhecia muito bem, preveniu-me de que algo ia mal dentro de mim. Era um adepto da psicologia, o que piorou as coisas, pois, ortodoxo, queria que as condutas e motivações humanas sintonizassem com a moral e os ensinamentos da Igreja. Falou de desvios e pronunciou as palavras fetichismo e fetichista. Agora, elas me parecem duas das mais aceitáveis do dicionário (isso é o que somos, o senhor, eu e todos os seres sensíveis), mas, naquela época, soaram-me como sinônimos de depravação, de vício nefando.

O senhor e eu sabemos, amigo siracuso, que o fetichismo não é o "culto dos fetiches" como diz mesquinhamente o dicionário da Academia, mas sim uma forma privilegiada de expressão da particularidade humana, uma via de que o homem e a mulher dispõem para traçar seu espaço, marcar sua diferença em relação aos outros, exercitar sua imaginação e seu espírito antirrebanho, ser livres. Eu gostaria de contar-lhe, sentados os dois em alguma casinha de campo nos arredores de sua cidade, que imagino cheia de lagos, pinheirais e colinas branqueadas pela neve, bebendo um copo de uísque e ouvindo a lenha crepitar na lareira, como a descoberta do papel central do fetichismo na vida do indivíduo foi decisiva em meu desencanto com as utopias sociais — a ideia de que era possível, coletivamente, construir a felicidade, o bem, ou encarnar qualquer valor ético ou estético —, em minha passagem da fé ao agnosticismo, e na convicção que agora me anima, segundo a qual, já que o homem e a mulher não podem viver sem utopias, a única maneira realista de materializá-las é transferi-las do social para o individual. Um coletivo não pode organizar-se para alcançar nenhuma forma de perfeição sem destruir a liberdade de muitos, sem levar de roldão as belas diferenças individuais em nome dos pavorosos denominadores comuns. Em contraposição, o indivíduo solitário pode — em função de seus apetites, manias, fetichismos, fobias ou gostos — erigir-se um mundo próprio que se aproxime (ou chegue a encarná-lo, como acontece aos santos e aos campeões olímpicos) desse ideal supremo no qual o vivido e o desejado coincidem. Naturalmente, em alguns casos privilegiados, uma coincidência feliz — aquela entre o espermatozoide e o óvulo, que produz a fecundação, por exemplo — permite que duas pessoas realizem complementarmente seu sonho. É o caso (acabo de lê-lo na biografia escrita pela compreensiva viúva) do jornalista, comediógrafo, crítico, animador e frívolo profissional Kenneth Tynan, masoquista encoberto a quem o acaso fez conhecer uma jovem que casualmente era sádica, também envergonhada, o que lhes permitiu ser felizes, duas ou três vezes por semana, em um porão de Kensington, ele recebendo chicotadas e ela ministrando-as, em um jogo equimosado que os transportava aos céus. Respeito, mas não pratico, esses jogos que têm como corolário o mercurocromo e a arnica.

Já que enveredei pelas historietas — neste domínio, elas existem em proporções oceânicas —, não resisto a relatar-lhe a fantasia que incita até à dança-de-são-guido a libido de Cachito Arnilla, um ás na verbosa profissão de vender seguros, e que consiste — ele me fez a confissão durante um desses abomináveis coquetéis de festas cívicas ou natalinas aos quais não posso furtar-me a comparecer — em ver uma mulher despida mas calçada com sapatos de salto-agulha, fumando e jogando bilhar. Essa imagem, que ele acredita haver visto quando criança em alguma revista, esteve associada às suas primeiras ereções e, desde então, tem sido o norte de sua vida sexual. Simpático Cachito! Quando se casou, com uma espevitada moreninha da contabilidade, capaz, tenho certeza, de secundá-lo, cometi a traquinagem de oferecer-lhe, em nome da companhia de seguros La Perricholi — sou seu gerente — um jogo de bilhar regulamentar, que um caminhão de mudanças descarregou em sua casa no dia das núpcias. A todos, o presente pareceu disparatado; mas, pelo olhar de Cachito e pela salivinha antecipatória com que me agradeceu, eu soube que havia acertado em cheio.

Caríssimo amigo de Syracusa, amante das escovas axilares: a exaltação das manias e fobias não pode ser ilimitada. Convém reconhecer-lhe restrições sem as quais iriam desatar-se o crime e o retorno à bestialidade selvática. Porém, no domínio privado que é o destes fantasmas, tudo deve ser permitido entre adultos que consentem no jogo e nas regras do jogo, para sua mútua diversão. Que, a mim, muitos desses jogos produzam uma repugnância desmesurada (por exemplo, as pastilhinhas de provocar traques às quais era tão afeiçoado o século galante francês e, em particular, o marquês de Sade, que, não contente em maltratar as mulheres, exigia-lhes que o entontecessem com descargas artilheiras de ventosidades) é tão certo quanto que, nesse universo, todas as diferenças merecem consideração e respeito, pois nada representa melhor a complexidade inapreensível da pessoa humana.

Estaria o senhor infringindo os direitos humanos e a liberdade de sua hirsuta vizinha ao escalar-lhe o telhado para prestar admirativa homenagem aos carrapichos de suas axilas? Sem dúvida. Mereceria ser punido em nome da coexistência social? Ai, ai, claro que sim. Mas, disso, o senhor sabia e mesmo assim se arriscou, disposto a pagar o preço por espiar as axilas cabeludas da vizinhança. Eu já disse que não posso imitá-lo nesses extremos heroicos. Meu senso do ridículo e meu desprezo pelo heroísmo são demasiado grandes, sem falar de minha canhestrice física, para que eu me atreva a escalar um telhado alheio, a fim de divisar, em um corpo sem véus, os joelhos mais redondos e os cotovelos mais esféricos da espécie feminina. Minha covardia natural, que talvez não passe de enfermiço instinto de legalidade, induz-me a encontrar para meus fetichismos, manias e fobias um nicho propício, dentro do que é comumente conhecido como lícito. Isso me priva de um suculento tesouro de lubricidades? Sem dúvida. Mas o que tenho é bastante, desde que eu consiga tirar dele o proveito devido, algo que me esforço por fazer.

Que os três meses lhe sejam leves e que suas noites atrás das grades sejam aliviadas por sonhos com bosques de velos, avenidas de pelos sedosos, negros, louros, ruivos, entre os quais o senhor galopa, nada, corre, frenético de felicidade.

Adeus, congênere.

A CALCINHA DA PROFESSORA

Don Rigoberto abriu os olhos: ali, derramada entre o terceiro e o quarto degraus da escada, azulínea, brilhante, debruada de renda, provocadora e poética, estava a calcinha da professora. Tremeu como um possesso. Não dormia, embora estivesse havia bom tempo às escuras, na cama, ouvindo o murmúrio do mar, submergido em escorregadiças fantasias. Até que, de repente, aquele telefone voltara a tocar, naquela noite, arrancando-o violentamente ao sonho.

— Alô, alô?

— Rigoberto? É você?

Reconheceu a voz do velho professor, embora este falasse muito baixinho, tapando o fone com a mão para abafar o som. Onde estavam? Em uma cidade universitária de renome. De que país? Dos Estados Unidos. Em qual estado? O da Virgínia. Qual universidade? A estadual, a bela universidade de estilo neoclássico, de brancas colunatas, desenhada por Thomas Jefferson.

— É o senhor, professor?

— Sim, sou eu, Rigoberto. Mas fale baixo. Peço desculpas por acordá-lo.

— Não se preocupe, professor. Como foi seu jantar com a professora Lucrecia? Já terminou?

A voz do venerável jurista e filósofo Nepomuceno Riga se quebrou em hieroglífico tartamudeio. Rigoberto compreendeu que algo sério acontecia ao seu antigo mestre de filosofia do direito na Universidade Católica de Lima, o qual viera assistir a um simpósio na Universidade da Virgínia, onde ele fazia sua pós-graduação (em legislação e seguros) e onde tivera oportunidade de servir-lhe de cicerone e de motorista: levara-o a Monticello, para visitar a casa-museu de Jefferson, e aos monumentos históricos da batalha de Manassas.

— É que, Rigoberto, perdoe meu abuso, mas você é a única pessoa, aqui, com quem tenho certa intimidade. Como foi meu aluno, eu conheço sua família, e nestes dias me fez tantas gentilezas...

— Não faça cerimônia, don Nepomuceno — animou-o o jovem Rigoberto. — Aconteceu alguma coisa?

Don Rigoberto se sentou na cama, sacudido por uma risadinha tendenciosa. Pareceu-lhe que a qualquer momento a porta do banheiro se abriria e, desenhada no umbral, surgiria a silhueta de dona Lucrecia, surpreendendo-o com uma daquelas primorosas e imaginativas calcinhas, pretas, brancas, com bordados, orifícios, fios de seda, pespontadas ou lisas, que mal envolviam, apenas para ressaltá-lo, seu empinado monte de Vênus, e por cujas bordas assomavam para tentá-lo — indóceis, coquetes — alguns pelinhos do púbis. Era uma calcinha como essas, a que jazia insolitamente, qual um desses objetos provocadores dos quadros surrealistas do catalão Joan Ponç ou do romeno Victor Brauner, na escada por onde teria de subir ao seu dormitório essa boa alma, esse espírito inocente, don Nepomuceno Riga, que em suas aulas memoráveis, as únicas dignas de recordação por parte de don Rigoberto nos seus sete anos de áridos estudos jurídicos, costumava apagar o quadro com a própria gravata.

167

— É que eu não sei o que fazer, Rigoberto. Estou em apuros. Apesar da minha idade, não tenho a menor experiência nessas lides.

— Que lides, professor? Fale, não se envergonhe.

Por que, em vez de alojá-lo no Holiday Inn ou no Hilton, como os outros participantes do simpósio, tinham instalado don Nepomuceno na casa da professora de direito internacional, curso II? Uma deferência ao prestígio dele, sem dúvida. Ou teria sido porque os unia uma amizade surgida quando se encontravam por acaso nas faculdades de direito do vasto mundo, em congressos, conferências, mesas-redondas, e também, talvez, por haverem engendrado a quatro mãos uma erudita comunicação, abundante de latinórios e publicada com profusão de notas e uma sufocante bibliografia em uma revista especializada de Buenos Aires, Tübingen ou Helsinque? O fato é que o ilustre don Nepomuceno, em vez de hospedar-se no impessoal cubo com janelas do Holiday Inn, passava as noites na confortável casinha, entre rústica e moderna, da professora Lucrecia, que Rigoberto conhecia muito bem, porque neste semestre fazia com ela o seminário de direito internacional, curso II, e várias vezes batera àquela porta, para levar seus *papers* ou devolver os densos tratados que a mestra lhe emprestava amavelmente. Don Rigoberto fechou os olhos e ficou todo arrepiado, ao divisar, mais uma vez, os quadris musicais da bem-proporcionada e marcial figura da jurista quando se afastava.

— O senhor está bem, professor?

— Sim, sim, Rigoberto. Na realidade, trata-se de uma tolice. Você vai rir de mim. Mas, repito, não tenho nenhuma experiência. Estou perplexo e abobalhado, rapaz.

Nem precisava dizer; sua voz tremia como se ele fosse ficar mudo, e as palavras lhe saíam a fórceps. Devia estar suando gelo. Ousaria contar o que lhe havia acontecido?

— Bom, preste atenção. Agora há pouco, ao voltarmos daquele coquetel que fizeram em nossa homenagem, a doutora Lucrecia preparou aqui, em sua casa, uma ceiazinha. Só para nós dois, uma fineza de sua parte. Um jantar muito simpático, durante o qual tomamos uma garrafinha de vinho. Eu não estou habituado ao álcool, de modo que, possivelmente, toda a minha confusão vem desses vapores que me subiram à cabeça. Um vinhozinho da Califórnia, creio. Bom, embora meio forte.

— Deixe de tantos rodeios, professor, e diga o que aconteceu.

— Espere, espere. Imagine que, depois dessa ceia e dessa garrafinha, a doutora ainda insistiu em que bebêssemos uma taça de conhaque. Não pude me negar, claro, por educação. Mas vi estrelas, rapaz. Aquilo era fogo líquido. Comecei a tossir e até pensei que podia ficar cego. Em vez disso, me aconteceu algo ridículo. Caí adormecido, meu filho. Sim, sim, ali, na poltrona, na salinha que também é biblioteca. E quando acordei, não sei quanto tempo depois, dez, quinze minutos, a doutora não estava. Certamente se retirou para dormir, pensei. Então me dispus a fazer o mesmo. Quando, quando, imagine que ao subir a escada, catapum!, despenquei de bruços em cima... você não sabe de quê. Uma calcinha! Bem no meu caminho, isto mesmo. Não ria, rapaz, porque, embora a coisa seja engraçada, estou transtornadíssimo. Não sei o que fazer, já lhe disse.

— Mas é claro que eu não estou rindo, don Nepomuceno. Não acha que essa peça íntima, nesse lugar, seja pura casualidade?

— Que casualidade, que nada, rapaz. Posso não ter experiência, mas ainda não fiquei gagá. A doutora a deixou na escada *ex professo*, para que eu topasse com ela. Embaixo deste teto não há outra pessoa, afora a dona da casa e eu. Ela colocou a calcinha ali.

— Mas então, professor, está lhe acontecendo o melhor que pode acontecer a um hóspede. O senhor recebeu um convite de sua anfitriã. É claríssimo.

A voz do professor se quebrou três vezes antes de ele articular algo inteligível.

— Acha mesmo, Rigoberto? Bom, foi o que eu imaginei, quando consegui pensar, depois de semelhante surpresa. Parece um convite, não é? Não pode ser casual, esta casinha é a ordem personificada, como a doutora. A peça foi colocada ali intencionalmente. Além disso, a maneira como foi disposta na escada não é casual, porque a exibe e a realça, juro a você.

— Foi colocada ali com perfídia, se me permite uma brincadeirinha, don Nepomuceno.

— Sim, também estou rindo por dentro, Rigoberto. No meio da minha perplexidade, quero dizer. Por isso, preciso do seu conselho. O que eu deveria fazer? Nunca sonhei me ver em semelhante circunstância.

— O que o senhor tem de fazer está claríssimo, professor. Não gosta da doutora Lucrecia? Ela é uma mulher muito atraente; eu acho, e meus colegas também. É a catedrática mais bonita da Virgínia.

— Sem dúvida, quem poderia negar? É uma dama muito bela.

— Então, não perca tempo. Vá e bata à porta do quarto. Não vê que ela está à sua espera? Vá logo, antes que ela adormeça.

— Posso me permitir isso? Bater à porta dela, sem mais nem menos?

— Onde o senhor está agora?

— E onde poderia ser? Aqui, na salinha, ao pé da escada. Por que você acha que eu estou falando tão baixinho? Vou e bato com os nós dos dedos? Sem mais aquela?

— Não perca um minuto. Ela lhe deixou um sinal, o senhor não pode se fazer de desentendido. Principalmente, se ela o agrada. Porque a doutora o agrada, não, professor?

— Claro que sim. É o que devo fazer, sim, você tem razão. Mas me sinto meio coibido. Obrigado, rapaz. Não preciso lhe recomendar a máxima discrição, certo? Por mim e, sobretudo, pela reputação da doutora.

— Serei um túmulo, professor. Não hesite mais. Suba essa escada, recolha a calcinha e leve para ela. Bata à porta e comece fazendo um gracejo sobre a surpresa que encontrou em seu caminho. Tudo sairá às mil maravilhas, o senhor verá. Esta noite ficará para sempre na sua lembrança, don Nepomuceno.

Antes de ouvir o clique do fone encerrando a conversa, don Rigoberto chegou a perceber um ruído estomacal, uma angustiada eructação que o provecto jurista não pôde reprimir. Como devia estar nervoso e sôfrego, no escuro daquela salinha cheia de livros de direito, na pujante noite primaveril virginiana, dividido entre a ilusão dessa aventura — a primeira, em uma vida de coitos matrimonais e reprodutores? — e sua covardia mascarada por trás do rigor de princípios éticos, convicções reli-

170

giosas e preconceitos sociais! Qual das forças que batalhavam em seu espírito venceria: o desejo ou o medo?

Quase sem se dar conta, submergido naquela imagem já totêmica, a calcinha abandonada na escada da professora, don Rigoberto saiu da cama e se transferiu para o escritório, sem acender a luz. Seu corpo evitava os obstáculos — o banquinho, a escultura núbia, as almofadas, o televisor — com uma desenvoltura adquirida por uma prática assídua, pois, desde a partida de sua mulher, não havia noite em que a vigília não o impelisse a se levantar ainda no escuro, para buscar entre os papéis e garatujas de sua escrivaninha um bálsamo para a saudade e a solidão. Com a cabeça ainda obsedada pela silhueta do venerável jurista arremessado pelas circunstâncias (encarnadas em uma perfumada e voluptuosa calcinha de mulher atravessada em seu caminho entre dois degraus de uma escada jurisprudente) a uma incerteza hamletiana, mas já sentado ante a comprida mesa de madeira do escritório e folheando seus cadernos, don Rigoberto deu um salto quando o cone dourado do quebra-luz lhe revelou o provérbio alemão que encabeçava essa página: *Wer die Wahl hat, hat die Qual* ("Quem tem escolha tem tormento"). Extraordinário! Esse provérbio, copiado sabe Deus de onde, não retratava o estado de ânimo do pobre e ditoso don Nepomuceno Riga, tentado pela abundante catedrática, a doutoral Lucrecia?

Suas mãos, que passavam aleatoriamente as folhas de outro caderno, para ver se pela segunda vez o acaso acertava ou estabelecia uma relação entre o encontrado e o sonhado que servisse de combustível à sua fantasia, detiveram-se de repente ("como as do crupiê que lança a bolinha sobre a roleta em movimento") e ele se debruçou, ávido. Uma reflexão sobre *O diário de Edith*, de Patricia Highsmith, rabiscava a página.

Don Rigoberto levantou a cabeça, desconcertado. Ouviu as enfurecidas ondas do mar, ao pé da escarpa. Patricia Highsmith? Não se interessava nem um pouco por essa romancista de tediosos crimes, cometidos pelo apático e imotivado Mr. Ripley. Sempre respondera com bocejos (comparáveis aos que o popular *Livro tibetano dos vivos e dos mortos* lhe havia produzido) à moda dessa criminalista que (filmes de Alfred Hitchcock de permeio), alguns anos antes, havia empolgado a centena de leitores que constituíam o público limenho. O que fazia essa escrevinhadora para cinéfilos intrometida em seus cadernos? Ele nem sequer recordava quando e por que havia escrito aquele comentário sobre *O diário de Edith*, livro de que tampouco se lembrava:

"Excelente romance, para saber que a ficção é uma fuga para o imaginário que retifica a vida. As frustrações familiares, políticas e pessoais de Edith não são gratuitas; enraízam-se naquela realidade que mais a faz sofrer: seu filho Cliffie. Em vez de projetar-se no diário tal como é — um jovem frouxo e fracassado, que não foi admitido na universidade e que não sabe trabalhar —, Cliffie, nas páginas que sua mãe escreve, desdobra-se do original e aparece vivendo a vida que Edith desejava para ele: jornalista de destaque, casado com uma moça de boa família, com filhos, um bom emprego, rebento que enche sua progenitora de satisfação.

"Mas a ficção é só um remédio momentâneo, pois, embora sirva de consolo a Edith e a distraia dos reveses, vai inibindo-a na luta pela vida, isolando-a em um mundo mental. As relações com seus amigos se debilitam e se esgarçam; ela perde seu trabalho e termina desamparada. Embora sua morte seja um exagero, do ponto de vista simbólico é coerente; Edith passa, fisicamente, ao lugar para onde já se mudara em vida: a irrealidade.

"O romance é construído com simplicidade enganosa, sob a qual se perfilam um contexto dramático, de luta sem quartel entre as irmãs inimigas, a realidade e o desejo, e as intransponíveis distâncias que as separam, exceto no recinto milagroso do espírito humano."

Don Rigoberto sentiu que seus dentes castanholavam e que suas mãos transpiravam. Agora recordava esse romance passageiro e o porquê de sua reflexão. Terminaria como Edith, deslizando em direção à ruína por abusar da fantasia? Mas, apesar disso, mesmo sob essa lúgubre hipótese, a calcinha, fragrante rosa, continuava no coração de sua consciência. O que estaria acontecendo com don Nepomuceno? Quais eram seus movimentos, seus dilemas, depois da conversa telefônica com o jovem Rigoberto? Teria seguido o conselho do aluno?

Havia começado a subir a escada nas pontas dos pés, em relativa escuridão, na qual distinguia as prateleiras de livros e as quinas dos móveis. No segundo degrau, parou, inclinou-se, agarrou o precioso objeto — de seda? de algodão? — com os dedos dormentes, levou-o ao rosto e o farejou, como um animalzinho averiguando se esse objeto desconhecido é comestível. Entrefechando os olhos, beijou-o, sentindo um começo de vertigem que o fez cambalear e segurar-se ao corrimão. Estava decidido: faria aquilo. Continuou subindo a escada, com a calcinha na mão, sempre na ponta dos pés, temendo ser surpreendido, ou como se o ruído — os degraus estalavam levemente — pudesse quebrar o feitiço. Seu coração batia tão forte que pela mente lhe passou a ideia de como seria inoportuno, além de estúpido, cair fulminado por um ataque cardíaco neste preciso momento. Não, não era uma síncope; o que atropelava daquele modo o sangue em suas veias eram a curiosidade e a sensação (inédita em sua vida) de estar degustando um fruto proibido. Havia chegado ao corredor, estava diante da porta da jurista. Apertou a mandíbula com as duas mãos, porque esse grotesco estralejar dos dentes causaria péssima impressão em sua anfitriã. Armando-se de coragem ("fazendo das tripas coração", murmurou don Rigoberto, que suava em bicas e tremia igualmente), bateu com os nós dos dedos, muito de leve. A porta, só encostada, abriu-se com um rangido hospitaleiro.

O que o venerável mestre de filosofia do direito viu daquele limiar acarpetado mudou suas ideias sobre o mundo, o homem — seguramente, também o direito — e arrancou a don Rigoberto um gemido de prazer desesperado. Uma luz ouro e azul-anil (Van Gogh? Botticelli? Algum expressionista tipo Emil Nolde?), que uma lua redonda e amarela enviava do estrelado céu da Virgínia, caía em cheio, disposta por um exigente cenógrafo ou destro iluminador, sobre a cama, com a única intenção de ressaltar o corpo nu da doutora. Quem imaginaria que aquelas severas roupas que ela exibia do alto de sua cátedra, aqueles *tailleurs* com que expunha seus argumentos e moções nos congressos, aquelas capas de chuva com que costumava envolver-se nos invernos, ocultavam formas que Praxíteles e Renoir disputariam entre si, o primeiro pela harmonia e o segundo, pela modelagem carnuda? Estava de bruços, a cabeça apoiada sobre os braços cruzados, de modo que a postura a alongava, mas o que imantou o olhar do aturdido don Nepomuceno não foram seus ombros, nem seus mórbidos braços ("mórbidos, no sentido italiano", especificou don Rigoberto, que não tinha nenhuma atração pelo macabro, mas pelo lânguido e macio), nem seu dorso ondulado. Nem sequer as amplas e leitosas coxas ou os pezinhos de plantas rosadas. Eram, isto sim, essas esferas maciças que com alegre impudor se empinavam e sobressaíam como os cumes de uma montanha bicéfala ("Aqueles vértices das cordilheiras enroscadas por nuvenzinhas nas gravuras japonesas do período Meiji", associou, satisfeito, don Rigoberto). Mas também Rubens, Ticiano, Courbet e Ingres, Úrculo e mais meia dúzia de mestres forjadores de traseiros femininos pareciam ter confabulado para dar realidade, consistência, abundância e, ao mesmo tempo, delicadeza, suavidade, espírito e vibração sensual a esse traseiro cuja brancura fosforescia na penumbra. Incapaz de se conter, sem saber o que fazia, o deslumbrado ("corrompido para sempre?") don Nepomuceno deu dois passos e, ao chegar junto à cama, caiu de joelhos. As idosas madeiras do piso emitiram um queixume.

— Desculpe, doutora, mas encontrei na escada uma coisa que lhe pertence — balbuciou, sentindo que lhe corriam rios de saliva pelas comissuras dos lábios.

Falava tão baixinho que nem ele mesmo se ouvia, ou talvez movesse os lábios sem emitir som algum. Nem sua voz nem sua presença haviam despertado a jurista. Ela respirava sossegada, simetricamente, em inocente sono. Mas essa postura, o fato de estar nua, de ter deixado apenas encostada a porta da alcova, de ter soltado os cabelos — pretos, lisos, compridos — que agora lhe varriam os ombros e o dorso, contrastando seu azulado negror com a brancura da pele, tudo isso podia ser inocente? "Não, não", sentenciou don Rigoberto. "Não, não", ecoou o transido professor, passeando o olhar por essa superfície ondulante que, nos flancos, afundava e subia como um bravio mar de carne feminina, exaltada pela claridade da lua ("ou melhor, pela oleosa luz em penumbra dos corpos de Ticiano", retificou don Rigoberto), a poucos centímetros de sua face embasbacada: "Não é inocente, nada o é. Estou aqui porque ela quis e tramou isso."

No entanto, dessa conclusão teórica não extraía forças suficientes para fazer o que os instintos ressurgidos lhe exigiam ardentemente: passar a ponta dos dedos sobre a pele acetinada, pousar seus lábios matrimoniais sobre essas colinas e profundezas que ele antecipava mornas, olorosas, e de um sabor em que o doce e o salgado coexistiam sem se misturar. Mas, petrificado pela felicidade, não conseguia fazer nada, exceto olhar, olhar. Depois de ir e vir muitas vezes da cabeça aos pés desse milagre, de percorrê-lo repetidamente, seus olhos se imobilizaram, como o requintado conhecedor de vinhos que não precisa continuar degustando, pois identificou o *non plus ultra* da adega, no espetáculo que o esférico traseiro por si só constituía. Destacava-se do resto do corpo como um imperador ante seus vassalos, Zeus ante os pequenos deuses do Olimpo. ("Feliz aliança entre o oitocentista Courbet e o moderno Úrculo", enobreceu-o com referências don Rigoberto.) O nobre mestre, exorbitado, observava e adorava em silêncio esse prodígio. O que dizia a si mesmo? Repetia uma máxima de Keats ("*Beauty is truth, truth is beauty*"). O que pensava? "Com que então, essas coisas existem. Não só nos maus pensamentos, na arte ou nas fantasias dos poetas; também na vida real. Com que então, uma bunda assim é possível na realidade de carne e osso, nas mulheres que povoam o mundo dos vivos." Já teria ejaculado? Estaria prestes a manchar sua cueca? Ainda não, embora, ali, no baixo-ventre, o jurista percebesse alvissareiros sintomas, um despertar, uma lagarta espreguiçante, recém-saída do sono. Pensava algo mais? Isto: "E nada menos que entre as pernas e o torso de minha antiga e respeitada colega, desta boa amiga com quem tanto me correspondi sobre abstrusas matérias filosófico-jurídicas, ético-legais, histórico-metodológicas?" Como era possível que nunca, até essa noite, em nenhum dos fóruns, conferências, simpósios, seminários, em que haviam coincidido, conversado, discutido, trocado ideias, ele sequer tivesse desconfiado que, sob aqueles trajes sóbrios, casacos felpudos, capas forradas, impermeáveis cor de formiga, se escondia tamanho esplendor? Quem teria podido imaginar que aquela mente tão lúcida, aquela inteligência justiniana, aquela enciclopédia jurídica, possuía também um corpo tão deslumbrante em sua organização e magnificência? Imaginou por um instante — viu, talvez? — que, indiferentes à sua presença, livres em seu mórfico abandono, as quietas montanhas de carne soltavam um alegre, abafado ventinho que rebentou diante de suas narinas, enchendo-as de um aroma acre. Isso não o fez rir, não o incomodou ("Tampouco o excitou", pensou don Rigoberto). Sentiu-se reconhecido, como se, de algum modo e por uma razão intricada e difícil de explicar ("como as teorias de Kelsen, que ele nos explicava tão bem", comparou), esse punzinho fosse uma espécie de aquiescência que esse soberbo corpo lhe participava, exibindo diante dele sua intimidade tão íntima, os gases inúteis expelidos por uma serpe intestinal de cavidades que imaginou róseas, úmidas, limpas de escórias, tão delicadas e modelares como as nádegas emancipadas que apareciam a milímetros de seu nariz.

E então, apavorado, soube que dona Lucrecia estava desperta, pois, ainda que ela não tivesse se mexido, escutou-a:

— O senhor aqui, professor?

Não parecia aborrecida, e muito menos assustada. Era sua voz, sem dúvida, mas cheia de uma calidez suplementar. Havia nela algo demorado, insinuante, uma sensualidade musical. Em seu embaraço, o jurista conseguiu se perguntar como era possível que, nesta noite, sua velha colega experimentasse tantas transformações mágicas.

— Desculpe, desculpe, doutora. Não interprete mal minha presença aqui, eu lhe suplico. Posso explicar.

— O jantar lhe caiu mal? — tranquilizou-o ela. Falava sem a mínima alteração. — Um copinho d'água com bicarbonato?

Tinha voltado ligeiramente a cabeça e, com a face abandonada sobre o braço como sobre um travesseiro, seus grandes olhos o observavam, brilhando entre as madeixas negras de sua cabeleira.

— Encontrei na escada uma coisa que lhe pertence, doutora, e vim trazê-la — murmurou o professor. Continuava ajoelhado e, agora, percebia uma dor vivíssima nos ossos dos joelhos. — Bati, mas a senhora não respondeu. E, como a porta estava só encostada, me atrevi a entrar. Não queria acordá-la. Rogo-lhe que não me leve a mal.

Ela moveu a cabeça, assentindo, desculpando-o, displicente, compadecida do atordoamento dele.

— Por que está chorando, meu bom amigo? O que houve?

Sem defesas contra essa afetuosa deferência, a acariciante cadência dessas palavras, o carinho desse olhar que cintilava no escuro, don Nepomuceno desabou. O que até então haviam sido apenas mudas e grossas lágrimas descendo por suas faces transformou-se em soluços ressoantes, suspiros rasgados, cascatas de babas e mucos que ele tentava conter com as duas mãos — em sua desordem mental, não encontrava o lenço, nem o bolso onde estava o lenço —, enquanto se espraiava, afogado, nesta confissão:

— Ai, Lucrecia, Lucrecia, me perdoe, não posso me conter. Não veja nisto uma ofensa, é totalmente o contrário. Eu nunca havia imaginado nada assim, tão formoso, quero dizer, tão perfeito como seu corpo. A senhora sabe o quanto a respeito e admiro. Intelectual, acadêmica, juridicamente. Mas esta noite, isto, vê-la assim, é a melhor coisa que já me aconteceu na vida. Juro, Lucrecia. Por este instante, eu jogaria no lixo todos os meus títulos, os doutorados *honoris causa* com que me honraram, as condecorações, os diplomas. (*"Se não tivesse a idade que tenho, eu queimaria todos os meus livros e iria me sentar como um mendigo à porta de tua casa"* — leu don Rigoberto, em seu caderno, esses versos do poeta Enrique Peña. — *"Sim, minha criança, ouve bem: como um mendigo, à porta de tua casa."*) Nunca senti uma felicidade tão grande, Lucrecia. Tê-la visto assim, sem roupa, como Ulisses viu Nausícaa, é o prêmio máximo, uma glória que não creio merecer. Isso me emocionou, me trespassou. Estou chorando de tão comovido, de tão agradecido que lhe estou. Não me despreze, Lucrecia.

Em vez de desafogá-lo, o discurso fora comovendo o professor ainda mais, e agora os soluços o engasgavam. Ele apoiou a cabeça na beira da cama e continuou chorando, sempre ajoelhado, suspirando, sentindo-se triste e alegre, aflito e ditoso. "Me perdoe, me perdoe", balbuciava. Até que, segundos ou horas depois — seu corpo se eriçou como o de um gato —, sentiu a mão de Lucrecia em sua cabeça. Os dedos dela revolveram seus cabelos grisalhos, consolando-o, acompanhando-o. A voz também veio aliviar com uma carícia fresca a chaga viva de sua alma:

— Acalme-se, Rigoberto. Não chore mais, meu amor, minha alma. Pronto, já passou, nada mudou. Você não fez o que queria? Entrou, me viu, aproximou-se, chorou, eu o perdoei. E então? Vou me aborrecer com você por causa disso? Enxugue as lágrimas, assoe o nariz, durma. Nana, neném, nana, neném.

O mar batia lá embaixo, contra os penhascos de Barranco e Miraflores, e a espessa camada de nuvens não deixava ver as estrelas nem a lua no céu de Lima. Mas a noite estava acabando. A qualquer momento, amanheceria. Um dia a menos. Um dia a mais.

PROIBIÇÕES À BELEZA

Nunca verás um quadro de Andy Warhol nem de Frida Kahlo, nem aplaudirás um discurso político, nem deixarás que se rache a pele dos teus cotovelos e joelhos, nem que se endureçam as plantas dos teus pés.

Nunca escutarás uma composição de Luigi Nono nem uma canção de protesto de Mercedes Sosa nem verás um filme de Oliver Stone nem comerás diretamente das folhas da alcachofra.

Nunca arranharás os joelhos nem cortarás os cabelos nem terás espinhas, cáries, conjuntivite nem (muito menos) hemorroidas.

Nunca andarás descalça sobre o asfalto, a pedra, o cascalho, a laje, o encerado, a calamina, a ardósia e o metal, nem te ajoelharás em uma superfície que não ceda como a migalha do *chancay* (antes de ser tostado).

Nunca usarás em teu vocabulário as palavras telúrico, miscigenado, conscientizar, visualizar, estatalista, caroços, folhelos ou societal.

Nunca possuirás um hamster nem farás gargarejos nem terás perucas nem jogarás bridge nem usarás chapéu, boina ou rodilha.

Nunca armazenarás gases nem dirás palavrões nem dançarás rock-'n'-roll.

Nunca morrerás.

VII. O polegar de Egon Schiele

— Todas as moças de Egon Schiele são franzinas e ossudas, e me parecem muito bonitas — disse Fonchito. — Já você é cheinha, e no entanto também me parece muito bonita. Como explicar essa contradição, madrasta?

— Está me chamando de gorda? — reagiu dona Lucrecia, lívida.

Tinha estado distraída, ouvindo a voz do menino como um ruído de fundo, concentrada nas cartas anônimas — sete, em menos de dez dias — e na que escrevera a Rigoberto na noite anterior e que agora trazia no bolso do robe. Só recordava que Fonchito havia começado a falar e falar, de Egon Schiele como sempre, até que aquilo de "cheinha" a deixara de orelha em pé.

— Gorda, não. Eu disse cheinha, madrasta. — Fonchito se desculpava, gesticulando.

— A culpa por eu ser assim é do seu pai — queixou-se ela, examinando-se. — Eu era magrinha quando nos casamos. Mas Rigoberto meteu na cabeça que a moda filiforme destrói o corpo feminino, que a grande tradição da beleza é a ubérrima. Era isto mesmo que ele dizia: "a forma ubérrima". Para agradá-lo, engordei. E não voltei a emagrecer.

— Mas você está ótima assim, juro, madrasta — continuava Fonchito a se desculpar. — Eu disse aquilo das magrinhas de Egon Schiele porque não lhe parece estranho que me agradem, e você também, sendo pelo menos o dobro delas?

Não, não podia ser ele o autor das cartas anônimas. Porque estas elogiavam seu corpo, e em uma, inclusive, intitulada "Brasão do corpo da amada", cada um dos seus membros — cabeça, ombros, cintura, seios, ventre, coxas, pernas, tornozelos, pés — vinha acompanhado de uma referência a um poema ou a um quadro emblemático. O invisível enamorado de suas formas ubérrimas só podia ser Rigoberto. ("Esse homem está é gamado pela senhora", proclamou Justiniana, depois de ler o Brasão. "Puxa, como ele conhece seu corpo! Tem que ser don Rigoberto. De onde Fonchito ia tirar essas palavras, por mais sabidinho que seja? Embora ele também conheça a senhora todinha, não?")

— Por que você fica calada o tempo todo, sem falar comigo, me olhando como se não me visse? Você hoje está muito esquisita, madrasta.

— É por causa dessa correspondência anônima. Não consigo tirar isso da cabeça, Fonchito. Assim como você tem sua obsessão por Egon Schiele, eu agora tenho a minha por essas malditas cartas. Passo o dia esperando por elas, lendo e recapitulando cada uma.

— Mas, madrasta, malditas por quê? Por acaso a insultam ou dizem coisas feias?

— Porque vêm sem assinatura. E porque, às vezes, parecem ter sido mandadas por um fantasma, e não pelo seu pai.

— Você sabe muito bem que são dele. Tudo está dando muito certo, madrasta. Não se atormente. Logo, logo, vocês vão ficar de bem, não tenha dúvida.

A reconciliação de dona Lucrecia e don Rigoberto se transformara na segunda obsessão de Fonchito. O menino falava disso com tanta segurança que a madrasta já não tinha forças para contestá-lo e dizer que tudo não passava de pura fantasia do fantasiador empedernido que ele se tornara. Teria feito bem ao lhe mostrar as cartas anônimas? Algumas eram tão ousadas nas referências à sua intimidade que, depois de lê-las, ela se prometia: "Esta, não, esta eu não mostro." E sempre acabava por fazê-lo, espiando a reação dele, para ver se algum gesto o traía. Mas nada. A cada vez, o menino reagia com a mesma atitude, surpresa e excitada, e chegava à mesma conclusão: era seu pai, era outra prova de que este já não guardava rancor. Notou-o agora também ausente, distante da sala de jantar e do bosque do Olivar, absorto em alguma lembrança. Examinava as próprias mãos, aproximando-as muito dos olhos, juntando-as e alongando-as, abrindo os dedos, escondendo o polegar, cruzando-as e descruzando-as, em estranhas poses, como as de quem projeta silhuetas na parede com a sombra das mãos. Mas Fonchito não estava tentando fabricar sombras chinesas na tarde primaveril;

perscrutava seus dedos como um entomologista examina sob a lupa uma espécie desconhecida.

— Pode-se saber o que você está fazendo?

Ele não se alterou e continuou com seus trejeitos, ao mesmo tempo em que respondia com outra pergunta:

— Acha que eu tenho mãos deformadas, madrasta?

O que este diabinho ia inventar hoje?

— Não sei, deixe ver — disse ela, bancando o médico especialista. — Coloque-as aqui.

Fonchito não estava brincando. Muito sério, levantou-se, aproximou-se e apoiou as duas mãos sobre as palmas que ela lhe oferecia. Ao contato dessa suavidade lisa e da delicadeza dos ossinhos desses dedos, dona Lucrecia sentiu um estremecimento. Ele tinha mãos frágeis, dedinhos afilados, unhas ligeiramente cor-de-rosa, aparadas com esmero. Mas nas gemas havia manchinhas de tinta ou de carvão. Ela fingiu submetê-las a um exame clínico, enquanto as acariciava.

— Não têm nada de deformadas — concluiu. — Embora um pouquinho de água e sabão não lhes fizesse mal.

— Que pena — disse o menino, sem vestígio de humor, retirando suas mãos das de dona Lucrecia. — Porque, então, nisso eu não me pareço nada com ele.

"Pronto. Vai começar de novo." O jogo de todas as tardes.

— Explique-se melhor.

Fonchito se apressou a fazê-lo. Ela não tinha notado que as mãos eram a mania de Egon Schiele? As dele e também as das moças e rapazes que pintava. Se não tinha, que notasse agora. Em segundos, dona Lucrecia recebeu em seus joelhos o livro de reproduções. Via a repulsa que Egon Schiele sempre tivera ao polegar?

— Ao polegar? — riu dona Lucrecia.

— Preste atenção nos retratos. O de Arthur Roessler, por exemplo — insistiu o menino, com paixão. — Ou este: *Duplo retrato: o inspetor-geral Heinrich Benesch e seu filho Otto*; o de Enrich Lederer; e seus autorretratos. Ele só mostra quatro dedos. Sempre faz desaparecer o polegar.

Por que seria? Por que o ocultava? Porque o polegar é o dedo mais feio da mão? Porque gostava dos números pares e achava que os ímpares davam azar? Tinha o polegar desfigurado e se envergonhava dele? Algum problema ele tinha com as mãos, pois, do contrário, por que se deixava fotografar escondendo-as nos bolsos, ou fazendo com elas umas poses tão ridículas, torcendo os dedos como uma bruxa, metendo-as na frente da câmera ou colocando-as acima da cabeça, como se quisesse que lhe escapassem, voando? As mãos dele mesmo, as dos homens, as das moças. A madrasta não tinha percebido? Essas meninas nuas, de corpo tão bem formadinho, não era incompreensível que tivessem esses dedos masculinos, de juntas ossudas e grosseiras? Por exemplo, nesta gravura de 1910, *Moça nua de cabelos negros, de pé*, não destoavam essas mãos de machona, com unhas quadradas, idênticas às que Egon pintava em seus autorretratos? E ele não tinha feito isso também com quase todas as mulheres que pintou? Por exemplo, o *Nu, de pé*, de 1913. Fonchito respirou fundo:

— Ou seja, era um Narciso, como você disse. Pintava sempre suas próprias mãos, mesmo quando o personagem do quadro era outro, homem ou mulher.

— Foi você quem descobriu isso? Ou terá lido em algum lugar? — Dona Lucrecia estava desconcertada. Folheava o livro, e as imagens davam razão a Fonchito.

— Qualquer pessoa que observe muito os quadros dele vai notar. — O menino encolheu os ombros, sem dar importância ao assunto. — O papai não diz que um artista, se não for temático, não chega a ser genial? Por isso, eu sempre presto atenção às manias dos pintores refletidas em seus quadros. Egon Schiele tinha três: uma, botar as mesmas mãos desproporcionadas em todas as suas figuras, suprimindo delas o polegar; duas, as mulheres e os homens mostrarem suas coisinhas, levantando a saia ou abrindo as pernas; e três, retratar a si mesmo, colocando as mãos em posturas forçadas, que chamam a atenção.

— Bom, bom, se você queria me deixar embasbacada, conseguiu. Sabe de uma coisa, Fonchito? Você, sim, é que é um grande temático. Se a teoria do seu pai estiver certa, você já tem um dos requisitos para ser genial.

— Só me falta pintar os quadros — riu ele, sentando-se de novo. Voltou a examinar as próprias mãos, mexendo-as, exibindo-as e imitando as poses extravagantes dos quadros e fotos de Schiele. Dona Lucrecia, divertida, observava aquela pantomima. E, de repente, decidiu: "Vou ler minha carta para ele, vamos ver o que diz." Além disso, lendo-a em voz alta, saberia se o que havia escrito estava bom e decidiria se convinha enviá-la a Rigoberto ou rasgá-la. Mas, quando ia começar, acovardou-se e preferiu dizer:

— Me preocupa isso de você só pensar em Schiele, dia e noite. — O menino parou de brincar com as mãos. — Falo com todo o carinho que lhe tenho. No começo, me parecia bonito que você gostasse tanto de suas pinturas, que se identificasse tanto com ele. Mas, de tanto querer se parecer com ele em tudo, está deixando de ser você mesmo.

— É que eu sou ele, madrasta. Embora você me leve na brincadeira, é isto mesmo. Sinto que sou ele.

Sorriu, para tranquilizá-la. "Espere um instantinho", murmurou. Levantou-se, pegou o livro de reproduções, folheou-o e o colocou de volta, aberto, sobre os joelhos dela. Dona Lucrecia viu uma lâmina em cores: sobre um fundo ocre, estendia-se uma mulher sinuosa metida numa fantasia carnavalesca, com fileiras de listras verdes, vermelhas, amarelas e negras, dispostas em ziguezague. Trazia os cabelos ocultos sob uma rodilha aturbantada, estava descalça, exprimia uma tristeza lânguida nos grandes olhos escuros e tinha as mãos erguidas acima da cabeça, como se fosse tocar castanholas.

— Quando vi este quadro, percebi — ouviu Fonchito dizer, com total seriedade. — Que eu era ele.

Ela tentou rir, mas não conseguiu. O que esse menininho pretendia? Assustá-la? "Brinca comigo como um gatinho com uma ratazana grande", pensou.

— Ah, é? E o que lhe revelou, neste quadro, que você é Egon Schiele reencarnado?

— Você não se deu conta, madrasta — riu Fonchito. — Olhe de novo, pedacinho por pedacinho. E verá que, embora Schiele o tenha pintado em Viena, em 1914, em seu ateliê, nesta mulher aparece o Peru. Repetido cinco vezes.

A senhora Lucrecia voltou a examinar a imagem. De cima para baixo. De baixo para cima. Por fim, reparou que, no colorido vestido de palhaço da modelo descalça, havia cinco figurinhas minúsculas, na altura dos braços, no flanco direito, sobre a perna e na roda da saia. Aproximou o livro dos olhos e observou-as com calma. Era mesmo! Pareciam indiazinhas, mestiças. Estavam vestidas como as camponesas de Cusco.

— É o que elas são, indiazinhas dos Andes — disse Fonchito, lendo-lhe o pensamento. — Viu? O Peru está presente nos quadros de Egon Schiele. Foi por isso que percebi. Para mim, foi uma mensagem.

Continuou falando, gabando-se dessa prodigiosa informação sobre a vida e a obra do pintor que dava a dona Lucrecia a impressão de onisciência e a suspeita de uma conspiração, de uma emboscada febril. Aquilo tinha explicação, madrasta. A senhora do retrato se chamava Frederike Maria Beer. Era a única pessoa retratada pelos dois maiores pintores da Viena do seu tempo: Egon e Klimt. Filha de um senhor muito rico, proprietário de cabarés, tinha sido uma grande dama; ajudava os artistas e lhes arrumava compradores. Pouco antes de ser pintada por Schiele, havia feito uma viagem à Bolívia e ao Peru, e daqui tinha levado essas indiazinhas de pano, que certamente comprou em alguma feira de Cusco ou de La Paz. E Egon Schiele teve a ideia de pintá-las no vestido da dama. Ou seja, não havia nenhum milagre na presença de cinco mestiças nesse quadro. Mas, mas...

— Mas o quê? — animou-o dona Lucrecia, absorvida pelo relato de Fonchito, esperando uma grande revelação.

— Mas nada — acrescentou o menino, com um gesto de cansaço. — Essas indiazinhas foram colocadas aí para que eu as encontrasse algum dia. Cinco peruaninhas em um quadro de Schiele. Não percebe?

— Elas falaram com você? Disseram que você as pintou, oitenta anos atrás? Que você é um reencarnado?

— Bom, se é para brincar, prefiro conversar sobre outra coisa, madrasta.

— Não me agrada ouvi-lo dizer bobagens — respondeu ela. — Nem que pense bobagens, nem que acredite em bobagens. Você é você e Egon Schiele era Egon Schiele. Você vive aqui, em Lima, e ele viveu em Viena no início do século. A reencarnação não existe. Portanto, pare de dizer disparates, se não quiser que eu me aborreça. De acordo?

O menino assentiu, de má vontade, com uma carinha compungida. Mas não se atreveu a replicar, porque ela havia falado com uma severidade incomum. Dona Lucrecia tratou de fazer as pazes.

— Quero ler para você uma coisa que escrevi — murmurou, tirando do bolso o rascunho da carta.

— Respondeu ao papai? — alegrou-se Fonchito, sentando-se no chão e avançando a cabeça.

Sim, ontem à noite. Ainda não sabia se a enviaria. Não aguentava mais. Sete, eram muitas cartas anônimas. E o autor era Rigoberto. Quem mais podia ser? Que outro poderia lhe falar dessa maneira tão familiar e exaltada? Quem a conheceria tão detalhadamente? Havia decidido acabar com esse teatro. O que Fonchito achava?

— Leia de uma vez, madrasta — impacientou-se o menino. Tinha os olhos brilhantes e seu rostinho delatava uma enorme curiosidade; e também um pouco de, um pouco de, dona Lucrecia buscava a palavra, de regozijo malicioso; e até de maldade. Pigarreando antes de começar, e sem erguer os olhos até o final, ela leu:

Meu querido,

Resisti à tentação de te escrever desde que soube seres tu o autor dessas missivas ardentes que, há duas semanas, vêm enchendo esta casa de chamas, de alegria, de saudade e de esperança, e meu coração e minhas entranhas, do doce fogo que abrasa sem queimar, o do amor e do desejo unidos em casamento feliz.

Por que assinarias umas cartas que só poderiam ter saído de tuas mãos? Quem me estudou, me formou, me inventou, como fizeste? Quem podia falar dos pontinhos vermelhos das minhas axilas, das rosadas nervuras das cavidades ocultas entre os dedos dos meus pés, desta "franzida boquinha rodeada por uma minicircunferência de alegres ruguinhas de carne viva, entre azulada e plúmbea, à qual se chega escalando as lisas e marmóreas colunas de tuas pernas"? Só tu, meu amor.

Desde as primeiras linhas da primeira carta, eu soube que eras tu. Por isso, antes de terminar a leitura, obedeci às tuas instruções. Despi-me e posei para ti, diante do espelho, imitando a Dânae de Klimt. E recomecei, como em tantas noites de que tenho saudade em minha atual solidão, a voar contigo por aqueles reinos da fantasia que exploramos juntos, ao longo daqueles anos compartilhados que agora são, para mim, uma fonte de consolo e de vida na qual volto a beber com a memória, para suportar a rotina e o vazio que vieram substituir aquilo que, ao teu lado, foi aventura e plenitude.

Na medida de minhas forças, segui ao pé da letra as exigências — não, as sugestões e os pedidos — de tuas sete cartas. Eu me vesti e me despi, me disfarcei e me mascarei, me deitei, me dobrei, me desdobrei e me agachei, encarnando — com meu corpo e minha alma — todos os teus caprichos, pois existiria prazer maior, para mim, do que te satisfazer? Para ti e por ti, fui Messalina e Leda, Madalena e Salomé, Diana com seu arco e suas flechas, a Maja Desnuda, a Casta Susana surpreendida pelos velhos luxuriosos e, no banho turco, a odalisca de Ingres. Fiz amor com Marte, Nabucodonosor, Sardanapalo, Napoleão, cisnes, sátiros, escravos e escravas, emergi do mar como uma sereia, aplaquei e aticei os amores de Ulisses. Fui uma marquesinha de Watteau, uma ninfa de Ticiano, uma Virgem de Murillo, uma Madona de Piero della Francesca, uma gueixa de Fujita e uma rameira de Toulouse-Lautrec. Deu trabalho equilibrar-me nas pontas dos pés como a bailarina de Degas e, acredita, para não te decepcionar, até tentei me transformar, à custa de cãibras, naquilo que denominas o voluptuoso cubo cubista de Juan Gris.

Jogar de novo contigo, embora a distância, me fez bem e me fez mal. Senti, de novo, que era tua e tu eras meu. Quando o jogo terminava, minha solidão aumentava e eu me entristecia ainda mais. Está perdido, para sempre, o perdido?

Desde que recebi a primeira carta, vivi esperando a seguinte, devorada pelas dúvidas, tentando adivinhar tuas intenções. Querias que eu te respondesse?, me perguntava. Ou o fato de enviá-las sem assinatura indica que não queres entabular um diálogo, mas só que eu escute teu monólogo? Esta noite, porém, depois de ter sido, docilmente, a laboriosa senhora burguesa de Vermeer, decidi te responder. Do fundo obscuro de minha pessoa, no qual só tu mergulhaste, algo me ordenou pegar caneta e papel. Fiz bem? Não terei infringido aquela lei não escrita que proíbe à figura de um retrato sair do quadro para falar com seu pintor?

Tu, meu amado, sabes a resposta. Diz-me qual é.

— Caramba, que carta — disse Fonchito. Seu entusiasmo parecia muito sincero. — Madrasta, você ama muito o papai!

187

Estava ruborizado e radiante, e dona Lucrecia o notou também — pela primeira vez — até confuso.

— Nunca deixei de amá-lo. Nem mesmo quando aconteceu o que aconteceu.

Fonchito exibiu de imediato a mirada branca, amnésica, que esvaziava seus olhos sempre que dona Lucrecia aludia de algum modo àquela aventura. Ela notou, porém, que o rubor desaparecia das faces do menino, substituído por uma palidez nacarada.

— Porque, embora preferíssemos, você e eu, que isso não tivesse existido, e embora nunca falemos do assunto, o que aconteceu, aconteceu. Não pode ser apagado — disse dona Lucrecia, buscando-lhe os olhos. — E, embora me encare como se não soubesse do que estou falando, você se lembra de tudo tanto quanto eu. E certamente o lamenta tanto quanto eu, ou até mais.

Não pôde continuar. Fonchito havia recomeçado a olhar as próprias mãos, enquanto as movia, imitando os trejeitos dos personagens de Egon Schiele: estendidas e paralelas à altura do seu ombro, com o polegar oculto e como que truncado, ou sobre sua cabeça, adiantadas como se ele acabasse de arremessar uma lança. Dona Lucrecia acabou caindo na risada:

— Você não é um diabinho, mas um palhaço — exclamou. — Devia se dedicar ao teatro, de preferência.

O menino riu também, distendido, fazendo caretas e sempre brincando com as mãos. E, sem abandonar as macaquices, surpreendeu dona Lucrecia com este comentário:

— Foi de propósito que você escreveu essa carta em estilo piegas? Também acha, como o papai, que a pieguice é inseparável do amor?

— Escrevi imitando o estilo de seu pai — disse dona Lucrecia. — Exagerando, procurando ser solene, rebuscada e dramática. Ele gosta assim. Acha que ficou muito melosa?

— Ele vai adorar — assegurou Fonchito, assentindo várias vezes. — Vai ler e reler sua carta muitas vezes, trancado no escritório. Você não vai assiná-la, não é, madrasta?

Na verdade, ela não tinha pensado nisso.

— Eu deveria mandá-la anônima?

— Claro, madrasta — afirmou o menino, enfático. — Tem que entrar no jogo dele, ora.

Talvez tivesse razão. Se Rigoberto enviava as dele sem assinatura, por que ela assinaria a sua?

— Você sabe das coisas, garoto — murmurou. — Sim, é uma boa ideia. Vou mandar sem assinar. Afinal, ele saberá muito bem quem a escreveu.

Fonchito fez um gesto de aplauso. Tinha ficado de pé e se preparava para sair. Hoje não tinha havido *chancays* tostados, porque Justiniana estava de folga. Como sempre, recolheu o livro de reproduções e o guardou na mochila, aboutou a camisa cinza e ajeitou a gravatinha do uniforme, observado por uma Lucrecia que se divertia em vê-lo repetir a cada tarde os mesmos gestos, ao chegar e ao partir. Mas desta vez, à diferença de outras em que se limitava a dizer "Tchau, madrasta", ele se sentou ao lado dela na poltrona, muito perto.

— Queria lhe perguntar uma coisa antes de ir. Só que tenho um pouco de vergonha.

Fazia a vozinha fina, doce e tímida que usava quando queria despertar a benevolência ou a piedade da madrasta. E sempre obtinha uma ou outra, embora a suspeita de que tudo aquilo era pura farsa nunca abandonasse dona Lucrecia.

— Você não tem vergonha de nada, portanto não me venha com histórias nem se faça de inocente — disse ela, desmentindo a dureza de suas palavras com a carícia que fazia, puxando-lhe a orelha. — Pergunte, vamos.

O menino virou-se de lado e jogou-lhe os braços ao pescoço. Afundou a carinha em seu ombro.

— Se eu olhar para você, não me atrevo — sussurrou, baixando a voz até transformá-la em um murmúrio quase inaudível. — A boquinha franzida, rodeada de ruguinhas, de que você fala em sua carta, não é esta, não é, madrasta?

Dona Lucrecia sentiu que a face colada à sua se movia, que dois lábios delgados desciam pelo seu rosto e aderiam aos seus. Frios no princípio, logo se animaram. Sentiu que faziam pressão e a beijavam. Fechou os olhos e abriu a boca: uma cobrinha úmida a visitou, passeou por suas gengivas, seu palato, e enrodilhou-se em sua língua. Ficou ausente por um instante, cega, transformada em sensação, aniquilada, feliz, sem fazer nada nem pensar em nada. Mas, quando levantou os braços para estreitar Fonchito, o menino, em uma daquelas súbitas mudanças de humor que eram seu traço distintivo, soltou-se e se afastou. Agora, estava se distanciando, dando-lhe adeus. Exibia uma expressão muito natural.

— Se quiser, passe a limpo sua carta anônima e coloque em um envelope — disse ele, já da porta. — Amanhã você me entrega e eu a coloco na caixa de correspondência lá de casa, sem que o papai veja. Tchau, madrasta.

NEM *CABALLITO* DE TOTORA
NEM TOURINHO DE PUCARÁ

Sei que o espetáculo da bandeira ondulando ao vento lhe produz palpitações, assim como a música e as palavras do hino nacional lhe provocam as cócegas nas veias, a retração e o eriçamento de pelos a que dão o nome de emoção. À palavra pátria (que gente do seu tipo escreve sempre com maiúscula), vossa senhoria não associa os versos irreverentes do jovem Pablo Neruda

Pátria,
palavra triste,
como termômetro ou elevador

nem a mortífera sentença do doutor Johnson (*Patriotism is the last refuge of a scoundrel*), mas cargas heroicas de cavalaria, espadas incrustadas em peitos de uniformes inimigos, toques de clarim, disparos e estampidos que não são os das garrafas de champanhe. Vossa Senhoria pertence, segundo todas as aparências, ao conglomerado de machos e fêmeas que olham com respeito essas estátuas de próceres com que são adornadas as praças públicas e deploram que os pombos caguem nelas, e é capaz de madrugar e esperar horas para não perder um bom lugar no Campo de Marte durante o desfile dos soldados nos dias de efemérides, espetáculo que lhe suscita apreciações nas quais crepitam as palavras marcial, patriótico e viril. Meu senhor, minha senhora: em sua pessoa existe, emboscada, uma fera raivosa que constitui um perigo para a humanidade.

Vossa senhoria é o lastro vivo que a civilização arrasta desde os tempos do canibal tatuado, perfurado e de estojo fálico, do feiticeiro pré-racional que sapateava para atrair a chuva e ingeria o coração do adversário a fim de roubar-lhe a força. Na verdade, por trás de suas arengas e bandeiras em exaltação a este pedacinho de geografia salpicado de balizas e demarcações arbitrárias, onde vossa senhoria vê personificada uma forma superior da história e da metafísica social, não há outra coisa senão o astuto *aggiornamento* do antiquíssimo medo primitivo de emancipar-se da tribo, de deixar de ser massa, parte, para transformar-se em indivíduo; nostalgia daquele antecessor para quem o mundo começava e terminava dentro dos limites do conhecido, a clareira do bosque, a caverna escura, o planalto elevado, o pequenino enclave onde o compartilhamento da língua, da magia, da confusão, dos usos, e sobretudo da ignorância e dos temores do grupo, dava-lhe coragem e o fazia sentir-se protegido contra o trovão, o raio, a fera e as outras tribos do planeta. Embora, desde aqueles tempos remotos, hajam transcorrido séculos e sua ilustre pessoa se creia, porque enverga paletó e gravata ou veste saia-tubo e faz *liftings* em Miami, muito superior ao ancestral protegido por tapa-sexo feito com casca de árvore e enfeitado com botoques pendurados no lábio e no nariz, vossa senhoria é ele, e ele é vossa senhoria. O cordão umbilical que os enlaça através dos séculos chama-se pavor ao desconhecido, ódio ao diferente, rechaço à aventura, pânico à liberdade e à responsabilidade de inventar-se a cada dia, vocação de servidão à rotina, ao gregarismo, recusa a descoletivizar-se para não ter de enfrentar o desafio cotidiano que é a soberania individual. Naqueles tempos, o indefeso comedor de carne humana, mergulhado em uma ignorância metafísica e física ante o que acontecia ao seu redor, tinha certa justificação para negar-se a ser independente, criativo e livre; mas hoje, quando já se sabe tudo o que convém saber e mais alguma coisa, não existe razão válida para empenhar-se em ser escravo e irracional. Este juízo talvez venha a parecer-lhe severo, extremado, diante daquilo que, para vossa senhoria, não é senão um virtuoso e idealista sentimento de solidariedade e amor ao torrão natal e às recordações ("a terra e os mortos", segundo o antropoide francês Maurice Barrès), à moldura de referências ambientais e culturais sem a qual um ser humano se sente vazio. Asseguro-lhe que essa é uma das faces da moeda patriótica; a outra, o reverso da exaltação do próprio, é o denigrescimento do alheio, a vontade de humilhar e derrotar os demais, os que são diferentes de vossa senhoria porque têm outra cor de pele, outra língua, outro deus e até outra indumentária e outra dieta.

O patriotismo, que, na realidade, parece uma forma benevolente do nacionalismo — pois a "pátria" parece ser mais antiga, congênita e respeitável do que a "nação", ridícula engenhoca político-administrativa manufaturada por estadistas ávidos de poder e intelectuais em busca de um amo, isto é, de mecenas, isto é, de tetas prebendeiras a sugar —, é um perigoso mas efetivo álibi para as guerras que dizimaram o planeta não sei quantas vezes, para as pulsões despóticas que consagraram o domínio do forte sobre o fraco, e uma cortina de fumaça igualitarista cujas nuvens deletérias indiferenciam os seres humanos e os clonam, impondo-lhes, como essencial e irremediável, o mais acidental dos denominadores comuns: o lugar de nascimento. Por trás do patriotismo e do nacionalismo flameja sempre a maligna ficção coletivista da identidade, arame farpado ontológico que pretende aglutinar, em fraternidade irremível e inconfundível, os "peruanos", os "espanhóis", os "franceses", os "chineses" etc. Vossa senhoria e eu sabemos que essas categorias são outras tantas mentiras abjetas, que lançam um manto de esquecimento sobre diversidades e incompatibilidades múltiplas e pretendem abolir séculos de história para fazer a civilização recuar àqueles bárbaros tempos anteriores à criação da individualidade, isto é, da racionalidade e da liberdade: três coisas inseparáveis, saiba disso.

Por tal razão, quando alguém diz, ao meu redor, "o chinês", "o negro", "os peruanos", "os franceses", "as mulheres" ou qualquer expressão equivalente, com a pretensão de definir um ser humano por seu pertencimento a uma coletividade de qualquer ordem, o que não passa de uma circunstância secundária, tenho ímpetos de sacar o revólver e — pum, pum! — atirar. (Trata-se aqui, é óbvio, de uma figura poética; nunca tive uma arma de fogo nas mãos nem a terei, e tampouco efetuei outros disparos afora os seminais, que, estes sim, reivindico com orgulho patriótico.) Meu individualismo não me leva, claro está, a fazer o elogio do solilóquio sexual como a mais perfeita forma do prazer; neste campo, inclino-me aos diálogos a dois ou, no máximo, a três, e, evidentemente, declaro-me encarniçado inimigo da promíscua *partouze*, vulgarmente chamada suruba, que é, no espaço da cama e da fornicação, o equivalente do coletivismo político e social. A menos que o monólogo sexual seja praticado em companhia — caso no qual passa a ser um barroquíssimo diálogo —, como se ilustra na pequena aquarela com nanquim de Picasso (1902-1903), que vossa senhoria pode admirar no Museu Picasso de Barcelona, na qual o sr. D. Ángel Fernández de Soto, vestido e fumando cachimbo, e sua distinta esposa, nua mas de meias e sapatos, bebendo uma taça de champanhe e sentada nos joelhos do cônjuge, masturbam-se reciprocamente, quadro que, diga-se de passagem, sem querer ofender ninguém (e menos ainda Picasso), considero superior a *Guernica* e às *Demoiselles d'Avignon.*

(Se lhe parecer que esta carta começa a dar mostras de incoerência, lembre-se do Monsieur Teste, de Valéry: "A incoerência de um discurso depende de quem o escuta. O espírito me parece concebido de um modo tal que o impede de ser incoerente para si mesmo.")

Quer saber de onde vem toda a hepática descarga antipatriótica desta carta? De uma arenga do presidente da República, resumida esta manhã pela imprensa, segundo a qual, inaugurando a Feira de Artesanato, ele afirmou que nós peruanos temos a obrigação patriótica de admirar o trabalho dos anônimos artesãos que, há séculos, modelaram os *huacos** de Chavín, urdiram e pintaram os tecidos de Paracas, entremearam os mantos de penas de Nasca e esculpiram os *queros* cusquenhos, ou o dos contemporâneos confeccionadores de retábulos ayacuchanos, tourinhos de Pucará, meninos *Manuelitos,* tapetes de San Pedro de Cajas, *caballitos* de totora do lago Titicaca e espelhinhos de Cajamarca, porque — cito o primeiro mandatário — "o artesanato é a arte popular por antonomásia, a exposição suprema da criatividade e da destreza artística de um povo, um dos grandes símbolos e manifestações da Pátria, e cada um dos seus objetos não exibe a

---

* Ou *guacos,* recipientes de argila encontrados nas *guacas,* sepulturas indígenas, nos quais se depositavam comida ou objetos de valor. Adiante: *queros,* vasos coloridos de madeira usados pelos incas em suas cerimônias; *Manuelitos,* imagens do Menino Jesus vestido à maneira indígena; *caballitos* (cavalinhos), canoas feitas desde os tempos pré-incaicos com feixes de totora, espécie de junco. (N. da T.)

193

assinatura individual do seu artesão forjador porque todos eles trazem a assinatura da coletividade, da nacionalidade".

Se vossa senhoria é homem ou mulher de bom gosto — ou seja, amante da precisão —, terá sorrido ante esta diarreia artesano-patriótica de nosso chefe de Estado. No que a mim concerne, além de parecer-me, como a vossa senhoria, oca e empolada, ela me iluminou. Agora já sei por que detesto todos os artesanatos do mundo em geral, e o de "meu país" (uso a expressão para que possamos entender-nos) em particular. Agora já sei por que em minha casa jamais entrou nem entrará um *huaco* peruano, e tampouco uma máscara veneziana, uma *matriochka* russa, uma bonequinha holandesa de tranças e tamancos, um toureirinho de madeira, uma ciganinha dançando *flamenco*, um boneco articulado indonésio, um samurai de brinquedo, um retábulo ayacuchano ou um *diablo* boliviano, assim como nenhuma figura ou objeto de barro, madeira, porcelana, pedra, tecido ou miolo de pão manufaturado em série, genérica e anonimamente, que usurpe, ainda que seja com a hipócrita modéstia de autointitular-se arte popular, a natureza do objeto artístico, algo que é privilégio absoluto da esfera privada, expressão de acérrima individualidade e, portanto, refutação e rechaço do abstrato e do genérico, de tudo o que, direta ou indiretamente, aspire a justificar-se em nome de uma pretensa estirpe "social". Não existe arte impessoal, senhor ou senhora patriota (e não venha me falar, por favor, das catedrais góticas). O artesanato é uma manifestação primitiva, amorfa e fetal daquilo que algum dia — quando particulares indivíduos desagregados do todo começarem a imprimir um selo pessoal a esses objetos, nos quais expressarão uma intimidade intransferível — poderá talvez ascender à categoria artística. Que ele se destaque, prospere e reine em uma "nação" não deveria orgulhar ninguém, muito menos os pretensos patriotas. Porque a prosperidade do artesanato — essa manifestação do genérico — é sinal de atraso ou regressão, vontade inconsciente de não avançar nesse torvelinho demolidor de fronteiras, de costumes pitorescos, de cor local, de diferenças provincianas e espírito paroquial, que é a civilização. Sei, senhora patriota, senhor patriota, que vossa senhoria odeia, se não a palavra, o conteúdo dessa palavra demolidora. É um direito seu. Também é meu direito amá-la e defendê-la contra ventos e marés, mesmo sabendo que o combate é difícil e que posso descobrir-me — os indícios são muitos — no campo dos derrotados. Não importa. Essa é a única forma de heroísmo que nos é permitida, a nós os inimigos do heroísmo obrigatório: morrer assinando com nome e sobrenome próprios, ter uma morte pessoal. Saiba de uma vez por todas e horrorize-se: a única pátria que eu reverencio é a cama pisada por minha esposa, Lucrecia (*Que tua luz, alta senhora, / Vença esta cega e triste noite minha*, frei Luís de León *dixit*), e seu corpo soberbo, a única bandeira ou insígnia pátria capaz de arrastar-me aos mais temerários combates; e o único hino que me comove até o choro convulso são os ruídos que essa carne amada emite, sua voz, seu riso, seu pranto, seus suspiros e, claro (tampe os ouvidos e o nariz), seus soluços, arrotos, peidos e espirros. Posso ou não posso ser considerado um verdadeiro patriota, *à minha maneira*?

MALDITO ONETTI! BENDITO ONETTI!

Don Rigoberto acordou chorando (isso lhe acontecia com bastante frequência ultimamente). Tinha já passado do sono à vigília; sua consciência reconhecia nas sombras os objetos de seu dormitório; seus ouvidos, o monótono mar; suas narinas e os poros do seu corpo, a umidade corrosiva. Mas a imagem horrível continuava ali, sobrenadando em sua imaginação, saída de algum esconderijo remoto, angustiando-o como alguns minutos antes, na inconsciência do pesadelo. "Pare de chorar, idiota." Mas as lágrimas corriam por suas faces e ele soluçava, tomado de pavor. E se fosse telepatia? Se tivesse recebido uma mensagem? Se, de fato, ontem, esta tarde, vermezinho no coração da maçã, tivessem descoberto no seio dela o volume anunciador da catástrofe e Lucrecia tivesse imediatamente pensado nele, confiado nele, recorrido a ele para compartilhar seu pesar, seu desalento? Havia sido um chamado *in extremis*. O dia da operação estava decidido. "Ainda temos tempo", sentenciou o doutor, "desde que extirpermos este seio, talvez os dois seios, de imediato. Posso quase, quase, botar a mão no fogo: ainda não houve metástase. Se operarmos dentro de poucas horas, ela se salvará." O miserável tinha começado a amolar o bisturi, com brilhos de prazer sádico nos olhos. Então, nesse instante, Lucrecia pensou nele, desejou ardentemente falar com ele, contar-lhe, ser escutada, consolada, acompanhada por ele. "Meu Deus, irei me arrastar aos pés dela como um verme e lhe pedir perdão", estremeceu don Rigoberto. A imagem de Lucrecia, deitada em uma mesa cirúrgica, submetida a essa monstruosa mutilação, provocou-lhe uma nova vergastada de angústia. Fechando os olhos, prendendo a respiração, recordou os peitos firmes de sua amada, robustos, idênticos, as aréolas escuras e a pele granulada, os bicos que, arrulhados e umedecidos por seus lábios, se eriçavam com galhardia, desafiantes, na hora do amor. Quantos minutos, horas, havia passado contemplando, sopesando, beijando, lambendo, acariciando aqueles seios, brincando com eles, imaginando-se transformado em cidadão de Liliput que escalava essas colinas cor de rosa em busca do alto torreão do cume, ou em recém-nascido que, mal saído do claustro materno, mamando dali a branca seiva da vida, recebia deles suas primeiras lições de prazer? Recordou como costumava, certos domingos, sentar-se no banquinho de madeira para contemplar Lucrecia na banheira, emoldurada de espuma. Ela envolvia a cabeça em uma toalha, à maneira de turbante, e prosseguia sua toalete, muito conscienciosa, de vez em quando concedendo-lhe um sorriso benevolente, enquanto esfregava o corpo com as grandes esponjas amarelas embebidas em água espumosa, passando-as pelos ombros, pelas costas ou pelas belas pernas que, para isso, tirava por alguns segundos das profundezas cremosas. Nesses momentos, o que mais imantava a atenção, o fervor religioso de don Rigoberto, eram os seios. Assomavam à flor d'água, sua taça branca e seus mamilos azulados brilhando entre as bolhas de espuma, e de vez em quando, para adular e premiar o marido ("carícia distraída que a dona faz no dócil cão estendido aos seus pés", pensou ele, mais calmo), Lucrecia segurava-os e, sob o pretexto de ensaboá-los e enxaguá-los um pouco mais, acariciava-os com a esponja. Eram lindos, eram perfeitos. Tinham a redondez, a consistência e a temperatura ideais para satisfazer os desejos de um deus luxurioso. "Agora, me passe a toalha, seja meu camareiro", dizia ela, levantando-se, enquanto se enxaguava com a ducha de mão. "Se você se comportar bem, talvez eu lhe permita secar minhas costas." Seus peitos estavam ali, luzindo na escuridão do quarto e como que iluminando a solidão dele. Seria possível que o iníquo câncer se encarniçasse contra essas criaturas que enalteciam a condição feminina, que justificavam a divinização trovadoresca da mulher, o culto mariano? Don Rigoberto sentiu que ao desespero de um momento antes se seguia a cólera, um sentimento selvagem de rebeldia contra a doença.

E, então, recordou. "Maldito Onetti!" Começou a rir às gargalhadas. "Maldito romance! Maldita Santa María! Maldita Gertrudis!" (Era este o nome da personagem? Gertrudis? Sim, este.) Daí lhe viera o pesadelo, nada de telepatia. Continuava rindo, liberado, superexcitado, feliz. Decidiu, por uns momentos, acreditar em Deus (em algum de seus cadernos havia transcrito a frase de Quevedo em *O gatuno*: "Ele era desses que creem em Deus por cortesia") para poder agradecer a alguém que os amados seios de Lucrecia estivessem intactos, indenes ante as armadilhas do câncer, e que esse pesadelo tivesse sido apenas a reminiscência daquele romance cujo terrível início o sobressaltara de horror, nos primeiros meses de seu casamento com Lucrecia, inoculando-lhe a apreensão de que, um dia, os deliciosos, doces seios de sua nova esposa pudessem ser vítimas de uma afronta cirúrgica (a frase compareceu à memória dele com sua obscena eufonia: "Ablação de mama") semelhante à que era descrita, ou melhor, inventada, nas primeiras páginas, por Brausen, o narrador desse romance inquietante do maldito Onetti. "Obrigado, meu Deus, por isso não ser verdade, por estarem inteiras as tetas dela", rezou. E, sem calçar os chinelos nem vestir o roupão, foi às escuras, tropeçando, rever os cadernos em seu escritório. Tinha certeza de haver deixado testemunho dessa leitura perturbadora, que, por quê?, havia aflorado esta noite de seu subconsciente para lhe arruinar o sono.

O maldito Onetti! Uruguaio? Argentino? Rio-platense, em todo caso. Que mau momento o fizera passar! Curioso percurso, o da memória, curvas caprichosas, ziguezagues barrocos, hiatos incompreensíveis. Por que, agora, esta noite, essa ficção reaparecia em sua consciência, após dez anos em que provavelmente nem um só dia, nem uma só vez, ele tinha pensado nela? À luz dourada do abajur, projetada sobre a escrivaninha, revia apressadamente a pilha de cadernos que, calculou, correspondia à época em que havia lido *A vida breve*. Ao mesmo tempo, con-

tinuava vendo, cada vez mais nítidos, níveos, eretos, cálidos, na
cama noturna, na banheira matutina, assomando entre as dobras
da camisola ou do robe de seda ou pela abertura do decote, os
seios de Lucrecia. E voltava, retornava à lembrança da tremenda
impressão causada pela imagem inicial, pela história contada em
A vida breve, com crescente lucidez, como se aquela leitura fosse
fresca, recentíssima. Por que *A vida breve*? Por que esta noite?
  Finalmente, encontrou. No alto da página e sublinhado:
A vida breve. E, a seguir: "Soberba arquitetura, delicadíssima e
astuta construção: uma prosa e uma técnica muito superiores aos
seus pobres personagens e histórias anódinas." Não era uma frase muito entusiástica. Por que, então, essa comoção ao recordá-
la? Só porque seu subconsciente havia associado aquele seio da
Gertrudis do romance, amputado pelo bisturi, com os saudosos
seios de Lucrecia? Tinha claríssima a cena inicial, a imagem que
o chocara novamente. O medíocre empregadinho de uma agência publicitária de Buenos Aires, Juan María Brausen, narrador
da história, tortura-se em seu sórdido apartamento com a ideia
da mutilação de mama a que foi submetida na véspera ou esta
manhã sua mulher, Gertrudis, enquanto ouve, do outro lado do
tabique, a tagarelagem estúpida de uma nova vizinha, uma ex-
ou ainda puta, Queca, e vagamente imagina um argumento de
filme, que seu amigo e chefe Julio Stein lhe pediu. Ali estavam
as transcrições assustadoras: "... pensei na tarefa de olhar sem
repulsa a nova cicatriz que Gertrudis iria ter no peito, redonda
e complicada, com nervuras de um vermelho ou um rosa que o
tempo talvez viesse a transformar em uma confusão pálida, da
cor da outra, fina e sem relevo, ágil como uma assinatura, que
Gertrudis trazia no ventre e que eu havia reconhecido tantas vezes com a ponta da língua". E esta, ainda mais dilacerante, em
que Brausen, agarrando o touro pelos chifres, antecipa a única
maneira real que lhe permitiria convencer sua mulher de que
aquela mama cerceada não importava: "Porque a única prova
convincente, a única fonte que lhe proporcionará felicidade e
confiança, será erguer e baixar em plena luz, sobre o peito muti-
lado, um rosto transfigurado pela luxúria, beijar e enlouquecer-
me ali."
  "Quem escreve frases assim, que dez anos depois continuam arrepiando o leitor, enchendo seu corpo de estalactites,

é um criador", pensou don Rigoberto. Imaginou-se nu com sua mulher, na cama, contemplando a cicatriz quase invisível no lugar onde havia imperado aquela taça de carne tépida, aquela curvatura sedosa, beijando-a com avidez exagerada, aparentando uma excitação, um frenesi que ele não sentia nem voltaria a sentir, e reconheceu em seus cabelos a mão — agradecida, compadecida? — de sua amada, fazendo-o saber que já bastava. Não era necessário fingir. Por que eles, que haviam vivido em cada noite a verdade de seus desejos e seus sonhos até a medula, iriam mentir agora, dizendo-se que não importava, quando ambos sabiam que importava muitíssimo, que aquele seio ausente continuaria gravitando sobre todas as noites restantes? Maldito Onetti!

— Você teria a maior surpresa de sua vida — riu dona Lucrecia, fazendo um trinado de cantora de ópera que se prepara para entrar em cena. — Como eu, quando ela me contou. E, mais ainda, quando os vi. A maior surpresa de sua vida!

— Os peitos soberbos da embaixadora da Argélia? — surpreendeu-se don Rigoberto. — Reconstituídos?

— Da embaixatriz, a esposa do embaixador da Argélia — especificou dona Lucrecia. — Não se faça de bobo, você sabe muito bem de quem se trata. Ficou olhando para eles a noite inteira, durante o jantar na embaixada da França.

— É verdade, eram lindíssimos — admitiu don Rigoberto, enrubescendo. E, ao mesmo tempo em que acariciava, beijava e olhava com devoção os seios de dona Lucrecia, matizou seu entusiasmo com um galanteio: — Mas não tanto quanto os seus.

— Ora, não me importa — disse ela, despenteando-o. — São melhores do que os meus, o que posso fazer? Menores, porém mais perfeitos. E mais duros.

— Mais duros? — Don Rigoberto havia começado a engolir saliva. — Só se você a tivesse visto nua. Ou se tocasse neles.

Houve um silêncio auspicioso, que, no entanto, coexistia com o estrondo das ondas quebrando na escarpa, lá embaixo, ao pé do escritório.

— Eu a vi nua e os toquei — soletrou sua mulher, demorando-se nas palavras. — Você não se importa, não é? Mas a questão não é essa, é que são reconstituídos. De verdade.

Agora, don Rigoberto recordou que as mulheres de *A vida breve* — Queca, Gertrudis, Elena Sala — usavam cintas de seda por cima da calcinha, para afinar a cintura e manter a silhueta. De que data seria aquele romance de Onetti? Já nenhuma mulher usava cintas. Ele nunca tinha visto Lucrecia com uma cinta de seda. E tampouco vestida de pirata, nem de freira, nem de joqueta, nem de palhaço, nem de borboleta, nem de flor. Mas de cigana, sim, com lenço na cabeça, grandes argolas nas orelhas, blusa de babados, uma saia de ampla roda e muitas cores, e, no pescoço e nos braços, colares e pulseiras de miçangas. Recordou que estava sozinho, na madrugada úmida de Barranco, separado de Lucrecia havia cerca de um ano, e o atroz pessimismo romanesco de Juan María Brausen o impregnou. Sentiu, também, o que lia no caderno: "a certeza inolvidável de que não há em nenhum lugar uma mulher, um amigo, uma casa, um livro, nem sequer um vício, que possam me fazer feliz". Era essa solidão atroz, e não a cena do peito canceroso de Gertrudis, que havia desenterrado de seu subconsciente aquele romance; ele estava agora mergulhado em uma solidão tão ácida e um pessimismo tão negro quanto os de Brausen.

— Reconstruídos, como assim? — atreveu-se a perguntar, após um longo parêntese de desconcerto.

— Ela teve câncer e os seios foram removidos — informou dona Lucrecia, com brutalidade cirúrgica. — Depois, aos poucos, foram sendo reconstruídos, na Clínica Mayo de Nova York. Seis intervenções. Já pensou? Uma. Duas. Três. Quatro. Cinco. Seis. Ao longo de três anos. Mas ficaram mais perfeitos do que antes. Os médicos até refizeram os mamilos, com ruguinhas e tudo. Idênticos. Posso afirmar, porque os vi. Porque os toquei. Você não se importa, não é, meu amor?

— Evidente que não — apressou-se a responder don Rigoberto. Mas sua urgência o traiu, assim como a mudança de coloratura, as ressonâncias e implicações de sua voz. — Pode me dizer quando? Onde?

— Quando os vi? — atalhou-o dona Lucrecia, com sabedoria profissional. — Onde os toquei?

— Sim, sim — implorou ele, já sem cerimônia. — Se você quiser. E só o que achar que pode me contar, é claro.

200

"É claro!", saltou don Rigoberto. Agora entendia. O que havia provocado a súbita ressurreição, o regresso de Zorro, Tarzan ou d'Artagnan, dez anos depois, não tinha sido aquele peito emblemático nem o negror essencial do narrador de *A vida breve*, e sim a astuta maneira que Juan María Brausen tinha encontrado para se salvar. Claro! Bendito Onetti! Sorriu, aliviado, quase contente. A lembrança não havia aparecido para derrubá-lo, mas para ajudá-lo ou, como afirmava Brausen ao qualificar sua imaginação febril, para salvá-lo. Não era o que dizia, quando se transpunha da Buenos Aires real para a Santa María inventada, travestido de médico corrupto, Díaz Grey, que por dinheiro injetava morfina na misteriosa Elena Sala? Não dizia que essa transposição, essa mutação, essa elucubração, esse recurso ao fictício *o salvava*? Aqui estava, anotado no caderno: "Uma caixa chinesa. Na ficção de Onetti, seu personagem inventado, Brausen, inventa uma ficção na qual há um médico calcado nele, Díaz Grey, e uma mulher calcada em Gertrudis (embora ainda com os seios no lugar), Elena Sala, e essa ficção é mais do que o argumento de filme que Julio Stein lhe pediu: é sua maneira de defender-se da realidade confrontando-lhe o sonho, de aniquilar a horrível verdade da vida com a bela mentira da ficção." Estava feliz e exaltado por sua descoberta. Sentia-se Brausen, sentia-se redimido, a salvo, quando o preocupou outra citação de seu caderno, embaixo das de *A vida breve*. Era um verso de *If*, o poema de Kipling:

If you can dream — and not
make dreams your master

Uma advertência oportuna. Continuava dono dos seus sonhos, ou já era governado por eles, de tanto abusar desse recurso após sua separação de Lucrecia?

— Ficamos amigas desde aquele jantar na embaixada francesa — contava sua mulher. — Ela me convidou para tomar um banho de vapor em sua casa. Um costume bastante difundido nos países árabes, parece. Os banhos de vapor. Não são a mesma coisa que a sauna, que é banho seco. Eles mandaram construir um *hamman* no fundo do jardim, na residência de Orrantia.

Don Rigoberto continuava folheando, abobalhado, as páginas de seu caderno, mas não estava totalmente ali; já se via, também, naquele cerrado jardim de trombetas-cheirosas, espirradeiras brancas e cor-de-rosa e um intenso perfume da madressilva enredada nas colunas que sustentavam o telhado de um terraço. Deslumbrado, espiava as duas mulheres — Lucrecia, com um florido vestido primaveril e umas sandálias que deixavam descobertos seus alvos pés, e a embaixatriz da Argélia em uma túnica de seda de cores delicadas, que a manhã luminosa irisava — avançarem em meio a touceiras de gerânios vermelhos, crótons verdes e amarelos e uma grama cuidadosamente aparada, em direção à construção de madeira semiencoberta pelos ramos frondosos de um fícus. "O *hammam*, o banho de vapor", disse a si mesmo, sentindo o próprio coração. Via as duas mulheres de costas e admirava a semelhança de suas formas, as largas e desenvoltas nádegas movendo-se compassadamente, os dorsos elegantes, a curva dos quadris desenhando pregas em seus vestidos. Iam de braço dado, amigas cordialíssimas, levando toalhas nas mãos. "Estou ali, me salvando, e estou no meu escritório", pensou, "como Juan María Brausen em seu cubículo de Buenos Aires, desdobrando-se no cafetão Arce, que explora a vizinha Queca, e que por sua vez se salva desdobrando-se no doutor Díaz Grey, da inexistente Santa María". Mas distraiu-se das duas mulheres porque, ao virar uma página do caderno, topou com outra citação extraída de *A vida breve*: "A senhora nomeou plenipotenciários os seus peitos."

"Esta é a noite dos peitos", enterneceu-se. "Seremos, Brausen e eu, apenas dois esquizofrênicos?" Mas isso não lhe importava nem um pouco. Havia fechado os olhos e via as duas amigas se despirem sem melindres, com desenvoltura, como se tivessem celebrado muitas vezes esse ritual, na pequena ante-sala revestida de madeira do *hammam*. Penduravam as roupas em ganchos e se envolviam nas amplas toalhas, conversando animadamente sobre algo que don Rigoberto não entendia nem queria entender. Agora, empurrando uma portinha de madeira sem fechadura, passavam ao pequeno compartimento saturado de nuvenzinhas de vapor. Ele sentiu no rosto uma lufada de calor úmido que lhe molhava o pijama e se grudava ao seu corpo no dorso, no peito e nas pernas. O vapor lhe entrava pelas narinas, pela boca, pelos olhos, com um perfume semelhante ao pinho, ao sândalo, à menta. Tremia, com medo de que as amigas o descobrissem. Elas, porém, não lhe prestavam a menor atenção, como se ele não estivesse ali ou fosse invisível.

— Não pense que usaram nada artificial, silicone ou alguma dessas porcarias — esclareceu dona Lucrecia. — Nada disso. Reconstruíram os seios com pele e carne do próprio corpo dela. Tirando um pedacinho de barriga, outro de nádega, outro de coxa. Sem deixar a menor marca de nada. Ficou excelente, excelente, juro a você.

Era verdade, ele agora comprovava. Elas haviam tirado as toalhas e se sentado muito juntas por falta de espaço, em um estrado de ripas de madeira encostado à parede. Don Rigoberto contemplou os dois corpos despidos através dos movimentos ondulantes das nuvenzinhas quentes de vapor. Era melhor do que *O banho turco* de Ingres, pois, nesse quadro, o amontoado de nus desconcentrava a atenção — "a maldição coletivista", praguejou —, ao passo que, aqui, sua percepção podia se focalizar, abranger com um olhar as duas amigas, perscrutá-las sem perder o menor dos seus gestos, possuí-las em uma visão integral. Além disso, em *O banho turco*, os corpos estavam secos, e aqui, em poucos segundos, dona Lucrecia e a embaixatriz já mostravam suas peles cobertas de gotinhas brilhantes de transpiração. "Como são bonitas!", pensou, emocionado. "Juntas, mais ainda, como se a beleza de uma potencializasse a da outra."

— Não deixaram nem sombra de cicatriz — insistia dona Lucrecia. — Nem no ventre, nem na nádega nem na coxa. E muito menos nos peitos que fabricaram. Incrível, amor.

Don Rigoberto acreditava de pés juntos. Como não, se estava vendo essas duas perfeições tão de perto que, se estendesse a mão, conseguiria tocá-las? ("Ai, ai", conformou-se). O corpo de sua mulher era mais branco e o da embaixatriz, mais moreno, como que crescido e formado ao ar livre; a cabeleira de Lucrecia, lisa e negra, e a de sua amiga, crespa e arruivada, mas, apesar dessas diferenças, as duas se pareciam em seu desprezo à moda contemporânea da magreza e ao estilo esguio, em sua suntuosidade renascentista, em sua esplêndida abundância de tetas, coxas, nádegas e braços, nessas magníficas redondezes que — não precisava acariciá-las para saber — eram firmes, duras e rijas, comprimidas como se fossem modeladas por invisíveis corseletes, cintas, ligas, sutiãs. "O modelo clássico, a grande tradição", celebrou.

— Sofreu muito com tanta operação, com tanta convalescença — apiedava-se dona Lucrecia. — Mas foi ajudada por seu coquetismo, sua vontade de não se deixar vencer, de derrotar a Natureza, de continuar bonita. E, por fim, ganhou a guerra. Não acha que ela é linda?

— Você também é — orou don Rigoberto.

As duas tinham ficado agitadas pelo calor e pela transpiração. Respiravam fortemente, com lentos e profundos movimentos que erguiam e baixavam seus seios como ondulações do mar. Don Rigoberto estava em transe. O que se diziam? Por que haviam surgido esses brilhos maliciosos nos dois pares de olhos? Aguçou os ouvidos e escutou.

— Não consigo acreditar — dizia dona Lucrecia, olhando os peitos da embaixatriz e exagerando seu assombro. — Qualquer um ficaria louco. Não poderiam ser mais naturais!

— É o que diz meu marido — riu a embaixatriz, com malícia, empinando um pouco o torso a fim de exibir mais os seios. Falava fazendo um biquinho, com sotaque francês, mas seus jotas guturais e erres eram árabes. ("O pai nasceu em Orã e jogou futebol com Albert Camus", decidiu don Rigoberto.) — Garante que eles ficaram melhores do que antes, que agora gosta mais deles. Não pense que as operações os deixaram insensíveis. De jeito nenhum.

Riu de novo, simulando rubor, e dona Lucrecia riu também, dando-lhe na coxa uma leve palmadinha que sobressaltou don Rigoberto.

— Espero que você não leve a mal nem fique pensando coisas — disse, um momento depois. — Eu poderia tocá-los? Você se importaria? Morro de vontade de saber se, ao toque, são tão autênticos quanto parecem. Devo estar parecendo uma louca por lhe pedir isso. Mas você se importaria?

— Claro que não, Lucrecia — respondeu a embaixatriz, com familiaridade. Seu trejeito se havia acentuado e agora ela sorria com uma boca aberta de par em par, exibindo com legítimo orgulho seus dentes branquíssimos. — Você toca os meus, e eu os seus. Vamos comparar. Não há nada errado em que duas amigas se acariciem.

— É verdade, é verdade! — exclamou dona Lucrecia, entusiasmada. E deu uma olhadela de soslaio na direção de don Rigoberto. ("Desde o começo ela soube que eu estava aqui", suspirou ele.) — Não sei quanto ao seu marido, mas o meu adora isso. Vamos brincar, vamos brincar.

Tinham começado a se tocar, de início com muita prudência e timidez; depois, com mais atrevimento; agora, já se acariciavam os mamilos, sem dissimulação. Haviam se aproximado aos poucos. Abraçavam-se, as duas cabeleiras se confundiam. Don Rigoberto mal as divisava. As gotas de suor — ou, quem sabe, as lágrimas — irritavam de tal modo suas pupilas que ele precisava piscar sem descanso e fechar os olhos. "Estou feliz, estou entristecido", pensava, consciente da incongruência. Seria possível? Por que não? Era como estar em Buenos Aires e em Santa María, ou neste amanhecer, sozinho, rodeado de cadernos e gravuras no escritório desolado, e naquele jardim primaveril, entre nuvens de vapor, suando em bicas.

— Começou como uma brincadeira — explicou-lhe dona Lucrecia. — Para passar o tempo, enquanto eliminávamos as toxinas. Imediatamente, pensei em você. Se você aprovaria. Se isso o excitaria. Se o incomodaria. Se você me faria uma cena quando eu lhe contasse.

Ele, fiel à promessa de dedicar toda a noite a homenagear os seios plenipotenciários de sua mulher, havia se ajoelhado no chão, entre as pernas separadas de Lucrecia, sentada na beira da cama. Com amorosa solicitude, sustentava cada um dos seios dela em uma mão, exagerando os cuidados, como se eles fossem de frágil cristal e pudessem se quebrar. Beijava-os com a flor dos lábios, milímetro a milímetro, cultivador consciencioso que não deixa nenhuma elevação do terreno sem lavrar.

— Ou seja, me deu vontade de tocá-la para saber se, ao tato, seus peitos não pareceriam postiços. E ela fez o mesmo por cortesia, para não ficar quieta, como uma lesma. Mas, claro, era brincar com fogo.

— Claro — assentiu don Rigoberto, incansável em sua busca da simetria, saltando, equitativo, de um seio a outro. — Por que vocês foram se excitando? Por que, de tocá-los, passaram a beijá-los? A chupá-los?

Arrependeu-se no ato. Tinha violado aquele rigoroso código que estabelecia a incompatibilidade entre o prazer e o uso de palavras vulgares, sobretudo verbos (chupar, mamar), que feriam mortalmente qualquer ilusão.

— Eu não disse chupá-los — desculpou-se, tentando retroagir ao passado e corrigi-lo. — Fiquemos com beijá-los. Qual das duas começou? Você, minha vida?

Ouviu a suavíssima voz de Lucrecia, mas não conseguiu vê-la, porque ela se desvanecia muito depressa, como o bafejo no espelho, quando este é esfregado ou recebe uma lufada de ar fresco: "Sim, eu, não foi o que você me mandou fazer, o que você queria?" "Não", pensou don Rigoberto. "O que eu quero é tê-la aqui, em carne e osso, e não como fantasma. Porque eu amo você." A tristeza havia caído sobre ele como um aguaceiro, cujas trombas d'água impetuosas levaram de roldão o jardim, aquela residência, o aroma de sândalo, de pinho, de menta e de madressilva, o banho de vapor e as duas amigas carinhosas. Também o calor molhado de um momento antes e seu sonho. O frio da madrugada lhe trespassava os ossos. O isócrono mar golpeava com fúria os penhascos.

E então recordou que, no romance — maldito Onetti! bendito Onetti! —, a Queca e a Gorda se beijavam e se acariciavam às escondidas de Brausen, do falso Arce, e que a puta, ou ex-puta, a vizinha, a Queca, aquela que matavam, achava que seu apartamento estava cheio de monstros, de gnomos, de endríagos, invisíveis bestiolas metafísicas que vinham persegui-la. "A Queca e a Gorda", pensou, "Lucrecia e a embaixatriz". Esquizofrênico, igual a Brausen. Nem os fantasmas o salvavam mais, antes o sepultavam a cada dia em uma solidão mais profunda, deixando seu escritório semeado de alimárias ferozes, como o apartamento da Queca. Deveria incendiar esta casa? Com ele e Fonchito dentro?

No caderno, lampejou um sonho erótico de Juan María Brausen ("tirado de uns quadros de Paul Delvaux que Onetti não podia conhecer quando escreveu *A vida breve*, porque o surrealista belga nem sequer os tinha pintado", dizia uma notinha entre parênteses): "Abandono-me contra o espaldar da cadeira, contra o ombro da moça, e imagino estar afastando-me de uma pequena cidade formada por casas de encontros; de uma aldeia secreta onde casais despidos deambulam por jardinzinhos, pavimentos musgosos, protegendo-se os rostos com as mãos abertas quando se acendem luzes, quando deparam com criados pederastas...". Acabaria como Brausen? Já seria Brausen? Um medíocre frustrado que fracassou como idealista católico, reformador social evangélico e também, a seguir, como irredento libertário individualista e agnóstico hedonista, como fabricante de enclaves privados de alta fantasia e bom gosto artístico, que vê tudo desmoronar ao seu redor, a mulher a quem ama, o filho que procriou, os sonhos que desejou incrustar na realidade, e que declina a cada dia, a cada noite, por trás da repelente máscara de gerente de uma próspera companhia de seguros, transformado naquele "desesperado puro" de que falava o romance de Onetti, em um arremedo do masoquista pessimista de *A vida breve*. Brausen, pelo menos, no final se arranjava para escapar de Buenos Aires, e, tomando trens, automóveis, barcos ou ônibus, conseguia chegar a Santa María, a colônia rio-platense de sua invenção. Don Rigoberto ainda estava suficientemente lúcido para saber que não podia se contrabandear para as ficções, saltar dentro do sonho. Ainda não era Brausen. Havia tempo para reagir, fazer algo. Mas o quê, o quê?

BRINCADEIRAS INVISÍVEIS

Entro em tua casa pela chaminé da lareira, embora não seja Papai Noel. Vou flutuando até teu dormitório e, grudadinha ao teu rosto, imito o zumbido do mosquito. Entre sonhos, começas a dar tapas na escuridão contra um pobre pernilonguinho que não existe.

Quando me canso de brincar de mosquito, descubro teus pés e sopro uma corrente de ar frio que te enregela os ossos. Começas a tremer, te encolhes, puxas o cobertor, bates os dentes, te escondes sob o travesseiro e até te vêm uns espirros que não são os de tua alergia.

Então, me transformo em um calorzinho piurano, amazônico, que te encharca de suor dos pés à cabeça. Pareces um franguinho molhado, chutando os lençóis para o chão, arrancando o paletó e a calça do pijama. Até que ficas peladinho, suando, suando e arquejando como um fole.

Depois, me transformo em uma pena e te faço cosquinhas, na planta dos pés, na orelha, nas axilas. Ih-ih!, ah-ah!, oh-oh!, ris sem despertar, fazendo caretas desesperadas e movendo-te, à direita, à esquerda, para que desapareçam as cãibrazinhas da gargalhada. Até que, por fim, acordas, assustado, sem me ver, mas sentindo que alguém ronda por ali no escuro.

Quando te levantas e vais ao teu escritório, para te distraíres com tuas gravuras, apronto armadilhas pelo caminho. Removo cadeiras, enfeites e mesas dos seus lugares, para que tropeces e grites "Aiaiaiii!", esfregando as canelas. Às vezes te escondo o roupão, os chinelos. Às vezes, derramo o copo d'água que colocas no criado-mudo para bebê-lo ao acordar. Como te aborreces, quando abres os olhos e tateias procurando-o, e descobres que ele está no meio de uma poça, no chão!

Assim nos divertimos com nossos amores, nós outras.

Tua, tua, tua,
A fantasminha apaixonada

VIII. Fera no espelho

"Esta noite eu fui", deixou escapar dona Lucrecia. Antes de se dar conta do que havia falado, escutou Fonchito: "Para onde, madrasta?" Enrubesceu até a raiz dos cabelos, roída pela vergonha.

— Não consegui pregar olho, foi o que eu quis dizer — mentiu, porque fazia tempo que não tinha um sono tão profundo, embora, isto sim, agitado pelas turbulências do desejo e pelos fantasmas do amor. — De tão cansada, nem sei mais o que digo.

O menino voltara a se concentrar naquela página do livro sobre o pintor dos seus amores, na qual se via uma fotografia de Egon Schiele olhando-se no grande espelho de seu ateliê. A imagem o reproduzia de corpo inteiro, mãos nos bolsos, os curtos cabelos despenteados, a esbelta silhueta juvenil embutida em uma camisa branca de colarinho postiço, de gravata mas sem paletó, e as mãos, claro, escondidas nos bolsos de uma calça que parecia arregaçada para atravessar um rio. Desde que chegara, Fonchito não tinha feito mais do que falar daquele espelho, tentando várias vezes entabular conversa sobre a tal foto; mas dona Lucrecia, absorta em seus pensamentos, ainda invadida pela exaltação confusa, pelas dúvidas e esperanças em que o surpreendente desenvolvimento de sua correspondência anônima a mantinha mergulhada desde a véspera, não lhe havia prestado atenção. Olhou a cabeça de cachinhos dourados de Fonchito e divisou seu perfil, o sisudo escrutínio a que ele submetia a foto, como se quisesse arrancar dali algum segredo. "Não se deu conta, não entendeu." Embora, com ele, nunca se soubesse. Talvez tivesse entendido muito bem mas dissimulasse, para não aumentar o embaraço dela.

Ou, para o menino, "ir" não queria dizer a mesma coisa? Recordou que, tempos atrás, ela e Rigoberto tinham tido uma daquelas conversas escabrosas que o código secreto que governava suas vidas só permitia à noite e na cama, nas preliminares, durante o amor ou depois dele. Seu marido havia lhe assegurado que a nova geração já não dizia "ir", mas "chegar", o que ilustrava, também no delicado território venusiano, a influência do inglês, pois os gringos e as gringas, quando faziam amor, "chegavam" (*to come*), e não iam, como os latinos, a nenhum lugar. Fosse como fosse, dona Lucrecia tinha ido, chegado ou terminado (este era o verbo que ela e don Rigoberto haviam adotado nos dez anos de casamento, depois de combinar que jamais se refeririam a esse belo final do corpo-a-corpo erótico pelo grosseiro e clínico "orgasmo" e menos ainda pela pluviosa e agressiva "ejaculação") na noite anterior, gozando intensamente, com um prazer extremado, quase doloroso — acordara banhada em suor, os dentes se entrechocando, as mãos e os pés convulsos —, sonhando que havia comparecido ao misterioso encontro da carta anônima, cumprindo todas as extravagantes instruções, e por fim, depois de deslocamentos rocambolescos pelas ruas escuras do centro e pelos subúrbios de Lima, tinha sido — com os olhos vendados, evidentemente — introduzida em uma casa cujo odor ela reconheceu, levada por uma escada até um segundo andar — desde o primeiro momento, teve certeza de que se tratava da casa de Barranco —, despida e derrubada em uma cama que ela identificou igualmente como a sua de sempre, até que se sentiu envolvida, abraçada, invadida e preenchida por um corpo que, claro, era o de Rigoberto. Tinham terminado — ido ou chegado — juntos, algo que não lhes acontecia com frequência. Ambos haviam achado isso um bom sinal, um feliz augúrio para a nova etapa que se abria depois da abracadabrante reconciliação. Então, acordou, úmida, lânguida, confusa, e precisou lutar um bom tempo para aceitar que aquela felicidade intensa havia sido apenas um sonho.

— Schiele ganhou de sua mãe esse espelho. — A voz de Fonchito a devolveu à sua casa, à grisalha de San Isidro, aos gritos dos garotos que batiam bola no Olivar; o menino tinha o rosto voltado para ela. — Pediu muitas e muitas vezes que ela o presenteasse. Alguns dizem que ele o roubou. Que morria de vontade de tê-lo, até que, um dia, foi à casa da mãe e o levou escondido. E que ela se resignou e acabou deixando-o no ateliê. Foi o primeiro que ele teve, e o conservou sempre, se mudou com esse espelho para todos os seus ateliês, até sua morte.

— Por que esse espelho é tão importante? — Dona Lucrecia fez um esforço para se interessar. — Ele era um Narciso, disso já sabemos. Essa foto o mostra como tal. Contemplando-se, enamorado de si mesmo, fazendo cara de vítima. Para que o mundo o amasse e o admirasse, tanto quanto ele se amava e se admirava.

Fonchito deu uma gargalhada.

— Que imaginação, madrasta! — exclamou. — Por isso é que eu gosto das nossas conversas; você tem umas ideias, como eu. De tudo, tira uma história. Somos parecidos, não é? Com você, eu não me entedio nunca.

— E eu tampouco, em sua companhia — disse ela, jogando-lhe um beijo. — Já lhe dei minha opinião, agora me dê a sua. Por que o espelho lhe interessa tanto?

— Eu sonho com ele — confessou Fonchito. E, com um sorrisinho mefistofélico, acrescentou: — Para Egon, era importantíssimo. Como você acha que ele pintou sua centena de autorretratos? Graças a esse espelho, que também lhe serviu para pintar suas modelos, refletidas. Não era um capricho. Era que, era que...

Fez uma careta, buscando, mas dona Lucrecia adivinhou que não eram palavras o que faltava a ele, mas uma ideia ainda imprecisa, inconcreta, ainda em gestação naquela cabecinha precoce. A paixão do menino por esse pintor, agora ela estava segura, era patológica. Mas, por isso mesmo, talvez pudesse também determinar para Fonchito um futuro excepcional, de criador excêntrico, de artista extravagante. Se comparecesse ao encontro e fizesse as pazes com Rigoberto, comentaria isso. "Você gosta da ideia de ter um filho genial e neurótico?" E lhe perguntaria se não havia um risco para a saúde psíquica do menino no fato de ele se identificar a tal ponto com um pintor de inclinações tão retorcidas como Egon Schiele. Mas, então, Rigoberto responderia: "Como assim? Você tem visto Fonchito? Enquanto estávamos separados? Enquanto eu lhe escrevia cartas de amor, esquecendo o acontecido, perdoando o acontecido, você o recebia às escondidas? O menininho que você corrompeu, levando-o para sua cama?" "Meu Deus, meu Deus, virei uma idiota completa", pensou dona Lucrecia. Se fosse àquele encontro, a única coisa que não podia fazer era mencionar uma só vez o nome de Alfonso.

— Oi, Justita — disse o menino cumprimentando a empregada, que entrava na sala de jantar vestida com esmero, avental engomado, com a bandeja do chá e os indefectíveis *chancays* tostados com manteiga e geleia. — Não vá embora, quero lhe mostrar uma coisa. O que você vê aqui?

— E o que poderia ser, além das porcarias de que você gosta tanto? — Justiniana pousou os olhos irrequietos sobre o livro por um bom tempo. — Um descarado que deita e rola, vendo duas moças peladas, de meias e chapéu, se exibindo para ele.

— É o que parece, certo? — exclamou Fonchito, com ar de triunfo. Estendeu o livro a dona Lucrecia para que ela examinasse a reprodução em página inteira. — Mas não são duas modelos, é uma só. Por que a gente vê duas, uma de frente e outra de costas? Por causa do espelho! Entendeu, madrasta? O título explica tudo.

Schiele desenhando uma modelo nua diante do espelho (1910, Graphische Sammlung Albertina, Viena), leu dona Lucrecia. Enquanto examinava a imagem, intrigada por algo que ela não sabia o que era, exceto que não estava propriamente no quadro, uma presença, ou antes uma ausência, mal ouvia Fonchito, já tomado por aquele estado de excitação progressiva em que sempre entrava ao falar de Schiele. O menino explicava a Justiniana que o espelho "está onde nós estamos, nós que vemos o quadro". E que a modelo vista de frente não era a de carne e osso, mas a imagem do espelho, ao passo que eram reais, e não reflexos, o pintor e a mesma modelo vista de costas. O que significava que Egon Schiele havia começado a pintar Moa estando ela de costas para o espelho, mas depois, atraído pela parte dela que ele não via diretamente, e sim projetada, decidiu pintá-la também assim. Com isso, graças ao espelho, pintou duas Moas que, na verdade, eram uma: a Moa completa, a Moa com suas duas metades, uma Moa que ninguém poderia olhar na realidade porque "nós só vemos o que temos à nossa frente, e não a parte de trás dessa frente". Compreendia por que esse espelho era tão importante para Egon Schiele?

— A senhora não acha que ele está com um parafuso frouxo, patroa? — exagerou Justiniana, tocando a têmpora.

213

— Há muito tempo — assentiu dona Lucrecia. Depois, virando-se para Fonchito, encadeou: — Quem era essa Moa?

Uma taitiana. Chegou a Viena e foi morar com um pintor, que era também mímico e louco: Erwin Dominik Ose. O menino se apressou a passar as páginas e a mostrar a dona Lucrecia e Justiniana várias reproduções da taitiana Moa, dançando, envolta em túnicas multicores por cujas dobras assomavam seus miúdos seios de mamilos em riste e, como duas aranhas escondidas sob seus braços, os tufinhos das axilas. Dançava nos cabarés, era musa de poetas e pintores e, além de posar para Egon, também tinha sido sua amante.

— Isso eu adivinhei desde o princípio — comentou Justiniana. — O bandido sempre se deitava com suas modelos depois de pintá-las, já sabemos.

— Às vezes, antes, e às vezes, enquanto as pintava — assegurou Fonchito, tranquilo, aprovando. — Mas não com todas. Em sua agenda de 1918, seu último ano, aparecem 117 visitas de modelos ao seu ateliê. Ele podia se deitar com tantas, em tão pouco tempo?

— Só se ficou tuberculoso — galhofou Justiniana. — Morreu dos pulmões?

— Morreu de gripe espanhola, aos 28 anos — informou Fonchito. — E é assim que eu vou morrer também, caso você não saiba.

— Não diga isso nem brincando, que dá azar — repreendeu-o a empregada.

— Mas aqui há uma coisa que não bate — interrompeu-os dona Lucrecia.

Tinha arrancado ao menino o livro de reproduções e voltava a examinar, com atenção, aquele desenho sobre fundo sépia, de linhas precisas e delgadas, do pintor com a modelo duplicada ("ou melhor, cindida?") pelo espelho, e no qual, aos olhos concentrados, quase hostis, de Schiele, parecia responder o melancólico, sedoso e cintilante olhar de Moa, dançarina de cílios azulados. Dona Lucrecia se inquietava com algo que acabava de identificar. Ah, sim, o chapéu entrevisto de costas. Exceto por esse detalhe, em todo o resto as duas partes da delicada, requebrante e sensual silhueta da taitiana, com pelos como aranhas no púbis e embaixo dos braços, coincidiam à perfeição; uma vez

214

percebida a presença do espelho, reconheciam-se as duas metades da mesma pessoa nas duas figuras que o artista observava. No chapéu, porém, não. A de costas trazia na cabeça um objeto que, sob essa perspectiva, não parecia um chapéu, mas algo incerto, inquietante, uma espécie de capuz, e até, até, uma cabeça de fera. Isto, uma espécie de tigre. Nada, em todo caso, que se parecesse com o coquete chapeuzinho feminino, gracioso, que enfeitava a carinha de Moa vista de frente.

— Que curioso — insistiu a madrasta. — Visto de costas, este chapéu se transforma em uma máscara. A cabeça de uma fera.

— Como aquela que o papai pede que você coloque diante do espelho, madrasta?

O sorriso de dona Lucrecia se congelou. De repente, ela compreendeu a razão do difuso mal-estar que a invadira desde que o menino lhe havia mostrado *Schiele desenhando uma modelo nua diante do espelho.*

— O que a senhora tem, patroa? — preocupou-se Justiniana. — Está branca, branca!

— Então, é você — balbuciou ela, olhando incrédula para Fonchito. — As cartas anônimas quem me manda é você, pedaço de farsante.

Era ele, claro que sim. Aquilo constava da penúltima ou antepenúltima carta. Não era necessário ir buscá-la, a frase revivia com todos os pontos e vírgulas em sua memória: "Te despirás diante do espelho, conservando as meias, e esconderás tua formosa cabeça sob a máscara de uma fera bravia, de preferência uma tigresa ou uma leoa. Quebrarás o quadril direito, flexionarás a perna esquerda, apoiarás tua mão no quadril oposto, na pose mais provocante. Eu estarei olhando, sentadinho em minha cadeira, com a reverência habitual." Não era o que ela estava vendo? O maldito fedelho brincava com ela a seu gosto! Pegou o livro de reproduções e, cega de raiva, lançou-o contra Fonchito. O menino não conseguiu se esquivar. Recebeu o livro em plena cara, com um grito, ao qual se seguiu outro, da assustada Justiniana. Com o impacto, ele caiu de costas sobre o tapete, com as mãos no rosto, e ficou olhando para a madrasta, exorbitado. Dona Lucrecia não pensou que havia agido mal, deixando-se vencer pela cólera. Esta a dominava demais para que ela se arrependesse. Enquanto a empregada ajudava Fonchito a se levantar, continuou gritando, fora de si:

— Mentiroso, hipócrita, mosca-morta! Acha que tem o direito de brincar assim comigo, sendo eu uma velha e você um melequento que ainda não saiu das fraldas?

— O que você tem, o que eu lhe fiz? — balbuciava Fonchito, tentando se safar dos braços de Justita.

— Calma, patroa, a senhora machucou o menino, veja, ele está sangrando pelo nariz — dizia Justiniana. — E você, fique quieto, Foncho, me deixe ver.

— O que você me fez?! Como assim, seu fingido? — vociferava dona Lucrecia, ainda mais furiosa. — Acha pouco? Me escrever cartas anônimas? Inventar a palhaçada de que eram do seu pai?

— Mas eu não lhe mandei nenhuma carta anônima — protestava o menino, enquanto a empregada, de joelhos, limpava-lhe o sangue do nariz com um guardanapo de papel. "Não se mexa, não se mexa, assim vai se manchar todo."

— Seu maldito espelho o delatou, seu maldito Egon Schiele — gritou ainda dona Lucrecia. — Você se achava muito esperto, hem? Mas não é, seu paspalhão. Como sabe que ele me pedia isso, que eu botasse uma máscara de fera?

— Foi você quem me contou, madrasta — começou a tartamudear Fonchito, mas calou-se ao ver que dona Lucrecia ficava de pé. Protegeu o rosto com as duas mãos, como se ela fosse estapeá-lo.

— Eu nunca lhe falei dessa máscara, mentiroso — explodiu a madrasta, iracunda. — Vou buscar a carta, vou ler para você. E você vai engoli-la e me pedir perdão. Nunca mais eu o deixo botar os pés nesta casa. Ouviu? Nunca mais.

Indignadíssima, passou como um furacão diante de Justiniana e Fonchito. Mas, antes de ir até a penteadeira onde guardava as cartas anônimas, entrou no banheiro para jogar água fria no rosto e esfregar as têmporas com água-de-colônia. Não conseguia se acalmar. Este moleque, este moleque. Brincando com ela, o gatinho com uma ratazana grande. Mandando-lhe cartas atrevidas e rebuscadas para fazê-la acreditar que eram de Rigoberto, alimentando nela a esperança de uma reconciliação. O que ele queria? Que intriga tramava? Por que essa farsa? Divertir-se, divertir-se dispondo das emoções dela, de sua vida? Fonchito era perverso, sádico. Tinha prazer em iludi-la e vê-la desmoronar depois, desapontada.

Voltou ao seu quarto, sem se acalmar totalmente, e não precisou procurar muito na gaveta da penteadeira para encontrar a carta. Era a sétima anônima. Ali estava, mais ou menos como em sua lembrança, a frase que a deixara com a pulga atrás da orelha: "... esconderás tua formosa cabeça sob a máscara de uma fera bravia, de preferência a tigresa no cio do Rubén Darío de *Azul...*, ou uma leoa sudanesa. Quebrarás o quadril..." etc. etc. A taitiana Moa no desenho de Schiele, nem mais nem menos. O enredeiro precoce, o intrigantezinho. Tivera a desfaçatez de lhe fazer todo um teatro com o espelho de Schiele e até de lhe mostrar o quadro que o havia delatado. Ela não lamentava ter jogado o livro em cima dele, mesmo lhe tirando sangue do nariz. Muito benfeito! Não tinha destroçado sua vida, esse pequeno demônio? Porque não tinha sido ela a corruptora, embora a diferença de idade a condenasse; tinha sido ele, ele mesmo, o corruptor. Com seus poucos aninhos, com sua carinha de querubim, era um Mefistófeles, Lúcifer em pessoa. Mas, agora, isso tinha acabado. Ela o faria engolir esta carta anônima, sim, e o expulsaria da casa. Para ele não voltar nunca mais, não se intrometer em sua vida nunca mais.

Mas, na sala de jantar, só encontrou Justiniana. Esta, compungida, lhe mostrou o guardanapo de papel com manchinhas de sangue.

— Foi embora chorando, patroa. Não pela pancada no nariz, mas porque a senhora, quando o agrediu, rasgou o livro desse pintor que ele tanto ama. Ficou muito magoado, isso ficou.

— Não me diga que agora está com pena do coitadinho! — A senhora Lucrecia despencou na poltrona, exausta. — Não percebe o que esse menino me fez? Foi ele, ele mesmo, quem me mandou as cartas anônimas.

— Ele me garantiu que não, patroa. Jurou pelo que há de mais sagrado, disse que é o patrão quem está mandando.

— Mentira. — Dona Lucrecia sentia um cansaço de séculos. Iria desmaiar? Que vontade de ir para a cama, de dormir uma semana seguida! — Ele mesmo se entregou, com aquela conversa mole sobre a máscara e o espelho.

Justiniana se aproximou e lhe falou quase em segredo.

— A senhora tem certeza de que não leu essa carta para ele? De que não contou a história da máscara? Fonchito é um serelepe, de tão sabido, patroa. Acha que ele ia se deixar apanhar tão facilmente?

— Eu nunca li essa carta para ele, nunca lhe falei da máscara — afirmou dona Lucrecia. Mas, no mesmo instante, duvidou.

Não o teria feito mesmo? Ontem, anteontem? Andava com a cabeça muito atrapalhada nesses dias; desde aquela cascata de cartas anônimas, vivia perdida em um bosque de conjecturas, divagações, suspeitas, fantasias. Não era possível, afinal? Que ela houvesse contado, mencionado, até lido para ele, a estranha instrução de que posasse nua, com meias e uma máscara de fera, diante de um espelho? Se tivesse falado isso, então havia cometido uma grande injustiça, insultando-o e golpeando-o.

— Estou farta dessa história toda — murmurou, fazendo esforços para conter as lágrimas. — Farta, Justita, farta. Pode ser que eu tenha contado e depois esquecido. Não sei mais onde tenho a cabeça. Talvez. Eu queria ir embora desta cidade, deste país. Para um lugar onde ninguém me conheça. Longe de Rigoberto e de Fonchito. Por culpa dessa dupla, caí em um poço e nunca mais poderei sair ao ar livre.

— Não fique triste, patroa. — Justiniana lhe pôs a mão no ombro, acariciou-lhe a testa. — Não se amargure. E também não se preocupe. Existe uma maneira facílima de saber se quem lhe escreve essas besteiras é Fonchito ou don Rigoberto.

Dona Lucrecia ergueu a vista. Os olhos da empregada faiscavam.

— Claro, patroa, pois então — continuava ela, falando com as mãos, os olhos, os lábios, os dentes. — Ele não marca o tal encontro, na última? Isto mesmo. Vá aonde ele diz, faça o que ele pede.

— E você acha que eu vou fazer essas palhaçadas de dramalhão mexicano? — fingiu se escandalizar dona Lucrecia.

— Porque, assim, saberá quem é o autor das cartas — concluiu Justiniana. — Eu vou junto, se a senhora quiser, para não se sentir só. E também porque estou morrendo de curiosidade, patroa. O filhinho ou o painho? Qual será?

Riu, com o descaramento e a graça habituais, e dona Lucrecia acabou sorrindo também. Afinal, talvez esta maluca tivesse razão. Se comparecesse ao indecoroso encontro, tiraria a dúvida de uma vez por todas.

— Ele não se apresentará, vai me deixar chupando dedo mais uma vez — argumentou, sem muita força, sabendo intimamente que já estava decidida. Iria, faria todas as palhaçadas que o painho ou o filhinho lhe pedia. Continuaria entrando no jogo ao qual, querendo ou não, ela também vinha aderindo havia muito tempo.

— Quer que eu lhe prepare um banhinho de água morna, com sais, para passar a raiva? — Justiniana estava animadíssima.

Dona Lucrecia aceitou. Que droga, agora sua sensação era a de ter se precipitado, de ter cometido uma tremenda injustiça contra o pobre Fonchito.

CARTA AO LEITOR DE *PLAYBOY*
OU TRATADO MÍNIMO DE ESTÉTICA

Sendo o erotismo a humanização inteligente e sensível do amor físico, e a pornografia, seu barateamento e sua degradação, eu acuso o senhor, leitor de *Playboy* ou de *Penthouse*, frequentador de antros que exibem filmes *porno-hard* e de *sex shops* onde se adquirem vibradores elétricos, consoladores de borracha e camisinhas com cristas de galo ou mitras arcebispais, de contribuir para o veloz retrocesso, à mera cópula animal, do mais eficaz atributo concedido ao homem e à mulher para se assemelharem aos deuses (os pagãos, é claro, que não eram castos nem cheios de melindres em questões sexuais como aquele que sabemos).

O senhor comete abertamente um crime, a cada mês, por renunciar a exercer sua própria imaginação, atiçada pelo fogo de seus desejos, por ceder à medíocre tara de permitir que suas pulsões mais sutis, as do apetite carnal, sejam embridadas por produtos manufaturados à maneira de clones, que, aparentando satisfazer as urgências sexuais, na verdade as subjugam, aguando-as, serializando-as e constringindo-as dentro de caricaturas

219

que vulgarizam o sexo, despojam-no de originalidade, de mistério e de beleza, para transformá-lo em mascarada, quando não em ignóbil afronta ao bom gosto. Para que perceba com quem está lidando, talvez o senhor apreenda melhor meu pensamento ao saber que (monógamo como sou, embora benevolente com o adultério) tenho por fontes mais apetecíveis de cobiças eróticas a defunta e respeitabilíssima estadista de Israel dona Golda Meir ou a austera senhora Margaret Thatcher do Reino Unido, de quem nunca se moveu um só fio de cabelo enquanto foi primeira-ministra, do que qualquer uma dessas bonecas canforadas, de tetas infladas pelo silicone, púbis cardados e tingidos que parecem intercambiáveis, uma mesma impostura multiplicada por uma fôrma única, as quais, para que o ridículo complemente a estupidez, aparecem nessa inimiga de Eros que é a *Playboy*, em página desdobrável e com orelhas e rabo de pelúcia, ostentando o cetro de "A coelhinha do mês".

Meu ódio à *Playboy*, à *Penthouse* e congêneres não é gratuito. Esse espécime de revista é um símbolo do acanalhamento do sexo, do desaparecimento dos belos tabus que costumavam rodeá-lo e graças aos quais o espírito humano podia rebelar-se, exercendo a liberdade individual, afirmando a personalidade singular de cada um, e o indivíduo soberano criar-se pouco a pouco na elaboração, secreta e discreta, de rituais, condutas, imagens, cultos, fantasias e cerimônias que, enobrecendo eticamente e conferindo categoria estética ao ato do amor, desanimalizaram-no progressivamente até transformá-lo em ato criativo. Um ato graças ao qual, na reservada intimidade das alcovas, um homem e uma mulher (cito a fórmula ortodoxa, mas, claro, poderia tratar-se de um cavalheiro e uma palmípede, de duas mulheres, de dois ou três homens, e de todas as combinações imagináveis sempre que o elenco não ultrapasse o trio ou, concessão máxima, os dois pares) podiam, por algumas horas, emular Homero, Fídias, Botticelli ou Beethoven. Sei que o senhor não me entende, mas não importa; se me entendesse, não seria tão imbecil a ponto de sincronizar suas ereções e seus orgasmos com o relógio (de ouro maciço e à prova d'água, seguramente?) de um sujeito chamado Hugh Heffner.

O problema é mais estético do que ético, filosófico, sexual, psicológico ou político, embora, para mim, desnecessário dizer, essa separação não seja aceitável, porque *tudo* o que importa é, a curto ou a longo prazo, estético. A pornografia despoja o erotismo do conteúdo artístico, privilegia o orgânico sobre o espiritual e o mental, como se o desejo e o prazer tivessem por protagonistas falos e vulvas e esses adminículos não fossem meros servos dos fantasmas que governam nossas almas, e segrega o amor físico do resto das experiências humanas. O erotismo, ao contrário, integra-o com tudo o que somos e temos. Enquanto, para o senhor, pornógrafo, a única coisa que conta na hora de fazer amor é, como para um cão, um macaco ou um cavalo, ejacular, Lucrecia e eu, inveje-nos, fazemos amor *também* tomando o desjejum, vestindo-nos, ouvindo Mahler, conversando com amigos e contemplando as nuvens ou o mar.

Quando digo estético, talvez o senhor possa pensar — se é que a pornografia e o pensamento são compatíveis — que, por esse atalho, caio na armadilha do gregário e que, como os valores geralmente são compartilhados, nesse domínio eu sou menos eu e um pouco mais eles, isto é, uma parte da tribo. Reconheço que o perigo existe; mas o combato sem trégua, dia e noite, defendendo minha independência contra ventos e marés mediante o uso constante de minha liberdade.

Aprenda, ou pelo menos julgue, por esta pequena amostra de meu tratado de estética particular (que espero não compartilhar com muita gente e que é flexível, desfaz-se e se refaz como a argila nas mãos de um destro ceramista).

Tudo o que brilha é feio. Há cidades brilhantes, como Viena, Buenos Aires e Paris; escritores brilhantes, como Umberto Eco, Carlos Fuentes, Milan Kundera e John Updike, e pintores brilhantes, como Andy Warhol, Matta e Tàpies. Embora tudo isso cintile, para mim é prescindível. Sem exceção, todos os arquitetos modernos são brilhantes, pelo que a arquitetura marginalizou-se da arte e tornou-se um ramo da publicidade e das relações públicas; portanto, é conveniente descartar todos eles em bloco e recorrer unicamente a pedreiros, a mestres de obras e à inspiração dos profanos. Não existem músicos brilhantes, embora compositores como Maurice Ravel e Erik Satie tenham lutado por sê-lo e quase o conseguiram. O cinema, tão divertido quanto o judô ou a luta livre, é pós-artístico e não merece ser incluído em considerações sobre estética, apesar de algumas anomalias ocidentais (esta noite eu salvaria Visconti, Orson Welles, Buñuel, Berlanga e John Ford) e uma japonesa (Kurosawa).

Toda pessoa que escreve "nuclear-se", "colocação", "conscientizar", "visualizar", "societal" e sobretudo "telúrico" é um filho (ou filha) da puta. Também o são os que usam palito em público, infligindo ao próximo esse repelente espetáculo que enfeia as paisagens. Igualmente, esses asquerosos que tiram o miolo do pão, amassam-no e o deixam sobre a mesa, transformado em bolinhas. Não me pergunte por que os autores dessas barbaridades são uns filhos (ou filhas) da puta; só a inspiração intui e assimila tais conhecimentos; eles são infusos, não podem ser aprendidos. A mesma norma vale, evidentemente, para o mortal de qualquer sexo que, pretendendo castelhanizar as bebidas, escreve *güisqui*, *yinyerel* ou *jaibol.* Estes últimos, estas últimas, deveriam inclusive morrer, pois suspeito que suas vidas são supérfluas.

A obrigação de um filme e de um livro é entreter-me. Se, vendo-o ou lendo-o, eu me distraio, cabeceio ou adormeço, eles faltaram ao seu dever e são um mau livro, um mau filme. Exemplos conspícuos: *O homem sem qualidades*, de Musil, e todos os filmes desses embustes chamados Oliver Stone ou Quentin Tarantino.

No que se refere à pintura e à escultura, meu critério de avaliação artística é muito simples: tudo o que eu poderia fazer em matéria pictórica ou escultural é uma merda. Só se qualificam, portanto, os artistas cujas obras estão fora do alcance de minha mediocridade criativa, aqueles que eu não poderia reproduzir. Esse critério me permitiu determinar, ao primeiro golpe de vista, que toda a obra de "artistas" como Andy Warhol ou Frida Kahlo é uma embromação, e, ao contrário, que até o mais elementar desenho de Georg Grosz, de Chillida ou de Balthus é genial. Além dessa regra geral, a obrigação de um quadro também é a de me excitar (expressão que não me agrada, mas uso-a porque a alegoria crioula "deixar-me em ponto de bala" me agrada ainda menos, já que introduz um elemento risível em algo que é seriíssimo). Se me agrada, mas me deixa frio, sem a imaginação invadida por desejos teatral-copulatórios e sem aquelas rumorosas cócegas nos testículos que precedem as ternas

---

* Por *whisky, ginger ale* e *highball.* (N. da T.)

ereções, é um quadro sem interesse, mesmo que se trate da *Mona Lisa*, do *Homem com a mão no peito*, de *Guernica* ou da *Ronda noturna*. Assim, o senhor ficará surpreso ao saber que de Goya, outro monstro sagrado, só me aprazem os sapatinhos de fivelas douradas, saltos em ponta e adornos de cetim, acompanhados por meias brancas de renda, com os quais em seus óleos ele calçava suas marquesas, e que nos quadros de Renoir eu só olho com benevolência (prazer, às vezes) os rosados traseiros de suas camponesas e evito o resto do corpo, sobretudo aquelas carinhas embonecadas e os olhos de vagalume, que antecipam — *vade retro!* — as coelhinhas da *Playboy*. De Courbet, interessam-me as lésbicas e aquele gigantesco traseiro que fez ruborizar-se a suscetível imperatriz Eugênia.

A obrigação da música para comigo é mergulhar-me em uma vertigem de puras sensações, que me faça esquecer a parte mais tediosa de mim mesmo, a civil e municipal, que me livre de preocupações, me isole em um enclave sem contato com a sórdida realidade circundante, e, desse modo, me permita pensar com clareza nas fantasias (geralmente eróticas, e sempre com minha esposa no papel estelar) que me tornam suportável a existência. *Ergo*, se a música se faz excessivamente presente e, porque começa a me agradar em demasia ou porque faz muito ruído, me distrai de meus próprios pensamentos, reclama minha atenção e a consegue — citarei sucintamente Gardel, Pérez Prado, Mahler, todos os merengues e quatro quintos das óperas —, é música ruim e fica banida do meu escritório. Esse princípio, claro está, faz-me gostar de Wagner, apesar das trombetas e das molestas trompas, e respeitar Schoenberg.

Espero que esses rápidos exemplos, os quais, evidentemente, não aspiro a que o senhor compartilhe comigo (e desejo menos ainda), ilustrem-no sobre o que quero dizer quando afirmo que o erotismo é um jogo (na alta acepção que o grande Johan Huizinga dava à palavra) privado, do qual só o eu, os fantasmas e os jogadores podem participar, e cujo êxito depende de seu caráter secreto, impermeável à curiosidade pública, pois desta última só podem derivar-se sua regulamentação e sua manipulação desnaturalizadora por agentes infensos ao folguedo erótico. Embora me repugnem as peludas axilas femininas, respeito o *amateur* que persuade seu companheiro ou sua companheira a regá-las e cultivá-las para folgazar nelas com lábios e dentes, até chegar ao êxtase com uivos em dó maior. Mas não posso, em absoluto, ter o mesmo respeito, e sim comiseração, pelo pobre idiota que bastardeia esse seu capricho fantasmático adquirindo — por exemplo, nas lojas de artefatos pornô com os quais a ex-aviadora Beate Uhse semeou a Alemanha — aquelas cerradas matas de axilas e púbis artificiais (de "pelo natural", vangloriam-se as mais careiras) que ali são vendidas sob diferentes formatos, tamanhos, sabores e cores.

A legalização e o reconhecimento público do erotismo o municipalizam, cancelam e acanalham, tornando-o pornografia, triste ocupação que defino como erotismo para pobres de bolso e de espírito. A pornografia é passiva e coletivista; o erotismo, criador e individual, mesmo quando exercido a dois ou a três (repito-lhe que sou contrário a elevar o número de participantes, a fim de que essas funções não percam seu cunho de festas individualistas, exercícios de soberania, e não se manchem com a aparência de comícios, esportes ou circos). Por isso, merecem-me gargalhadas de hiena os argumentos do poeta *beatnik* Allen Ginsberg (veja-se sua entrevista a Allen Young em *Cônsules de Sodoma*) em defesa dos acoplamentos coletivos na escuridão das piscinas, com a conversa fiada de que essa promiscuidade é democrática e justiceira, pois, graças à treva igualitária, permite que a feia e a bonita, a magra e a gorda, a jovem e a velha tenham as mesmas oportunidades de prazer. Que raciocínio absurdo, de comissário construtivista! A democracia só tem a ver com a dimensão civil da pessoa, ao passo que o amor — o desejo e o prazer — pertence, como a religião, ao âmbito privado, no qual importam sobretudo as diferenças, e não as coincidências com os demais. O sexo não pode ser democrático; ele é elitista e aristocrático, e uma certa dose de despotismo (reciprocamente pactuado) costuma ser-lhe indipensável. Os ajuntamentos coletivos em banhos às escuras, que o poeta *beatnik* recomenda como modelos eróticos, parecem-se demais com os acasalamentos de potros e éguas nos pastos ou com os pisões indiscriminados de galos em galinhas nos alvoroçados poleiros, para serem confundidos com essa bela criação de ficções animadas, de fantasias carnais, de que participam por igual o corpo e o espírito, a imaginação e os hormônios, a sublimidade e a abjeção da condição humana, que é o erotismo para este modesto epicurista e anarquista escondido no corpo cidadão de um securitário de bens.

O sexo praticado à maneira da *Playboy* (volto e voltarei a esse tema até que minha morte ou a sua me impeça de fazê-lo) elimina dois ingredientes essenciais a Eros, em minha opinião: o risco e o pudor. Entendamo-nos. O aterrorizado homenzinho que, no ônibus, vencendo sua vergonha e seu medo, abre a capa e, por quatro segundos, oferece o espetáculo de sua verga em riste à despreocupada matrona levada pelo destino a viajar diante dele é um impudico temerário. Faz o que faz com pleno conhecimento de que o preço de seu capricho fugaz pode ser uma surra, um linchamento, o calabouço e um escândalo que divulgaria ante a opinião pública um segredo, que ele de preferência levaria para o túmulo, e o condenaria à condição de réprobo, psicopata e perigo social. Mas arrisca-se a isso porque o prazer que esse mínimo exibicionismo lhe produz é inseparável do medo e da transgressão desse pudor. Que distância sideral — a distância que existe entre o erotismo e a pornografia, precisamente —, a que o separa do executivo borrifado com colônias francesas e de pulso algemado por um Rolex (que outro poderia ser?), que, em um bar da moda americanizado por um fundo musical de *blues*, abre o último número da *Playboy*, exibe-se com ele e o exibe, convencido de que está exibindo sua verga diante do mundo, mostrando-se homem mundano, sem preconceitos, moderno, folgazão, *in*! Pobre imbecil! Nem desconfia que aquilo que exibe é o emblema de sua servidão ao lugar-comum, à publicidade, à moda desindividualizadora, o sinal da abdicação de sua liberdade, de sua renúncia a emancipar-se, graças aos seus fantasmas pessoais, da escravidão atávica da serialização.

Por isso, eu acuso o senhor, a notória revista e afins, assim como todos os que a lêem — ou simplesmente a folheiam — e, com esse miserável sustento pré-fabricado, alimentam — quero dizer, matam — sua libido, de serem a ponta-de-lança dessa grande operação dessacralizadora e banalizadora do sexo em que se manifesta a barbárie contemporânea. A civilização esconde e sutiliza o sexo para melhor aproveitá-lo, rodeando-o de rituais e códigos que o enriquecem até limites insuspeitados para o homem e a mulher pré-eróticos, copuladores, engendradores de rebentos. Depois de termos percorrido um longuíssimo caminho, do qual, de certo modo, a progressiva depuração do jogo erótico foi a espinha dorsal, retornamos, por insólita via — a sociedade permissiva, a cultura tolerante —, ao ponto de partida ancestral: fazer amor voltou a ser uma ginástica corporal e semipública, exercitada a esmo, ao compasso de estímulos fabricados, não pelo inconsciente e pela alma, mas pelos analistas do mercado, estímulos tão estúpidos quanto aquela falsa vagina de vaca que se costuma passar nos estábulos diante dos focinhos dos touros, a fim de fazê-los ejacular e de poder, desse modo, armazenar o sêmen utilizado na inseminação artificial.

Vá, compre e leia sua mais recente *Playboy*, suicida vivo, e coloque mais um grãozinho de areia na criação desse mundo de eunucos e eunucas ejaculantes, do qual terão desaparecido a imaginação e os fantasmas secretos como pilares do amor. Eu, de minha parte, vou agora mesmo fazer amor com a rainha de Sabá e com Cleópatra, juntas, em uma representação cujo roteiro não pretendo compartilhar com ninguém e, menos do que com ninguém, com o senhor.

UM PEZINHO

"São quatro da madrugada, Lucrecia querida", pensou don Rigoberto. Como quase todos os dias, havia acordado na turva umidade do amanhecer para celebrar o rito que repetia cacofonicamente desde que dona Lucrecia fora morar no Olivar de San Isidro: sonhar acordado, criar e recriar sua mulher por invocação daqueles cadernos onde hibernavam seus fantasmas. "E onde, desde o dia em que te conheci, tu és rainha e senhora."

Contudo, à diferença de outras madrugadas desoladas ou ardentes, hoje não lhe bastava imaginá-la e desejá-la, conversar com sua ausência, amá-la com a própria fantasia e com o próprio coração, de onde ela nunca se havia afastado; hoje, precisava de um contato mais material, mais certo, mais tangível. "Hoje, eu poderia me suicidar", pensou, sem angústia. E se lhe escrevesse? E se finalmente respondesse às suas apimentadas cartas anônimas? A caneta lhe caiu das mãos, assim que ele a pegou. Não conseguiria, e, em todo caso, tampouco poderia lhe enviar a carta.

No primeiro caderno que abriu, uma frase oportuníssima saltou e o mordeu: "Meus ferozes despertares ao amanhecer têm sempre como ânimo, meu amor, uma imagem tua, real ou inventada, que inflama meu desejo, enlouquece minha saudade, deixa-me em suspenso e me arrasta a esta escrivaninha para me defender contra o aniquilamento, amparando-me no antídoto de meus cadernos, gravuras e livros. Somente isso me cura." Certo. Mas, hoje, o remédio costumeiro não teria o efeito benéfico de outras madrugadas. Sentia-se confuso e atormentado. Tinha sido despertado por uma mescla de sensações nas quais se embaralhavam uma rebeldia generosa, semelhante àquela que o levara aos dezoito anos para a Ação Católica e enchera seu espírito com impulsos missionários, renovadores do mundo pela arma dos Evangelhos, a enternecedora nostalgia de um pezinho de mulher asiática entrevisto de passagem, por cima do ombro de um pedestre detido ao seu lado durante alguns segundos pelo sinal vermelho em uma rua do centro, e o retorno à sua memória de um jornalista francês sem méritos do século XVIII chamado Nicolas Edme Restif de la Bretonne, de quem possuía em sua biblioteca um só livro — iria procurá-lo e encontrá-lo antes do início da manhã —, uma primeira edição comprada fazia muitos anos em um antiquário de Paris e que lhe custara os olhos da cara. "Que mistura!"

Em aparência, nada disso tinha a ver diretamente com Lucrecia. Por que, então, essa urgência de comunicar a ela, de lhe referir de viva voz, com riqueza de detalhes, toda a efervescência de sua mente? "Minto, meu amor", pensou. "Claro que tem a ver contigo." Tudo o que ele fazia, inclusive as estúpidas operações gerenciais que de segunda a sexta-feira o manietavam oito horas em uma companhia de seguros do centro de Lima, tinha profundamente a ver com Lucrecia e com mais ninguém. Mas, sobretudo, e de maneira ainda mais escravizada, suas noites e as exaltações, ficções e paixões que as povoavam eram dedicadas a ela com fidelidade cavalheiresca. Ali estava a prova, íntima, incontestável, dolorosíssima, em cada página dos cadernos que ele agora folheava.

Por que havia pensado em rebeldias? Em vez disso, o que momentos antes o despertara tinham sido, multiplicadas, a indignação, a consternação que sentira na manhã anterior ao ler

227

no jornal a notícia, que Lucrecia também devia ter lido, e que ele passou a transcrever, com letra hesitante, na primeira página em branco que encontrou:

Wellington (Reuters). Uma professora da Nova Zelândia, de 24 anos, recebeu de um juiz desta cidade a pena de quatro anos de prisão por violação sexual, depois de ser comprovado que ela mantinha relações carnais com um menino de dez anos, amigo e colega de colégio de seu filho. Segundo esclareceu o juiz, a sentença era a mesma que ele imporia a um homem que tivesse estuprado uma menina dessa idade.

"Meu amor, Lucrecia queridíssima, não vejas nisto nem a sombra de uma reprovação ao que aconteceu conosco", pensou. "Nem uma alusão de mau gosto, nada que possa parecer um rancor retrospectivo e mesquinho." Não. Ela devia ver exatamente o contrário. Porque, quando as poucas linhas desse telegrama se delinearam sob seus olhos, naquela manhã, enquanto ele sorvia os primeiros goles do amargo café do desjejum (não porque o tomasse sem açúcar, mas porque Lucrecia não estava ao seu lado para trocarem comentários sobre as notícias do jornal), don Rigoberto não experimentou angústia nem dor, e muito menos gratidão e entusiasmo pela decisão do juiz. Sentiu antes uma solidariedade impetuosa, sobressaltada, de adolescente de passeata, por essa pobre mestra neozelandesa tão brutalmente castigada por ter revelado as delícias do céu maometano (em seu entender, o mais carnal dos que são oferecidos no mercado das religiões) a esse menino afortunado.

"Sim, sim, amadíssima Lucrecia." Ele não posava, não mentia, não exagerava. Durante todo o dia, havia carregado a mesma indignação da manhã pela estupidez desse juiz, mal influenciado pelo mecanicismo simétrico de certas doutrinas feministas. Podia-se colocar no mesmo plano o estupro, por um homem adulto, de uma menina impúbere de dez anos, crime punível, e a descoberta, intermediada por uma senhora de vinte e quatro, da felicidade corporal e dos milagres do sexo por parte de um garoto de dez, já capaz de tímidos endurecimentos e discretas transpirações seminais? Se, no primeiro caso, a presunção de violência do infrator contra a vítima era obrigatória (a menina, mesmo que tivesse suficiente uso da razão para dar seu consentimento, seria vítima de uma agressão física contra seu hímen), no segundo isso era simplesmente inconcebível, pois, se tinha havido cópula, esta só poderia acontecer, por parte do menino, com aquiescência e entusiasmo, sem os quais o ato carnal não se teria consumado. Don Rigoberto pegou a caneta e escreveu, com raiva febril: "Embora eu odeie as utopias e as saiba cataclísmicas para a vida humana, acaricio, agora, esta: que todos os meninos da cidade sejam desvirginados ao completarem dez anos por senhoras casadas trintonas, de preferência tias, mestras ou madrinhas." Respirou, algo aliviado.

Durante o dia inteiro fora atormentado pela sorte dessa professora de Wellington e se compadecera do escárnio público a que ela certamente havia sido exposta, das humilhações e zombarias que ela sofreria, além de perder seu emprego e de se ver tratada como corruptora de menores, como degenerada, por essa imundície cacográfica, eletrônica e agora digital, a imprensa, a chamada mídia. Não estava mentindo a si mesmo nem perpetrando uma farsa masoquista. "Não, Lucrecia querida, juro que não." No decorrer do dia e da noite, o rosto dessa professora, encarnado no de sua ex-mulher, tinha lhe aparecido muitas vezes. E agora, agora, ele sentia a necessidade imperiosa de fazê-la saber ("de te fazer saber, meu amor") de seu arrependimento e sua vergonha. Por ter sido tão insensível, tão obtuso, tão desumano e tão cruel quanto aquele magistrado de Wellington, cidade que ele só pisaria para cobrir de fragrantes rosas vermelhas os pés daquela admirada e admirável professora que pagava por sua generosidade, por sua grandeza, trancada entre filicidas, ladras, vigaristas e punguistas (anglófilas e maoris).

Como seriam os pés dessa professora neozelandesa? "Se eu botasse a mão em uma fotografia dessa moça, não hesitaria em lhe acender velas e lhe queimar incenso", pensou. Esperou e desejou que fossem tão belos e delicados quanto os de dona Lucrecia e quanto o que ele tinha visto, ao meio-dia, no papel acetinado de uma página da revista *Time*, por sobre o ombro de um pedestre, detido por um sinal na esquina de La Colmena, quando se encaminhava para o salão Miguel Grau, do Club Nacional, onde tinha encontro marcado com um desses imbecis engravatados que marcam encontros no Club Nacional e dos

229

quais viviam os imbecis cujo ganha-pão eram os seguros de bens móveis e imóveis, como ele. Foi uma visão de poucos segundos, mas tão iluminadora e rutilante, tão convulsiva e frontal como devia ter sido, para aquela jovem da Galiléia, a do alado Gabriel anunciando-lhe a nova que iria trazer à humanidade tantas desavenças.

Era um só pezinho de perfil, de calcanhar semicircular e gracioso peito, erguido orgulhosamente sobre uma planta de finíssimo contorno, que culminava em uns dedinhos desenhados com primor, um pé feminino não enfeiado por calos, durezas, bolhas ou joanetes horrendos, no qual nada parecia destoar nem limitar a perfeição do todo e da parte, um pezinho levantado e, aparentemente, surpreendido pelo atento fotógrafo momentos antes de pousar sobre um tapete fofo. Por que asiático? Talvez porque o anúncio que ele adornava era de uma companhia aérea dessa região do mundo — Singapure Airlines — ou, quem sabe, porque don Rigoberto, em sua circunscrita experiência, acreditava poder afirmar que as mulheres da Ásia tinham os pés mais bonitos do planeta. Comoveu-se, recordando as vezes em que, beijando-as, tinha chamado de "patinhas filipinas", "calcanhares malaios" ou "arqueaduras japonesas" as deleitáveis extremidades de sua amada.

O fato era que o dia inteiro, junto com sua fúria pela desventura dessa nova amiga, a mestra de Wellington, o pezinho feminino do anúncio da *Time* havia perturbado sua consciência e, mais tarde, desassossegado seu sono, desenterrando, do fundo de sua memória, nada menos que a lembrança de Cinderela, uma história que ao lhe ser contada, na infância, precisamente no detalhe do emblemático sapatinho que só o miúdo pezinho da heroína podia calçar, tinha despertado suas primeiras fantasias eróticas ("umidades com meia ereção, se for preciso dar especificações técnicas", disse em voz alta, no primeiro impulso de bom humor dessa madrugada). Teria comentado alguma vez, com Lucrecia, sua tese de que a amável Cinderela sem dúvida contribuiu, mais do que todo o infecto bando de pornografia antierótica do século XX, para criar legiões de varões fetichistas? Não se lembrava. Uma lacuna em sua relação matrimonial que seria preciso preencher, algum dia. Seu estado havia melhorado bastante desde que ele despertara, exasperado e saudoso, morto de cólera, de solidão, de pesar. Desde alguns segundos antes, até se autorizava — era sua maneira de não sucumbir ao desespero de cada dia — certas fantasias que tinham a ver, hoje, não com os olhos, nem com os cabelos, nem com os seios, coxas ou quadris de Lucrecia, mas exclusivamente com os pés de sua amada. Tinha já ao seu lado — fora difícil encontrá-la na prateleira onde estava metida — aquela edição *princeps*, em três tomos, do romance de Nicolas Edme Restif de la Bretonne (anotara de punho e letra em uma ficha: 1734-1806), o único das dezenas e dezenas que esse incontinente polígrafo havia cacografado: *Le pied de Franchette ou l'orpheline française. Histoire intéressante et morale* (Paris, Humblot Quillau, 1769, 2 partes em 3 volumes, 160-148-192 p.). Pensou: "Agora, eu o folheio. Agora, tu apareces, Lucrecia, descalça ou calçada, em cada capítulo, página, palavra."

Só havia uma coisa nesse escrevinhador inflacionário, Restif de la Bretonne, que merecia sua simpatia e o fazia associá-lo, nesta madrugada garoenta, a Lucrecia, ao passo que outras mil (bem, talvez um pouco menos) o tornavam esquecível, transitório e até antipático. Alguma vez tinha falado dele com ela? Esse nome surgira alguma vez em suas noturnas festas conjugais? Don Rigoberto não se lembrava. "Mas, ainda que seja tarde, caríssima, eu o apresento a ti, ofereço-o e o coloco aos teus pés (impossível dizer melhor)." O bonachão do Nicolas Edme nascera e vivera em uma época de grandes convulsões, o século XVIII francês, mas provavelmente não tinha percebido que o mundo inteiro se desfazia e se refazia ao seu redor em razão dos vaivéns revolucionários, obsedado como estava com sua própria revolução, não a da sociedade, a econômica, a do regime político — "as que em geral têm boa fama" —, mas a que lhe concernia pessoalmente: a do desejo carnal. Isso o tornava simpático, isso levara don Rigoberto a comprar a edição *princeps* de *Le pied de Franchette*, romance de coincidências assombrosas e iniquidades cômicas, enredos absurdos e diálogos estúpidos, que qualquer crítico literário estimável ou leitor de bom gosto acharia execrável, mas que, para don Rigoberto, tinha o alto mérito de exaltar até extremos deicidas o direito do ser humano a se insurgir contra o estabelecido em razão de seus desejos, de mudar o mundo valendo-se da fantasia, ainda que pelo efêmero período de uma leitura ou de um sonho.

231

Releu em voz alta o que havia anotado no caderno sobre Restif, depois de ter lido *Le pied de Franchette*: "Não creio que este provinciano, filho de camponeses, autodidata apesar de ter passado por um seminário jansenista, que ensinou a si mesmo línguas e doutrinas, todas mal, e que ganhou a vida como tipógrafo e fabricante de livros (nos dois sentidos da expressão, pois os escrevia e os manufaturava, embora fizesse a segunda coisa com mais arte do que a primeira), tenha jamais suspeitado da importância transcendental que seus escritos viriam a ter (importância simbólica e moral, não estética), quando, entre suas explorações incessantes pelos bairros operários e artesãos de Paris, que o fascinavam, ou pela França aldeã e rural que ele documentou como sociólogo, roubando tempo aos seus enredos amorosos — adúlteros, incestuosos ou mercenários, mas sempre ortodoxos, pois o homossexualismo lhe produzia um horror carmelita —, escrevia-os às pressas, guiando-se, horror dos horrores, pela inspiração, sem corrigi-los, em uma prosa que lhe saía frondosa e vulgar, carreadora de todos os detritos da língua francesa, confusa, repetitiva, labiríntica, convencional, rasa, desobrigada de ideias, insensível e, em uma palavra que a define melhor do que qualquer outra: subdesenvolvida."

Por que, afinal, depois de tão severo veredicto, perdia este amanhecer rememorando uma imperfeição estética, um cacógrafo chucro que, para culminar, chegara a exercer o feio ofício de alcaguete? O caderno era pródigo em dados sobre ele. Havia produzido cerca de duzentos livros, todos literariamente ilegíveis. Por que, então, empenhar-se em aproximá-lo de dona Lucrecia, sua antípoda, a perfeição em forma de mulher? Porque, respondeu don Rigoberto a si mesmo, ninguém como este silvestre intelectual poderia compreender sua emoção do meiodia ao perceber fugazmente, no anúncio de uma revista, aquele pezinho alado de moça asiática, que esta noite lhe trouxera a recordação, o desejo dos pés de rainha de Lucrecia. Não, ninguém como Restif, aficionado, conhecedor supremo desse culto que a abominável raça de psicólogos e psicanalistas preferia chamar de fetichismo, poderia entendê-lo, acompanhá-lo e assessorá-lo nesta homenagem e ação de graças àqueles adorados pés. "Obrigado, minha Lucrecia" — rezou, piedosamente —, "pelas horas de prazer que eu devo a eles, desde aquela vez em que os descobri, na praia de Pucusana, e os beijei, sob a água e as ondas". Transido, don Rigoberto voltou a sentir os ágeis dedinhos salobros movendo-se na gruta de sua boca e os engulhos causados pela água marinha engolida.

Sim, essa era a predileção do senhor Nicolas Edme Restif de la Bretonne: o pé feminino. E, por extensão e *simpatia*, como diria um alquimista, aquilo que os abriga e circunda: a meia, o sapato, a sandália, a botina. Com a espontaneidade e a inocência daquilo que era, um rústico transmigrado para a cidade, ele praticou e proclamou sua predileção por essa delicada extremidade e seus invólucros sem o menor rubor, e, com o fanatismo dos convertidos, substituiu em seus incomensuráveis escritos o mundo real por um fictício, tão monótono, previsível, caótico e estúpido como aquele, só que, no amontado de sua prosa ruim, em sua singularidade monotemática, o que ali brilhava, se destacava e desencadeava as paixões dos homens não eram os graciosos rostos das damas, as cabeleiras em cascata, as gráceis cinturas, os pescoços alvos e lisos ou os bustos arrogantes, mas, sempre e exclusivamente, a beleza dos pés. (Se o amigo Restif ainda existisse, pensou, ele o levaria à casinha de Lucrecia no Olivar, com o consentimento desta, claro, e, ocultando-lhe o resto do corpo da amada, iria lhe mostrar os pés dela, encerrados em preciosas botinas estilo vovó, e até lhe permitiria que a descalçasse. Como reagiria aquele ancestral? Caindo em êxtase? Tremendo, uivando? Precipitando-se, sabujo feliz, língua de fora, narinas dilatadas, para aspirar, para lamber o manjar?)

Não era respeitável, embora escrevesse tão mal, quem assim prestava vassalagem ao prazer e defendia seu fantasma com tanta convicção e coerência? Não era o bom Restif, apesar de sua prosa indigesta, "um dos nossos"? Claro que sim. Por isso se lhe apresentara esta noite durante o sono, atraído por aquele furtivo pezinho birmanês ou cingapurense, para lhe fazer companhia nesta madrugada. Um brusco desalento mortificou don Rigoberto. O frio penetrou seus ossos. Como queria, neste instante, que Lucrecia soubesse de todo o arrependimento e da dor que o atormentavam, pela estupidez ou pela incompreensão cabeçuda que o tinham impelido a agir com ela, um ano antes, como acabava de fazer, na ultramarina Wellington, o ignóbil juiz que condenara a quatro anos de cárcere essa professora, essa amiga

("Outra das nossas"), porque ela levara aquela ditosa criatura, aquele Fonchito neozelandês, a entrever — não, habitar — o céu! "Em vez de sofrer e de te censurar por isso, eu deveria ter te agradecido, adorável babá." E o fazia agora, nesta madrugada de ondas ruidosas e espumantes e de chuvinha fina e corrosiva, secundado pelo serviçal Restif, cujo romancezinho, deliciosamente intitulado *Le pied de Franchette* e estupidamente subtitulado *ou l'orphéline française. Histoire intéressante et morale* (afinal, havia razão, sim, para qualificá-la de moral), ele mantinha sobre os joelhos e acariciava com as duas mãos, como um parzinho de lindos pés.

Keats, quando escreveu *Beauty is truth, truth is beauty* (a citação reaparecia incessantemente em cada caderno que ele abria), estaria pensando nos pés de dona Lucrecia? Sim, embora o infeliz não o soubesse. E Restif de la Bretonne, quando escreveu e imprimiu (com a mesma velocidade, sem dúvida) *Le pied de Franchette*, aos trinta e cinco anos, também o fizera sob a inspiração, vinda do futuro, de uma mulher que chegaria ao mundo cerca de dois séculos mais tarde, em um bárbaro rincão da América chamada (a sério?) Latina. Graças às anotações do caderno, don Rigoberto ia recordando o enredo do romancezinho. Convencional e previsível a mais não poder, escrito com os pés (não, isso ele não devia pensar nem dizer), o fato de seu verdadeiro protagonista não ser a bela órfã adolescente, Franchette Florangis, mas sim os pezinhos enlouquecedores de Franchette Florangis, valorizava-o e o singularizava, dotando-o de vivências e da capacidade persuasiva próprias de uma obra de arte. Eram inimagináveis os transtornos que os nacarados pezinhos de Franchette causavam, as paixões que acendiam ao redor. Deixavam a tal ponto inflamado o Monsieur Apatéon, tutor da jovem, que se deleitava comprando-lhes primorosos calçados e aproveitava qualquer pretexto para acariciá-los, que o velhote chegava a tentar violar sua pupila, filha de um amigo caríssimo. Transformavam o pintor Dolsans, um bom rapaz que se encantava com eles assim que os via, metidos em sapatinhos verdes e ornados de uma flor dourada, em louco despeitado, cheio de projetos criminosos que o levariam a perder a vida. Outro aficionado, o rico e afortunado jovem Lussanville, antes de ter em seus braços e em sua boca a bela mocinha dos seus sonhos, comprazia-se com um dos sapatinhos dela, que havia roubado. Todo usuário de calça que os via — financistas, mercadores, rentistas, marqueses, plebeus — sucumbia a tal feitiço, atingido por uma flecha de amor carnal e disposto a qualquer coisa para possuí-los. Por isso, o narrador afirmava com justiça a frase que don Rigoberto havia transcrito: *"Le joli pied les rendait tous criminels."* Sim, sim, aquelas patinhas transformavam todos em criminosos. Chinelas, sandálias, botinas, sapatinhos da bela Franchette, objetos mágicos, circulavam pela história, irradiando-a com uma ofuscante luz seminal.

Embora os estúpidos falassem de perversão, ele e, claro, Lucrecia podiam compreender Restif, celebrar que este tivesse tido a audácia e o impudor de exibir ante os demais seu direito a ser diferente, a refazer o mundo à sua imagem e semelhança. Não haviam feito o mesmo, ele e Lucrecia, a cada noite, por dez anos? Não tinham desarrumado e rearrumado a vida em função de seus desejos? Voltariam a fazê-lo, algum dia? Ou tudo isso permaneceria confinado na recordação, nas imagens que a memória coleciona como tesouros para não sucumbir à desesperança do real, do que existe na verdade?

Nesta noite-madrugada, don Rigoberto se sentia como um dos varões alucinados pelo pé de Franchette. Vivia vazio, substituindo a ausência de Lucrecia, a cada noite, a cada amanhecer, por fantasmas que não bastavam para consolá-lo. Haveria alguma solução? Seria tarde demais para voltar atrás e corrigir o erro? Uma Corte Suprema, um Tribunal Constitucional, na Nova Zelândia, não poderiam rever a sentença do obtuso magistrado de Wellington e absolver a professora? Um governante neozelandês sem preconceitos não poderia anistiá-la, e até condecorá-la como heroína civil por sua comprovada abnegação diante da infância? Ele mesmo não poderia ir à casinha do Olivar de San Isidro para dizer a Lucrecia que a estúpida justiça humana se equivocara e a condenara sem ter direito a isso, e devolver-lhe a honra e a liberdade para... para? Para quê? Vacilou, mas seguiu adiante, como pôde.

Seria isso uma utopia? Uma utopia como as que o *fetichista* Restif de la Bretonne também fantasiou? Na verdade, não, porque as de don Rigoberto, quando ele às vezes se abandonava a elas, levado pela doçura inerte da divagação, eram utopias pri-

235

vadas, incapazes de se intrometer no livre-arbítrio dos outros. Por acaso essas utopias não eram lícitas, muito diferentes das coletivas, inimigas acérrimas da liberdade, que sempre traziam consigo a semente de um cataclismo? Esse havia sido o lado fraco e perigoso de Nicolas Edme, também; uma doença de época à qual ele sucumbiu, como boa parte de seus contemporâneos. Porque o apetite de utopias sociais, o grande legado do século das Luzes, junto com novos horizontes e audazes reivindicações do direito ao prazer, havia produzido os apocalipses históricos. Don Rigoberto não recordava nada disso; seus cadernos, sim. Ali estavam os dados acusatórios e as fulminações implacáveis.

No delicado apreciador de pezinhos e calçados femininos que foi Restif — "Que Deus o abençoe por isso, se existir" — havia também um pensador perigoso, um messiânico (um cretino, se se tratasse de qualificá-lo com crueldade, ou um iludido, se fosse preferível indultá-lo), um reformador de instituições, um redentor de deficiências sociais, que, entre as montanhas de papel que garatujou, dedicou vários montes e colinas a construir essas prisões, as utopias públicas, para regulamentar a prostituição e impor a felicidade às putas (o horrendo empenho aparecia em um livro de atraente e enganoso título, *Le pornographe*), para aperfeiçoar o funcionamento dos teatros e os costumes dos atores (*Le mimographe*), para organizar a vida das mulheres, atribuindo-lhes obrigações e fixando-lhes limites, a fim de haver harmonia entre os sexos (o temerário monstrengo também trazia um título que parecia augurar prazeres — *Les gynographes* — mas, na verdade, propunha cepos e grilhões para a liberdade). Muito mais ambiciosa e ameaçadora havia sido, seguramente, sua pretensão de regulamentar — na verdade, sufocar — as condutas (*L'androgrphe*) do gênero humano e de introduzir uma legalidade intrusa e transfixante, agressora da intimidade, que extinguiria a livre iniciativa e a livre disposição dos desejos por parte dos humanos: *Le thesmographe*. Diante desses excessos intervencionistas, de Torquemada laico, podia-se considerar uma malvadeza infantil o fato de Restif ter levado seu frenesi regulamentarista ao ponto de propor uma reforma total da ortografia (*Le glossographe*). Ele havia reunido essas utopias em um livro chamado *Idées singulières* (1794), e sem dúvida o eram, mas na acepção sinistra e criminosa da noção de singularidade.

A sentença estampada no caderno era inapelável e don Rigoberto a aprovou: "Não há dúvida: se este diligente impressor, documentalista e refinado amador de terminais femininos tivesse chegado a dispor de poder político, teria transformado a França, e talvez a Europa, em um campo de concentração muito bem disciplinado, no qual uma malha fina de proibições e obrigações volatilizaria até o último pingo de liberdade. Por sorte, ele foi demasiadamente egoísta para cobiçar o poder, concentrado como estava no empreendimento de reconstruir, pela ficção, a realidade humana, recompondo-a segundo sua conveniência, de tal modo que, nela, como em *Le pied de Franchette*, o valor supremo, a maior aspiração do bípede masculino, não fosse a realização de ações heróicas de conquista militar, nem a obtenção da santidade, nem a descoberta dos segredos da matéria e da vida, mas sim o deleitável, o delicioso pezinho feminino, saboroso como a ambrosia que alimentava os deuses do Olimpo." E como aquele vislumbrado por don Rigoberto no anúncio da *Time*, que lhe recordara os de Lucrecia e que o mantinha aqui, surpreendido pelas primeiras luzes da manhã, enviando à sua amada esta garrafa que lançaria ao mar, buscando-a, sabendo muito bem que a mensagem não lhe chegaria, pois como podia lhe chegar o que não existia, o que estava forjado com o evanescente pincel de seus sonhos?

Don Rigoberto acabava de se fazer essa desesperada pergunta, com os olhos fechados, quando, ao murmurarem seus lábios o amoroso vocativo "Ah, Lucrecia!", seu braço esquerdo derrubou no chão um dos cadernos. Recolheu-o e olhou de relance a página aberta com a queda. Deu um salto: o acaso tinha detalhes maravilhosos, como ele e sua mulher haviam tido oportunidade de comprovar, amiúde, em seus devaneios. Com que se deparou? Com duas anotações, de muitos anos antes. A primeira, uma descartável menção a uma anônima gravurinha finissecular, na qual Mercúrio ordenava à ninfa Calipso que libertasse Ulisses — de quem ela se enamorara e a quem mantinha prisioneiro em sua ilha — e o deixasse prosseguir sua viagem rumo a Penélope. E a segunda, que maravilha, uma apaixonada reflexão sobre: "O delicado fetichismo de Johannes Vermeer, que, em *Diana e suas companheiras*, presta uma plástica homenagem a esse membro desdenhado do corpo feminino, mostrando uma ninfa entregue à amorosa tarefa de lavar — melhor dizendo, acariciar —, com uma esponja, o pé de Diana, enquanto outra ninfa, em doce abandono, acaricia o seu próprio. Tudo é sutil e carnal, de uma delicada sensualidade, dissimulada pela perfeição das formas e pela suavíssima bruma que banha a cena, dotando as figuras dessa qualidade irreal e mágica que tens, Lucrecia, a cada noite em carne e osso, e também teu fantasma, quando visitas meus sonhos." Como isso era certo, atual, vigente!

E se respondesse às suas cartas anônimas? E se de fato lhe escrevesse? E se fosse bater à sua porta, nesta mesma tarde, assim que a roda d'água de sua servidão securitária e gerencial desse a última volta? E se, ao vê-la, caísse imediatamente de joelhos e se humilhasse para beijar o solo que ela pisava, pedindo-lhe perdão, chamando-a, até fazê-la rir, de "Minha babá querida", "Minha professora neozelandesa", "Minha Franchette", "Minha Diana"? Ela riria? E se lançaria em seus braços, oferecendo-lhe os lábios, fazendo-o sentir seu corpo, e o faria saber que tudo ficava para trás, que os dois podiam começar de novo a construir, sozinhos, sua utopia secreta?

ENFEITE DE TIGRESA

Contigo tenho amores havaianos em que bailas para mim ao som do *ukelele* em noites de lua cheia, com guizos nos quadris e nos tornozelos, imitando Dorothy Lamour.

E amores astecas, em que te sacrifico a deuses acobreados e ávidos, serpentinos e emplumados, no alto de uma pirâmide de pedras ferruginosas, em torno da qual pulula a selva impenetrável.

Amores esquimós, em frios iglus iluminados por tochas de gordura de baleia, e noruegueses, em que nos amamos engatados sobre o esqui, despencando-nos a cem quilômetros por hora pelas encostas de uma montanha branca juncada de totens com inscrições rúnicas.

Meu carinho desta noite, amada, é modernista, carniceiro e africano.

Te despirás diante do espelho, conservando as meias negras e as ligas vermelhas, e esconderás tua formosa cabeça sob a máscara de uma fera bravia, de preferência a tigresa no cio do Rubén Darío de *Azul...* ou uma leoa sudanesa.

Quebrarás o quadril direito, flexionarás a perna esquerda, apoiarás tua mão no quadril oposto, na pose mais selvagem e provocante.

Sentadinho em minha cadeira, amarrado ao espaldar, estarei te olhando e te adorando, com meu servilismo costumeiro.

Sem mover uma só pestana, sem gritar eu estarei, enquanto me cravas nos olhos tuas garras e teus brancos colmilhos rasgam minha garganta e devoras minha carne e sacias tua sede com meu sangue enamorado.

Agora estou dentro de ti, agora também sou tu, amada estufada de mim.

IX. O encontro do Sheraton

— Para me atrever, para criar coragem, tomei dois uísques puros — disse dona Lucrecia. — Antes de começar a me disfarçar, quero dizer.

— Deve ter ficado no maior pileque, patroa — comentou Justiniana, divertida. — Do jeito que a senhora tem cabeça fraca para bebida...

— Você estava aí, sua descarada — repreendeu-a dona Lucrecia. — Excitadíssima com o que podia acontecer. Servindo os drinques, me ajudando a colocar o disfarce e rindo às gargalhadas, enquanto eu me transformava numa daquelas.

— Uma sujeitinha daquelas — ecoou a empregada, retocando-lhe o ruge.

"Esta é a pior loucura que já fiz na vida", pensou dona Lucrecia. "Pior do que a história com Fonchito, pior do que me casar com o maluco do Rigoberto. Se eu a fizer, vou me arrepender até meu último dia." Mas ia fazê-la. Ficou ótima na peruca ruiva — havia experimentado esse adereço na loja onde fizera a encomenda —, cuja alta e barroca orografia de cachos e mechas parecia flamejar. Mal se reconheceu nessa figura incandescente, de cílios postiços recurvados, argolas tropicais nas orelhas, toda sarapintada, lábios de um vermelhão aceso, acentuado pelos sinaizinhos e olheiras azuis de verdadeira mulher fatal, estilo filme mexicano dos anos cinquenta.

— Caramba, caramba, ninguém diria que é a senhora! — examinou-a Justiniana, assombrada, tapando a boca. — Não sei com quem se parece, patroa.

— Com uma sujeitinha daquelas, ora bolas — afirmou dona Lucrecia.

O uísque já fizera seu efeito. As vacilações de momentos atrás tinham se evaporado e agora, intrigada, divertida, ela observava sua transformação no espelho do quarto. Justiniana, progressivamente maravilhada, ia lhe estendendo as peças dispostas sobre a cama: a minissaia tão justa que dificultava a respiração; as longas meias pretas, presas por ligas vermelhas com adornos dourados; a blusa extravagante, que exibia os seios até a ponta do mamilo. Ajudou-a, também, a calçar os sapatos prateados, de salto-agulha. Tomando distância, depois de passá-la em revista de cima para baixo e de baixo para cima, exclamou de novo, estupefata:

— Não é a senhora, patroa, é outra, outra. Vai sair assim mesmo?

— Claro — assentiu dona Lucrecia. — Se eu não aparecer até amanhã, avise à polícia.

E, sem mais delongas, pediu um táxi na estação da Virgen del Pilar e ordenou ao chofer, com autoridade: "Hotel Sheraton". Anteontem, ontem e esta manhã, enquanto se arrumava, tinha tido dúvidas. Dissera a si mesma que não iria, não se prestaria a semelhante palhaçada, ao que seguramente era uma brincadeira cruel; mas, já no táxi, sentiu-se muito segura e decidida a viver a aventura até o final. Acontecesse o que acontecesse. Olhou o relógio. As instruções diziam entre onze e meia e meia-noite, e ainda eram onze. Chegaria adiantada. Serena, longe de si mesma graças ao álcool, perguntou-se, enquanto o táxi avançava rumo ao centro pela via expressa semideserta, o que faria se alguém a reconhecesse no Sheraton, apesar do disfarce. Negaria a evidência, esganiçando a voz, fazendo a entonação amaneirada e melosa daquelas sujeitinhas: "Lucrecia? Eu me chamo Aída. Somos parecidas? Talvez alguma parente distante." Mentiria com total desfaçatez. Seu medo se evaporara totalmente. "Você está encantada de bancar a puta, por uma noite", pensou, satisfeita consigo mesma. Percebeu que o chofer do táxi erguia a vista a cada momento para espiá-la pelo retrovisor.

Antes de entrar no Sheraton, colocou os óculos escuros com armação de madrepérola em forma de tridente, que havia comprado nessa mesma tarde em uma lojinha da rua La Paz. Tinha escolhido esses pelo engraçado mau gosto e porque, dado o tamanho, pareciam uma meia-máscara. Atravessou o *lobby* em passos rápidos, rumo ao bar, temendo que um dos porteiros uniformizados, que a encaravam acintosamente, viesse perguntar quem era ela, o que procurava, ou então expulsá-la, sem perguntas, por causa de sua aparência escandalosa. Mas ninguém se aproximou. Subiu a escada até o bar, sem pressa. A penumbra lhe devolveu a segurança, que ela quase perdera sob as fortes luzes da entrada, aquele salão sobre o qual se elevava o opressivo arranha-céu retangular e carcerário do hotel, com seus muitos andares, paredes, passadiços, balaustradas e dormitórios. Na meia-luz, entre nuvenzinhas de fumaça, notou que poucas mesas estavam ocupadas. Tocavam uma música italiana, com um cantor pré-histórico — Domenico Modugno — que lhe recordou um longínquo filme com Claudia Cardinale e Vittorio Gassman. Silhuetas imprecisas se delineavam no balcão, contra o fundo azul-amarelado de taças e fileiras de garrafas. De uma mesa subiam as vozes estridentes de um início de bebedeira.

De novo animada, confiante em suas forças para enfrentar qualquer imprevisto, atravessou o local e tomou posse de um dos altos banquinhos do balcão. O espelho à sua frente lhe mostrou um espantalho que, em vez de repulsa ou riso, provocou-lhe ternura. Sua surpresa não teve limites quando ela ouviu o *barman*, um mestiço de cabelos gomalinados e espetados, metido em um colete grande demais e com uma gravatinha-borboleta que parecia enforcá-lo, tratá-la com grosseria, dispensando o "senhora":

— Você aí, ou consome ou se manda.

Quase fez um escândalo, mas refletiu melhor e, gratificada, disse a si mesma que essa insolência comprovava o sucesso de seu disfarce. E, estreando sua nova voz, dengosa e açucarada, pediu:

— Um 12 anos com gelo, por favor.

O homem a encarou, hesitante, avaliando se devia levá-la a sério. Optou por murmurar: "Com gelo, certo", já se afastando. Ela pensou que o disfarce teria sido completo se incluísse uma piteira comprida. Então, pediria cigarros mentolados Kool, extralongos, e fumaria soltando argolas vaporosas para o alto, em direção ao forro de estrelinhas que lhe piscavam.

O *barman* trouxe o uísque com a conta, e ela tampouco protestou por essa demonstração de desconfiança; pagou, sem deixar gorjeta. Mal havia tomado o primeiro gole, e alguém se sentou ao seu lado. Teve um leve estremecimento. O jogo começava a ficar sério. Mas não, não se tratava de um homem, e sim de uma mulher, bastante jovem, de calça comprida e uma polo escura de gola alta, sem mangas. Tinha os cabelos soltos, lisos, e o rosto fresco exibia o arzinho canalha das mocinhas de Egon Schiele.

— Oi. — A vozinha miraflorina lhe soou familiar. — A gente se conhece, não é?

— Creio que não — respondeu dona Lucrecia.

— Eu achei, desculpe — disse a outra. — Tenho uma memória péssima, confesso. Você vem muito por aqui?

— De vez em quando — hesitou dona Lucrecia. Conhecia aquela moça?

— O Sheraton não é mais tão seguro como antes — lamentou-se a jovem. Acendeu um cigarro e soltou uma baforada, que demorou a se desfazer. — Eu soube que, na sexta-feira, deram uma incerta aqui.

Dona Lucrecia se imaginou empurrada aos trancos para dentro do camburão, levada à polícia e fichada como meretriz.

— Ou consome ou cai fora — disse o *barman* à recémchegada, ameaçando-a com o dedo em riste.

— Vá à merda, seu cholo fedorento — retrucou a jovem, sem sequer se voltar para olhá-lo.

— Grossa como sempre, hem, Adelita? — sorriu o *barman*, mostrando uma dentadura que, dona Lucrecia teve certeza, verdejava de sarro. — Tudo bem, fique, sinta-se em casa. Você é o meu fraco e sabe disso, então abusa.

Nesse momento, dona Lucrecia a reconheceu. Adelita, claro! A filha de Estherzita! Ora, ora, nada menos que a filha da santarrona da Esther.

— A filha de dona Estherzita? — gargalhou Justiniana, dobrando-se ao meio. — Adelita? A menina Adelita? A filha da madrinha de Fonchito? Batalhando fregueses no Sheraton? Não consigo engolir essa, patroa. Nem com Coca-Cola nem com champanhe eu engulo.

— Ela mesma, e você nem sabe como — assegurou dona Lucrecia. — Toda assanhada, falando palavrão, à vontade como peixe n'água, ali no bar. Parecia a piranha mais experiente de Lima.

— E ela? Não reconheceu a senhora?

243

— Não, felizmente. Mas você ainda não ouviu nada. Estávamos ali, conversando, quando, não sei de onde, o sujeito nos caiu em cima. Pelo jeito, Adelita o conhecia.

Era alto, forte, meio gordo, meio bêbado, em suma, meio tudo o que é preciso para se sentir valente e mandão. De terno e gravata brilhante, com losangos e ziguezagues, respirava como um fole. Devia ser cinquentão. Instalou-se entre as duas, abraçando-as, e, como faria com duas amigas da vida inteira, disse, à maneira de saudação:

— Querem vir à minha suíte? Tenho um goró finíssimo e *something for the nose*. E mais uma chuva de dólares para as meninas que fazem tudo certinho.

Dona Lucrecia sentiu uma vertigem. O bafo do homem ia direto em sua cara. Ele estava tão perto que, com um pequeno movimento, poderia beijá-la.

— Está sozinho, gato? — perguntou a moça, com coqueteria.

— E eu vou querer mais alguém para quê? — respondeu o sujeito, chupando os lábios e apalpando o bolso onde devia guardar a carteira. — Cem verdinhas por cabeça, OK? Pago adiantado.

— Se você não tiver dólar de dez ou de cinquenta, prefiro em soles — disse Adelita, de imediato. — Os de cem são sempre falsos.

— OK, OK, tenho de cinquenta — prometeu o homem. — Vamos andando, garotas.

— Estou esperando alguém — desculpou-se dona Lucrecia. — Lamento.

— Ele não pode esperar? — impacientou-se o homem.

— Não, realmente não.

— Se você quiser, subimos nós dois — interveio Adelita, pendurando-se ao braço dele. — Vou tratar você muito bem, gato.

Mas o homem a repeliu, decepcionado:

— Só você, não. Esta noite eu estou me dando um prêmio. Meus burricos ganharam três corridas e a dupla. Posso contar? Vou realizar um capricho que está me deixando excitado, há dias. Digo qual? — Olhou as duas alternadamente, muito sério, afrouxando o colarinho, e emendou com ansiedade, sem esperar aprovação: — Empalar uma enquanto chupo a outra. Vendo as duas pelo espelho, se tocando e se beijando, sentadinhas no trono. E esse trono vou ser eu.

"O espelho de Egon Schiele", pensou a senhora Lucrecia. Sentia-se menos incomodada pela vulgaridade do homem do que pelo brilho desalmado das pupilas dele, enquanto descrevia seu capricho.

— Você vai ficar zarolho de ver tanta coisa ao mesmo tempo, gato — riu Adelita, dando-lhe um soco de brincadeira.

— É a minha fantasia. Graças aos burricos, esta noite vou realizá-la — disse o homem, com orgulho, à maneira de despedida. — Uma pena esse seu compromisso, palhacinha, porque, apesar dessa papagaiada toda, gostei de você. Tchauzinho, bonecas.

Quando ele se perdeu entre as mesas — o bar tinha mais gente do que antes, a fumaça estava mais densa, o rumor das conversas se multiplicara, e a música dos alto-falantes era agora um merengue de Juan Luis Guerra —, Adelita se aproximou de dona Lucrecia, pesarosa:

— É verdade, o seu encontro? Com esse panaca, ia ser moleza. Aquela história dos cavalos é mentira. Ele é traficante, todo mundo sabe. E funciona a cem por hora. Ejaculação precoce, dizem. Tão rápido, tão rápido, que muitas vezes nem consegue começar. Ia ser uma mão na roda.

Dona Lucrecia tentou esboçar um sorriso de entendida, que não lhe saiu. Como uma filha de Esther podia dizer semelhantes coisas? Aquela senhora tão posuda, tão rica, tão presumida, tão elegante, tão católica. Estherzita, a madrinha de Fonchito. A moça continuava com seus comentários desenvoltos, que mantinham boquiaberta dona Lucrecia:

— Tremendo vacilo, a gente perder esta oportunidade de faturar cem dólares em meia hora, em quinze minutos — queixava-se. — Subir com você para trabalharmos nesse pata-choca ia ser bacana. Ia ser o máximo, e rapidinho. Você eu não sei, mas, comigo, o que me incomoda são os casais. O maridão olhando, enquanto você esquenta a mulherzinha dele. Odeio isso, gata! Porque a babaca sempre morre de vergonha. Fica cheia de frescuras, solta umas risadinhas sonsas, tem que beber um trago, e tome de siririca. Puxa vida, até me dá engulho. Principalmente quando elas começam a chorar e se arrepender. Tenho vontade de matar, digo a você. E aí o tempo vai passando, meia hora,

245

uma hora, com essas retardadas, um pé no saco. Querem, não querem, e fazem você perder um monte de grana. Não tenho mais paciência, gata. Nunca lhe aconteceu?

— Imagine! — sentiu-se obrigada a dizer dona Lucrecia, forcejando para que cada sílaba aceitasse sair de sua boca.

— Algumas vezes.

— Se bem que pior ainda são os dois amigos, os cupinchas, unha e carne, sabe como? — suspirou Adelita. Sua voz mudou e dona Lucrecia pensou que devia ter acontecido a ela algo terrível, com sádicos, loucos ou monstros. — Como se sentem machos quando estão em dupla! E começam a pedir tudo quanto é sacanagem. A cornetinha, o sanduichinho, o nenenzinho. Por que não vai pedir à mamãezinha, querido? Não sei você, gata, mas, comigo, o nenenzinho, nem a pau. Não gosto. Me dá nojo. E também dói. Não faço nem por duzentos dólares. E você?

— Eu também não — articulou dona Lucrecia. — Nojo e dor, igual a você. Nenenzinho, nem por duzentos, nem por mil.

— Bem, por mil, quem sabe? — riu a moça. — Viu? A gente se parece. Bom, chegou seu parceiro, eu acho. Vamos ver se, na próxima, a gente faz o trabalho no idiota dos burricos. Tchau, divirta-se.

Adelita se afastou, deixando seu lugar para a delgada silhueta que se aproximava. Na claridade medíocre do recinto, dona Lucrecia viu que ele era jovem, meio louro, feições amenizadas, e uma vaga semelhança com quem? Com Fonchito! Um Fonchito com dez anos a mais, de olhar endurecido, corpo mais alto e afilado. Estava vestido em um elegante terno azul e trazia no bolso do paletó um lencinho rosa, a mesma cor da gravata.

— O inventor da palavra *individualismo* foi Alexis de Tocqueville — disse ele, a modo de saudação, com uma vozinha estridente. — Certo ou errado?

— Certo. — Dona Lucrecia começou a suar frio: o que aconteceria agora? Decidida a ir até o final, acrescentou: — Eu sou Aldonza, a andaluza de Roma.* Puta, estreleira e alcofeira, às suas ordens.

---

* Alusão à obra do espanhol Francisco Delicado *Retrato de la lozana andaluza* (1528), não muito conhecida, mas considerada precursora do romance picaresco. (N. da T.)

— A única palavra que eu entendo é puta — comentou Justiniana, tonta com o que ouvia. — E a senhora falava sério? Não ficou com vontade de rir? Desculpe interromper, patroa.

— Siga-me — disse o recém-chegado, sem um pingo de humor. Movia-se como um robô.

Dona Lucrecia desceu do banquinho e adivinhou o olhar mal-intencionado do *barman* ao vê-la partir. Seguiu o jovem louro, que avançava depressa entre as mesas lotadas, fendendo a atmosfera enfumaçada, rumo à saída do bar. Depois, atravessou o corredor em direção aos elevadores. Dona Lucrecia o viu apertar o botão do 24º. Sentiu seu coração saltar e seu ventre se contrair, com a velocidade da subida. Uma porta se abriu, assim que saíram para o corredor. Estavam no vestíbulo de uma suíte enorme: através do janelão envidraçado, estendia-se aos seus pés um mar de luzes, com manchas escuras e bancos de neblina.

— Pode tirar a peruca e a roupa no banheiro. — O rapaz lhe apontou um aposento, ao lado da saleta. Mas dona Lucrecia não conseguiu dar um passo, fascinada por aquela face juvenil, de olhar de aço e cabelos alvoroçados na testa — achara que eram louros, mas eram castanho-claros, puxando para o escuro —, modelados pelo cone de luz. Como era possível? Parecia ele, em pessoa.

— Como assim, Egon Schiele? — atalhou-a Justiniana.

— O pintor que enlouquece Fonchito? O malandro que pintava suas modelos fazendo sacanagem?

— Por que você acha que eu fiquei pasmada? Ele mesmo.

— Sei que somos parecidos — explicou o rapaz, no mesmo tom sério, funcional e desumanizado com que se dirigira a ela desde o primeiro momento. — É por isso que você está tão desconcertada? Bom, eu me pareço com ele. E daí? Ou você está achando que sou Egon Schiele ressuscitado? Não é tão boba assim, não?

— É que a semelhança me deixou muda — reconheceu dona Lucrecia, examinando-o. — Não é só o rosto. Também o corpo alongado, raquítico. As mãos, tão grandes. E a maneira como você brinca com seus dedos, escondendo o polegar. Igualzinho, idêntico a todas as fotos de Egon Schiele. Como é possível?

247

— Não vamos perder tempo — disse o rapaz, com frieza e um gesto de tédio. — Tire essa peruca asquerosa, esses brincos e colares horríveis. Espero você no quarto. Venha nua.

Seu rosto tinha algo de desafiador e vulnerável. Ele parecia, pensou dona Lucrecia, um garotinho malcriado e genial, a quem, apesar de todas as suas travessuras e insolências, audácias e temeridades, a mãe fazia muita falta. Estava pensando em Egon Schiele ou em Fonchito? Dona Lucrecia não teve dúvidas de que o rapaz prefigurava o que o filho de Rigoberto viria a ser dentro de alguns anos.

"A partir deste momento, começa o mais difícil", disse a si mesma. Tinha certeza de que o rapaz parecido com Fonchito e Egon Schiele havia fechado a porta com duas voltas na chave, e de que, mesmo que quisesse, já não poderia escapar da suíte. Seria obrigada a permanecer ali o resto da noite. Junto com o medo que se apoderara dela, a curiosidade a devorava, e até uma pontinha de excitação. Entregar-se a esse esbelto jovem de expressão fria e algo cruel seria como fazer amor com um Fonchito-jovem-quase-homem, ou com um Rigoberto remoçado e embelezado, um Rigoberto-jovem-quase-menino. A comparação a fez sorrir. O espelho do banheiro lhe mostrou sua expressão relaxada, quase alegre. Teve trabalho para tirar a roupa. Sentia as mãos dormentes, como se as tivesse exposto à neve. Sem a absurda peruca, livre da minissaia que a espremia, respirou. Manteve a calcinha e o minúsculo sutiã de renda preta, e, antes de sair, soltou e ajeitou os cabelos — tinha-os prendido numa redinha —, detendo-se um instante à porta. Outra vez, o pânico. "Posso até não sair viva daqui." Mas nem sequer esse temor fez com que se arrependesse de ter vindo e de estar interpretando esta farsa extravagante, para agradar a Rigoberto (ou a Fonchito?). Ao entrar no vestíbulo, comprovou que o rapaz havia apagado todas as luzes do quarto, exceto a de um abajur, em um cantinho afastado. Pelo enorme janelão, lá embaixo cintilavam milhares de vagalumes de um céu invertido. Lima parecia disfarçada de cidade grande; a escuridão apagava seus andrajos, sua imundície e até seu mau cheiro. Uma música suave, de harpas, trinados, violinos, banhava a penumbra. Enquanto avançava, sempre apreensiva, rumo à porta que o rapaz lhe apontara, sentiu uma nova onda de excitação, crispando-lhe os bicos dos seios ("O que tanto agrada a Rigoberto").

248

Deslizou silenciosamente pelo carpete. Bateu com os nós dos dedos. A porta estava encostada e se abriu, sem um rangido.

— E estavam ali, os de antes? — exclamou Justiniana, mais incrédula ainda. — E agora, como vai ser? Os dois de antes? Adelita, a filha da senhora Esther?

— E o sujeito dos cavalos, o traficante ou lá o que fosse — confirmou dona Lucrecia. — Sim, ali. Os dois. Na cama.

— E pelados, claro — gargalhou Justiniana, levando uma mão à boca e revirando os olhos com descaramento. — Esperando pela senhora.

O quarto parecia maior do que o habitual em um hotel, até mesmo em uma suíte de luxo, mas dona Lucrecia não pôde perceber exatamente suas dimensões, porque só estava acesa a lâmpada de um dos criados-mudos, e sua luz circular, avermelhada pela grande cúpula cor de vinho, só clareava por inteiro o casal deitado e entrelaçado sobre a betuminosa colcha, com manchas amarelo-escuras, que cobria a cama de casal. O resto do aposento estava na penumbra.

— Entre, amorzinho — acolheu-a o homem, agitando a mão, sem parar de beijocar Adelita, sobre a qual estava meio montado. — Tome um drinque. Tem champanhe em cima da mesa. E pó, nessa tabaqueira de prata.

A surpresa de encontrar Adelita e o homem dos cavalos ali não a fez esquecer o jovem magro de boca cruel. Ele tinha desaparecido? Espiava, oculto na sombra?

— Oi, gata — a cara travessa de Adelita surgiu por sobre o ombro do sujeito. — Que bom que você se livrou do tal encontro. Venha, venha logo. Não sente frio? Aqui está quentinho.

O medo desapareceu por completo. Ela foi até a mesa e se serviu uma taça de champanhe de uma garrafa metida em um balde de gelo. E se cheirasse uma carreirinha, também? Enquanto bebia, em pequenos goles, na penumbra, pensou: "É magia ou bruxaria. Milagre, não pode ser." O homem era mais gordo do que parecia vestido; seu corpo, branquelo e com sinais, tinha rolos de banha na barriga, nádegas sem pelos e pernas muito curtas, com tufinhos de pelos escuros. Adelita, ao contrário, era ainda mais magra do que ela havia acreditado; um corpo alongado, moreninho, uma cintura muito fina em que se destacavam os ossinhos dos quadris. Deixava-se beijar e abraçar e também abraçava o traficante turfista, mas, embora seus gestos simulassem entusiasmo, dona Lucrecia notou que ela não o beijava, e até evitava sua boca.

— Venha, venha, quase não aguento mais — implorou o homem, de repente, com veemência. — Meu capricho, meu capricho. É agora ou nunca, meninas!

Embora a excitação de um momento atrás tivesse desaparecido, substituída por um certo nojo, dona Lucrecia obedeceu, depois de terminar a taça. Ao se dirigir para a cama, viu de novo pelo janelão, lá embaixo, e também acima, nas montanhas onde começava a longínqua cordilheira, o arquipélago de luzes. Sentou-se em um canto da cama, sem medo, embora confusa e cada vez mais nauseada. Uma mão a segurou pelo braço, puxou-a e a obrigou a se deitar embaixo de um corpo pequeno e fofo. Ela relaxou, deixou-se levar, aniquilada, desmoralizada, decepcionada. Repetia para si mesma, como um autômato: "Não vá chorar, Lucrecia, não vá chorar." O homem enlaçou-a com o braço esquerdo e Adelita com o direito. Sua cabeça girava de uma para outra, beijando-as no pescoço, nas orelhas, e buscando-lhes a boca. Dona Lucrecia via muito próxima a cara de Adelita, despenteada, congestionada, e, nos olhos, um sinal de cumplicidade, zombeteiro e cínico, animando-a. Os lábios e dentes do homem se apertaram contra os seus, forçando-a a abrir a boca. A língua dele entrou nela, como uma serpente.

— Você, eu quero empalar — ouviu-o implorar, enquanto a mordiscava e lhe acariciava os seios. — Monte, monte em mim. Rápido, que já estou indo.

Vendo que ela hesitava, Adelita ajudou-a a subir nele e também se agachou, passando uma das pernas sobre o homem e ajeitando-se a fim de que ele tivesse a boca ao alcance do seu sexo depilado, no qual dona Lucrecia mal percebeu uma fina linha de pilosidade. Então, sentiu como se levasse uma chifrada. Aquela coisinha miúda, meio brocha, que segundos antes se esfregava em suas pernas, teria crescido tanto ao entrar nela? Agora era um esporão, um aríete que a levantava, perfurava e feria com força cataclísmica.

— Beijem-se, beijem-se — gemia o sujeito dos burricos.

— Não estou vendo vocês muito bem, que merda! Faltou um espelho!

Molhada de suor da cabeça aos pés, tonta, dolorida, sem abrir os olhos, dona Lucrecia estendeu os braços e buscou o rosto de Adelita, mas, quando encontrou os finos lábios da moça, esta, mesmo apertando-os contra os dela, manteve-os fechados. Não os abriu quando ela os pressionou com a língua. Nisto, por entre os cílios e as gotinhas de suor que lhe pingavam da testa, viu o jovem desaparecido de olhos acerados, lá em cima, perto do teto, equilibrando-se no alto de uma escada. Semioculto pelo que parecia um biombo laqueado, com caracteres chineses, as orelhinhas meio levantadas, os olhos incendiados, a boquinha cruel franzida, o rapaz a desenhava, desenhava os três, furiosamente, com um carvão comprido, em uma cartolina branquíssima. De fato, parecia uma ave de rapina, agachado no alto da escada em tesoura, observando-os, medindo-os, retocando-os com traços longos, enérgicos, e com aqueles olhos ferozes, vivíssimos, que saltavam da cartolina para a cama, da cama para a cartolina, sem prestar atenção a mais nada, indiferentes às luzes de Lima, esparramadas ao pé da janela, e à sua própria verga, que abrira caminho para fora da calça, fazendo saltarem os botões, e se estirava e crescia como um balão que vai se enchendo de ar. Ofídio voador, agora se balançava acima dela, contemplando-a com seu olho de grande ciclope. Ela não se surpreendeu nem se importou. Cavalgava, satisfeita, ébria, agradecida, entorpecida, pensando ora em Fonchito, ora em Rigoberto.

— Por que você continua saltitando, não vê que eu já fui? — choramingou o homem dos cavalos. Na semiescuridão, sua cara parecia de cinza. Ele fazia biquinhos de menino malcriado. — Maldito azar, isto sempre me acontece. Quando está ficando bom, eu já fui. Não consigo segurar. Não tem jeito, não tem. Procurei um especialista, ele me receitou banhos de lama. Uma merda. Aquilo me dava dor de estômago e vômitos. Massagens. Outra merda. Fui a um curandeiro da Victoria e ele me meteu em uma tina com ervas, cheirando a cocô. De que me serviu? De nada. Agora, termino até mais rápido do que antes. Por que essa sorte infeliz, maldita seja?

Soltou um gemido e soluçou.

— Não chore, cara, por acaso você não realizou seu capricho? — consolou-o Adelita, voltando a passar a perna por cima da cabeça do chorão e deitando-se ao lado dele.

Pelo jeito, nenhum dos dois via Egon Schiele, ou seu duplo, equilibrando-se um metro acima, no alto da escada, e ajudando-se a não cair, a manter o centro de gravidade, graças àquela imensa verga que balançava suavemente sobre a cama, exibindo na escassa luz suas delicadas dobras rosadas e as alegres veiazinhas da face posterior. E, sem dúvida, tampouco o escutavam. Dona Lucrecia, sim, e muito claramente. Esganiçado e beligerante, ele repetia entre os dentes, como um mantra: "Sou o mais tímido dos tímidos. Sou divino."

— Descanse, gata, o que está fazendo aí? A função já terminou — disse Adelita, com carinho.

— Não as deixe ir, dê uma surra nelas. Não as deixe ir. Bata, bata com força nas duas!

Era Fonchito, naturalmente. Não, não o pintor concentrado em sua tarefa de esboçá-los. Era o menino, seu enteado, o filho de Rigoberto. Estava ali, ele também? Sim. Onde? Em alguma parte, secretado pelas sombras do quarto das maravilhas. Quieta, encolhida, desexcitada, aterrorizada, cobrindo os seios com as mãos, dona Lucrecia olhou à direita, procurou à esquerda. E por fim os encontrou, refletidos em um grande espelho no qual também se viu, repetida como uma modelo de Egon Schiele. A meia-luz não os dissolvia; antes, dava ao pai e ao filho, sentados um junto ao outro — aquele, observando-os com benevolência afetuosa, e este, superexcitado, a carinha angelical congestionada de tanto gritar, "Bata nelas, bata nelas" —, em uma poltrona que parecia um camarote encarapitado acima do proscênio da cama.

— Ou seja, também apareceram o patrão e Fonchito? — comentou Justiniana, em tom desenxabido e francamente decepcionado. — Isso é que não dá para acreditar.

— Bem sentadinhos, os dois, e nos olhando — assentiu dona Lucrecia. — Rigoberto, muito formal, compreensivo e tolerante. E o menininho, de rédea solta, fazendo as diabruras de costume.

— Não sei a senhora, patroa — disse Justiana de repente, cortando de chofre o relato e levantando-se —, mas eu preciso agora mesmo de uma ducha com água bem fria. Para não passar outra noite sem dormir, no maior sufoco. Essas conversas com a senhora, eu adoro. Mas me deixam meio abestalhada e carregada de eletricidade. Se não acredita, bote a mão aqui. Vai tomar um choque!

A BABA DA LESMA

Embora eu saiba de sobra que o senhor é um mal necessário, sem o qual a vida em comunidade não seria vivível, devo dizer-lhe que sua pessoa representa tudo o que detesto, na sociedade e em mim mesmo. Pois há pelo menos um quarto de século, de segunda a sexta-feira e das oito da manhã às seis da tarde, com algumas atividades ancilares (coquetéis, seminários, inaugurações, congressos), às quais me é impossível subtrair-me sem ameaçar minha sobrevivência, tenho sido também uma espécie de burocrata, ainda que não trabalhe no setor público, e sim no privado. Mas, assim como o senhor e por sua culpa, minha energia, meu tempo e meu talento (tive algum) foram em grande parte engolidos, nesses vinte e cinco anos, pelos trâmites, gestões, requerimentos, instâncias e procedimentos inventados pelo senhor para justificar o salário que recebe e a escrivaninha diante da qual engorda suas nádegas, deixando-me apenas umas migalhas de liberdade para tomar iniciativas e levar a cabo um trabalho que mereça chamar-se criativo. Sei que os seguros (meu ramo profissional) e a criatividade encontram-se tão afastados quanto os planetas Saturno e Plutão no universo sideral, mas essa distância não seria tão vertiginosa se o senhor, hidra regulamentarista, lagarta tramitadora, rei do papel timbrado, não a tivesse tornado abissal. Porque, mesmo no árido deserto das seguradoras e resseguradoras, a imaginação do ser humano poderia expandir-se e dali extrair estímulo intelectual e até prazer, se o senhor, encarcerado nessa densa malha de regulações asfixiantes — destinadas a dar caráter de necessidade à obesa burocracia que inchou até estourar as repartições públicas e criou uma miríade de pretextos e justificativas para suas chantagens, seus subornos, tráficos e roubos —, não tivesse transformado a tarefa de uma companhia de seguros em uma embrutecedora rotina, semelhante àquelas complicadas e diligentes máquinas de Jean Tinguely, as quais, movendo correntes, polias, trilhos, pás, colheres e êmbolos, acabam parindo uma bolinha de pingue-pongue. (Sei que ignora quem é Tinguely e tampouco lhe convém descobrir; mas tenho certeza de que, se o acaso colocasse em seu caminho as obras desse escultor, um dos poucos artistas contemporâneos que me entendem, o senhor já teria tomado todas as precauções para

253

não compreender, banalizando-os, os sarcasmos ferozes que elas disparam.)

Se eu lhe contar que entrei nesta companhia recém-formado em direito, com um posto insignificante no departamento jurídico, e que nestes cinco lustros escalei a hierarquia até ocupar a gerência, ser membro da diretoria e dono de um bom pacote de ações da empresa, o senhor me dirá que, em tais condições, não tenho de que me queixar e peco por ingratidão. Afinal, não vivo bem? Não faço parte do microscópico fragmento da sociedade peruana que tem casa própria, automóvel, a possibilidade de viajar de férias, uma ou duas vezes por ano, para a Europa ou os Estados Unidos, de desfrutar de certos confortos e de uma segurança impensáveis e inacessíveis para quatro quintos dos nossos compatriotas? Tudo isso é verdade. Também o é que, graças a esse sucesso profissional (assim o chamam os senhores, não?), consegui encher meu escritório de livros, gravuras e quadros, que me amuralham contra a estupidez e a vulgaridade reinantes (ou seja, contra tudo o que o senhor representa), e criar um enclave de liberdade e fantasia onde a cada dia, ou melhor, a cada noite, pude desintoxicar-me da espessa crosta de convencionalismos embrutecedores, rotinas desprezíveis, atividades castradoras e gregarizadas que o senhor fabrica e das quais se nutre, e viver, viver de verdade, ser eu mesmo, abrindo aos anjos e demônios que me habitam as portas gradeadas atrás das quais — por culpa sua, só sua — são obrigados a esconder-se no resto do dia.

O senhor me dirá, também: "Se odeia tanto os horários de trabalho, as cartas e as apólices, os relatórios legais e os protocolos, as reclamações, as autorizações e os pareceres, por que não teve a coragem de jogar fora tudo isso e viver a vida verdadeira, a de sua fantasia e seus desejos, não só à noite, mas também de manhã, ao meio-dia e à tarde? Por que cedeu mais da metade de sua vida ao animal burocrático que, junto com seus anjos e demônios, também o escraviza?" A pergunta é pertinente — muitas vezes formulei-a para mim mesmo —, mas também o é minha resposta: "Porque o mundo de fantasia, de prazer, de desejos em liberdade, minha única pátria querida, não sobreviveria indene à escassez, à estreiteza, às angústias econômicas, ao peso das dívidas e à pobreza. Os sonhos e os desejos são incomestíveis. Minha existência se empobreceria, transformando-se em caricatura de si mesma." Não sou um herói, não sou um grande artista, careço de gênio, de modo que não me consolaria a esperança de uma "obra" que talvez sobrevivesse a mim. Minha aspiração e minhas aptidões não vão além de saber diferenciar — nisso sou superior ao senhor, cujo senso ético e estético de discriminação, por sua condição adventícia, reduziu-se a nada —, dentro do emaranhado de possibilidades que me rodeiam, o que amo e o que detesto, o que embeleza minha vida e o que a enfeia e lambuza de estupidez, o que me exalta e o que me deprime, o que me faz gozar e o que me faz sofrer. Para estar simplesmente em condições de discernir constantemente entre essas opções contraditórias, preciso da tranquilidade econômica que me é proporcionada por esta atividade profissional maculada pela cultura do trâmite, este miasma deletério que o senhor gera como a lesma expele a baba e que passou a ser o ar respirado pelo mundo inteiro. As fantasias e os desejos — pelo menos, os meus — requerem, para manifestar-se, um mínimo de tranquilidade e segurança. Do contrário, enfraqueceriam e morreriam. Se quiser deduzir daí que meus anjos e demônios são inabalavelmente burgueses, digo-lhe que é a mais estrita verdade.

Mencionei antes a palavra *parasita* e o senhor deve ter-se perguntado se eu, sendo um advogado que há vinte e cinco anos aplica a ciência jurídica — o mais nutritivo alimento da burocracia e a primeira engendradora de burocratas — à especialidade dos seguros, tenho o direito de usá-la depreciativamente contra quem quer que seja. Sim, tenho, mas só porque também a emprego contra mim mesmo, contra minha metade burocrática. De fato, e para cúmulo dos males, o parasitismo legal foi minha primeira especialização, a chave que me abriu as portas de La Perricholi — sim, este é o ridículo nome que acrioula a companhia — e me obteve as primeiras promoções. Como não viria a ser o mais engenhoso enredador ou destrinçador de argumentos jurídicos, aquele que descobriu, desde sua primeira aula de direito, que a chamada legalidade é, em grande medida, uma selva intricada onde os técnicos em tramas, intrigas, formalismos e casuísmos sempre farão bom negócio? Que essa profissão não tem nada a ver com a verdade e a justiça, mas, exclusivamente, com sofismas e imbróglios impossíveis de desemaranhar? É verdade,

255

trata-se de uma atividade essencialmente parasitária, que levei a cabo com a devida eficiência para chegar até o topo, mas sem nunca me enganar, consciente de ser um furúnculo que se nutre da falta de defesa, da vulnerabilidade e da impotência dos outros. À diferença do senhor, eu não pretendo ser um "pilar da sociedade" (inútil remetê-lo ao quadro homônimo de Georges Grosz: o senhor não conhece esse artista ou, pior ainda, só o conhece pelas esplêndidas bundas expressionistas que ele pintou, e não pelas letais caricaturas dos colegas do senhor na Alemanha de Weimar): sei o que sou e o que faço, e desprezo essa parte de mim mesmo tanto quanto a desprezo em sua pessoa, ou até mais. Meu sucesso como advogado derivou desta constatação — de que o direito é uma técnica amoral, vantajosa para o cínico que a domina melhor — e de minha descoberta, igualmente precoce, de que em nosso país (em todos os países?) o sistema legal é uma teia de aranha de contradições, na qual, a cada lei ou disposição com força de lei, é possível opor outra ou outras que a retificam e anulam. Por isso, aqui estamos todos sempre violando alguma lei e delinquindo de algum modo contra a ordem (na realidade, o caos) legal. Graças a esse dédalo, o senhor se subdivide, se multiplica, se reproduz e se reengendra, vertiginosamente. E graças a isso vivemos nós, os advogados, e alguns — *mea culpa* — prosperamos.

Pois bem, embora minha vida tenha sido um suplício de Tântalo, uma luta diária e moral entre o lastro burocrático de minha existência e os anjos e demônios secretos de meu ser, o senhor não me venceu. Sempre consegui manter, ante aquilo que fazia de segunda a sexta e de oito às seis da tarde, a ironia suficiente para desprezar esse ofício e desprezar-me por exercê-lo, de modo que as horas restantes puderam me desagravar e me redimir, me compensar e me humanizar (o que, no meu caso, sempre significa separar-me do rebanho ou da manada). Imagino a comichão que o percorre, essa curiosidade biliosa com que o senhor se pergunta: "E o que faz nessas noites a ponto de imunizar-se contra mim, o que o salva de ser o que eu sou?" Quer saber? Agora que estou sozinho — separado de minha mulher, quero dizer —, leio, contemplo minhas gravuras, releio e alimento meus cadernos com cartas como esta, mas, sobretudo, fantasio, sonho, construo uma realidade melhor, depurada de todas as escórias e excrescências — o senhor e sua baba — que tornam a existência sinistra e sórdida o bastante para induzir-nos a desejar uma diferente. (Falo no plural e me arrependo; não se repetirá.) Nessa outra realidade, o senhor não existe. Só existem a mulher que amo e amarei sempre — a ausente Lucrecia —, meu filho Alfonso e alguns figurantes móveis e transitórios, que aparecem como fogos-fátuos, pelo tempo de me serem úteis. Só quando estou nesse mundo, nessa companhia, é que existo, pois gozo e sou feliz.

Isto posto, essas migalhas de felicidade não seriam possíveis sem a imensa frustração, o árido tédio e a acabrunhante rotina de minha vida real. Em outras palavras, sem uma vida desumanizada pelo senhor e sem aquilo que o senhor tece e destece contra mim, a partir de todas as engrenagens do poder que detém. Entende, agora, por que o chamei, no princípio, de um *mal necessário*? O senhor, o mais perfeito exemplo do estereótipo e do lugar-comum, acreditava que eu o qualifiquei assim por pensar que uma sociedade deve funcionar, dispor de uma ordem, de uma legalidade, de serviços, de uma autoridade, para não naufragar na balbúrdia. E achava que esse regulador, esse nó górdio, esse mecanismo salvador e organizador do formigueiro, era o senhor, o *necessário*. Não, horrível amigo. Sem o senhor, a sociedade funcionaria bem melhor do que agora. Mas, sem sua presença aqui, emputecendo, envenenando e limitando a liberdade humana, esta não seria tão apreciada por mim, nem minha imaginação voaria tão alto, nem meus desejos seriam tão pujantes, pois tudo isso nasce como rebeldia contra o senhor, como reação de um ser livre e sensível contra aquele que é a negação da sensibilidade e do livre-arbítrio. Assim, veja só por onde, através de que meandros, conclui-se que, sem o senhor, eu seria menos livre e sensível, meus desejos, mais pedestres e minha vida, mais oca.

Sei que tampouco entenderá isso, mas não importa, porque sobre esta carta jamais pousarão seus intumescidos olhos de batráquio.

Eu o amaldiçôo e lhe agradeço, burocrata.

O SONHO É VIDA

Banhado em suor, ainda sem sair totalmente da delgada fronteira em que o sonho e a vigília se misturavam, don Rigoberto

257

continuou a ver Rosaura, vestida de paletó e gravata, cumprir suas instruções: ela se aproximou do balcão e se inclinou sobre os ombros nus da vistosa mulata que estivera procurando atraí-lo desde que os vira entrar nessa boate de transas.

Estavam na Cidade do México, não? Sim, depois de uma semana em Acapulco, fazendo uma escala em seu retorno a Lima, ao término dessas curtas férias. Don Rigoberto tivera o capricho de disfarçar dona Lucrecia de homem e ir com ela, vestida assim, a um cabaré de putas. Rosaura-Lucrecia cochichou algo com a moça, entre sorrisos — don Rigoberto viu-a apertar com autoridade o braço nu da mulata, que a fitava com olhos espertos e maliciosos —, e finalmente a tirou para dançar. Estavam tocando um mambo de Pérez Prado, claro — *El ruletero* —, e, na pista estreita, fumacenta, lotada, de sombras fendidas em rajadas por um refletor colorido, don Rigoberto aprovou: Rosaura-Lucrecia interpretava muito bem seu papel. Não parecia uma impostora naquelas roupas masculinas, nem diferente com o corte de cabelo *à la garçonne*, nem embaraçada ao conduzir sua parceira nos momentos em que, cansadas de fazer firulas, as duas se enlaçavam. Em crescente estado febril, don Rigoberto, cheio de admiração e gratidão por sua mulher, tinha de se arriscar a um torcicolo para não as perder de vista, em meio a tantas cabeças e ombros interpostos. Quando a orquestra, desafinada mas contida, passou do mambo ao bolero — *Dos almas*, que lhe recordou Leo Marini —, ele sentiu que os deuses o acompanhavam. Viu que Rosaura, interpretando seu desejo secreto, estreitava de imediato a mulata, passando-lhe os dois braços pela cintura e obrigando-a apoiar os dela sobre seus ombros. Embora, na meia-luz, não pudesse enxergar com muita precisão, teve certeza de que sua mulherzinha adorada, o falso varão, havia começado a beijar e mordiscar de leve o pescoço da mulata, esfregando-se contra o ventre e os seios desta como um verdadeiro cavaleiro esporeado pela excitação.

Já estava desperto, sem a menor dúvida, mas, apesar de ter todos os seus sentidos em alerta, percebeu que a mulata e Lucrecia-Rosaura continuavam ali, em meio àquela noturna humanidade prostibular, naquele local estridente e truculento, de mulheres sarapintadas como periquitos, de ancas tropicais, e uma clientela masculina de sujeitos bochechudos, bigodes escorridos e olhares drogados: dispostos a sacar as pistolas e se matarem mutuamente ao menor descuido? "Por esta excursão aos *bas-fonds* da noite mexicana, Rosaura e eu podemos perder a vida", pensou, com um calafrio feliz. E viu antecipadamente os títulos da imprensa marrom: "Duplo assassinato: homem de negócios e sua esposa travestida degolados em casa de encontros mexicana", "O anzol foi uma mulata", "Destruídos pelo vício", "México: casal da sociedade limenha é degolado em zona de meretrício", "Brancos depravados pagam com sangue seus excessos". Regurgitou uma risadinha, como um arroto: "Se nos mataram, o que importa o escândalo aos nossos vermes?"

Voltou ao local em questão, onde continuavam dançando a mulata e Rosaura, o falso homem. Agora, para sua alegria, as duas se manuseavam descaradamente e também se beijavam na boca. Mas como? As profissionais não se recusavam a oferecer os lábios aos seus clientes? Sim, mas por acaso havia obstáculo que Rosaura-Lucrecia não pudesse vencer? Como conseguira que a mulatona abrisse a bocarra de grossos lábios rubros e recebesse a visita sutil de sua língua serpentina? Teria lhe oferecido dinheiro? Teria conseguido excitá-la? Não importava como, o importante era que sua língua doce e branda, quase líquida, estava ali, na boca da mulata, ensalivando-a e absorvendo a saliva — que ele imaginou espessa e olorosa — daquela mulher exuberante.

E, então, foi distraído pela pergunta: por que Rosaura? Rosaura era também um nome de mulher. Se a questão era camuflá-la por completo, como ele havia feito, cobrindo o corpo dela com roupas de homem, seria preferível chamá-la Carlos, Juan, Pedro, Nicanor. Por que Rosaura? Quase inconscientemente, don Rigoberto se levantara da cama, enfiara roupão e chinelos e se transferira para seu escritório. Não precisava consultar o relógio para saber que logo surgiriam nas trevas, como que saindo do mar, as luzinhas do amanhecer. Conhecia alguma Rosaura de carne e osso? Buscou e foi categórico: nenhuma. Era, portanto, uma Rosaura imaginária, essa que, em seu sonho, viera se superpor a Lucrecia e se fundir com ela, esta noite, saída da página esquecida de um romance ou de algum desenho, óleo, gravura, que ele tampouco recordou. Em todo caso, o nome postiço continuava ali, colado a Lucrecia, assim como aquele traje masculino comprado nessa mesma tarde em uma loja da Zona

Rosa, entre risos e cochichos, depois que ele perguntou a Lucrecia se ela concordaria em materializar sua fantasia e ela — "como sempre, como sempre" — disse sim. Agora, Rosaura era um nome tão real como esse casalzinho que, de braço dado — a mulata e Lucrecia eram quase da mesma altura —, havia parado de dançar e se aproximava da mesa. Levantou-se para recebê-las e, cerimonioso, estendeu a mão à mulata.

— Oi, oi, muito prazer, sente-se.

— Estou morrendo de sede — disse a mulata, abanando-se com as duas mãos. — Vamos pedir alguma coisa?

— O que você quiser, amorzinho — respondeu na mesma hora Rosaura-Lucrecia, acariciando-lhe o queixo e acenando para um garçom. — Peça, pode pedir.

— Uma garrafa de champanhe — ordenou a mulata, com um sorriso de triunfo. — Você se chama mesmo Rigoberto? Ou é seu nome de guerra?

— É como eu me chamo. Nomezinho esquisito, não?

— Esquisitíssimo — assentiu a mulata, fitando-o como se em vez de olhos tivesse dois tições chamejantes na cara redonda. — Bom, pelo menos é original. Você também é bastante original, verdade. Sabe de uma coisa? Eu nunca vi orelhas nem nariz como os seus. Nossa Senhora, são enormes! Posso tocá-los? Deixa?

O pedido da mulata — alta, ondulante, olhos incandescentes, pescoço longo, ombros fortes e uma pele reluzente que se destacava no vestido amarelo-canário de amplo decote — deixou don Rigoberto mudo, sem ânimo até para responder com um gracejo ao que parecia um pedido muito sério. Lucrecia-Rosaura veio socorrê-lo:

— Ainda não, amorzinho — disse à mulata, beliscando-lhe a orelha. — Quando estivermos sozinhos, no quarto, você o tocará onde quiser.

— Vamos ficar os três sozinhos em um quarto? — riu a mulata, virando os olhos de sedosos cílios postiços. — Obrigada por me informar. E o que eu vou fazer sozinha com vocês, meus anjinhos? Não gosto de números ímpares. Sinto muito. Posso chamar uma amiga, e assim seremos dois casais. Eu sozinha com dois, nem morta.

Mas, quando o garçom trouxe a garrafa do que ele chamava champanhe mas não passava de um espumante adocicado com reminiscências de terebintina e cânfora, a mulata (chamava-se Estrella, disse) pareceu se animar com a ideia de passar o resto da noite com aquela dupla desigual e fez gracejos, deu risadas e distribuiu amáveis tapinhas entre don Rigoberto e Rosaura-Lucrecia. De vez em quando, como quem repete um estribilho, voltava a mencionar zombeteiramente "as orelhas e o nariz do moço", olhando-os com uma fascinação impregnada de misteriosa cobiça.

— Com orelhas assim, certamente se pode escutar mais do que as pessoas normais — dizia. — E, com um nariz desses, cheirar o que o comum dos homens não cheira.

"Provavelmente", pensou don Rigoberto. E se fosse verdade? Se ele, graças à magnificência desses órgãos, ouvisse e farejasse melhor do que seus congêneres? Não lhe agradava o viés cômico que a história ia tomando — seu desejo, avivado momento antes, decaía, e ele não conseguia reanimá-lo, pois, por culpa das brincadeiras de Estrella, sua atenção se afastava de Lucrecia-Rosaura e da mulata para se concentrar em seus desproporcionais apêndices auditivo e nasal. Tentou queimar etapas, passando por alto a negociação com Estrella que durou o tempo daquela garrafa de suposto champanhe, os trâmites para que a mulata saísse da boate — teve de pagar cinquenta dólares por uma ficha —, o táxi apertado e sacolejante, o registro no hediondo motel — *Cielito lindo*, dizia na fachada o letreiro luminoso em vermelho e azul — e a negociação com o recepcionista vesgo, que cutucava o nariz, para que os deixasse ocupar um só quarto. Aplacar os temores do rapaz de que a polícia desse uma incerta e multasse o estabelecimento por alugar um dormitório a um trio custou a don Rigoberto outros cinquenta dólares.

No exato momento em que transpuseram a soleira e, sob a luz fraca da única lâmpada, apareceu a cama de casal coberta com uma colcha azulada e junto da qual havia um lavatório, uma bacia com água, uma toalha, um rolo de papel higiênico e um penico desbeiçado — o vesgo acabava de sair, entregando-lhes a chave e fechando a porta atrás de si —, don Rigoberto recordou: Claro! Rosaura! Estrella! Aliviado, deu um tapa na testa. Naturalmente! Esses nomes vinham daquela apresentação madrilenha de *A vida é sonho*, de Calderón de la Barca. E mais uma vez sentiu brotar no fundo do coração, como um jato de água clara, um terno sentimento de gratidão por essas profundezas da memória das quais inesgotavelmente estavam fluindo surpresas, imagens, fantasmas, sugestões, para dar corpo, cenário e enredo aos sonhos com que ele se defendia da solidão, da ausência de Lucrecia.

— Vamos nos despir, Estrella — dizia Rosaura, levantando-se, sentando-se. — Você terá a grande surpresa de sua vida, portanto prepare-se.

— Só tiro a roupa se, antes, tocar o nariz e as orelhas do seu amigo — retrucou Estrella, agora muito séria. — Não sei por quê, mas a vontade de tocá-los está me comendo viva.

Desta vez, don Rigoberto não se encolerizou, e até se sentiu lisonjeado.

Tratava-se de uma função a que dona Lucrecia e ele haviam assistido em um teatro de Madri, em sua primeira viagem à Europa, com poucos meses de casados, uma montagem tão antiquada de *A vida é sonho* que até risos escancarados se ouviram na escuridão da plateia, durante a peça. O ator magricela e espigado que encarnava o príncipe Segismundo era tão ruim, tinha uma voz tão empolada e parecia tão esmagado pelo papel, que o espectador — "bom, *este* espectador", matizou don Rigoberto — se sentia inclinado à benevolência para com o cruel e supersticioso pai dele, o rei Basílio, por tê-lo mantido acorrentado durante toda a infância e juventude, como animal feroz, naquela torre solitária, temeroso de que se cumprissem com esse filho, se subisse ao trono, os cataclismos que os astros e sua ciência matemática haviam previsto. Tudo tinha sido pobre, pavoroso e desajeitado naquela função. E, no entanto, don Rigoberto recordou muito claramente que o aparecimento da jovem Rosaura, vestida de homem, na primeira cena, e, mais tarde, com espada à cintura, pronta para entrar em batalha, ocupara sua alma. Agora, sim, estava certo de haver sido visitado desde então, várias vezes, pela tentação de um dia ver Lucrecia ataviada com botas, chapéu emplumado, casaca de guerreiro, na hora do amor. *A vida é sonho*! Embora aquela apresentação tivesse sido horrível, seu diretor, execrável, e os atores, piores ainda, aquela atrizinha havia não só perdurado em sua memória, como inflamado muitas vezes seus sentidos. Além disso, algo na obra o intrigara, porque — a lembrança era inequívoca — o induziu a lê-la, algum tempo depois. Deviam ter restado algumas anotações sobre essa leitura. Engatinhando pelo tapete do escritório, don Rigoberto consultou e descartou um caderno atrás do outro. Este não, este não. Tinha de ser este. Este era o ano.

— Já estou nua, benzinho — disse a mulata Estrella.

— Me deixe pegar de uma vez nas suas orelhas e no nariz. Não se faça de rogado. Não me faça sofrer, não seja malvado. Não vê que estou morrendo de vontade? Me dê esse gosto, amorzinho, e farei você feliz.

Tinha um corpo cheio e abundante, bem formado, embora um tanto flácido no ventre, seios esplêndidos, só um pouquinho caídos, e, nos quadris, rolinhos renascentistas. Nem sequer parecia perceber que Rosaura-Lucrecia, que também acabava de se despir e de se deitar na cama, não era um homem, mas uma bela mulher de contornos delineados. A mulata só tinha olhos para ele, ou melhor, para suas orelhas e seu nariz, que, agora — don Rigoberto tinha se sentado na beira da cama para lhe facilitar a operação —, acariciava com avidez, com fúria. Seus dedos ardentes massageavam, apertavam e beliscavam com desespero as orelhas dele, primeiro, e depois o nariz. Ele fechou os olhos, angustiado, porque adivinhou que esses dedos em seu nariz não demorariam a lhe provocar um daqueles acessos de alergia que não se detinham antes de — luxuriosa cifra — sessenta e nove espirros. Aquela aventura mexicana, inspirada em Calderón de la Barca, terminaria em uma grotesca sessão de descontrole nasal.

Sim, ali estava — don Rigoberto aproximou o caderno da luz do abajur: uma página de citações e anotações, feitas à medida que ele ia lendo, sob o título: *A vida é sonho* (1638).

As duas primeiras citações, tiradas de monólogos de Segismundo, provocaram-lhe o efeito de duas chicotadas: *"Nada me parece justo / em sendo contra meu gosto."* E a outra: *"E sei que sou / um composto de homem e fera."* Haveria uma relação de causa e efeito entre as duas citações que transcrevera naquela ocasião? Ele mesmo seria um composto de homem e fera, porque nada que fosse contra seu gosto lhe parecia justo? Talvez. Mas, quando lera essa obra, depois daquela viagem, não era o homem velho, cansado, solitário e abatido, a buscar desesperadamente refúgio nas fantasias para não enlouquecer ou suicidar-se, em

263

que se transformara; era um cinquentão afortunado, exuberante de vida, que, nos braços de sua segunda e esplendorosa mulher, estava descobrindo que a felicidade existia, que era possível construir, junto à amada, uma cidadela singular, amuralhada contra a estupidez, a feiúra, a mediocridade e a rotina daquela onde passava o resto do dia. Por que havia sentido a necessidade de tomar essas notas ao ler uma obra que, naquela época, não tinha nada a ver com sua situação pessoal? Ou tinha?

— Eu, com um homem armado de orelhas e nariz assim, perderia a cabeça e me transformaria em sua escrava — exclamou a mulata, parando para respirar. — Faria todos os seus caprichos. Varreria o chão com minha língua, para ele.

Estava sentada sobre os calcanhares e tinha a cara congestionada, suarenta, como se a tivesse mantido inclinada sobre uma sopa em ebulição. Toda ela parecia vibrar. Falava passando gulosamente a língua pelos lábios úmidos com os quais acabava de beijocar, mordiscar e lamber interminavelmente os órgãos auditivos e olfativos de don Rigoberto. Este, aproveitando a pausa, tomou ar e, puxando seu lenço, enxugou as orelhas. Depois, fazendo muito ruído, assoou o nariz.

— Este homem é meu, e só o empresto a você por esta noite — disse Rosaura-Lucrecia, com firmeza.

— Mas você é o proprietário destas maravilhas? — perguntou Estrella, sem dar a mínima importância ao diálogo. Suas mãos se apoderaram do rosto já alarmado de don Rigoberto e sua grossa boca avançou de novo, resoluta, em direção às suas presas.

— Você nem sequer percebeu? Eu não sou homem, sou uma mulher — protestou Rosaura-Lucrecia, exasperada. — Pelo menos, olhe para mim.

Mas a mulata a desdenhou, com um leve movimento de ombros, e prosseguiu fogosamente sua tarefa. Tinha dentro da bocarra quente a orelha esquerda de don Rigoberto, e este, incapaz de se conter, soltou uma gargalhada histérica. Na verdade, estava muito nervoso. Pressentia que, a qualquer momento, Estrella passaria do amor ao ódio e lhe arrancaria a orelha com uma dentada. "Desorelhado, Lucrecia já não me amará", entristeceu-se. Deu um suspiro profundo, cavernoso, tétrico, semelhante àqueles que o príncipe Segismundo, barbudo e acorrentado, dava em sua torre secreta, enquanto perguntava aos céus, com gritos desatinados, que delito havia cometido *contra vós por ter nascido.*

"Essa pergunta é estúpida", disse a si mesmo don Rigoberto. Sempre havia desprezado o esporte sul-americano da autocompaixão e, sob tal ponto de vista, o príncipe choraminguento de Calderón de la Barca (um jesuíta, ainda por cima), que se apresentava ao público gemendo *"Ai mísero de mim, ai infeliz"*, não tinha nada para atraí-lo nem para fazê-lo se identificar com ele. Por que então, no sonho, seus fantasmas haviam estruturado essa história tomando de empréstimo os nomes de Rosaura e de Estrella, assim como o disfarce masculino daquela personagem de *A vida é sonho*? Talvez porque sua vida se transformara em puro sonho, desde a partida de Lucrecia. Por acaso *vivia* aquelas horas sombrias, opacas, que passava no trabalho discutindo balanços, apólices, resseguros, avaliações, investimentos? O único recanto de vida só lhe era trazido pela noite, quando adormecia e em sua consciência a porta dos sonhos se abria, como devia também acontecer a Segismundo em sua desolada torre de pedra, naquele bosque distante. Ele também havia descoberto ali que a vida verdadeira, a rica, a esplêndida vida que se submetia e se amoldava aos seus caprichos, era a vida de mentira, aquela que sua mente e seus desejos secretavam — desperto ou adormecido —, para arrancá-lo da cela e fazê-lo escapar à asfixiante monotonia de seu confinamento. Afinal, o inesperado sonho não era gratuito: havia um parentesco, uma afinidade entre os dois miseráveis sonhadores.

Don Rigoberto recordou um chiste em diminutivos que, de tão bobo, fizera Lucrecia e ele rirem como duas crianças: "Um elefantinho se aproximou da margem de um laguinho para beber aguinha e um crocodilinho o mordeu e lhe arrancou a trombinha. Choramingando, o elefantinho de nariz chatinho protestava: 'Seu engraçadinho de merdinha'."

— Solte meu nariz e eu lhe dou o que você quiser — implorou, aterrorizado, com voz fanhosa, tipo Cantinflas, porque os dentinhos carniceiros de Estrella lhe obturavam a respiração. — O dinheiro que você pedir. Me solte, por favor!

— Cale a boca, que eu estou gozando — balbuciou a mulata, soltando o nariz de don Rigoberto por um segundo e voltando a capturá-lo com sua dupla fileira de dentes vorazes.

Hipogrifo violento, ela gozava e voava como o vento, estremecendo-se toda, enquanto don Rigoberto, invadido pelo pânico, via pelo rabinho do olho que Rosaura-Lucrecia, aflita, desconcertada, meio soerguida na cama, havia segurado a mulata pela cintura e tentava afastá-la com suavidade, sem forçar, sem dúvida temendo que, se a puxasse, Estrella, em represália, arrancasse com os dentes o nariz do seu esposo. Assim ficaram um bom tempo, dóceis, enganchados, enquanto a mulata se encabritava e gemia, lambendo desenfreada o apêndice nasal de don Rigoberto e este, em meio a névoas angustiosas, recordava o monstro de Bacon, *Cabeça de homem*, óleo apavorante que durante muito tempo o deixara obsedado, agora sabia por quê: assim o deixariam as fauces de Estrella, depois da mordida. O que o aterrorizava não era sua face mutilada, mas uma pergunta: Lucrecia continuaria amando um marido desorelhado e desnarigado? Ou o abandonaria?

Don Rigoberto leu em seu caderno este fragmento:

> *o que foi isso*
> *que à minha fantasia*
> *ocorreu quando eu dormia*
> *e me trouxe até aqui?*

Segismundo o recitava ao despertar do sonho artificial em que (mediante uma mistura de ópio, dormideira e meimendro) fora submergido pelo rei Basílio e pelo velho Clotaldo, os quais lhe montavam uma farsa ignóbil, trasladando-o de sua torre-prisão até a corte, para fazê-lo reinar por um breve lapso, fazendo-o também crer que essa transição era igualmente um sonho. "O que aconteceu à sua fantasia enquanto você dormia, pobre príncipe", pensou, "é que o adormeceram e o mataram com drogas. Devolveram-no por um tempinho à sua verdadeira condição, fazendo-o acreditar que sonhava. Então, você tomou as liberdades que a pessoa toma quando goza da impunidade dos sonhos. Deu rédea solta aos seus desejos, arremessou um homem do balcão, quase matou o velho Clotaldo e o próprio rei Basílio. Assim, eles tiveram o pretexto necessário — você era violento, era irascível, era indigno — para devolvê-lo às correntes e à solidão de sua prisão." Apesar disso, invejou Segismundo. Também ele, como o desditoso príncipe condenado pela matemática e pelas estrelas a viver sonhando para não morrer de confinamento e solidão, era aquilo que havia anotado no caderno: "um esqueleto vivo", "um animado morto". Mas, à diferença daquele príncipe, nenhum rei Basílio, nenhum nobre Clotaldo viriam tirá-lo de seu abandono e de sua solidão, para, depois de adormecê-lo com ópio, dormideira e meimendro, despertá-lo nos braços de Lucrecia. "Lucrecia, minha Lucrecia", suspirou, percebendo que estava chorando. Como se tornara chorão neste último ano!

Estrella também lacrimejava, mas de alegria e felicidade. Após o estertor final, durante o qual don Rigoberto sentiu uma sacudidela simultânea em todos os feixes de nervos de seu corpo, abriu a boca, soltou o nariz dele e se deixou cair de costas sobre a cama forrada de azul, com uma desarmante e beata exclamação: "Gozei que foi uma delícia, Virgem santa!" E, agradecida, benzeu-se sem o menor ânimo sacrílego.

— Você pode ter achado uma delícia, certo, mas me deixou sem nariz e sem orelhas, sua delinquente — reclamou don Rigoberto.

Tinha absoluta certeza de que as carícias de Estrella haviam deixado sua cara igual à daquele personagem vegetal de Arcimboldo que exibia como nariz uma tuberosa cenoura. Com um crescente sentimento de humilhação, notou, por entre os dedos com os quais esfregava seu nariz machucado, que Rosaura-Lucrecia, sem um pingo de compaixão nem preocupação por ele, fitava a mulata (que se espreguiçava, aplacada, sobre a cama) com curiosidade, um sorrisinho comprazido flutuando no rosto.

— E é disso que você gosta nos homens, Estrella? — perguntou ela.

A mulata assentiu.

— A única coisa de que eu gosto — especificou, suspirando e soltando um bafejo denso, vegetal. — O resto, podem botar onde o sol não ilumina. Geralmente eu me contenho e escondo isso, por causa do que vão dizer. Mas, esta noite, me soltei. Porque nunca vi umas orelhas e um nariz como os do seu homem. Vocês me deixaram confiante, franguinha.

Examinou Lucrecia de alto a baixo com olhar de conhecedora e pareceu aprová-la. Estendeu uma das mãos, colocou o indicador no mamilo esquerdo de Rosaura-Lucrecia — don Ri-

267

goberto acreditou ver que o botãozinho fendido de sua mulher se endurecia — e disse, com uma risadinha:

— Descobri que você é mulher quando estávamos dançando, na boate. Senti seus peitinhos e me dei conta de que você não sabia conduzir sua parceira. Fui eu que a conduzi, e não o contrário.

— Pois dissimulou muito bem, eu achei que havia enganado você — felicitou-a dona Lucrecia.

Sempre esfregando o nariz acariciado e as orelhas ressentidas, don Rigoberto sentiu uma nova onda de admiração por sua mulher. Como ela podia ser versátil e adaptável! Era a primeira vez em sua vida que Lucrecia fazia coisas assim — vestir-se de homem, ir a um reles cabaré de putas em um país estrangeiro, meter-se em um hotel vagabundo com uma dessas sujeitinhas —, e, no entanto, não denotava o menor incômodo, desassossego ou aborrecimento. Ali estava, conversando descontraída com a mulata otorrinolaringologista, como se fosse igual a ela, dos mesmos ambiente e profissão. Pareciam duas boas colegas, trocando experiências durante um momento de folga em sua atarefada jornada. E como era bela, como lhe parecia desejável! Para saborear esse espetáculo de sua mulher nua junto de Estrella, nesse tosco enxergão de colcha azulada, na meia-luz oleosa, don Rigoberto fechou os olhos. Ela estava reclinada de lado, o rosto apoiado na mão esquerda, em um abandono que realçava a deliciosa espontaneidade de sua postura. Sua pele parecia muito mais branca nessa luz pobre, seus cabelos curtos, muito mais negros, e o tufinho do púbis, azulado de tão retinto. Enquanto, apaixonadamente, acompanhava os suaves meandros das coxas e do dorso de sua amada, e lhe escalava as nádegas, os seios e os ombros, don Rigoberto foi esquecendo suas orelhas doloridas, seu nariz maltratado, e também Estrella, o hotelzinho ordinário onde se haviam refugiado e a Cidade do México: o corpo de Lucrecia foi colonizando sua consciência, deslocando, eliminando qualquer outra imagem, consideração ou preocupação.

Nem Rosaura-Lucrecia nem Estrella pareciam notar — ou, talvez, não dessem importância ao fato — que ele, maquinalmente, fora tirando a gravata, o paletó, a camisa, os sapatos, as meias, a calça e a cueca, lançando cada peça ao avariado chão de linóleo esverdeado. Não lhe prestaram atenção nem sequer quando, de joelhos ao pé da cama, ele começou a acariciar com as mãos e a beijar respeitosamente as pernas de sua mulher. Continuaram absorvidas em suas confidências e fofocas, indiferentes, como se não o vissem, como se o fantasma fosse ele.

"E sou", refletiu, abrindo os olhos. A excitação continuava ali, golpeando-lhe as pernas, já sem muita convicção, como um badalo enferrujado que golpeia o velho sino desafinado pelo tempo e pela rotina de uma igrejinha sem paroquianos, sem a menor alegria nem decisão.

E, então, a memória lhe devolveu o profundo desagrado — o gosto ruim na boca, na verdade — deixado nele pelo final cortesão, abjetamente servil ao princípio de autoridade e à imoral razão de Estado, daquela obra de Calderón de la Barca, quando, ao soldado que iniciou contra o rei Basílio a rebelião graças à qual o príncipe Segismundo consegue ocupar o trono da Polônia, o novo rei, mal-agradecido e canalha, impõe a pena de apodrecer pelo resto da vida na torre onde ele mesmo padecera, sob o argumento — o caderno reproduzia os versos pavorosos — *"do traidor não há necessidade / sendo a traição passada".*

"Filosofia horrenda, moral repugnante", refletiu, esquecendo transitoriamente sua bela mulher despida, a quem, no entanto, continuava a acariciar de maneira maquinal. "Por ser conveniente defender acima de tudo a obediência à autoridade constituída, condenar o princípio e a própria ideia de rebeldia contra o rei, o príncipe perdoa Basílio e Clotaldo, seus opressores e torturadores, e castiga o valente soldado anônimo que insuflou a tropa contra o injusto monarca, tirou Segismundo de sua masmorra e o colocou no trono. Que nojo!"

Por acaso uma obra envenenada por essa doutrina desumana, inimiga da liberdade, merecia ocupar e alimentar seus sonhos, preencher seus desejos? No entanto, tinha de existir alguma razão para que, nessa noite, seus fantasmas tomassem posse tão completa e exclusiva de seu sonho. Voltou a examinar os cadernos, em busca de uma explicação.

O velho Clotaldo chamava a pistola de "serpente de metal", e a disfarçada Rosaura se perguntava *"se a vista não padece enganos / criados pela fantasia, / à medrosa luz que ainda tem o dia".* Don Rigoberto olhou na direção do mar. Ao longe, na linha do horizonte, uma medrosa luz anunciava o novo dia, aquela luz que, a cada manhã, destruía violentamente seu pequeno mundo de ilusão e sombras onde ele era feliz (feliz? Não: onde era apenas um pouco menos desditoso) e o devolvia à rotina carcerária de cinco dias por semana (chuveiro, desjejum, trabalho, almoço, trabalho, jantar), em que mal lhe restava uma brecha para filtrar suas invenções. Havia uns versinhos anotados, com uma indicação à margem que dizia "Lucrecia" e uma setinha assinalando-os: *"...mesclando, / aos trajes custosos de Diana, os arneses / de Palas"*. A caçadora e a guerreira, confundidas em sua amada Lucrecia. Por que não? Mas, evidentemente, não era isso o que havia incrustado a história do príncipe Segismundo no fundo de seu subconsciente, nem o que a tinha atualizado em suas fantasias desta noite. O quê, então?

"Não é possível que caibam / em um sonho tantas coisas", assombrava-se o príncipe. "Você é um idiota", replicou-lhe don Rigoberto. "Em um único sonho cabe toda a vida." Emocionou-se com a resposta de Segismundo, ao ser transferido, sob o efeito da droga, de seu cárcere ao palácio, quando lhe perguntavam o que mais o impressionara ao retornar ao mundo: *"Nada me fez enlevado / pois tudo eu tinha antecipado; mas se para admirar-me houvesse porventura / algo no mundo, seria a formosura / da mulher."* "E isso sem nunca ter visto Lucrecia", pensou. Ele a via agora, esplêndida, sobrenatural, derramada naquela colcha azul, ronronando delicadamente com as cócegas que seu amoroso marido lhe fazia ao beijá-la nas axilas. A amável Estrella havia se levantado, cedendo a don Rigoberto o lugar que ocupava na cama junto de Rosaura-Lucrecia, e fora se sentar no canto onde don Rigoberto estava antes, quando ela se afanava com as orelhas e o nariz dele. Mantinha-se discreta e imóvel, sem querer distraí-los nem interrompê-los, e os observava com curiosidade simpática, enquanto os dois se abraçavam, se entrelaçavam e começavam a se amar.

> *O que é a vida? Um frenesi.*
> *O que é a vida? Uma ilusão,*
> *uma sombra, uma ficção,*
> *e o maior bem é bisonho;*
> *pois toda a vida é um sonho,*
> *e os sonhos, sonhos são.*

"Mentira", disse ele em voz alta, golpeando a mesa do escritório. A vida não era um sonho, os sonhos eram uma mentira débil, um embuste fugaz que só servia para escapar transitoriamente das frustrações e da solidão, e para melhor apreciar, com amargura mais dolorosa, como era bela e substancial a vida verdadeira, aquela em que se comia, se tocava e se bebia, tão superior e plena quando comparada ao simulacro que, conjurados, os desejos e a fantasia mimetizavam. Abatido pela angústia — já era dia, a luz do amanhecer revelava as escarpas cinzentas, o mar plúmbeo, as nuvens pançudas, a mureta arruinada e o calçamento leproso —, agarrou-se ao corpo nu de Lucrecia-Rosaura, com desespero, para aproveitar esses últimos segundos, em busca de um prazer impossível, com o pressentimento grotesco de que a qualquer momento, talvez no do êxtase, sentiria aterrissarem sobre suas orelhas as súbitas mãos da mulata.

A VÍBORA E A LAMPREIA

Pensando em ti, li *A perfeita casada*, de frei Luis de León, e entendi por que, dada a ideia de matrimônio que pregava, aquele refinado poeta preferiu, ao leito nupcial, a abstinência e os hábitos agostinianos. Contudo, nessas páginas de boa prosa, e exuberantes de comicidade involuntária, encontrei esta citação do bem-aventurado São Basílio que se encaixa como uma luva, adivinha em que mão marfínea de mulher excepcional, esposa modelo e amante saudosíssima?:

> *A víbora, animal ferocíssimo entre as serpentes, vai diligente casar-se com a lampreia marinha; ao chegar, silva, como se avisasse que está ali, para desta maneira atraí-la do mar e fazê-la abraçar-se maritalmente com ela. A lampreia obedece, e junta-se sem medo à peçonhenta fera. O que digo com isto? O quê? Que, por mais áspero e de mais feras condições que o marido seja, é necessário que a mulher o suporte, e em nenhuma ocasião consinta em romper a paz. Oh! Ele é um verdugo? Mas é teu marido! É um bêbado? Mas o laço matrimonial fê-lo um contigo. Um áspero, um desaprazível! Mas já membro teu, e membro o mais principal. E, para que o ma-*

rido ouça o que também lhe convém: a víbora então, por respeito ao ajuntamento que faz, aparta de si sua peçonha, e tu não deixarás a crueza desumana de teu natural, por honra do matrimônio? Isto é de Basílio.

Frei Luis de León,
A perfeita casada, cap. III.

Abraça-te maritalmente com esta víbora, lampreia amadíssima.

Epílogo

Uma família feliz

— Afinal, esse piquenique não foi tão desastroso assim — disse don Rigoberto, com um sorriso amplo. — Serviu para aprendermos uma lição: em casa, fica-se melhor do que em qualquer lugar. E, sobretudo, melhor do que no campo.

Dona Lucrecia e Fonchito celebraram o comentário, e até Justiniana, que nesse momento trazia os sanduíches de frango, abacate, ovo e tomate a que ficara reduzido o almoço por culpa do piquenique frustrado, também começou a rir.

— Agora sei o que significa pensar positivo, maridinho — felicitou-o dona Lucrecia. — E ter atitudes construtivas diante da adversidade.

— Fazer do limão uma limonada — reforçou Fonchito.

— Isto mesmo, papai!

— É que, hoje, nada nem ninguém pode ofuscar minha felicidade — assentiu don Rigoberto, dando uma olhada nos sanduíches. — Não digo um piquenique miserável. Nem mesmo uma bomba atômica me afetaria. Bem, saúde!

Bebeu um gole de cerveja fria com visível satisfação e deu uma mordida no sanduíche de frango. O sol de Chaclacayo lhe queimara a testa, a cara e os braços, avermelhados pela insolação. De fato, mostrava-se muito contente, desfrutando do almoço improvisado. Dele tinha vindo a ideia, na noite anterior, de um piquenique em Chaclacayo, nesse domingo, para fugir da neblina e da umidade de Lima e desfrutar do bom tempo em contato com a natureza, à beira do rio e em família. Dona Lucrecia estranhou bastante essa proposta, pois recordava o santo horror que o universo campestre sempre despertara em seu marido, mas aceitou de bom grado. Não estavam estreando uma segunda lua de mel? Estreariam, também, novos hábitos. Partiram de manhã, na hora prevista — nove —, equipados com uma boa provisão de bebidas e um almoço completo, preparado pela cozinheira, que incluía alfajores com manjar-branco, a sobremesa preferida de don Rigoberto.

A primeira coisa que deu errado foi a rodovia do centro, lotada a tal ponto que o avanço era lentíssimo, e isso quando avançavam, entre caminhões, ônibus e todo tipo de veículos desconjuntados que, além de engarrafar a estrada e de paralisar o tráfego por longos intervalos, soltavam pelo escapamento aberto uma fumaça enegrecida e um fedor de gasolina queimada que estonteavam. Chegaram a Chaclacayo depois do meio-dia, exaustos e congestionados.

Encontrar um lugar adequado, junto ao rio, revelou-se mais árduo do que haviam imaginado. Antes de tomar o atalho que os aproximaria da margem do Rímac — que nessa altura não era como em Lima, parecia um rio de verdade, largo, cheio de água, decorado de espuma e ondinhas saltitantes nos pontos onde batia contra as pedras e rochedos —, tiveram de dar voltas e mais voltas que sempre os devolviam à maldita estrada. Quando, graças à ajuda de um morador compassivo, descobriram um desvio que os levou até a margem, em vez de melhorar, as coisas pioraram. Nesse lugar, o Rímac servia de lixão à vizinhança (assim como de mijadouro e cagatório), a qual havia lançado ali todos os refugos imagináveis — desde papéis, latas e garrafas vazias, até restos de comida, excrementos e animais mortos —, de modo que, além da vista deprimente, uma insuportável hediondez maculava a área. Nuvens de moscas agressivas os obrigaram a tapar as bocas com as mãos. Nada disso parecia combinar com a bucólica expedição esperada por don Rigoberto. Este, no entanto, armado de uma paciência indestrutível e de um otimismo de cruzado que maravilhavam sua mulher e seu filho, persuadiu a família a não se deixar abalar pelas casuais circunstâncias. Continuaram procurando.

Quando, um bom tempo depois, pareceu que chegavam a um lugar mais hospitaleiro — ou seja, desprovido de fedores mefíticos e de monturo —, o espaço já estava tomado por incontáveis grupos familiares que, alguns embaixo de barracas de praia, comiam talharins lambuzados com um molho avermelhado e escutavam música tropical, a todo o volume, em rádios e toca-fitas portáteis. O erro que cometeram nessa hora foi de exclusiva responsabilidade de don Rigoberto, embora inspirado no mais legítimo dos desejos: em busca de um mínimo de privacidade, afastar-se um pouco da multidão de comedores de massa, para os quais, pelo visto, era inconcebível sair da cidade por algumas horas sem levar consigo esse produto urbano por antonomásia que é o ruído. Don Rigoberto acreditou ter encontrado a solução. Como um escoteiro, propôs que, tirando os sapatos e arregaçando a calça, atravessassem um trecho de rio em direção ao que parecia uma minúscula ilha de areia, cascalho e esboços de mato, a qual, miraculosamente, não estava ocupada pela numerosa coletividade domingueira. Assim fizeram. Ou melhor, começaram a fazer, carregando as sacolas de comida e bebida preparadas pela cozinheira para a excursão campestre. A poucos metros da idílica ilhota, don Rigoberto escorregou em uma forma cartilaginosa. Caiu sentado nas frescas águas do rio Rímac, o que, em si, não teria importância, considerando-se o calor que fazia e o tanto que ele suava, se, junto com sua pessoa, não tivesse também naufragado a cesta do piquenique, a qual, para acrescentar um toque de comicidade ao acidente, antes de ir repousar no leito do rio esparramou-se toda, espalhando à direita e à esquerda das turbulentas águas, que já os arrastavam em direção a Lima e ao oceano Pacífico, o picante ceviche, o arroz com pato e os alfajores com manjar-branco, assim como a primorosa toalha e os guardanapos quadriculadinhos em vermelho e branco que dona Lucrecia havia escolhido para o piquenique.

— Podem rir, sem problema, não precisam se segurar, eu não vou me aborrecer — dizia don Rigoberto à esposa e ao filho, os quais, ajudando-o a se levantar, faziam umas caretas grotescas e tentavam sofrear as gargalhadas. As pessoas da margem também riam, ao vê-lo encharcado dos pés à cabeça.

Disposto ao heroísmo (pela primeira vez em sua vida?), don Rigoberto sugeriu perseverar e ficar, alegando que o sol de Chaclacayo o secaria em três tempos. Dona Lucrecia foi taxativa. De jeito nenhum, ele podia pegar uma pneumonia, tinham de retornar a Lima. E o fizeram, derrotados, embora sem ceder ao desespero. E rindo carinhosamente do pobre don Rigoberto, que havia tirado a calça e dirigia de cueca. Chegaram à casa de Barranco por volta das cinco da tarde. Enquanto don Rigoberto tomava banho e trocava de roupa, dona Lucrecia, ajudada por Justiniana, que acabava de voltar de sua folga semanal — o mordomo e a cozinheira só retornariam à noite —, preparou os sanduíches de frango com abacate, tomate e ovo desse tardio e acidentado almoço.

— Desde que fez as pazes com minha madrasta, você ficou muito bom, papai.

Don Rigoberto afastou a boca do sanduíche meio comido. Pensou um pouco.

— Está falando sério?

— Muito sério — replicou o menino, virando-se para dona Lucrecia. — Não é verdade, madrasta? Faz dois dias que ele não resmunga nem se queixa de nada, está de bom humor e dizendo coisas bonitas o tempo todo. Isso não é ser bom?

— Só estamos reconciliados há dois dias — riu dona Lucrecia. Mas, ficando séria e fitando seu marido com ternura, acrescentou: — Na realidade, ele sempre foi boníssimo. Você demorou um pouco a perceber, Fonchito.

— Não sei se me agrada que me chamem de bom — reagiu finalmente don Rigoberto, adotando uma expressão desconfiada. — Todas as pessoas boas que conheci eram um pouco imbecis. Como se tivessem ficado boas por falta de imaginação e de apetites. Espero que, por me sentir contente, eu não esteja me tornando mais imbecil do que sou.

— Não há perigo. — A senhora Lucrecia aproximou o rosto do de seu marido e o beijou na testa. — Você é tudo no mundo, menos isso.

Estava muito bonita, com as faces arrebatadas pelo sol de Chaclacayo, ombros e braços nus, naquele leve vestido florido, de percal, que lhe dava uma aparência fresca e saudável. "Como está bonita, rejuvenescida", pensou don Rigoberto, deleitando-se com o espigado pescoço de sua mulher e com a graciosa curva de uma das orelhas, na qual se enroscava uma mecha solta dos cabelos, presos na nuca por uma fita amarela, a mesma das sapatilhas do passeio. Onze anos tinham se passado e ela estava mais jovem e atraente do que no dia em que ele a conhecera. E onde se refletiam mais essa saúde e essa beleza física que desafiavam a cronologia? "Nos olhos", respondeu a si mesmo. Esses olhos que mudavam de cor, de um castanho-claro a um verde-escuro, a um suave negro. Agora, pareciam muito claros sob os longos cílios escuros, e animados por uma luz alegre, quase cintilante.

279

Sem perceber a contemplação de que era objeto, sua mulher dava conta com apetite do segundo sanduíche de abacate com tomate e ovo, e de vez em quando bebia uns golinhos de cerveja fria que deixavam úmidos os seus lábios. Era a felicidade, esta sensação que o embargava? Esta admiração, esta gratidão, este desejo que sentia por Lucrecia? Sim. Com todas as suas forças, don Rigoberto desejou que voassem as horas que faltavam para o anoitecer. Mais uma vez, estariam sozinhos e ele teria nos braços sua adorável mulherzinha, finalmente aqui, em carne e osso.

— A única coisa em que às vezes não me sinto tão parecido com Egon Schiele é que ele gostava muito do campo e eu, nada — disse Fonchito, prosseguindo em voz alta uma reflexão iniciada em silêncio havia tempo. — Nisso, puxei a você, papai. Também não gosto nem um pouco de ficar admirando árvores e vaquinhas.

— Por isso o piquenique deu com os burros n'água — filosofou don Rigoberto. — Uma vingança da natureza contra dois inimigos. O que você disse mesmo de Egon Schiele?

— Que a única coisa em que não me pareço com ele é nessa coisa do campo, ele gostava e eu não — explicou Fonchito.

— Pagou caro por seu amor à natureza. Chegou a ser preso e passou um mês na cadeia, onde quase enlouqueceu. Se tivesse ficado em Viena, isso nunca teria acontecido.

— Como você está bem informado sobre a vida de Egon Schiele, Fonchito! — surpreendeu-se don Rigoberto.

— Você nem imagina quanto — interrompeu dona Lucrecia. — Sabe de cor tudo o que ele fez, disse, escreveu, tudo o que lhe aconteceu em seus vinte e oito anos de vida. Conhece todos os quadros, desenhos e gravuras, com títulos e datas. E até se acredita um Egon Schiele reencarnado. Eu chego a me assustar, juro.

Don Rigoberto não riu. Limitou-se a assentir, como que ponderando essa informação com o maior cuidado, mas, na verdade, dissimulando o súbito aparecimento em sua mente de uma minhoquinha, uma estúpida curiosidade, essa mãe de todos os vícios. Como Lucrecia havia tomado conhecimento de que Fonchito sabia tantas coisas sobre Egon Schiele? "Schiele!", pensou. "Variante extraviada do expressionismo, a quem Oscar Kokoschka chamava, com toda a justiça, de pornógrafo." Descobriu-se possuído por um ódio visceral, ácido, bilioso, contra Egon Schiele. Bendita a gripe espanhola que o levou! De onde Lucrecia sabia que Fonchito se acreditava aquele rabiscador abortado pelos últimos vagidos do império austro-húngaro, sobre o qual, também em boa hora, o alçapão se fechara? O pior era que, inconsciente de estar afundando nas águas pútridas da autodelação, dona Lucrecia continuava a torturá-lo:

— Estou contente por tocarmos neste assunto, Rigoberto. Faz tempo que eu queria lhe falar disso, até pensei em lhe escrever. Ando muito preocupada com a mania deste menino por esse pintor. Sim, Fonchito. Por que não conversamos, os três? Quem melhor do que seu pai para lhe dar conselhos? Eu já lhe disse várias vezes. Não é que me pareça ruim essa sua paixão por Egon Schiele. Mas você está ficando obsessivo. Não se importa se nós três trocarmos umas ideias, não é?

— Acho que o papai não está se sentindo bem, madrasta — limitou-se Fonchito a dizer, com uma candura que don Rigoberto entendeu como uma afronta suplementar.

— Meu Deus, como você está pálido. Viu? Eu avisei, aquela encharcada no rio lhe fez mal.

— Não é nada, não é nada — disse don Rigoberto, com uma vozinha difusa, para tranquilizar sua mulher. — Um pedaço grande demais, e engasguei. Um ossinho, acho. Pronto, já engoli. Estou bem, não se preocupe.

— Mas está todo trêmulo — alarmou-se dona Lucrecia, tocando a testa dele. — Você se resfriou, claro. Um chazinho de capim-limão e duas aspirinas, agora mesmo. Vou preparar. Não, não proteste. E depois, cama, sem chiar.

Nem sequer a palavra cama reanimou um pouco don Rigoberto, que, em poucos minutos, havia passado da alegria e do entusiasmo vitais a um desânimo confuso. Viu que dona Lucrecia se afastava às pressas rumo à cozinha. Como o olhar transparente de Fonchito o incomodava, disse, para quebrar o silêncio:

— Schiele esteve preso por ter ido ao campo?

— Por ter ido ao campo, não, que ideia — respondeu seu filho, com uma risada. — Foi acusado de imoralidade e sedução. Em uma aldeiazinha chamada Neulengbach. Isso nunca teria acontecido se ele ficasse em Viena.

281

— Ah, é? Me conte — convidou don Rigoberto, consciente de que tentava ganhar tempo, embora não soubesse para quê. Em vez do glorioso e ensolarado esplendor dos últimos dois dias, seu estado de espírito, neste momento, era uma calamidade com aguaceiros, raios e trovões. Apelando para um recurso que havia funcionado outras vezes, tentou se acalmar enumerando mentalmente figuras mitológicas. Ciclopes, sereias, lestrigões, lotófagos, circes, calipsos. Aí ficou.

Tinha acontecido na primavera de 1912; no mês de abril, exatamente, explicava o menino com loquacidade. Egon e sua amante Wally (um apelido, ela se chamava Valeria Neuzil) estavam em pleno campo, em uma casinha alugada, nos arredores dessa aldeia difícil de pronunciar. Neulengbach. Egon costumava pintar ao ar livre, aproveitando o tempo bom. E, uma tarde, apareceu por ali uma mocinha, procurando conversa. Conversaram e não aconteceu nada. A garota voltou várias vezes. Até que, em uma noite de temporal, chegou ensopada e anunciou a Wally e Egon que havia fugido da casa dos pais. Eles tentaram convencê-la, você fez mal, volte para casa, e ela, não, não, me deixem pelo menos passar a noite com vocês. Concordaram. A garota dormiu com Wally; Egon Schiele, em outro quarto. No dia seguinte... mas o retorno de dona Lucrecia, trazendo uma infusão fumegante de capim-limão e duas aspirinas, interrompeu a narração de Fonchito, que, aliás, don Rigoberto mal escutava.

— Beba todinho, assim, bem quente — mimou-o dona Lucrecia. — Com as duas aspirinas. E depois, cama, para nanar. Não quero que você se resfrie, meu velhinho.

Don Rigoberto sentiu — suas grandes narinas aspiravam a fragrância jardineira do capim-limão — que os lábios de sua esposa pousavam alguns segundos sobre os ralos cabelos de seu crânio.

— Estou contando a ele a prisão de Egon, madrasta — esclareceu Fonchito. — Já lhe contei tantas vezes que você não vai aguentar ouvir de novo.

— Não, não, tudo bem, continue — animou-o ela. — Mas é verdade, já sei tudo de cor.

— Quando você contou esta história à sua madrasta? — deixou escapar entre os dentes don Rigoberto, enquanto soprava o chá de capim-limão. — Se ela só está aqui em casa há dois dias, e eu a monopolizei o tempo todo?

— Quando ia visitá-la na casinha do Olivar — retrucou o menino, com sua cristalina franqueza habitual. — Ela não lhe contou?

Don Rigoberto sentiu que o ar da sala de jantar se eletrizava. Para não ter de falar nem de olhar para sua esposa, tomou um gole heroico do ardente capim-limão, que lhe queimou a garganta e o esôfago. O inferno se instalou em suas entranhas.

— Ainda não tive tempo — ouviu dona Lucrecia murmurar. Olhou-a e — ai, ai! — ela estava lívida. — Mas é claro que ia contar. Por acaso essas visitas tinham algo de errado?

— O que iriam ter de errado? — disse don Rigoberto, engolindo outro sorvo do inferno líquido e perfumado. — Acho muito bom que você tenha ido ver sua madrasta para lhe dar notícias minhas, Fonchito. E essa história de Schiele e sua amante? Você parou no meio, e eu quero saber como termina.

— Posso continuar? — alegrou-se o menino.

Don Rigoberto sentia sua garganta como uma verdadeira chaga e adivinhava que sua esposa, muda e petrificada ao seu lado, tinha o coração saindo pela boca. Igual a ele.

Bom, então... No dia seguinte, Egon e Wally levaram a garota, de trem, para Viena, onde a avó dela morava. A garota havia prometido que ficaria lá, com essa senhora. Mas, na cidade, se arrependeu e acabou passando a noite com Wally, em um hotel. Egon e sua amante, na manhã seguinte, retornaram com a mocinha a Neulengbach, onde ela permaneceu mais dois dias. No terceiro, apareceu o pai. Enfrentou Egon do lado de fora, onde ele estava pintando. Muito alterado, o pai da mocinha avisou que havia denunciado o pintor à polícia, acusando-o de sedução, porque sua filha era menor. Enquanto Schiele tentava acalmá-lo, explicando que não tinha acontecido nada, dentro da casa, a garota, ao descobrir o pai, pegou uma tesoura e tentou cortar os pulsos. Mas Wally, Egon e o pai conseguiram impedi-la e ajudá-la. Ela e o pai conversaram e fizeram as pazes. Partiram juntos, e Wally e Egon acharam que estava tudo resolvido. Mas claro que não foi assim. Poucos dias depois, a polícia apareceu para prendê-lo.

283

Escutavam seu relato? Aparentemente, sim, pois tanto don Rigoberto como dona Lucrecia estavam imóveis e pareciam ter perdido não só os movimentos, mas também a respiração. Tinham os olhos cravados no menino, e ao longo da história, feita sem vacilações, com pausas e ênfases de bom narrador, nenhum dos dois sequer pestanejou. Mas e a palidez que exibiam? E as miradas concentradas e absortas? Estariam tão comovidos assim por aquele antigo episódio com aquele pintor longínquo? Essas eram as perguntas que don Rigoberto acreditava ler nos grandes olhos vivazes de Fonchito, que agora examinavam um e outro, com calma, como que esperando um comentário. O menino estaria rindo deles? Rindo dele? Don Rigoberto fitou os olhos claros e translúcidos de seu filho, procurando o brilho malévolo, a piscadela ou inflexão de luminosidade que delatasse o maquiavelismo, a estratégia, a dubiedade. Não descobriu nada: só mesmo a mirada sã, límpida, pulcra, de uma consciência inocente.

— Continuo, ou você já se cansou, papai?

Don Rigoberto negou com a cabeça e, fazendo um grande esforço — sua garganta estava seca e áspera como uma lixa —, murmurou: "E o que aconteceu com ele na prisão?"

Tinha sido mantido vinte e quatro dias atrás das grades, acusado de sedução e imoralidade. Sedução, pelo episódio da garota, e imoralidade, por uns quadros e desenhos de nus que a polícia encontrou na casa. Como ficou demonstrado que ele não tinha tocado na mocinha, foi absolvido da primeira acusação. Mas não da de imoralidade. O juiz considerou que, como a casa era visitada por menores, garotas e garotos que podiam ter visto os nus, Schiele merecia um castigo. Qual? Queimar o mais imoral dos seus desenhos.

Na prisão, sofreu o indizível. Nos autorretratos que pintou em seu calabouço, aparecia muito magro, barbado, olhos fundos, expressão cadavérica. Manteve nesse período um diário no qual escreveu ("Espere, espere, eu sei a frase de cor"): "Eu, que sou, por natureza, um dos seres mais livres, vejo-me atado por uma lei que não é a das massas." Pintou treze aquarelas, e isso o salvou de enlouquecer ou de se matar: o catre, a porta, a janela e uma luminosa maçã, uma das que Wally lhe levava diariamente. A cada manhã, ela se plantava em um ponto estratégico, nos arredores da prisão, e Egon podia vê-la através das barras de sua cela. Porque Wally o amava muito e se comportou maravilhosamente com ele, nesse mês terrível, dando-lhe todo o seu apoio. Egon, ao contrário, não devia amá-la tanto assim. Ele a pintava, é verdade; usava-a como modelo, é verdade; mas não fazia isso só com ela, fazia com muitas outras, sobretudo com aquelas menininhas que recolhia nas ruas e mantinha por perto, meio despidas, enquanto as pintava em todas as poses imagináveis, encarapitado em sua escada. As menininhas e os menininhos eram sua obsessão. Morria de amores por eles e, bom, parece que não só para pintá-los, mas também que os amava de verdade, no bom e no mau sentidos da palavra. Era o que diziam seus biógrafos. Que, junto com sua condição de artista, ele era também um pouco pervertido, pois tinha predileção por meninos e meninas...

— Bem, bem, acho que me resfriei um pouco, de fato — interrompeu don Rigoberto, levantando-se tão bruscamente que derrubou no chão o guardanapo que mantinha sobre as pernas. — É melhor seguir seu conselho, Lucrecia, vou me deitar. Não quero pegar uma daquelas gripes cavalares que me atacam.

Falou sem encarar sua mulher, só seu filho, o qual, quando o viu de pé, se calou e adotou uma expressão alarmada, como se estivesse ansioso por ajudar. Don Rigoberto tampouco olhou para Lucrecia ao passar ao seu lado rumo à escada, apesar da curiosidade que o devorava por saber se ela ainda estava lívida, ou antes rubra, de indignação, de surpresa, de incerteza, de desassossego, perguntando-se, como ele, se aquilo que o menino havia dito e feito obedecia a uma maquinação ou era obra do acaso intrigante, rocambolesco, frustrante e mesquinho, inimigo da felicidade. Percebeu que arrastava os pés, como um ancião decrépito, e se empertigou. Subiu os degraus em um ritmo vivo, como que para demonstrar (a quem?) que ainda era um homem enérgico e em plena forma.

Depois de tirar apenas os sapatos, deitou-se de costas na cama e fechou os olhos. Seu corpo ardia, febril. Viu uma sinfonia de pontos azuis na escuridão de suas pálpebras e teve a impressão de ouvir o beligerante zumbido das vespas que havia escutado naquela manhã, durante o piquenique frustrado. Pouco depois, como que sob o efeito de um forte sonífero, caiu no sono. Ou desmaiou? Sonhou que estava com caxumba e que

Fonchito o advertia, com voz de adulto e ares de especialista: "Cuidado, papai! Trata-se de um vírus filtrável e, se descer até os bagos, eles vão virar duas bolas de tênis, e será preciso arrancá-los. Como os dentes do siso, do juízo, mas o final!" Despertou ofegante, banhado em suor — dona Lucrecia lhe jogara em cima uma coberta —, e notou que a noite havia caído. Estava escuro, o céu não tinha estrelas, a neblina apagava as luzes do calçadão de Miraflores. A porta do banheiro se abriu e, no meio do jorro de luz que entrou no quarto penumbroso, apareceu dona Lucrecia, de robe, pronta para se deitar.

— Ele é um monstro? — perguntou-lhe don Rigoberto, angustiado. — Será que se dá conta do que faz, do que diz? Faz conscientemente o que faz, medindo as consequências? Ou será que não? Que é simplesmente um menino travesso, cujas travessuras resultam monstruosas, sem que ele queira?

Sua mulher se deixou cair no pé da cama.

— Eu me pergunto isso todos os dias, muitas vezes por dia — disse, muito abatida, suspirando. — Creio que nem ele sabe. Você está melhor? Dormiu umas duas horas. Fiz uma limonada bem quente, está aí na garrafa térmica. Quer um copinho? A propósito, escute. Eu nunca pensei em lhe esconder que Fonchito ia me visitar no Olivar. Mas fui deixando passar, nesses dois dias tão atarefados.

— Claro — atrapalhou-se don Rigoberto, gesticulando.

— Não vamos falar disso, por favor.

Ficou de pé e, murmurando "É a primeira vez que adormeço fora de hora", foi até seu quarto de vestir. Despiu-se; de roupão e chinelos, trancou-se no banheiro para as minuciosas abluções que costumava fazer antes de dormir. Sentia-se acabrunhado, confuso, com um zumbido na cabeça que parecia pressagiar uma gripe forte. Abriu a torneira de água quente da banheira e espalhou por cima meio frasco de sais. Enquanto a banheira se enchia, passou fio dental, escovou os dentes e, com uma pinça fina, depurou suas orelhas dos pelinhos recentes. Havia quanto tempo abandonara o costume de dedicar um dia da semana, além do banho cotidiano, à higiene especial de cada um dos seus órgãos? Desde que se separara de Lucrecia. Um ano, mais ou menos. Restabeleceria aquela saudável rotina semanal: segunda, orelhas; terça, nariz; quarta, pés; quinta, mãos; sexta, boca e dentes. *Et cetera*. Submerso na banheira, sentiu-se menos desanimado. Tentou adivinhar se Lucrecia já se metera embaixo dos lençóis, que camisola ela estava usando, estaria nua?, e conseguiu que por alguns momentos a presença agourenta se eclipsasse de sua cabeça: a casinha do Olivar de San Isidro, uma figurinha infantil de pé junto à porta, um dedinho tocando a campainha. De uma vez por todas, devia tomar uma decisão quanto ao menino. Mas qual? Todas pareciam ineptas ou impossíveis. Depois de sair da banheira e de se enxugar, friccionou-se com água-de-colônia da loja Floris, de Londres, de onde um colega e amigo do Lloyd's lhe fazia remessas periódicas de sabonetes, cremes de barbear, desodorantes, talcos e perfumes. Vestiu um pijama de seda limpo e deixou o roupão pendurado no quarto de vestir.

Dona Lucrecia já estava na cama. Tinha apagado as luzes do dormitório, exceto a de sua mesa de cabeceira. Lá fora, o mar batia violentamente contra os rochedos de Barranco e o vento soltava lamentos lúgubres. Ele sentia seu coração latejar com força, enquanto deslizava sob os lençóis, junto à esposa. Um suave aroma de ervas frescas, de flores úmidas de orvalho, de primavera, penetrou-lhe as narinas e lhe chegou até o cérebro. Quase levitando, de tão tenso que estava, podia perceber, a milímetros de sua perna esquerda, a coxa de sua mulher. Na luz escassa e indireta, viu que Lucrecia usava uma camisola de seda cor-de-rosa, presa nos ombros por duas alcinhas finas, com uma orla de renda pela qual ele divisava os seios dela. Suspirou, transformado. O desejo, impetuoso, liberador, agora preenchia seu corpo, transbordava pelos seus poros. Sentia-se tonto e embriagado pelo perfume de sua mulher.

Nisso, adivinhando-o, Lucrecia estendeu a mão, apagou a luz do abajur e, no mesmo movimento, virou-se para ele e o abraçou. Don Rigoberto deixou escapar um gemido ao sentir o corpo de sua mulher, que ele abraçou ansioso e apertou, estreitando-o com braços e pernas. Ao mesmo tempo, beijava-a no pescoço, nos cabelos, murmurando palavras de amor. Mas, quando havia começado a se despir e a despojá-la da camisola, dona Lucrecia deslizou em seu ouvido uma frase que lhe provocou o efeito de uma ducha gelada:

— Ele foi me ver há seis meses. Apareceu uma tarde, de repente, na casinha do Olivar. E, desde então, me visitou sem parar, ao sair do colégio, escapulindo da academia de pintura. Três e até quatro vezes por semana. Tomava o chá comigo, ficava uma hora, duas. Não sei por que não lhe contei ontem, anteontem. Eu ia contar. Juro que ia.

— Eu lhe suplico, Lucrecia — implorou don Rigoberto.

— Não tem que me contar nada. Peço pelo que lhe for mais caro. Eu amo você.

— Quero contar. Agora, agora.

Continuava abraçada ao marido, e, quando ele lhe buscou a boca, abriu-a e o beijou também, avidamente. Ajudou-o a tirar o pijama e a despi-la da camisola. Mas depois, enquanto don Rigoberto a acariciava com as mãos e lhe passava os lábios pelos cabelos, as orelhas, o rosto e o pescoço, continuou falando:

— Não me deitei com ele.

— Não quero saber nada, meu amor. Temos que falar disso, logo agora?

— Sim, agora. Não me deitei com ele, mas, espere. Não por mérito meu. Por culpa dele. Se Fonchito tivesse pedido, se tivesse feito a menor insinuação, eu me deitaria com ele. E com mil amores, Rigoberto. Muitas tardes me senti doente, por não ter feito isso. Você não vai me odiar? Preciso lhe dizer a verdade.

— Eu não vou odiá-la nunca. Eu amo você. Minha vida, minha mulherzinha.

Ela, porém, voltou a atalhá-lo, com outra confissão:

— A verdade é que, se Fonchito não sair desta casa, se continuar morando conosco, isso vai acontecer de novo. Lamento, Rigoberto. É melhor que você saiba. Não tenho defesas contra esse menino. Não quero que aconteça, não quero fazer você sofrer, como da outra vez. Sei que você sofreu, meu amor. Mas vou lhe mentir para quê? Ele tem poderes, tem alguma coisa, sei lá. Se ele meter isso na cabeça outra vez, eu vou repetir. Não vou conseguir impedi-lo. Mesmo que destrua o casamento, desta vez para sempre. Lamento, lamento, mas é a verdade, Rigoberto. A crua verdade.

Dona Lucrecia havia começado a chorar. Ele sentiu se eclipsarem os últimos resíduos de excitação que lhe restavam. Abraçou-a, consternado:

— Tudo o que você está me dizendo, eu sei de sobra — murmurou, acarinhando-a. — O que posso fazer? Afinal, não é meu filho? Para onde vou mandá-lo? Para ficar com quem? Ele ainda é muito menino. Acha que não pensei muito nisso? Quando ele for maior, claro. Mas que, pelo menos, termine o colégio. Não diz que quer ser pintor? Pois muito bem. Que vá estudar belas-artes. Nos Estados Unidos. Na Europa. Que vá para Viena. Não gosta tanto do expressionismo? Que vá para a academia onde Schiele estudou, para a cidade onde Schiele viveu e morreu. Mas como posso tirá-lo de casa agora, na idade em que ele está?

Dona Lucrecia se apertou a ele, entrelaçou suas pernas com as dele, procurou apoiar seus pés sobre os do marido.

— Não quero que você o tire de casa — sussurrou. — Sei muito bem que é um menino. Nunca pude adivinhar se sabe o quanto é perigoso, as catástrofes que pode provocar, com aquela beleza que tem, com aquela inteligência manhosa, meio terrível. Só lhe digo isto porque é verdade: com ele, sempre viveremos em perigo, Rigoberto. Se você não quiser que tudo aconteça de novo, me vigie, me espreite, fique no meu pé. Não quero me deitar nunca mais com ninguém, só com você, meu maridinho querido. Eu o amo tanto, Rigoberto! Você não sabe a falta que me fez, a saudade que senti.

— Eu sei, eu sei, meu amor.

Don Rigoberto afastou-a um pouco, deitou-a de costas e se colocou em cima dela. Dona Lucrecia também parecia tomada pelo desejo — já não havia lágrimas em sua face, seu corpo estava aquecido e sua respiração, agitada — e, mal o sentiu em cima, abriu as pernas e se deixou penetrar. Don Rigoberto a beijou, longa e profundamente, com os olhos fechados, imerso em uma entrega total, feliz de novo. Perfeitamente encaixados um no outro, tocando-se e roçando-se dos pés à cabeça, contagiando-se seus suores, mexiam-se devagar, compassadamente, prolongando o prazer.

— Na verdade, você se deitou com muitas pessoas, este ano todo — disse ele.

— Ah, é? — ronronou ela, como se falasse pelo ventre, a partir de alguma glândula secreta. — Quantas? Quem? Onde?

— Um amante zoológico, que a deitava com gatos. — "Que nojo, que nojo", protestou ela, debilmente. — Um amor de juventude, um cientista que a levou a Paris e a Veneza e que gozava cantando...

— Os detalhes — ofegou dona Lucrecia, falando com dificuldade. — Todos, até os menorzinhos. O que eu fiz, o que comi, o que me fizeram.

— O babaca do Fito Cebolla quase estuprou você e também Justiniana. Você a salvou da fúria libidinosa dele. E acabou fazendo amor com ela, nesta mesma cama.

— Com Justiniana? Nesta mesma cama? — Dona Lucrecia soltou uma risadinha. — Veja como são as coisas. Porque, por culpa de Fonchito, eu quase fiz amor com Justiniana, uma tarde, no Olivar. Foi a única vez que meu corpo o enganou, Rigoberto. Minha imaginação, ao contrário, um monte de vezes. Como você comigo.

— Minha imaginação não a enganou nunca. Mas me conte, me conte — pediu o marido, acelerando os movimentos, o bamboleio.

— Eu depois, você primeiro. Com quem mais? Como, onde?

— Com um irmão gêmeo que inventei, um irmão corso, em uma orgia. Com um motociclista castrado. Você foi uma professora de direito, na Virgínia, e corrompeu um santo jurista. Fez amor com a embaixatriz da Argélia, tomando um banho de vapor. Seus pés enlouqueceram um fetichista francês do século dezoito. Na véspera de nossa reconciliação, estivemos em um prostíbulo da Cidade do México, com uma mulata que me arrancou uma orelha com uma dentada.

— Não me faça rir, seu bobo, não agora — protestou dona Lucrecia. — Eu o mato, mato mesmo, se você me cortar.

— Eu também estou quase lá. Vamos juntos, amor.

Momentos depois, já sossegados, ele de costas, ela aninhada ao seu lado e com a cabeça em seu ombro, retomaram a conversa. Lá fora, junto com o ruído do mar, rompiam a noite os possantes miados de gatos brigando ou no cio e, espaçados, buzinas e rugidos de motores.

— Sou o homem mais feliz do mundo — disse don Rigoberto.

Ela se esfregou contra ele, comportada.

— Vai durar? Vamos fazê-la durar, esta felicidade?

— Não pode durar — disse ele, suavemente. — Toda felicidade é fugaz. Uma exceção, um contraste. Mas temos que reavivá-la, de tempos em tempos, não permitir que se apague. Soprando, soprando a chamazinha.

— Começo a exercitar meus pulmões desde já — exclamou dona Lucrecia. — Vão ficar como foles. E, quando ela ameaçar se apagar, eu solto uma ventania que a levante, que a infle. Fffffuuu! Fffffuuu!

Permaneceram em silêncio, abraçados. Pela quietude de sua mulher, don Rigoberto achou que ela havia adormecido. Mas não: tinha os olhos abertos.

— Eu sempre soube que íamos nos reconciliar — disse, ao ouvido dela. — Queria, buscava isso, há meses. Mas não sabia por onde começar. Então, começaram a me chegar suas cartas. Você adivinhou meu pensamento, meu amor. É melhor do que eu.

O corpo de sua mulher se endureceu. Mas, imediatamente, relaxou de novo.

— Uma ideia genial, essa das cartas — continuou ele. — As anônimas, quero dizer. Uma carambola barroca, um estratagema brilhante. Inventar que eu lhe mandava cartas anônimas para ter um pretexto e, assim, poder me escrever. Você sempre vai me surpreender, Lucrecia. Achei que a conhecia, mas não. Eu nunca imaginaria sua cabecinha maquinando essas carambolas, essas artimanhas. Que bom resultado eles deram, hem? Em boa hora, para mim.

Houve outro longo silêncio, durante o qual don Rigoberto contou os batimentos do coração de sua mulher, que faziam contraponto e às vezes se misturavam aos seus.

— Eu gostaria que fizéssemos uma viagem — divagou, pouco depois, sentindo que o sono começava a vencê-lo. — Para algum lugar bem distante, totalmente exótico. Onde não conhecêssemos ninguém e ninguém nos conhecesse. Por exemplo, a Islândia. Talvez, no fim do ano. Posso tirar uma semana, dez dias. Você gostaria?

— Eu preferiria ir a Viena — disse ela, com uma língua um pouco travada, pelo sono?, pela preguiça em que o amor sempre a deixava?. — Ver a obra de Egon Schiele, visitar os lugares onde ele trabalhou. Ao longo dos últimos meses, não fiz outra coisa a não ser ouvir falar da vida dele, de seus quadros e desenhos. Acabei espicaçada pela curiosidade. Você não se surpreende com a fascinação de Fonchito por esse pintor? Que eu saiba, Schiele nunca lhe agradou muito. De onde ele puxou isso, então?

Don Rigoberto deu de ombros. Não fazia a menor ideia sobre a origem da fixação de seu filho.

— Bom, então iremos a Viena em dezembro — disse.

— Para ver os Schieles e escutar Mozart. De quem eu jamais gostei, é verdade; mas agora, quem sabe, posso começar a gostar. Se você gosta, eu também vou gostar. Não sei de onde pode ter nascido esse entusiasmo de Fonchito. Você está dormindo? E eu aqui sem deixar, puxando conversa. Boa noite, amor.

Ela murmurou "boa noite". Fez meia-volta e grudou o dorso ao peito do marido, que também se virara de lado e flexionara as pernas, para que ela ficasse como que sentada em seus joelhos. Assim tinham dormido, nos dez anos anteriores à separação. E assim faziam, também, desde a antevéspera. Don Rigoberto passou um braço sobre o ombro de Lucrecia e deixou a mão descansar em um dos seios dela, enquanto a envolvia pela cintura com a outra.

Os gatos pararam de brigar ou de se amar na vizinhança. Os últimos sons de buzinas ou roncos de motores haviam desaparecido fazia um bom tempo. Tépido e aquecido pela proximidade dessas formas amadas, coladas às suas, don Rigoberto tinha a sensação de navegar, de deslizar, movido por uma afável inércia, em águas tranquilas e delgadas, ou, talvez, pelo espaço sideral, despovoado, rumo às gélidas estrelas. Quantos dias, horas, ainda duraria, sem se quebrantar, esta sensação de plenitude, de calma harmoniosa, de sintonia com a vida? Como em resposta à sua muda interrogação, escutou dona Lucrecia:

— Quantas cartas anônimas minhas você recebeu, Rigoberto?

— Dez — respondeu ele, com um sobressalto. — Achei que você estava dormindo. Por que pergunta?

— Eu também recebi dez suas — replicou ela, sem se mover. — Isso se chama amor à simetria, suponho.

Agora foi ele quem se enrijeceu.

— Dez cartas anônimas minhas? Eu nunca lhe escrevi nenhuma. Nem anônimas nem assinadas.

— Eu sei — disse ela, suspirando fundo. — Você é aquele que não sabe. Aquele que anda na lua. Está entendendo? Eu também não lhe enviei nada anônimo. Mandei só uma carta. Mas aposto que essa, a única autêntica, nunca lhe chegou.

Passaram dois, três, cinco segundos, sem falar nem se mexer. Embora só se ouvisse o ruído do mar, don Rigoberto teve a sensação de que a noite se enchera de gatos enfurecidos e gatas no cio.

— Você não está brincando, não? — murmurou por fim, sabendo muito bem que dona Lucrecia havia falado sério.

Ela não respondeu. Permaneceu tão quieta e silenciosa quanto ele, mais um bom tempo. Como tinha durado pouco, como tinha sido curta, aquela acabrunhante felicidade! Ali estava, de novo, cruel e dura, Rigoberto, a vida real.

— Se você perdeu o sono, como eu — propôs, afinal —, talvez pudéssemos, assim como outros contam carneirinhos para conseguir adormecer, tentar esclarecer tudo. Melhor agora, de uma vez. Se você achar que sim, se quiser. Porque, se preferir que a gente esqueça, a gente esquece. E não se fala mais dessas cartas anônimas.

— Você sabe muito bem que nunca poderemos esquecê-las, Rigoberto — afirmou sua esposa, com uma pontinha de cansaço. — Então, façamos de uma vez o que você e eu bem sabemos que vamos acabar fazendo, de todo modo.

— Vamos, então — disse ele, levantando-se. — Vamos lê-las.

O tempo havia esfriado e, antes de passarem ao escritório, os dois vestiram os roupões. Dona Lucrecia levou consigo a garrafa térmica com a limonada quente para o suposto resfriado do marido. Antes de mostrarem um ao outro as respectivas cartas, tomaram uns golinhos de limonada morna, do mesmo copo. Don Rigoberto mantinha as dele guardadas no último de seus cadernos, ainda com páginas sem anotações nem acréscimos; dona Lucrecia deixara as dela em uma bolsa de mão, atadas com uma fitinha lilás. Comprovaram que os envelopes eram idênticos, e o papel também; uns envelopes e papéis desses que se vendem por qualquer tostão nas lojinhas dos chineses. Mas a letra era diferente. E, claro, a carta de dona Lucrecia, a única verdadeira, não estava entre as outras.

— É a minha letra — murmurou don Rigoberto, superando o que ele acreditava ser o limite de sua capacidade de assombro, e assombrando-se ainda um pouquinho mais. Tinha relido a primeira carta com muito cuidado, quase sem atentar para o que ela dizia, concentrando-se somente na caligrafia. — Bom, é verdade, minha letra é a mais convencional que existe. Qualquer um pode imitá-la.

— Sobretudo um jovenzinho afeiçoado à pintura, um menino-artista — concluiu dona Lucrecia, brandindo as cartas supostamente escritas por ela, depois de folheá-las. — Mas esta, ao contrário, não é a minha letra. Por isso ele não entregou a única carta que lhe escrevi. Para você não a comparar com estas e descobrir a fraude.

— É um pouco parecida — corrigiu-a don Rigoberto, que havia lançado mão de uma lupa e examinava a carta, como um filatelista observa um selo raro. — Seja como for, é uma letra redonda, muito desenhada. Uma letra de mulher que estudou em colégio de freiras, provavelmente no Sophianum.

— E você não conhecia minha letra?

— Não, não conhecia — admitiu ele. Era a terceira surpresa, nesta noite de grandes surpresas. — Agora constato que não. Que eu me lembre, você nunca me escreveu uma carta.

— E estas aí, também não fui eu que escrevi.

Depois, durante uma boa meia hora, ficaram em silêncio, lendo suas respectivas cartas, ou melhor, cada um percorrendo a outra metade desconhecida dessa correspondência. Tinham se sentado juntos, no grande sofá de couro, com almofadas, embaixo da alta luminária de pé cuja cúpula tinha desenhos de uma tribo australiana. O amplo círculo de luz abrangia os dois. De vez em quando, bebiam golinhos de limonada morna. De vez em quando, um dos dois soltava um risinho, mas o outro não se voltava para perguntar nada; de vez em quando, a expressão de um se alterava, por pasmo, cólera ou por uma debilidade sentimental, ternura, indulgência, vaga tristeza. Terminaram a leitura ao mesmo tempo. Olharam-se de esguelha, exaustos, perplexos, indecisos. Por onde começar?

— Ele andou fuxicando por aqui — disse afinal don Rigoberto, apontando sua escrivaninha, suas estantes. — Remexeu, leu minhas coisas. A coisa mais sagrada, mais secreta que eu tenho, estes cadernos. Que nem sequer você conhece. Minhas supostas cartas para você, na verdade, são minhas. Embora eu não as tenha escrito. Porque, tenho certeza, todas as frases, ele as transcreveu de meus cadernos. Fazendo uma salada russa. Misturando pensamentos, citações, gracejos, jogos, reflexões próprias e alheias.

— Foi por isso que esses jogos, essas ordens me pareceram vir de você — disse dona Lucrecia. — Em contraposição, estas cartas, não sei como você pôde achar que eram minhas.

— Eu estava louco para saber de você, para receber algum sinal seu — desculpou-se don Rigoberto. — Os náufragos se agarram ao que lhes aparecer na frente, sem pensar.

— Mas e essas frases melosas, essas cafonices? Não parecem mais as coisas de Corín Tellado?

— São de Corín Tellado, algumas — disse don Rigoberto, recordando, associando. — Semanas atrás, começaram a aparecer pela casa os romancinhos dela. Achei que pertenciam à empregada, à cozinheira. Agora sei de quem eram e para que serviam.

— Vou matar esse menininho — exclamou dona Lucrecia. — Corín Tellado! Juro que mato esse menino.

— Está rindo? — espantou-se ele. — Acha engraçado? Devemos festejá-lo, premiá-lo?

Agora ela riu para valer, mais demoradamente, com mais franqueza do que antes.

— Na verdade, não sei o que achar, Rigoberto. Certamente, não é para rir. É para chorar? Para se aborrecer? Bom, então vamos nos aborrecer, se é isso o que devemos fazer. É o que você fará amanhã com ele? Repreendê-lo? Castigá-lo?

Don Rigoberto encolheu os ombros. Tinha vontade de rir também. E se sentia estúpido.

— Eu nunca o castiguei, e muito menos lhe dei algum tapa que fosse, não saberia como fazer isso — confessou, meio encabulado. — É por isso que ele deu no que deu. O fato é não sei o que fazer com Fonchito. Desconfio que, não importa o que eu faça, ele sempre vai ganhar.

— Bom, neste caso, nós também ganhamos alguma coisa. — Dona Lucrecia se encostou ao marido, que lhe passou o braço pelos ombros. — Fizemos as pazes, não? Você nunca se atreveria a me telefonar, a me convidar para tomar chá na Tiendecita Blanca, sem essas cartas anônimas prévias. Não é? E eu tampouco teria ido ao encontro se não as tivesse recebido. Certamente, não. Essas cartas prepararam o caminho. Não podemos nos queixar; ele nos ajudou, nos reconciliou. Você não se arrepende por termos feito as pazes, não é, Rigoberto?

Ele acabou rindo também. Esfregou o nariz contra a cabeça de sua mulher, sentindo que os cabelos dela lhe faziam cócegas nos olhos.

— Não, disso eu nunca vou me arrepender — disse. — Bem, depois de tantas emoções, ganhamos o direito ao sono. Está tudo muito bem, mas amanhã eu preciso ir trabalhar, mulher.

Retornaram ao quarto no escuro, de mãos dadas. Ela ainda se atreveu a fazer uma brincadeirinha:

— Vamos levar Fonchito a Viena, em dezembro?

Era brincadeira mesmo? Don Rigoberto afastou de imediato o mau pensamento, proclamando em voz alta:

— Apesar de tudo, formamos uma família feliz, não é, Lucrecia?

Londres, 19 de outubro de 1996

1ª EDIÇÃO [2009] 3 reimpressões

ESTA OBRA FOI COMPOSTA PELA ABREU'S SYSTEM EM ADOBE GARAMOND
E IMPRESSA EM OFSETE PELA LIS GRÁFICA SOBRE PAPEL PÓLEN BOLD DA SUZANO
PAPEL E CELULOSE PARA A EDITORA SCHWARCZ EM JANEIRO DE 2017

A marca FSC® é a garantia de que a madeira utilizada na fabricação do papel deste livro provém de florestas que foram gerenciadas de maneira ambientalmente correta, socialmente justa e economicamente viável, além de outras fontes de origem controlada.